蔡锷诗文集

政协湖南省邵阳市大祥区委员会 编

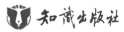

知识出版社

图书在版编目（CIP）数据

蔡锷诗文集 / 政协湖南省邵阳市大祥区委员会编 .-- 北京：知识出版社，2016.4

ISBN 978-7-5015-9055-1

Ⅰ.①蔡… Ⅱ.①政… Ⅲ.①中国文学一作品综合集 Ⅳ.①I211

中国版本图书馆 CIP 数据核字（2016）第 079781 号

蔡锷诗文集

出 版 人　姜钦云
责任编辑　邢树荣
装帧设计　柏林摄影设计艺术工作室
　　　　　张志立
出版发行　知识出版社
地　　址　北京市西城区阜成门北大街 17 号
邮　　编　100037
电　　话　010-88390659

印　　刷　阳谷毕升印务有限公司
开　　本　787mm×1092mm　1/16
印　　张　25
字　　数　450 千字
版　　次　2016 年 4 月第 1 版
印　　次　2021年 1月第 2 次印刷
书　　号　ISBN 978-7-5015-9055-1

定　　价　68.00 元

护国元勋　旷世军魂　蔡协

蔡锷各时期戎装照

蔡锷就读的湖南时务学堂教习合影

1915年10月，蔡锷（中）与友人戴季若（左）陈敬民（右）在京密谋讨袁时合影

蔡锷与参加护国运动重要人物合影

云南护国军将领合影。左起：李曰垓、罗佩金、蔡锷、殷承瓛、李烈钧

蔡锷与儿子蔡端

在日本治病时的蔡锷及夫人潘蕙英

蔡锷的家庭

蔡锷母亲

1937 年蔡锷夫人刘侠贞与外甥女婿陈丹白在蔡锷墓庐前合影

1951 年蔡锷夫人潘蕙英与家人合影

蔡锷于 1916 年 11 月 8 日病殁于日本福冈医院，这是遗体入殓时的情况（摄于岳麓山蔡锷墓庐）

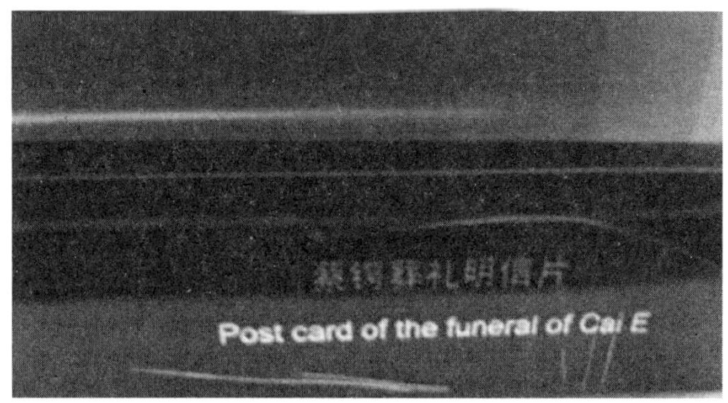

蔡锷逝世后发行纪念蔡锷的明信片

邵阳市大祥区蔡锷乡蔡锷故居

邵阳市洞口县山门镇蔡锷公馆

在广西陆军小学堂第一原址上建的园林植物园

在广西陆军小学堂第二原址上建的解放军一八一中心医院

广西陆军小学堂原貌图

昆明蔡锷旧居

三千护国军开赴四川

昆明护国门、护国桥老照片

昆明云南陆军讲武堂旧址

北京棉花胡同 66 号蔡锷旧居

四川省泸州市叙永松坡楼原貌

修缮后的叙永松坡楼

护国岩（四川泸州）

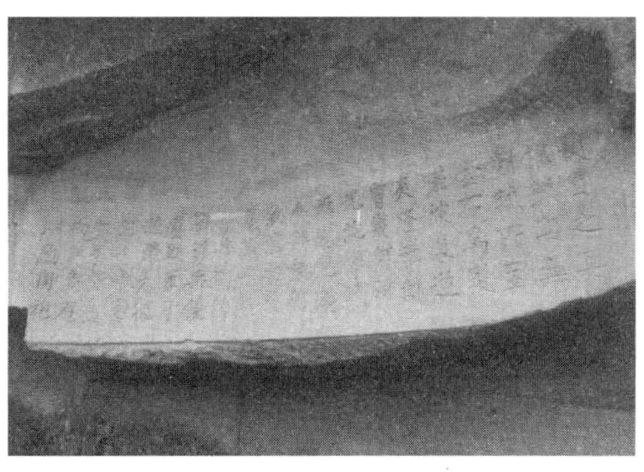

护国岩铭并序（四川泸州）

长沙岳麓山蔡锷墓

长沙岳麓山蔡锷墓庐

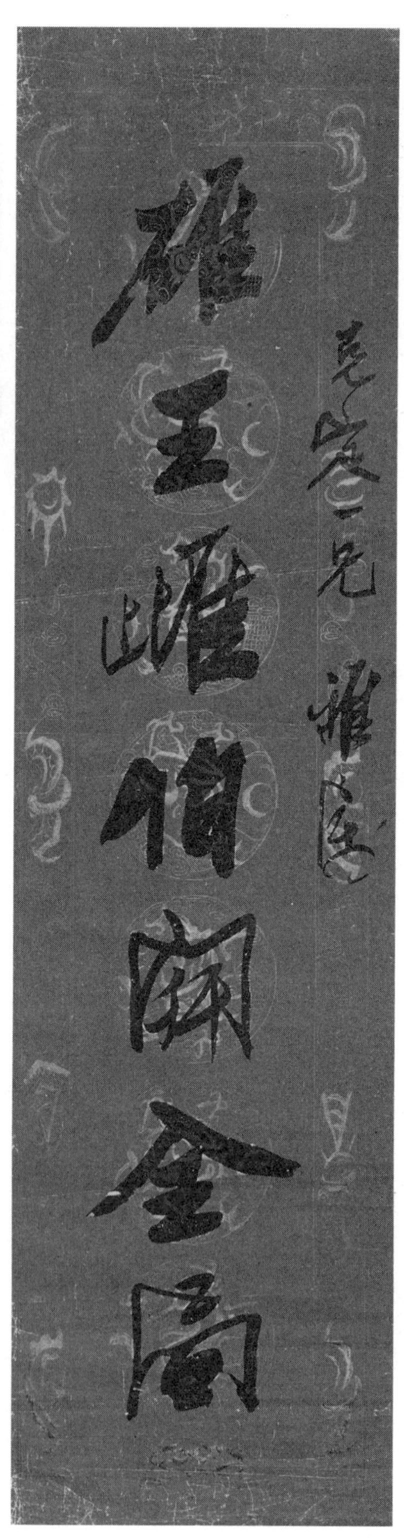

蔡锷行书联

蔡锷手迹（一）

蔡锷手迹（二）

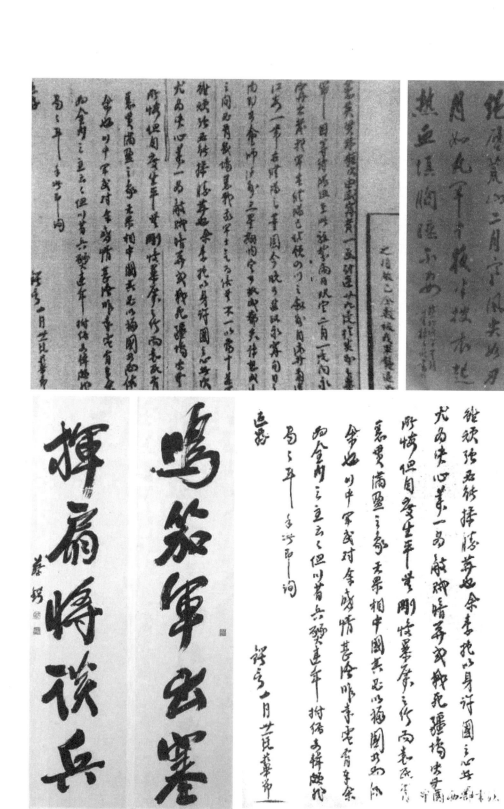

蔡锷手迹（三）

蔡锷 13 岁时应邀为乡邻杨连发新屋题写“淑气盈门”于壁

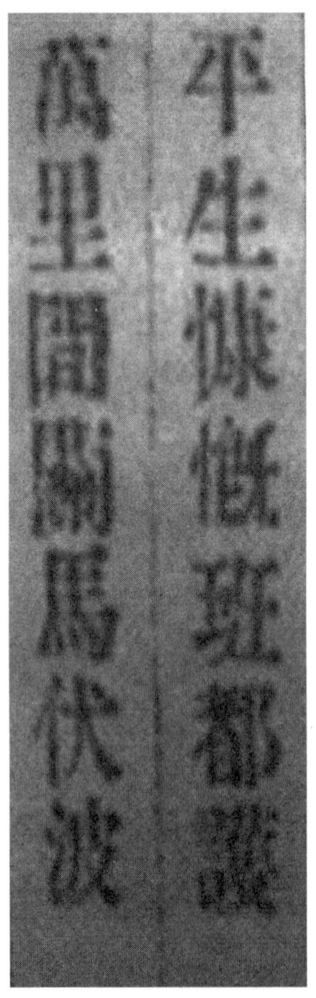

孙中山挽蔡锷联

黄兴赠蔡锷联

《蔡锷诗文集》序

谢本书[①]

2015年是反对袁世凯复辟封建帝制的护国战争发动100周年，2016年是在反袁护国战争中立下卓越功勋的蔡锷将军逝世100周年。值此，由政协湖南省邵阳市大祥区委员会编纂出版《蔡锷诗文集》具有特殊的意义，这既是对护国战争发动100周年的纪念，也是对蔡锷将军逝世100周年的祭奠与怀念。

一

蔡锷（1882-1916），原名艮寅，字松坡，湖南宝庆（今邵阳市）人，是中国近代史上著名的军事家和爱国主义者，在人们心目中享有崇高的威望。

清末民初，是中国近代历史发展的一个特殊阶段，也是由封建帝制向共和制度、由旧民主主义革命向新民主主义革命转折的关键时期。“乱世出英雄”，在这个历史转折的关头，仅仅活了34年的蔡锷，是他们中杰出的一位。尤其是从辛亥革命到护国运动的民国初年的五年里，蔡锷更成为民国初年政局发展过程中，反映时代特征的指示器和坐标。

民国初年政坛上发生的大小事件，不可胜计，择其要者有二：一是辛亥革命与中华民国建立；二是袁世凯复辟帝制与护国战争。蔡锷在这两件大事中发挥了重要的作用，立下了巨大功勋。这使他成为记录这一时代的重要坐标。

①谢本书：1936年5月出生，四川邛崃人。云南省社科院历史研究所所长、研究员，云南民族学院历史系主任、教授、硕士研究生导师等。现任云南民族学院民族研究所研究员、教授。兼云南省社科联副主席，中国史学会理事，云南省史学会会长，南京大学、云南大学客座教授，重庆市研究中心特约研究员，广西民族学院汉族研究中心客座研究员，南京郑和研究会特约研究员等。出版《蔡锷传》等40多部著作。

首先，蔡锷对待辛亥革命的态度，是积极、肯定，最后创造在全国三个“第一”的奇迹。虽然，在日本留学期间，蔡锷还未摆脱资产阶级改良主义羁绊，却已参与了革命派的活动，曾得到孙中山的接见，共商天下大事①；与黄兴更保持了相当密切的接触；还参与了邹容《革命军》一书的起草，《革命军》初名《腊肠书》，是蔡锷命名的②。蔡锷在 1911 年初来到昆明担任新军第 19 镇第 37 协协统，与革命派暗中保持联系，朱德成为蔡锷与同盟会负责人间的联络员③。蔡锷曾表示：“时机不到干不得，时机成熟绝对同情支持。”④随后，蔡锷担任了辛亥昆明起义的重要策划人和起义军临时总指挥，一举夺得昆明起义胜利，使云南成为响应辛亥武昌起义的第四个省区，西南第一个省区。蔡锷被推为辛亥云南军政府的首任都督。

蔡锷在辛亥云南起义过程中，创造了三个全国“冠军”。一是响应武昌起义的各省城中，战斗最激烈、代价也最巨大（革命志士牺牲 150 人，负伤 300 余人；对方死者 200 余人，伤者 100 余人），是省城起义战斗激烈之“冠”。⑤二是军政府成立后采取了一系列改革措施，不仅安定了社会，稳定了云南政局，也创造了历史奇迹，使云南改革取得成效，得到了中外人士的认可。⑥三是辛亥起义后，云南军政府派兵支援四川、贵州、西藏的斗争，显示了滇军的实力，使滇军精锐，闻名全国。⑦

云南辛亥革命所取得的巨大成就，既为云南实现民主革命开辟了道路，也对云南历史的发展产生了深刻的影响。几年以后，以反对袁世凯复辟帝制为目

①冯自由撰《记沈云翔事略》，《革命逸史》初集，北京：中华书局，1981 年，第 81 页。

②刘禺生著《世载堂杂忆》，北京：中华书局，1960 年，第 149 页。

③邹之峄口述、邹硕儒整理《云南辛亥革命中的学生爱国运动》，《云南文史》2011 年，第 1 期。

④詹秉忠、孙天霖著《忆蔡锷》，《辛亥革命回忆录》（三），北京：文史资料出版社，1981 年，第 432 页。

⑤章开沅、林增平主编《辛亥革命史》下册，北京：人民出版社，1981 年版，第 145 页。

⑥蔡锷撰《滇省光复始末记》，《辛亥革命》（六），上海人民出版社，1957 年，第 227 页。

⑦赵钟奇著《护国运动回忆》，《近代史资料》，1957 年第 5 期。

的的护国战争首先爆发于云南，就是可以理解的了。

其次，蔡锷对护国战争的态度，是不怕牺牲，带头参与，巧施智慧，坚韧不拔，最后夺取了胜利，维护了共和制度。反对袁世凯复辟封建帝制的护国战争，在一定意义上，是有史以来在云南发生的首次影响中国历史发展进程的重大事件。

1913年，蔡锷初到北京之际，对袁世凯抱有很大幻想，希望帮助他建设“初生婴儿”似的共和民国。但是随着袁世凯接受日本灭亡中国的“二十一条”，以及为复辟帝制制造舆论的“筹安会”的出笼，给蔡锷以很大的刺激。一切以“爱国”为出发点的蔡锷，表示要“为四万万人争人格起见，非拼着命去干这一回不可”。[①]他在袁世凯的眼皮底下，巧施智慧，开展了巧妙而又积极的反袁活动，使得以狡诈著称的袁世凯也显得笨拙起来，所以外国人也说，蔡锷与袁世凯相比，“无疑是聪明得多的人”。[②]蔡锷冲破封禁，最后逃出北京，经日本、香港回到云南，带头参与发动反袁护国战争。这样的经历，比之三国时代关羽过五关斩六将，“其惊险程度不知超过了若干倍。”[③]

在护国战争酝酿、发动和战争过程中，蔡锷都是引人注目的人物。由于他是梁启超的学生，有师生之谊；与进步党有密切关系，他与黄兴有同乡之谊，与孙中山、黄兴都保持着交往与友谊；他长期在南方军界任职，还曾任辛亥云南都督，与云南和西南地区军政要员有千丝万缕的联系；他曾在北京任要职，与北洋派一些军政要员亦有联系；他与复辟派要人康有为（他的老师梁启超的老师）也有书信来往。蔡锷如此特殊的地位和关系，使他成为反袁大联合的纽带和桥梁，成为反袁护国战争的旗帜，从而得到“整个西部的老百姓普遍的爱戴。”[④]

蔡锷不顾自己疾病缠身，生命垂危，“瘦得像鬼”“危在旦夕”[⑤]，与数倍于己的敌人相拼，出生入死，坚韧不拔，“平均每天睡觉不到三点钟，吃的

---

①梁启超著《护国之役回顾谈》，《饮冰室合集·文集之三十九》，北京：中华书局，1941年，第89页。

②[澳]乔·厄·莫里循著，[澳]骆惠敏编《清末民初政情内幕》下册，上海：知识出版社，1986年，第532页。

③陶菊隐著《筹安会“六君子”传》，北京：中华书局，1981年，第138页。

④[澳]乔·厄·莫里循著，[澳]骆惠敏编《清末民初政情内幕》下册，上海：知识出版社，1986年，第533页。

⑤史沫特莱著《伟大的道路》，上海：三联书店，1979年，第131页。

饭是一半米一半砂硬吞”，[①]“屡濒于危”，[②]却始终在第一线指挥战斗，使袁世凯最后“卒毙于护国军一击之余”，[③]终于取得了护国战争的胜利。而蔡锷本人则在护国战争结束不久，即因久病不治，心力交瘁，劳累过度而献出了自己年轻的生命。

在蔡锷短暂的一生中，主要做了两件大事，一是辛亥革命时期，领导了云南昆明起义，建立了云南军政府，进行了一系列颇有成效的改革，使云南成为民国初年社会安定的模范省区。二是在袁世凯复辟帝制时期，发动和领导了恢复共和制度的护国战争，以“讨袁名将”、“护国军神”著称，立下了特殊功勋。这两件事，奠定了蔡锷在中国近代史上的历史地位，也使他成为民国初年历史发展的坐标。

二

蔡锷深受以儒学为代表的中国传统优秀文化的影响，传统文化的烙印深深扎根于他的心灵之中，因而成为著名的“儒将”。

蔡锷少年时，家境贫寒，却勤奋好学，悟性强，记性好。蒙童读书，先读《三字经》《论语》，然后读《孟子》《大学》《中庸》等，对这些书籍背诵娴熟。10岁时即读完四书、五经，能写出较流畅的文章，应对联语，被称为“神童”。在他11岁时，其父蔡正陵背他进考场应考，考官见其年幼，出一联对：“邵阳考生八十名，唯汝最小。”蔡锷稍加思索应对：“孔门弟子三千众，数回领先。”可见，他对儒家的书籍是比较熟悉的。13岁时，应府州县级童生试，中试，补为邵阳县学生员（秀才）。老师祝贺他，要他即兴赋《鹧鸪天》一首。他举目四望，时值春天，万物复苏，遂抓住季节特点，朗朗吟咏道：“山色晴岚景物佳，春水涓流漫田沙。东郊渐觉花供眼，南北依稀草吐芽。塘畔柳，未藏鸦，铺绸叠锦缀山家。墙头几树红梅落，桃树枝头恰着花。”[④]即兴赋诗，把山村春天景色，

---

①梁启超著《护国之役回顾谈》，《饮冰室合集·文集之三十九》，第92页。

②蔡锷撰《致唐继尧刘显世戴戡王文华电（1916年4月15日）》，《湖南历史资料》1980年，第1期。

③曾业英编《护国岩铭》，《蔡锷集》，长沙：湖南人民出版社，2008年，第1446页。

④姚晴芳撰《蔡锷将军轶事两则》，《忆蔡锷》，长沙：岳麓书社，1996年，第133–135页。

表现得惟妙惟肖，有声有色，而且符合中国传统文化宁静的氛围。

14 岁时应学政岁试，名列一等。1898 年 16 岁时，考入长沙的湖南时务学堂，在应试的 4000 多人中，名列第三，成为时务学堂第一班 40 名学生中年龄最小的一位。在这里，他深受维新派领袖梁启超的影响，并与梁启超建立了终生的师生情谊。

固然，时务学堂以宣传维新派主张为主，然而它却是与中国传统文化相结合的。在 1898 年长沙出版的《湖南时务学堂初集》中，保留有部分蔡锷的札记和梁启超的批语。第一条记录就是，蔡锷向梁启超问道："孔子大一统，所以泯杀机也。今之贤士大夫欲督其督，郡其郡，邑其邑，无乃与夫子大相刺刺谬乎？"这是针对现实提出的问题，认为大大小小的官吏们的所作所为，与孔子的大一统思想岂不是背道而驰吗？蔡锷问题提得很尖锐，梁启超不仅赞同，而且批评更为尖锐。从这里可以看到，蔡锷是在儒家思想的框架内，接受维新思想的洗礼的。

1899 年后，蔡锷留学日本，先后入东京大同学校、东京商业学校。同年加入唐才常组织的"自立会"。次年，唐才常组织"自立军"，准备在武汉举行反清起义。蔡锷回国参与，起义因计划泄露而失败，师友多遇难，蔡锷幸免。为投笔从戎，遂改"艮寅"名为"锷"，取其"砥砺锋锷，重新做起"之意。随后，蔡锷返回日本，先后进入日本陆军成城学校、陆军士官学校。1904 年底毕业于日本陆军士官学校第 3 期，成绩优异，被视为"中国士官三杰"之一。

蔡锷 1905 年归国，先后在江西、湖南、广西军界任职，被其学生后为民国代总统的李宗仁看作是"人中吕布，马中赤兔"。①

1910 年在广西干部学堂任总办期间，因剔汰学生引起误解，广西掀起了"驱蔡"风潮。事情平息后，蔡锷还招待参与"驱蔡"风波的广西年轻的同盟会员何遂、耿毅，对他们说："成大事的人要有个修养，你们念过苏东坡的《留侯论》吗？所谓'卒然临之而不惊，无故加之而不怒'，你们能做到这一点，当成大事。"②

---

①中国人民政治协商会议广西壮族自治区委员会文史资料研究委员会编辑《李宗仁回忆录》上册，1980 年，第 43 页。

②何遂撰《辛亥革命亲历纪实》，《辛亥革命回忆录》（一），北京：文史资料出版社，1981 年，第 467-468 页。耿毅撰《辛亥革命时期的广西》，《近代史资料》，1958 年，第 4 期。

颇有儒雅风度。

1911 年初蔡锷来到昆明，任新军第 19 镇第 37 协协统。后领导云南辛亥起义，并被推为辛亥云南军政府都督。1913 年底奉调北京，任多种要职，对袁世凯一度抱有很大幻想。但是袁世凯倒行逆施，出卖主权和复辟帝制的行为，触动了蔡锷的底线，遂积极策划、参与反对袁世凯复辟帝制的斗争，并最终取得了反袁护国战争的胜利。

从昆明起义到护国首义，我们都可以看到蔡锷身上的儒家思想和中国传统文化的影子。而且，在护国战争以后，力主“功成身退”，是很不容易的。只是由于“身不由己”，才最后勉强接受了四川督军兼省长的职务，然而到成都视事只 10 天，就因病情恶化，请假赴日就医，不幸于护国战争结束后不到半年的 1916 年 11 月 8 日，病逝于日本。

三

蔡锷不仅是政治家、革命家，还是著名的军事学家。自 1900 年，蔡锷参加唐才常“自立军”起义失败后，即下决心投笔从戎，改“艮寅”为“锷”，认真从事军事学的研究。他的第一篇军事学著作是《军国民篇》（1902）。[①]

《军国民篇》是这一时期蔡锷的重要代表著作，它开宗明义主张中国要实行“军国民主义”以救亡图存，就是要进行“军事救国”，强调要给国民以军事教育、军事制练，以达到富国强兵的目的。蔡锷的《军国民篇》是中国早期宣传军国民主义的代表文章。有人认为：吾国“军国民主义”之输入，即“以此为嚆矢”。[②]蔡锷的《军国民篇》发表以后，日本人下河边五郎曾将此文，与蒋方震（百里）所写之《军国民之教育》一文，合编为《军事篇》，先后印行七版，可见其影响还是比较大的。蔡锷宣传军国民主义，是戊戌维新以后呼吁军事改革声音的继续。

当然蔡锷的军事学著作中影响深远的是其编纂的《曾胡治兵语录》（1911）。

1911 年初，蔡锷调往云南，担任新职之前，曾就清末名将曾国藩、胡林翼

①《军国民篇》最早分别刊于《新民丛报》第 1、3、7、11 号，出版时间是 1902 年 2 月 8 日、3 月 10 日、5 月 8 日、7 月 5 日。又见曾业英编《蔡锷集》，长沙：湖南人民出版社，2008 年，第 163-182 页。

②李文汉编《蔡松坡年谱》，云南省嵩明县教育科石印，1943 年。

二人著作中，有关治兵言论，分为将材、用人、尚志、诚实、勇毅、严明、公民、仁爱、勤劳、和辑、兵机、战守十二类编撰整理，附以蔡锷自己的精彩按语，编辑而成《曾胡治兵语录》，一部语录式兵书。这本“语录”的价值，不仅在于辑录了曾国藩、胡林翼有关治兵语录，而且蔡锷针对当时情况和中国的国情，加上了自己精彩的重要按语。这些按语汇集成为蔡锷自己的兵学著作，成为中国历史上一部有影响的军事学著作。

这部著作完成以后，最初是蔡锷作为宣传和精神讲话的材料，后来不断翻印出版，至今出了多少个版本已难以统计，但至少在十个版本以上。1917 年商务印书馆出版第一版时，梁启超专门写一个“序”说，“松坡既死于国事，越一年，国人刊其遗著《曾胡治兵语录》行于世，世知松坡之事功，读此书可以知其事功所由来矣。”在这本书中，“松坡自谓身膺军职，非大发志愿，以救国为目的，以死为归宿，不足度同胞于苦海，置国家于坦途，今松坡得所归矣。”①

1924 年在广州创办黄埔陆军军官学校时，校长蒋介石看中了这本书，并亲自增辑“治心”一章，加序言再版发行。蒋介石在“序”中说：“余读曾、胡诸集既毕，正欲先摘其言行可以为后世圭臬者，成为一书，以饷同志，而留纂太平天国战史于将来。不意松坡先得吾心，纂集此治兵语录一书，顾其间尚有数条为余心之所欲补集者，虽非治兵之语，而治心即为治兵之本。吾故择曾胡治心之语之切要者，另列一目，兼采左季高（左宗棠）之言可为后世法者，附录于其后。”“愿本校同志人各一编，则将来治军治国均有所本矣。”这也说明《曾胡治兵语录》在当时的深远影响。

随着时间的推移，后人对《曾胡治兵语录》的评价愈来愈高，并视为中国军事史上一部语录体兵书，成为辛亥革命以前中国十大兵书之一。②

蔡锷编辑此书，附以按语，虽然对曾国藩、胡林翼赞赏备至，但他编此书的本意，并不完全同于曾、胡，主要是要针对当时的民族危机以及清廷的腐败无能，希望加以“挽回补救”。这种愿望，在蔡锷所加的说明和按语中，均有明显的反映。他说，编辑此书，是由于帝国主义各国企图瓜分中国和中国边疆

①谢本书主编《蔡锷墨迹诗文选集》，北京：中国社会科学出版社，2013 年，第 31 页。

②有人统计，中国历史上的兵书有四千部、三万卷左右，被认为著名的十大兵书是：《孙子兵法》《司马法》《吴子兵法》《孙膑兵法》《尉缭子兵法》《六韬》《黄石公三略》《诸葛亮兵法》《唐太宗李卫公问对》和《曾胡治兵语录》。

危机日益严重所引起，编辑此书的目的是为了“厉兵秣马”，以对付外国的侵略。蔡锷的军事主张，是立足于外战，而非内战。《曾胡治兵语录》事实上也是一部儒学军事经典，在中国军事史上应给予充分肯定。

1913 年底，蔡锷调往北京任职后，仍然热心于改革军事教育。他不仅与青年军官阎锡山、张绍曾、尹昌衡、蒋方震等 11 人组织军事研究会，经常聚会讨论和演讲各种军事问题、军事计划，还邀请外国军事学家演讲，图谋改革军事教育，提高军事学术水平。蔡锷还希望为国防近现代化贡献自己的力量。这一时期，他还修订了早年在广西起草的《军事计划》一书，作为国防计划的纲要。[①]此书计三万余言，主张对军事实行改革的同时，也要对政治进行改革。此书较之《曾胡治兵语录》更能看出蔡锷军事思想的概貌。蔡锷不愧为近代中国的著名军事学家。

四

儒家传统的“修身齐家治国平天下”自我完善的学说，对蔡锷有很深的影响。要“治国平天下”，必须先要“修身齐家”。以“修身齐家”作为“治国平天下”的前提，是蔡锷一生的重要行动准则。

“修身”，对蔡锷来说，就是要“自我完善”。在这方面，蔡锷体现了三个方面的特点：一是对自己严格要求；二是为人处世低调；三是廉洁自律突出。

对自己严格要求，一丝不苟，不怕困难，不怕牺牲，是蔡锷一生为人处世的重要特点。蔡锷少年时期家境贫困，而他却能刻苦努力，从不懈殆，逆境成才，这与他对自己的严格要求分不开的。在湘西地区还流传着蔡锷童年勤奋好学的佳话，他白天帮助家人到田野劳作，晚上常常点灯读到深夜。父亲限制他只能用一小碟油，但他瞒着父亲，在灯碟里盛满油，深夜诵读，油尽始睡。蔡锷家贫，书籍难购，听说亲友有藏书，虽在数十里以外，他也要翻山越岭去借阅。童年出门上学，有时要走三天的路，家里没有钱，在路上只买饭不买菜，一个咸鸭蛋要吃三天，其刻苦求学可见一斑。

---

①《军事计划》（1915 年），见曾业英编：《蔡锷集》，长沙：湖南人民出版社，2008 年，第 1141—1191 页。又《军事计划》一书，有人认为蒋方震所作，而非蔡锷作。参见吴仰湘著《蒋百里思想研究》，北京：人民出版社，2012 年，第 203—230 页。也有人认为是蔡、蒋二人合作的成果。这个问题有待进一步研究。

辛亥昆明起义时期，他带领巫家坝部队进城攻击，始终走在队伍的最前面。护国战争时期，蔡锷虽身患重病，始终坚持指挥、战斗在川南第一线，风餐露宿，昼夜不得安宁，甚至巡视前线时，被敌军发现，由田埂滚入水深及胸的水田隐蔽，达半日之久，直到天黑才爬上田埂，回到川南纳溪县城指挥部。[①]由于蔡锷不怕困难、不怕牺牲的精神，鼓舞了护国军，因而“我军士气百倍，无不以一当十”。[②]这样虽然护国军“屡濒于危”，却每“能绝处逢生”。[③]蔡锷的沉着、稳重，在历史转折的重要关头或突遇重大事件时，表现更为明显。

为人处世低调，是蔡锷个性的又一重要特征。蔡锷为人处事颇为冷静，遇事既不张扬，也不轻易表态，更不鲁莽采取行动。正如朱德回忆，蔡锷到云南之初，担任要职，但“过着与人隔绝的生活，冷静、稳健、隐退”。[④]

在辛亥担任云南都督期间，在自己办公桌后面墙上贴上了一张醒目的纸条，上书大字：“鄙人事冗，除公事外，请勿涉及闲谈。”然而，当他考虑成熟的事，下了决心后，所采取的措施和决定，是要大胆地雷厉风行地去执行的，不会轻易让步或退却。

蔡锷更为突出的特点是廉洁自律。辛亥云南军政府的改革中，很重要的是财政改革，开源节流。在改革过程中，蔡锷为改善云南财政状况，两次带头减薪，都督月薪由 600 元减至 60 元，只有原薪的 10%，成为一个亮点。结果都督月薪之低，全国未有如云南者。蔡锷还有若干具体规定，如不得侵吞缺额饷银，不得请客送礼，不得受贿和侵吞公款，兼差人员概不兼薪，不得挪用教育经费，非星期日不得宴客，即使星期日宴客，一席之费也不得超过五元等。[⑤]朱德回忆说，这就使云南“廉洁成为一时风尚”。[⑥]

在护国战争的艰难岁月里，蔡锷仍自豪地说：（护国第一军）“出征以来，

---

①邹若衡撰《云南护国战役亲历记》，《云南文史资料选辑》，第十辑，第 156–157 页。李曰垓编《云南护国军入川之战史》，《护国文献》下册，贵州人民出版社，1985 年版，第 671 页。

②蔡端编《蔡锷家书》，《蔡锷集》，北京：文史资料出版社，1992 年版，第 224 页。

③《蔡锷致唐继尧等电》，《湖南历史资料》，1980 年，第 1 期。

④史沫特莱著《伟大的道路》，上海：三联书店，1979 年，第 101 页。

⑤陈度撰《中国近世社会变迁志略》，手稿，藏云南社科院图书馆。

⑥李希泌撰《如兹风美义，天下知重师》，《社会科学战线》，1979 年，第 2 期。

未滥招一兵，未滥收一钱，师行所至，所部士兵未擅取民间一草一木。”[①]为官清廉，生活简朴，是蔡锷为人称道的一个重要特点。身居高官，没有任何积累，蔡锷死后，还负债三四千元，靠恤金及友人资助才得以偿还。所以唐继尧等在蔡锷去世后的通电中，特别表示，蔡锷一生克己奉公，操守纯洁，忠心爱国，至死不渝。而“身后萧条，不名一钱，老幼茕茕，言之心痛”。[②]蔡锷身处清末民初的社会里，出淤泥而不染的高风亮节，非常可贵。

“齐家”，蔡锷也不愧为模范。最突出的事例是身居要职，也决不为家属亲友开“后门”，对家属、亲友要求极为严格。辛亥革命时，蔡锷担任云南都督的消息，很快传到了湖南宝庆（邵阳）蔡锷的家乡，亲友们很高兴。其时，蔡锷有两个弟弟，一个叫蔡钟（松垣），比蔡锷小四岁，这时也25岁了；一个蔡鍊（音同“东”）（松墀），比蔡锷小十岁，也19岁了，都在农村当农民、干农活，从事繁重的体力劳动。两兄弟听说大哥当了都督，高兴得很，决定老二（蔡钟）先去看大哥，看看能不能谋一官半职。然后老三（蔡鍊）再决定是否去云南。

蔡钟在1912年春，从湖南步行到了昆明。蔡锷当然很高兴见到二弟，请人陪他在昆明参观、游览。参观、游览几天后，蔡钟却没有打算回家乡的表示，从交谈中，蔡锷得知二弟想在云南找事做。在民国初年的云南，百废待兴，作为一省之长的都督，要为弟弟找一个差事，弄个一官半职，实在是很容易的。然而蔡锷却拒绝了，要他还是走路回去照顾母亲，只给了他20元的旅费。蔡钟终于离开了昆明。[③]蔡钟回到湖南后，其时已任湖南财政司司长的袁家普，与蔡锷的交情好，感到蔡锷不便在云南安排蔡钟的工作，于是他就在湖南安排，曾考虑任命蔡钟为财政司下属之湖南铜元局局长。蔡锷得知后婉言谢绝，说“不可，恐年少，有误公事。”[④]这种精神让人感动。

以这种“修身”“齐家”的精神来“治国”，自然易于“平天下”了。

---

①曾业英编《致北京及各部院及各省电》，《蔡锷集》，长沙：湖南人民出版社，2008年，第1427页。

②曾业英编《唐继尧等致黎元洪段祺瑞电》，《蔡锷集》，长沙：湖南人民出版社，2008年，第1506-1507页。

③周钟岳撰《惺庵尺牍》，手稿，藏云南省图书馆。

④袁家普撰《蔡公遗事》，《长沙日报》，1916年11月11日。

五

蔡锷不仅以卓越的事功彪炳史册，而且以伟大的人格感召后人。在蔡锷去世后，人们给蔡锷以很高的评价。

其时，“少年中国学会”发起人曾琦这样评价蔡锷说：

“实近世纪罕见之完人，德才具备，文武兼资，而又最重实行，异乎世人徒壮语者。综其一生之性行，不啻智、仁、勇三字下注解也。”

蔡锷的同里人、1919 年“五四”运动的著名闯将匡互生当时在一封家信中说：蔡锷之死，“无论南人北人外国人莫不为之痛惜。盖伊功高才大，德隆望重，久为中外所佩服故也”。“北方人对于南方各首领多不满意，唯一谈及蔡锷之名，则皆信服。如其不死，则将来调和南北之意见，及整顿中国之内政，皆为易事。不幸短命，不仅宝庆失一先觉，而国家亦将受莫大之影响也。”[①]

更令人惊讶的是，被护国军点名道姓，要求惩处的帝制祸首杨度，也称赞蔡锷说：

魂魄异乡归，如今豪杰为神，万里山川空雨泣；

东南民力尽，大息疮痍满目，当时成败已沧桑。[②]

袁世凯之次子袁克文也有一副吊唁蔡锷挽联说：

军人模范，国民模范；

自由精神，共和精神。

至于与蔡锷有师生情谊的梁启超，对蔡锷的去世更是悲痛万分。1916 年 12 月 14 日，在上海殡仪馆举行蔡锷的悼祭仪式上，梁启超出席了悼祭仪式，大总统代表杨善德宣读祭文后，由梁启超宣读自己亲笔写的祭文。可是梁启超走上前去，看见蔡锷的遗容，情不自禁地失声痛哭，一时难以止住，因为太悲伤，太激动，竟致无法再读祭文，只好把文稿交给他的另一学生、蔡锷的挚友石陶钧代读。一开头，祭文说：“呜呼！自吾松坡之死，国中有井水饮水处皆哭，

---

①袁泉撰《当时人记当时事——匡互生记蔡锷逝世后京中情况》,《人民政协报》，1992 年 12 月 22 日。

②杨友龙主编《杨度墨迹诗文选集》，北京：中国社会科学出版社，2013 年，第 114 页。

宁更特吾之费词”。[1]这又引起全场的哭泣。祭文读完，把全场参加悼念的群众都感动了，灵堂里再次响起一片泣啜声。

人们对蔡锷的怀念是难以用言语来表达的。

蔡锷逝世近百年来，不论中国国民党，还是中国共产党，都曾对蔡锷及其领导的护国战争给予很高的评价，这在对历史人物的评价中是非常罕见的。

国民党的最高领导人孙中山，在蔡锷逝世后，借古代两位良将的典故，颂扬蔡锷的文治武功：

平生慷慨班都护；

万里间关马伏波。[2]

孙中山在1916年5月于上海云南驻沪代表欢迎宴会上，高度评价护国起义说：“云南起义，其目标之正确，信心之坚强，士气之昂扬，作战之英勇，以及民心之振奋，响应之迅速，与黄花岗之役，辛亥武昌之役，可谓先后辉映、毫无轩轾，充分表露中华民族之正气，中华革命党之革命精神，不唯使筹安丑类胆战心惊，即袁世凯亦何异夺其魄”。[3]孙中山又曾在1916年12月13日致电当时的大总统黎元洪和北京政府国务院，建议定护国云南起义日——1915年12月25日为中华民国国庆日（即取代10月10日的辛亥武昌起义纪念日）。[4]虽然这个建议未变成现实，而只是把云南护国起义日作为国家纪念日之一，但它表明了护国战争在以孙中山为代表的资产阶级革命党人以及全国人民心目中所占的重要地位。同此，以孙中山为代表的资产阶级革命党人，把护国战争称作“第二次革命”。

后来国民党领导人蒋介石，对蔡锷也相当推崇。他担任黄埔军校校长期间，特别推荐蔡锷编纂《曾胡治兵语录》，将此书作为教材，印发学员，人手一册，并为书写序。

中国共产党的主要领导人，从李大钊、陈独秀到毛泽东、刘少奇，在谈到

---

①毛注青等编《梁启超祭蔡锷文》，《蔡锷集》，长沙：湖南人民出版社，1983年，第640页。

②刘达武编《蔡松坡先生遗集》（十二），集末页三二 。

③“中国地方自治设计委员会”，《李宗黄回忆录》（二），台北：1973年，第151页。李宗黄时任云南护国军驻沪代表。

④《致黎元洪国务院电》，《孙中山全集》第3卷，北京：中华书局，1984年，第402页。

辛亥革命时，都会提到，辛亥革命后，共和观念深入人心，谁要想当皇帝，都做不成了。这是对护国战争顺应历史人心的高度肯定。

1917 年 4 月 12 日，国民政府在长沙岳麓山为蔡锷举行国葬典礼。在长长的送葬队伍里，就有年仅 19 岁的后来成为著名的共产党人的刘少奇。几十年后，刘少奇在《关于中华人民共和国宪法草案的报告》中，明确地指出，辛亥革命的伟大功绩之一就在于，它“使民主共和国的观念深入人心，使人们公认，任何违反这个观念的言论和行动都是非法”的。①

1920 年，毛泽东曾经这样评说湖南的几位名人：

曾、左，吾之先民；
蔡、黄，邦之模范。②

毛泽东在这里，把蔡锷与黄兴相提并论，视为湖湘贤达之人的“模范”。1951 年，毛泽东以中央人民政府主席名义给蔡锷签发了烈士证书。证书说，蔡锷在“革命斗争中光荣牺牲，丰功伟绩，永垂不朽。”③

朱德曾是蔡锷的学生和部下，他称蔡锷是自己的“北斗星”、“良师益友”。朱德在延安一次讲课时还说，我一生有两个老师，一是蔡锷，一是毛泽东。参加共产党前，我的老师是蔡锷，他是我在黑暗时代的指路明灯；参加共产党以后，我的老师是毛泽东，他是我现在的指路明灯。在这里，朱德把蔡锷与毛泽东并提。④

此外，杰出的马克思主义者、著名共产党人刘伯承（川东护国军领导人）、吴玉章（老同盟会员、曾任国民党中央秘书长）等，都曾投身反袁护国战争，并立下了重大功绩。他们以实际行动支持和肯定了反袁护国战争。

1981 年，在北京各界纪念辛亥革命七十周年的大会上，当时的中共中央主要领导人胡耀邦在大会讲话中说：“在辛亥革命时期，许多爱国志士加入孙中

---

①《关于中华人民共和国宪法草案的报告》，《刘少奇选集》下卷，北京：人民出版社，1985 年，第 135 页。

②黄柏强撰《黄兴对毛泽东的影响》，《纪念黄兴诞辰 140 周年学术研讨会论文集》，长沙：湖南人民出版社，2014 年，第 210 页。

③烈士证书复印件，见袁泉著《我的外公眼中的蔡锷将军》，北京：中华书局，2013 年，第 271 页。

④采访谭碧波先生未刊记录稿。又参见谭碧波：《重九伸大义，功成庆开场——回忆朱总司令谈辛亥云南起义》，《思想战线》，1979 年，第 5 期。

山领导的革命行列，进行了艰苦卓绝的斗争，有的甚至献出了生命。”他列举了当时著名的风云人物33人，蔡锷名列其中。[①]

六

蔡锷作为清末民初时局发展过程中反映时代特征的指示器和坐标，是不可取代的。近年来关于蔡锷的研究已取得了较多的成果，出版了众多的文集和传记等著述。政协湖南省邵阳市大祥区委员会编纂的《蔡锷诗文集》，别出心裁，是献给纪念护国战争100周年和悼念蔡锷逝世100周年的重要礼物。

承蒙政协湖南省邵阳市大祥区委员会的邀约，特为之序。

---

①胡耀邦撰《在首都各界纪念辛亥革命七十周年大会上的讲话（1981年10月9日）》，《人民日报》，1981年10月10日。

清新豪迈，英雄本色①

——蔡锷诗联考释

伏家芬②

陈石遗云："军人之能诗词者，近不多见。"

蔡锷是中国近代史上著名的民主革命家和杰出的军事家。他文武兼资，既是不可多得的"帅才"，也是不可多得的"诗才"。他十三岁中秀才，学有根柢，尝论文学曰："读《出师表》，则忠之心油然以生；读《哀江南》，则起亡国之悲痛；披岳武穆、文文山等传，则慷慨激昂；览《山海经》、《搜神记》等籍，则游心异域，人之情也。独怪乎中国之词人，莫不摹写从军之苦与战争之惨，从未有谓从军乐者。……求所谓如'不斩楼兰终不还'之句，则如麟角凤毛之不可多得。"这些论点，虽百世下，读之犹有箴砭意义。他绮岁从戎，独当方面，儒雅倜傥，梁启超誉之为"儒将"。1908 年，他在广西任新军标统，驻节南宁。军务倥偬之际，犹不忘托人购买《玉溪生集》（按：即李商隐诗集），可见他文学素养高，平日偶作诗联，决非附庸风雅者可比。他遗世之作不多，左学训云："数民国以来之军人，富修养，明大义，持身谨严，时时以国事为念，而绝无党人与军阀之陋习者，吾必以松坡先生为首屈一指。……诗歌联语，虽吉光片羽，亦可窥见先生人格之伟大。"《湘雅摭残》评其诗稿云："革命元勋，诗故沉

①郭汉民、严农主编《蔡锷新论》，长沙：湖南人民出版社，1997 年，第 500—509 页。

②伏家芬，湖南汨罗人，1927 年生。现为湖南省文史馆文史研究会会长，长沙市诗人协会副会长、长沙碧湖诗社原社长（现为名誉社长）、《湖南诗词》执行主编、《文史拾遗》副主编。退休后潜心研究文史。所撰述杜甫、王昌龄、周敦颐、王船山、魏默深、曾国藩、王湘绮、郭嵩焘、黄兴等先贤学术思想之论文，皆为湖湘文化研究之力作，在国际国内学术研讨会上深获专家好评。已出版的专著有《伏家芬诗文集》《湖湘诗话》等。

雄乃尔。”可见后人对其评价之高。英雄本色，诗品固如其人品也。兹就摭拾所得，分校园诗、登临诗、军旅诗、碑铭及联语五项，分别考释评述如次。

一、校园诗

《冬夜》云：“悍鼠斗□□，寒风冲破壁。秃笔硬如铁，残灯光寂寂。”

按：此诗系1897年冬进时务学堂后不久所作，时年十五岁。诗中二字缺佚，从语意看，二字当为宾语，或“危楼”或“陋室”，未可妄臆，然全诗咏物抒怀，明白如话。“悍鼠”、“寒风”、“破壁”、“残灯”，写客观环境。“秃笔硬如铁”五字，掷地有声。笔而曰“秃”，见主人写作之勤，其硬如“铁”，状冬夜呵冻为书之苦，意志之坚。寥寥二十字，尺水兴澜，咫尺见千里之势。或曰：此诗似为寓指当时清廷腐败，狐鼠横行，时局危殆，而主人公则铁肩担道义，磨血写文章。盖蔡锷尝言：“今日时局之危殆，祸机之剧烈，殆十倍于咸同之世。”此诗或故作警语，唤醒国人，并以明志也。姑存其说待考。

《杂感十首》。其一云：“拳军猛焰逼天高，灭祀由来不用刀。汉种无人创新国。致将庞鹿向西逃。”

按：此十首原载1900年10月23日出版的横滨《清议报》第61册，署名“奋翮生”。时蔡锷正在东京大同高等学校（后改东亚商业学校）读书，年十八岁。第一首盖指义和团之起，慈禧西逃，不曰“拳匪”，而曰“拳军”，且“猛焰逼天高”，其同情拳民起义之心。跃然纸上。可惜的是，“汉种无人创新国”，汉族未能趁此国势动荡之机。逐鹿中原，以推翻清廷统治，光复华夏，诗人遂有“庞鹿西逃”之叹（庞，高大貌）。

其二云：“前后谭唐殉公义，国民终古哭浏阳。湖湘人杰销沉未？敢谕吾华尚足匡。”

按：此诗盖指浏阳志士谭嗣同、唐才常，先后以“戊戌政变”及“自立军”首义而殉难。为“殉公义”而死，所以国人终古（千秋万古）哭之。湖湘人杰，士气消沉也未？我敢说，中国尚可匡救，大家宜前仆后继，踏着谭、唐二人的血迹奋然前行（谕，告诉）字字皆血性语，不事雕琢，而忠肝义胆，可并烈士照耀千古。

其三云：“圣躬西狩北廷倾，解骨忠臣解甲兵。忠孝国人奴隶籍，不堪回首瞩神京。”

按：此诗慨叹八国联军入京，慈禧和光绪圣驾西巡，北京的朝廷，竟然倾覆，那些没有骨头的“忠臣”解甲弃兵。愚忠愚孝的国人。顿时沦为奴隶。首都的事，真令人不堪回首（瞩，注目）。

其四云：“归心荡漾逐云飞，怪石苍凉草色肥。万里鲸涛连碧落，杜鹃啼血闹斜晖。”

按：此诗言东游志士之心，紧紧地与祖国人民联系在一起。1900年唐才常组织自立军，发动反清起义，邀约留学生中有志之士回国相助。蔡锷曾辍学归国，积极参与，8月起义失败，蔡锷幸免于难，遂重返日本就学。“归心荡漾逐云飞”、“万里鲸涛连碧落”，乃纪实之句，情景交融，蕴藉深厚，以“怪石苍凉”、“杜鹃啼血”相映衬，愈显其苍凉悲壮。“逐”、“连”二字，诗眼醒豁。

其五云：“卌年旧剧今重演，依样星河拱北辰。千载湘波长此逝，秋风愁杀屈灵均。”

按：此诗自注云，“千八百六十年，英法联合军破天津，入北京，帝避难热河，其情形与今无异。”从英法联军到八国联军，其间四十年，中经戊戌政变、自立军起义，均遭清廷残酷镇压；外国一旦入侵，朝廷重演帝后出京“巡狩”之故伎，偏安燕乐，国土“宁赠外人，不与家奴”，可叹也。

其六云：“哀电如蝗飞万里，鲁戈无力奈天何！中原生气戕磨尽，愁杀江南曳落河。”

其七云：“天南烟月朦胧甚，东极风涛变幻中。三十六宫春去也，杜鹃啼血总成红。”

按：1900年前后，广州起义、惠州起义失败，自立军起义又失败，其六备言“哀电如蝗”，交驰万里，鲁阳挥戈，回天无力，中原生气，戕害销磨，行将尽矣，岂不愁杀江南之爱国健儿乎？（曳落河，犹言健儿，语出唐书回鹘传。）其七“天南烟月”喻南方各省之革命势力。月色朦胧，晨曦难曙；“东极风涛”喻东亚之国际形势，风涛变幻，前途难测。“三十六宫”喻指帝阙。遥瞻帝阙，当年（光绪）那种维新气象，已是一去不复返了。只剩下“子规半夜犹啼血”，一片残红，不信东风唤不回也。

其八云：“贼力何如民气坚，断头台上景怆然，可怜黄祖骄愚甚，鹦鹉洲前戮汉贤。”

按：此首一二句自注云，“法国革命，断民贼之首于台，以快天下。”盖勉国人宜效法国革命之坚毅果敢，而不能效黄祖之骄横愚昧，中魏武借刀杀人之奸计，枉杀如祢衡之爱国志士也。“汉贤”，双关语。慨叹汉族人自己杀汉族人，乃其深意。

其九云：“烂羊何事授兵符，鼠辈无能解好谀。驰电外强排复位，逆心终古笔齐狐。”

按：此诗自注云："前某督曾致电某国某君，言地可割。款可赔，惟今上复位则万不可，并令某君转达其国之外务大臣，恳其先各国以倡此议。""烂羊"喻滥授之官爵。汉时民谣："灶下养，中郎将；烂羊头，关内侯。"此处盖斥当时手握兵权之疆圻重臣，卖国求荣，在戊戌政变问题上，排斥光绪，讨好慈禧，反对维新。千秋万载后，终将有董狐之史笔，诛伐此等逆贼之居心。

其十云："而今国士尽书生，肩荷乾坤祖宋臣，流血救民吾辈事，千秋肝胆自轮囷。"

按：蔡锷尝云，"披岳武穆。文文山等传，则慷慨激昂。"可见其对肩荷乾坤重任之"宋臣"，颇倾心效法（祖，效法）。才能出众超群的人称"国士"。如今有"国士"之目者，尽是书生。岳飞、文天祥书生气十足，能尽其愚忠，未能匡济天下；我辈救国救民，则应进行流血革命，忠肝义胆，千秋万载后，自见其形象高大（轮囷，高大貌）。以上十章，使事精当，音节洪亮，议论沉雄，澜翻笔底，虽身在校园，而心忧祖国，忠义之气，拂人眉宇。

二、登临诗

《登岳麓山》云："苍苍云树直参天，万水千山拜眼前，环顾中原谁是主？从容骑马上峰巅。"

按：此诗作于 1905 年春，时蔡锷应湖南巡抚端方之聘，任教练处帮办兼武备、兵目两学堂教官。起笔便写云树苍茫，振衣千仞，千山万水，罗拜眼前，大有"独立雄无敌"之概。前二句是铺垫，第三句喝起，第四句作答，纯是白居易《魏王堤》结题笔法，想见从容揽辔，慨然赋诗，抒澄清中原之志，的确是革命军人光明俊伟气象。

《谒杜甫草堂》云："锦城多少闲丝管，不识人间有战争！要与先生横铁笛，一时吹作共和声。"

《别望江楼》云："锦江河暖溅惊波，忍听巴人下里歌！敢唱满江红一阕，从头收拾旧山河。"

按：按邵阳松坡图书馆馆藏抄件，此二诗作于 1916 年 8 月上旬。另据黄曾甫师《春泥馆随笔》载，此二诗题为"军次成都寄梁师启超"，无分题。"锦江春暖溅波，忍听巴人下里歌。"二句不同，《随笔》作"锦江春暖溅惊波，喜听巴人下里歌。"二稿未知孰是？并存待考，诗中间杂"战争"、"共和"、"满江红"、"旧山河"等词语，俗而能雅，亦旧风格含新意境之杰作也。

《游山二绝句》云："双塔峥嵘矗翠华，腾空红日射朝霞。遥看杰阁层楼起，五色飞扬识汉家。”

其二云：“东风吹彻万家烟，迎面湖光欲接天。千载功名尘与土，碧鸡金马自年年。”

按：此诗系毛注青《蔡锷集》未刊稿，原载《湘雅摭残》，时间地点失考。“五色飘扬识汉家”，辛亥后，国旗五色，象征五族共和，此诗疑为1911年后所作。“识”字响亮，使人生河山光复之时空感。“碧鸡”、“金马”，昆明有此二山，山各有神祠。相传汉代于此祭金马碧鸡之神，此诗似应为在云南作。“千载”二句。意谓人自年年礼拜，我则直视功名为尘土，虽千载何与！较之岳武穆“三十功名”似有更深一层境界。

三、军旅诗

《滇军北伐誓师词》（原词较长，从略）

按：1912年1月27日，云南北伐军在省城承华圃誓师，蔡锷时任滇军都督，此为当日誓词，盖四言诗也。

《护国军总司令誓词》（略）

按：此词作于1916年1月，时蔡锷任护国第一军总司令，在昆明誓师讨袁。

《首义誓词》云：“拥护共和，我辈之责。兴师起义，誓灭国贼。成败利钝，与同休戚。万苦千难，舍命不渝。凡我同人，坚持定力。有渝此盟，神明必殛。”

按：此词作于1916年1月，背景与前同。均为四言。盖四言起于《诗经》，誓师之词，乃武王伐纣《周颂·我将》之遗意。刘彦和云：“四言正体，则雅润为本。”此词堪称“雅润”。又谭嗣同云：“学诗宜穷经，方不为浮词所囿。”誓师护国，诛彼独夫，多少道理要讲，寥寥数十字尽之，能摒弃一切浮词，亦穷经有得者，读此，方知将军“上马杀贼，下马作露布”，儒将风流，良非虚誉。

《军中杂诗二首》，其一云：“蜀道崎岖也可行，人心艰险最难平。挥刀杀贼男儿事，指日观兵白帝城。”

其二云：“绝壁荒山二月寒，风尖如刃月如丸。军中夜半披衣起，热血填胸睡不安。”

按：此诗作于1916年2月。一题“军次龙丘”（据《湘雅摭残》）。第一首以“蜀道崎岖”与“人心奸险”对比，极言袁贼之老奸巨猾、阴险毒辣，所谓“愦乱昏暴，直熔王莽、董卓、石敬瑭、张邦昌于一炉”（蔡锷《致各省都督将军电》）。难平之“平”有二义：其一为“平复”，袁贼狡诈，无心悔祸，难平者一也；其二为“平正”之“平”，愤慨不满为“不平”，“难平”者意谓袁贼倒行逆施，国人愤慨难平也。此处语意，似属前者。时蔡锷正率主力部队在四川纳溪棉花坡一带与曹锟、张敬尧指挥的袁军鏖战，故结穴有“指日观兵白帝城”之句，示直捣黄龙之决心。第二首“二月寒”，一作“九月寒”，考蔡锷 1916 年 1 月方誓师讨袁，故以“二月寒”为是。

四、碑铭

《黄武毅公墓志铭》云：“维公之生，幼而岐嶷。扶桑结社，河口熸师。缅边亡命，间关腾永。匿迹滇垣，以求一逞。锷时治军，披褐入谒。立定大计，数言取决。入黔赴蜀，群盗投戈。士畏秋肃，民爱春和。胡天不吊，思南变作。黄尘昼昏，大星夜落。维公之殂，如断左臂。每闻鼙鼓，敢忘颇牧。古称将德，智信仁勇。我亦崛起，为公低首。内而振旅，外而折冲。公既殁猗，我将焉从？宿草萋萋，英风烈烈。勒石贞珉，敬诏来哲。”

按：据《蔡松坡先生遗集》《云南文史资料选辑》第十五辑，此铭作于 1912 年 11 月。其自序略云：黄武毅公名毓英，会泽人。早年留日学陆军，加入同盟会。河口起义失败，逃亡缅甸。后投云南蔡锷部，任七十三标排长。参与“重九”云南起义，立有战功。民元四月，在思南行军途中，被人狙击路隅遇害，殁年廿八岁。熸，火灭也，引申为溃散。

《炯戒碑铭》云：“捍卫牧圉，军人天职。居则恤民，出则摧敌。国家之光，生灵之福。胡不率命，而出贻戚。攘夺矫虔，是曰蟊贼。觥觥男子，身膏斧锧。宁不汝怜，罚不汝佚。后有来者，视此穹石。”（觥音光，武勇貌。）

按：此铭作于 1912 年。自序云：辛亥云南光复后，“不幸而有十月十三日蒙自之变，土匪乘之，横肆劫掠，一方俶扰，全局几为牵动，乃命军政部总长罗佩金往治其事，得始乱李镇邦、龚裕和等三十余人，立置之法，胁从弗罪，群情帖然，事乃底定。爰勒碑铭，用昭炯戒。”

《护国岩铭》云：“护国之要，惟铁与血；精诚所至，金石为裂。嗟彼袁逆，炎隆耀赫；曾几何时，光沉响绝。天厌凶残，人诛秽德。叙泸之役，鬼泣神号；出奇制胜，士勇兵骁；鏖战匝月，逆锋大挠。河山永定，凯歌声高；勒铭危石，以励同袍。”

按：此铭作于 1916 年 6 月袁贼死后，原载《蔡松坡先生遗集》。原序云：“中华民国四年前总统袁世凯叛国称帝，国人迷之，滇始兴师致讨，是曰‘护国军’，锷实董率之。逾年，师次蜀南，与袁军遇于纳溪，血战逾月，还军大洲驿，盖将休兵以图再举，乃未几而粤桂应，而帝制废，而袁死，而民国复矣。嗟呼！

袁固一世之雄也，挟薰天之势，以谋窃国，师武以力，卒毙于护国军一击之余。余与二三子，军书之暇，一叶扁舟，日容与乎兹岩之下。江山如故，顿阅兴亡，乃叹诈力之不足恃，而公理之可信，此岂非天哉！世或以踣袁为由吾护国军；护国军何有？吾以归之于天，天不可得而名，吾以铭兹岩云尔。”碑铭之类，曾国藩归之“词赋之属”，盖言之无文，行而不远，义典则宏，文约为美。以上三首，言辞简古，文采焕然，笔力苍劲已极，读之弥感义挟风霜，气涵河海，真正做到了《文心雕龙》所谓：“写实追虚”，“观风似面，听词如注”。第三首序言，夹叙夹议，简洁质朴，清新流丽，亦散文中上乘之作。

五、联语

《南宁寓庐联》云：“淡泊明志；夙夜在公。”

按：此联作于1909年至1910年。时蔡锷任讲武堂监督。前幅紧缩诸葛名言，后幅直接采用诗经成语，词工意古，藉作箴铭，字字着力。蔡锷在广西六年，行经四千里，考察山川形势、物产民情，公而忘私，自己不名一钱，对人言：“毫未吃半点冤枉饭。”可见他躬行实践，说到做到。

《挽珠海三烈士联》云：“才若晨星，国如累棋，希合而支持，乃聚而歼绝；君等饮弹，我亦吞炭，与生也废弃，宁死也芬芳。”

按：此联作于1916年4月，三烈士指汤觉顿、谭学夔、王广龄，死于粤督龙济光制造的海珠会议凶杀案。（详毛注青等编《蔡锷集》450页。）吴恭亨评云：“吞炭自喻病喉失音，然三十六字，绝为沉痛，亦绝为呜咽，人亡之感，千百世下，读者犹生累欷。”

《题雪山关联》云：“是南来第一雄关，只有天在上头，许壮士生还，将军夜渡；作西蜀千年屏障，会当秋登绝顶，看滇池月小，黔岭云低。”（雪山关在川南古蔺县，一云永叙县。）

按：此联作于1916年2月至3月。时蔡锷率兵鏖战川南。出幅“壮士生还”、“将军夜渡”，既言军旅之艰难，亦见革命家之气度；对幅“月小”、“云低”化用“一览众山小”句意，境界开拓，诗中有画。英雄胆识，跃然如见，宜乎当日古蔺县长官为之当关刻石，留此旅游胜迹。

《赠时杰联》云：“誓师伏波庙；倚马剑门山。”

按：此联时、地、人均待考，细绎语意当作于1916年二三月。寥寥十字，字字倚天拔地，想见负戈外戍、杀气雄边之英姿。

《赠小凤仙联》云：“此地之凤毛麟角；其人如仙露明珠。”

按：此联当作于1915年蔡锷在北京时。清新婉约，嵌字贴切自然。奇才大句，悠游不迫，其文亦如仙露明珠矣！又坊本传抄，另有一联云：“自古佳人多颖悟（或作：不信美人终薄命）；从来侠女出风尘。”盖赝品也。“风尘”一词，明言凤仙为妓，蔡即使下愚，亦不当出此恶札。

《挽黄兴联》云：“以勇健开国，而宁静持身，贯彻实行，是能创作一生者；曾送我海上，忽哭君天涯，惊起挥泪，难为卧病九州人。”

按：此联作于1916年11月初。黄兴于10月31日逝世，而八日后蔡锷逝世，盖绝笔也。初，去日本就医，8月22日抵上海，黄命长子一欧迎候，后亲往旅邸看望，临行，黄带病去码头送别。黄逝世，蔡托张嘉森致祭，祭文云：“血为之厥，泪为之枯。”时蔡卧病日本九州之福冈医院，故对幅云云。此联非惟哭其私，抑亦抒家国之痛，瘖声羸貌，精心浩气，仿佛如见。吴恭亨云：“语语痛咽，所谓惟英雄能道英雄，亦惟英雄为能哭英雄也。”

目录

附录三　哀挽　纪念蔡锷的诗歌 ……313

* 文中加【 】字词，表示根据上下文补充文中遗漏的字词。

文中加 [ ] 字词，放在文中错字词后，表示改正的字词。

诗词

冬夜①

（1897 年冬）

悍鼠斗□□②，寒风冲破壁。
秃笔硬如铁，残灯光寂寂。

浪淘沙·赞杨家善③

（1900 年前）

公性本刚强，
恭俭温良。
公平正直寿而康。
尊师重道轻财帛，
品迈寻常。
子孙次第列泮庠，
世继书香。

①刘达武编，《蔡松坡先生遗集》（八），邵阳亚东印书馆，1943 年，页三三。

②此诗被发现时原文空缺二字。本书以后空框部分均为原文空缺。

③摘录于 1996 年编《邵阳文史》第 24 辑，第 146 页。马少侨《介绍蔡锷将军的一首佚词》一文。此词上阕完整，下阕只有两句，原载于洞口县山门《杨氏族谱》（三修，1900 年成书）22 卷，第 34 页，应是作于 1896 年之后，1900 年之前。杨家善（1808—1893）山门名士，太学生，其孙戊壬为蔡锷老师。

杂感十首①

（1900 年 10 月 23 日）

一

拳军猛焰逼天高，灭祀由来不用刀。
汉种无人创新国，致将庞鹿向西逃。

二

前后谭唐殉公义，国民终古哭浏阳。
湖湘人杰销沉未？敢谕吾华尚足匡。

三

圣躬西狩北廷倾，解骨忠臣解甲兵。
忠孝国人奴隶籍，不堪回首瞩神京。

四

归心荡漾逐云飞，怪石苍凉草色肥。
万里鲸涛连碧落，杜鹃啼血闹斜晖。

五

卌年旧剧今重演？依样星河拱北辰。
千载湘波长此逝，秋风愁杀屈灵均。

六

哀电如蝗飞万里，鲁戈无力奈天何。
中原生气戕磨尽，愁杀江南曳落河。

①曾业英编，《蔡锷集》，长沙：湖南人民出版社，2008 年，第 14–15 页。原编者注：这组诗以“奋翮生”笔名发表在《清议报》第六十一册。

七

天南烟月朦胧甚，东极风涛变幻中。
三十六宫春去也，杜鹃啼血总成红。

八

贼力何如民气坚，断头台上景怆然？
可怜黄祖骄愚剧，鹦鹉洲前戮汉贤。

九

烂羊何事授兵符，鼠辈无能解好谀。
驰电外强排复位？逆心终古笔齐狐。

十

而今国士尽书生，肩荷乾坤祖宋臣。
流血救民吾辈事，千秋肝胆自轮菌［囷］。

登岳麓山[①]

（1905年春）

苍苍云树直参天，万水千山拜眼前。
环顾中原谁是主，从容骑马上峰巅。

①刘达武编《蔡松坡先生遗集》（八），邵阳亚东印书馆，1943年版，页三三。

游青山别墅[①]

（1907年7月20日）

八洲风月到蓬瀛，回首中原恨未平。
醉卧青山一洒泪，茫茫今古笑浮生。

春日登塔陵[②]二首

（1907年7月20日）

一

百丈烟云塔势崩，羁愁日暮黯然增。
杜鹃啼破兴朝梦，万树樱花护帝陵。

二

夕阳小立落花风，千载兴亡一瞬中。
欲说东台伤往事，残红升入古禅宫。

---

①邓江祁编《蔡锷集外集》，长沙：岳麓书社，2015年，第73页。原编者注：本诗署名击椎生，发表于1907年7月20日《云南》第七号。

②邓江祁编《蔡锷集外集》，长沙：岳麓书社，2015年，第73–74页。原编者注：本诗署名击椎生，发表于《云南》第七号。

招魂社大祭[1]

（1907 年 7 月 20 日）

浩气充横万古存，光芒凛凛照千门。
当年战骨成灰烬，犹有英雄未死魂。

感怀[2]三首

（1907 年 7 月 20 日）

一

太平春梦已沉沉，谁识西南伏莽深。
万里波涛三尺剑，青衫泪落故园心。

二

高楼独坐写忧思，吹破江城笛一枝。
竹外月明风露冷，纸窗灯火忆儿时。

三

一触乡关愁更愁，苍茫昆水总成秋。
年来滴尽伤时泪，流到彩云深处不？

---

①邓江祁编《蔡锷集外集》，长沙：岳麓书社，2015 年，第 74 页。原编者注：本诗署名击椎生，发表于《云南》第七号。

②邓江祁编《蔡锷集外集》，长沙：岳麓书社，2015 年，第 74 页。原编者注：本诗署名击椎生，发表于《云南》第七号。

回国有感[1]二首

（1907 年 7 月 20 日）

一

频年浪迹大江游，飘泊南冠笑楚囚。
烈烈西风吹短发，万山叶落洞庭秋。

二

十年戎马历边城，欲诉乡心对短檠。
我亦有亭深竹里，也思归去听秋声。

感怀[2]二首

（1907 年 8 月 25 日）

一

满腔心事绕南滇，海上昂头欲向天。
客舍孤吟蓬岛月，乡愁深销翠湖烟。
半生肝胆都倾吐，当道豺狼一醉眠。
汽笛数声城外柳，可怜疆吏正筹边。

二

无限担当无限恨，被天强派作诗肩。
蝉声叫得秋心碎，蠹简抛时午梦圆。
风雨小楼酣岁月，河山故国几烽烟。
而今昆海波涛恶，漫说孤舟听采莲。

---

①邓江祁编《蔡锷集外集》，长沙：岳麓书社，2015 年，第 75 页。原编者注：本诗署名击椎生，发表于《云南》第七号。

②邓江祁编《蔡锷集外集》，长沙：岳麓书社，2015 年，第 79 页。原编者注：本诗署名击椎生，发表于 1907 年 8 月 25 日《云南》第八号。

感时[①]二首

（1907 年 9 月 28 日）

一

满天秋色在冰壶，皎皎初心倍觉孤。
一纸约章[②]亡国痛，千秋疑案党人诛。
从今大地无完土，安得扁舟有钓徒[③]。
江上数峰青如故，莫教番舶下荆吴[④]。

二

万叠愁怀万缕丝，乡关回首暮云迟。
昏茫大陆悲秦祸，慷慨长吟诵楚辞。
报国痴心终不死，还家春梦总无期。
故园今夕月明夜，庭院梅花寄远诗。

杂感[⑤]十首

（1907 年 11 月 18 日）

一

半壁残山跨海东，兵权销尽国魂空。
可怜帝子归何处，荒草离离满故宫。

---

①邓江祁编《蔡锷集外集》，长沙：岳麓书社，2015 年，第 80 页。原编者注：此诗署名击椎生，发表于 1907 年 9 月 28 日《云南》第九号。

②原诗注：英法、日佛、日俄等约。

③原诗注：吾乡士夫多有隐志且欲他适以避祸者。

④原诗注：现闻英法等国欲撤沿江各省炮台。

⑤邓江祁编《蔡锷集外集》，长沙：岳麓书社，2015 年，第 80–81 页。原编者注：此诗署名击椎生，发表于 1907 年 11 月 18 日《云南》第十号。

二

孺子昏昏醉梦中，孤身无计堕牢笼。
箕陵荒冢千年恨，杜宇声声怨晚风。

三

瘦骨嶙嶙鬓已皤，栖迟海外手无柯。
伤心最是巢南子，亡国孤臣唤奈何。

四

沙场已破敌人胆，远诏无端又构和。
功败垂成千古憾，英雄血汗几销磨。

五

衅起韩廷开战局，谋臣论主是耶非。
谁知黄海风云变，痛哭当年李合肥。

六

雨雪漫天远塞飞，辽阳征戍几人归。
中东往事难回首，战骨年年怨翠微。

七

戎马仓皇已渡河，荒山夕照乱云多。
秋风泪洒长安道，万国都门唱凯歌。

八

豪杰销沉怒不平，中原破碎总伤情。
何分新旧争科第，乱世文章弃取轻。

九

朝政更张尽反唇，群僚进退总无因。
边疆遗误寻常事，荐草纷纷如佞臣。

十

十年树木早垂青，翠海亭边草亦馨。
桃李三千花正茂，骤来风雨忽飘零。

步徐佩玉女士咏苏杭甬铁路原韵[1]二首

（1908年2月28日）

一

罪成铁案重如山，卖国奸臣孰挽圜。
斩得佞头真快事，龙吟霜匣剑飞还。
凛凛威权驰海外，欢腾众口竞相传。
一朝破坏劳收拾，留得声名满地膻。

二

路权失尽国权空，多少兴亡感慨中。
幸有蛾眉忧世局，廷臣犹醉太平风。
满腔热血吐深衷，爱国新诗点缀工。
一付柔肠千缕怨，美人襟上泪珠红。

步徐佩玉女士吊秋瑾女史原韵[2]四首

（1908年2月28日）

一

中原女侠慨凋零，血染钱塘水尚腥。
离绪柔魂飘泊处，泣号风雨短长亭。

二

兰摧蕙折不胜哀，万户悲声撼地来。
哭破山阴秋夜月，泪干蜡炬已成灰。

①邓江祁编《蔡锷集外集》，长沙：岳麓书社，2015年，第83页。原编者注：此诗署名击椎生，载于《云南》第十二号。
②邓江祁编《蔡锷集外集》，长沙：岳麓书社，2015年，第83–84页。原编者注：此诗均署名击椎生，发表于1908年2月28日《云南》第十二号。

三

潇潇楼外月黄昏，呜咽江潮涨旧痕。
万古精灵埋不得，但留青冢化香魂。

四

西湖石上草凄凄，巾帼英雄姓字题。
唤得男儿春梦醒，白杨荒草乱鸦啼。

游西山[①]二首

（1912年）

一

东风吹彻万家烟，迎面湖光欲接天。
千载功名尘与土，碧鸡金马[②]自年年。

二

双塔峥嵘矗五华，腾空红日射朝霞。
要看杰阁层楼处，五色飞扬识汉家。

①曾业英编《蔡锷集》，长沙：湖南人民出版社，2008年，第804页。此诗原载于《湘雅摭残》。

②“碧鸡”“金马”为昆明二山，此诗可能在云南昆明作。

题刘命侯《梅山归养图》[①]

（1915 年 2 月）[②]

南山有鸟名曰乌，卒瘏拮据勤将雏。
秋高乌老雏反哺，可以人不如乌乎？
弃官归养答母劬，仁人孝子览此图。

军中杂诗二首[③]

（1916年2月）

一

蜀道崎岖也可行，人心奸险最难平。
挥刀杀贼男儿事，指日观兵白帝城。

二

绝壁荒山二月寒，风尖如刃月如丸。
军中夜半披衣起，热血填胸睡不安。

①邓江祁编《蔡锷集外集》，长沙：岳麓书社，2015 年，第 328 页。
②原编者注：此诗未署日期。熊希龄、张謇也曾为此图题诗。《张謇全集》（第五卷）中注为阳历 1915 年 2 月 17 日。据此，似可推知蔡诗亦为同一时期而作。
③刘达武编《蔡松坡先生遗集》（八），邵阳亚东印书馆，1943 年，页三三。

谒杜甫草堂[①]

（1916 年 8 月）

锦城多少闲丝管，不识人间有战争。
要与先生横铁笛，一时吹作共和声。

别望江楼[②]

（1916 年 8 月）

锦江河暖溅惊波，忍听巴人下里歌。
敢唱满江红一阕，从头收拾旧山河。

①曾业英编《蔡锷集》，长沙：湖南人民出版社，2008 年，第 1477 页。曾编原题为“谒草堂寺”。此诗与《别望江楼》原是一组诗歌（二首一题），抄件存入邵阳松坡图书馆时分为二首诗，各拟了一个标题。

②曾业英编《蔡锷集》，长沙：湖南人民出版社，2008 年，第 1477 页。

楹联

幼年述志[①]

高，高于人心；
深，深在书笈。

赠杨戊壬先生[②]

（1901年）

秉直育才，功德传万代；
循诱浴泽，师恩铭千秋。

题洞口山门镇怡公祠[③]

（1904年）

猛虎渡河，美仁风之普被；
白蛇堕地，征赤帝其当王。

---

①邹宗德整理《邵阳古代楹联选》。

②邹宗德整理《邵阳古代楹联选》。此联系1901年，蔡锷从日本留学归来，看望老师所题，并为杨家题赠“家风书馨”匾额。

③邹宗德整理《邵阳古代楹联选》。怡公祠在和平村路边组（俗名路边刘家），光绪五年始建，为蔡锷原配夫人刘侠贞先祖祠。 猛虎渡河：汉光武帝时，刘昆任弘农郡太守，先是驿道多虎，行旅不通，刘昆为政三年，仁风大行，原来为害一方的老虎也负子渡河而去。 白蛇堕地：汉高祖刘邦当泗水亭长时，路斩白蛇，相传白蛇为白帝之子，白帝为秦，刘邦乃赤帝之子，赤帝为汉。

赠老师潘锡圭①

（1905 年）

故旧千乡井；
江南万户春。

题洞口山门镇点石庵②

诸佛现身几寿相；
万山深入一诗禅。

湖南新化县曾广轼住宅③

（1905 年）

江山文物共千古；
鸡犬桑麻又一村。

---

①邹宗德整理《邵阳古代楹联选》。潘锡圭：字德贵，号桂馨，武冈土桥（今洞口县竹市镇上桥村）人。清末学者、武冈名士。蔡锷为其“励贤讲堂”门生。

②邹宗德整理《邵阳古代楹联选》。

③邹宗德整理《邵阳古代楹联选》。曾广轼（1888–1950），号叔式，清末留学日本，加入同盟会。蔡锷好友，蔡锷在广西编练新军时，曾任广西巡警学校总办。后在蔡锷云南“蛮府”任总务干事。民国后返乡，历任新化劝学所所长、县立中学校长、县议会副议长、湖南省议会议员。

南宁寓庐联语[①]

（1908 年冬或 1909 年春）

澹泊明志；
夙夜在公。

挽云南重九起义烈士[②]

（1912 年）

天涯秋色又将来，对风雨满城，犹见提戈杀飞贼；
地下国殇长不死，奉馨香万古，何劳服药苦求仙。

题云南昆明大观楼[③]

万方多难此登临，把酒话沧桑，试看茫茫风云色；
三年奔走空髀骨，哀时问词客，谁识悠悠天地心。

①邹宗德整理《邵阳古代楹联选》。

②邹宗德整理《邵阳古代楹联选》。

③邹宗德整理《邵阳古代楹联选》。此联是蔡锷为大观楼所拟，未用。蔡锷逝世时，其幕府彭少衡用作挽联挽蔡锷，刘达武《蔡松坡先生荣哀录》里有录。

赠小凤仙[①]

（1915 年）

此地之凤毛麟角；
其人如仙露明珠。

题雪山关[②]

（1916 年）

蔡锷：是南来第一雄关，只有天在上头，许壮士生还，将军夜渡；
朱德：作西蜀千年屏障，会当秋登绝顶，看滇池月小，黔岭云低。

①邹宗德整理《邵阳古代楹联选》。小凤仙，北京八大胡同陕西巷云吉班艺妓。1915 年蔡锷将军为麻痹袁世凯，与小凤仙往来，频繁出入云吉班。蔡锷逝世后，小凤仙改名张洁非，先后做过服装工、保姆、保健员，与京剧大师梅兰芳有交。梅兰芳的秘书许姬传根据小凤仙与梅兰芳的谈话，写有《小凤仙谈蔡锷脱险》并发表。

② 1916 年 1 月，蔡锷、朱德率领滇军由贵州入川，行至泸州城外雪山关，两人驻马题联。蔡锷出上联，朱德对下联。

挽梁启超之父[1]

（1916 年 6 月）

惟公兼福寿之全，尚有典型硕德，允留千古范；
有子为安危所系，同钦泰斗盛名，应慰九泉心。

挽汤觉顿、王广龄、谭学夔联[2]

（1916 年 10 月）

才若晨星，国如累棋，希合而支持，乃聚而歼绝；
君等饮弹，我亦吞炭，与生也废弃，宁死也芬芳。

①摘自邓江祁编《蔡锷集外集》中《与唐继尧等唁梁启超书》，长沙：岳麓书社，2015 年，第 371 页。

②邹宗德整理《邵阳古代楹联选》。汤、王、谭三人在海珠事件中遇难，被称为“海珠三烈士”。

挽黄兴[1]

（1916 年 11 月）

一

以勇健开国，而宁静持身，贯彻实行，是能创作一生者；
曾送我海上，忽哭公天涯，惊起挥泪，难为卧病九州人。

二

方期公挽我，不期我悼公，国事回思惟一哭；
未以病为忧，竟以忧成病，大勇哪知世险夷[2]。

挽蒋乐群[3]

壮岁竟飘零，终古数奇悲李广；
英才遭短折，他乡泪尽恸颜渊。

---

①邹宗德整理《邵阳古代楹联选》。

②最后一句有版本为“此心谁与寄同情”。

③邹宗德整理《邵阳古代楹联选》。蒋乐群：又名次东，蔡锷门生。今新邵县黛水桥人。授五品衔。随蔡讨袁，积劳成疾，英年早逝。

挽部将赵丹犀[①]

（1916年）

悲夫！悲夫！帷幄失智囊，军旅折良将；
壮哉！壮哉！碧血贯长虹，丹心照汗青。

赠友人时杰[②]

（1916 年）

誓师伏波庙；
倚马剑门山。

赠阮甸韩[③]

水流心不静；
湖近意先凉。

---

①邹宗德整理《邵阳古代楹联选》。赵丹犀，字秋芳，山东海阳人。同盟会员。袁世凯称帝后追随蔡锷讨袁护国，功勋卓著。

②邹宗德整理《邵阳古代楹联选》。时杰，名何侠（1891—1968），字时杰，广东大埔县人。蔡锷的友人和部下，跟随蔡锷讨袁护国。

③邹宗德整理《邵阳古代楹联选》。阮甸韩曾任孙中山总统府书记官。

文电

《后汉书·党锢传》书后[1]

（1898年7月12日）

有以心党，有以气党。无量世界食其赐者，心党也。虽食其赐，不无畛域，气党也。言为天下法，行为天下则。人力所通，舟车所至，凡有血气，莫不尊亲。汇万流之精，贯百王之英，是谓心党之上。合大群，立大功，成大业，救大危，释大难，有所畛域，是谓心党之次。揭大义，号召天下，挺然其独立也，莽然其众适也，万枪不敢逼，万挫不可钝，视人之仇，如人之恨，破身烂肉，以伸大义，是谓气党之上。理不必直，义不必宜，惟以一腔热血，数片横骨，是谓气党之次。

呜呼！心党尚矣，吾不得而见矣。窃汗且喘，揭橥走天下，欲求古人所谓气党者，而亦跫然足音，千载寥廓，罔一遇焉。呜呼！其故何由哉？其在上者，秦政剥之，汉桓、灵剥之，魏武剥之，两晋、南北【朝】、五祀、唐、宋、元、明之民贼，靡不出死力以剥之；其在下者，汉之训诂剥之，六朝、唐之辞章剥之，宋之章句剥之，自元至今帖括剥之，以至有匈奴之祸，五胡之祸，突厥、吐蕃之祸，契丹、回回之祸，金、辽、蒙古之祸，今则有无面无祸，无地不祸，无日不祸。其剥愈甚，其受祸更不可拯。悠悠千年，往车来轸，何其哀也！

祖龙之鞭笞诸侯也，孟尝、信陵党出，而秦气夺矣，山东党出，而气销矣。吕氏之篡也，朱处［虚］党出，而大乱灭矣。王莽之弑也，白水党出，而中原恢复矣。董卓之劫也，关东党出，而奸首授矣。曹武之逆也，涿郡党出，而瞒魂折矣。苻坚之嚣张也，安石党出，而贼破矣。武氏、韦氏之僭也，狄、张、隆基党出，而宗庙宁矣。惇、蔡之弄也，洛、蜀党出，而心志稍苏矣。中兴之乱也，曾、胡党出，而大乱弭矣。美之制于英也，华盛顿党出，而大阱出矣。德之灭于法也，俾思麦党出，而仇复矣。法之覆于德也，爹亚党出，而国势张矣。日本之劫于俄、英、美也，萨长浪士党出，而维新成矣。

嗟夫！中国亦天下之雄国也，初挫于英，不知振；再挫于法，不知振；三挫于日，不知振。以致君无党君，卿无党卿，士无党士，农无党农，工无党工，商无党商，妇无党妇，无气之气，无心之心。呜呼！尚能有为哉！尚能有为哉！不宁惟是，一二豪杰之士，告之以党术，授之以党权，导之以党路，求所以药

[1] 曾业英编《蔡锷集》，长沙：湖南人民出版社，2008年，第7–9页。

其不党之痼疾而起者，而举天下非笑之，戮辱之。甲与乙相善也，甲处大泽，群虎相与谋之。乙乃大声呼也，而授之以御虎之器，而指之以御虎之方，甲谓乙诳已，莫之信。末几，而爪牙临身，乙愈怜之，而呼之愈疾，而语之愈哀。又视为惊已，将信而将疑之。未几，而虎果来矣，知乙之不诳已，不惊已，靡及已。

哀乎！今之计也，四万万人不足恃，足恃者自一人而已。一可十，十可百，百可千，千可万，万可四万万。不然，秦赖楚，楚赖秦，究无一可赖。今日之中国，深中此弊也。国之破不足虑，种之厄不足虑，惟教之亡足虑，心之死、气之销足为大虑。心不死、气不销，则可望俾思麦生，爹亚生，萨长浪徒生也。中立而不倚，强哉矫！国无道，至死不变，强哉矫！此保教之道也。吁！孟子所以不动心于战国之时也。

秦始皇功罪论[1]

（1898 年 9 月 22 日）

千古之罪，未有一人成之者；千古之功，未有一人树之者。尧不得舜，必为鲧惑已；舜不得皋陶，必为瞽瞍惑已；武王不得姜、召，必为管、蔡惑已；桓公不得仲，必为竖刁诸人惑已。纣有飞廉，故其暴成；平有无费，故其奸成；蜀有黄皓，故其亡成；魏有司马，故其篡成；宋有京、桧，故其和成。秦得非然欤？有商鞅，而井田废成，《诗》《书》燔成，宦游禁成；有穰侯，而奢侈成，吞噬成；有白起、蒙恬，而杀戮成，残酷成。始皇被臣下之锢蔽，困数祀之遗规，非心为此也，势此也；非自然之势成之，不获已之势成之也。始皇痛当世之士各以其缯缴之说，以弋其上，所用非所吐，所吐非所用，此其禁宦游、燔《诗》《书》之不获已也。痛周天下之亡亡于诸侯，诸侯之亡亡于世卿，此其夷封建为郡邑之不获已也。至其废井田，好杀戮，好奢侈，此其成于祖宗，限于臣下之不获已者也。然则无片过乎？曰：始皇，千古之大罪人也，乌无过！过何？不智民，而愚民而已。然亦由于私天下之心之不获已也。一言蔽之，始皇之功不成功者，不获已也；罪不成罪者，不获已也。师之当师其所以兴，革之当革其所以亡可也。吁！听言不可不慎也，用人不可不慎也，始皇其龟鉴欤！

---

①曾业英编《蔡锷集》，长沙：湖南人民出版社，2008 年，第 9-10 页。

世界之魂[①]

（1900 年 11 月 22 日）

以一心之力，而囊括八荒，陶铸众生，穷极幽奥，出鬼没神，使天下后世，仰之若泰华，尊之若神明，其古今众大儒杰士是也。如吾华之孔孟庄老，程朱陆王，天竺之释迦，泰西之琐格刺底、佛拉、亚里斯多托、倍根、斯比乐萨、堪德、弥尔、达耳文、斯宾塞诸大儒，皆以一时学者，而显然执世界思想之辔，握改革脑筋之权，使天下倾首低眉，涤肝荡肺，相将以入彼范围之中，人间世为之灿然光明，齐民为之奋发鼓舞，吾无以名之，强名之曰世界之魂。盖人无魂则死，世界无魂则僵矣，魂其足重矣哉。法国革命之大事业，演奇伟之历史，谁造之乎？君查克、赫百旭斯、孟德斯鸠、卢骚、巴路达诸儒者造之而已。斯诸儒者，法兰西之魂也，使法无诸儒之出而倡公义公理，则其国民至今尚沉沦于苦海地狱之中，腐败萎颓，殆无生气，亦未可知矣。

呜呼，发祥地[②]

（1900 年 11 月 22 日）

自李鸿章定喀西尼条约以后，俄人遂直视满洲为已入囊中之属领地，铁道权贯其内陆，军舰横驶于黑龙、松花，以哈拉宾为陆军之根据地，旅顺、大连湾为海军之重镇，特创立关东总督，以任控制海陆之命。呜呼，吾邦词章家所称为祖宗发祥之地，不数年间遂化为斯拉夫人种之蹂躏区矣。爱新觉罗族侵汉之巢穴，今忽为可萨克兵之射的矣。自义和团肇衅以来，俄遂藉保护铁道为名，遣兵数万，齐戈南下，爱珲、三姓、宁古塔、奉天、营口、山海关各镇，相继沦陷，三万六千万方里之满洲，直成血雨炮烟之战域，其生民荼毒之苦，固不俟论矣。当俄历之八月一日也。俄国军人建碑于哈拉宾而铭之曰：俄罗斯同胞

---

①曾业英编《蔡锷集》，长沙：湖南人民出版社，2008 年，第 16 页。原编者注：蔡锷以“衡南劫火仙”笔名为《清议报》《瀛海纵谈》写评论文章。本文署名为衡南劫火仙。

②曾业英编《蔡锷集》，长沙：湖南人民出版社，2008 年，第 18–19 页。原编者注：此文蔡锷以“衡南劫火仙”笔名发表。

流血之地，世世子孙，永其守之，毋让他族云云。又黑龙江口之尼郭来史克港、海参崴、哈巴弩夫史克各镇，皆行盛大之纪念祭。其电祝有云：昔勒微理斯机将军以五十年前之今日而发见黑龙江，今以此日而占领之云云。俄人跋扈之气，吞噬东亚之热，亦可见其一斑矣。呜呼，使满洲既入俄人版图，则由是西略蒙古，进袭土耳其斯汗，则英之印度危，南下朝鲜，握日本、黄、渤之海权，则日本蹴居其胁腋之下，而日本危。噫！此不独支那之忧，抑立国东亚者所应共忧之也。支那无力争之，抑立国东亚者所应争之也。

不变亦变[①]

（1900年12月2日）

昔饮冰室主人曾倡变法于中日战争后曰：变亦变，不变亦变。变亦变，变之权在己；不变亦变，变之权在人。而满人以为变法利于汉而不利于满，官以为利于民而不利于己，于是诛变法之人，逐言变法之士，杜绝变法之萌芽，宰锄变法之根基，自谓变法之士既除，变法之机既绝，则满人得以世世子孙领有汉土，臣奴四百兆民众矣。庸臣盲吏，得以永居此麻木不仁之天下而长膺彼荣贵矣。乃未几而祸起萧墙，变生莫测，遂致拳军发难，列强藉口勘［戡］乱，因而首都沦陷，圣主蒙尘，满洲縻［糜］烂，生民涂炭之奇变成矣。列强对中国之策，莫不曰置中国于各国主权之下而干涉其内政矣。吁！是即以昔日待土耳其之故智待中国耳，是即所谓不变亦变一言之实迹耳。

列强之变人国也，其道不一。或倾其旧政府而变之，如埃及、印度等国是也。或留其旧政府而变之，如土耳其、朝鲜及今日之中国是也。或当其未至之先而自变之，日本是也。己不知变，待人变之而后变，则己之权属人矣。夫握天下之主权者，必实受天下之大利，未有主权既失，而犹得以坐获利惠者也。故代而变之者，是代人享其利权也。抑吾闻之，自古各国之变法自强，皆自国民始，国民无自变之志．则虽以自强有为之政府，亦终无所用之。是则今日中国主权之沦亡，非沦亡于今日之清廷，而沦亡于吾国民之不自奋也。吾国民其知罪矣。

①曾业英编《蔡锷集》，长沙：湖南人民出版社，2008年，第19—20页。原编者注：此文蔡锷以“衡南劫火仙”笔名发表。

爱国心[①]

(1900 年 12 月 2 日)

爱国之心根于性情，而因时势为盛衰。一统之世，无所谓国界，故国以外无交际，国以外无争竞。交际绝，故无所谓国力扩张，是以强弱之形无由分焉。争竞绝，故国权国利之名泯焉。故爱国心之衰，非无爱国之天性，乃无由起爱国之心而已耳。夫国者因对偶而后有斯名，如自秦一统以后，历代所经过之历史，皆命之曰朝，盖言某姓握某朝代之主权耳。是以古有朝廷之名(朝廷与王族无别)，而绝不闻有国民之字，盖国民之义，亦因对外而生。自古以国为君主之私物，民为君主之私仆，国非为民所共立，君非为国民之代表耳。至多国之世则不然，群雄鼎峙而强弱划分，争竞剧而胜负立见。胜则国民直受其利，败则国民直受其害，惟关系深重，故国民为国之心，不能不油然起矣。中国人民，二千年来，皆纯然一统之世，迨至今日，爱国心之薄于他国者，积势然也，非无其性耳。执今日之中国而较诸十年前之中国，其爱国心热度之涨率，盖不可以尺寸计矣。呜呼！烈雷一震，万蛰齐春，我国民之前途，岂有艾哉。

破私[②]

(1900 年 12 月 2 日)

日本维新以前，浪人处士，争议国是。然其时或主张尊王，则谓之尊王派，或倡议佐幕，则谓之佐幕派，或持论公武合，则谓之公武合派. 或持开港之论，或执锁国之言，宗旨各殊，名目迥异。虽然，其爱国之心，以天下为己任之志，则无不同也。如游子之欲由华达英京也，或欲由支那海而越太平洋经大西洋而达之，或欲经印度洋穿苏彝士渡地中海而达之，或欲径由西伯利亚铁道过波罗的海越北海而达之，所经之道虽相距绝远，其终点则一也。夫以举国之大，人民之众，悉欲其是吾之所是，非吾之所非，言吾之言，行吾之行，不其难哉。惟所志既同，

---

①曾业英编《蔡锷集》，长沙：湖南人民出版社，2008 年，第 20 页。原编者注：此文蔡锷以“衡南劫火仙”笔名发表。

②曾业英编《蔡锷集》，长沙：湖南人民出版社，2008 年，第 21 页。

则吾当钦之佩之，日夜馨香而礼拜之之不暇，况以私心而阴相倾轧乎！故挟私心而以倾轧人为能者，盖其脑不洞天下之公利公害，脑不藏天下之公义耳。吾请告举国之志士曰：破私心而赴公义，亡私利而存公利，则庶足担负荷天下之任矣。

人道乎抑人道之贼乎①

（1900年12月12日）

列国之遣派大兵于中国也，曰为救同胞以破文明之公敌，曰为人道以讨世界之暴族。其辞似不为不正，其义似不为不美矣。虽然，义和团之起也，因各国之骄横暴厉，愤恨聚集，含郁已久，适端、刚之贼，思废上立嗣，欲藉为援手，乃怂之恿之，奖之励之，授以官爵，与以财货，遂致有挺［铤］而走险之举，其愚真不可及也。使义和团中有一华盛顿其人而主率之，其成败岂遽足逆料哉！吾读东西各舆论，益怜其罪，而嘉其义者，亦不鲜矣。呜呼！义和团其果为文明之公敌乎，为世界之暴族乎，姑置勿论，试观列强破沽津而陷北京也，日、美而外，莫不杀戮人民，奸淫妇女，掠劫财货，虐暴之道，靡所不至。而俄人之蹂踏满洲各地，其奇酷尤过之。执近日各外报以读之，其惨殆不下《十日记》、《屠城记》焉。吁！以野蛮不可名状之列强，而以文明自居，人道为言，其谁欺耶。德意志学者言：惟强者斯能握权利。然则权利为强者之所私有矣。自今观之，惟强者斯能受文明之名，而文明亦为强者所私有矣。

今日少年②

（1900年12月12日）

布鲁德利有言曰：国家他日之强弱存亡，实握于今日少年辈之手。吾读之

①曾业英编《蔡锷集》，长沙：湖南人民出版社，2008年，第23–24页。原编者注：此文蔡锷以“衡南劫火仙”笔名发表。

②曾业英编《蔡锷集》，长沙：湖南人民出版社，2008年，第24页。原编者注：此文以“衡南劫火仙”笔名发表。

不禁为之汗流浃背而震惕弗已焉。夫以今日积弱不堪之中国而欲使之复强，已就灭亡之中国而欲使之复存，肩其任者，不其难哉，不其重哉。此至难至重之任，无论肉食之徒与夫老朽之辈，所放弃谢绝，抑非其所胜任也。千钧一发，属吾侪少年。少年不努力，则徒贻后人悲而已。少年其努力哉，其努力于今日哉。

心观①

（1900 年 12 月 12 日）

法兰西之大革命也，轰轰烈烈，光辉于历史，地球各文明国，虽妇孺亦无不知之，而于胚胎革命之诸人，或少有知其功者。亚力珊大之武功震古欧，而近人皆耳其威名。亚利史多德之遗教泽后世，而识彼英名者或稀。盖以人之性情，观近而略远，观粗而漏微也。要而言之，以目观不以心观耳。以心观则远近粗微若一矣。甲午之役，割台湾于日本，而神州震动。庚申（咸丰十年）之役，俄人以外交术割东满洲（今各沿海洲）数千里之地，则至今鲜能道其事。瓜分之害，人皆知之，保命之害，甚于瓜分，而人多昧之。推求其故，盖皆不以心观而已。不以心观，则但能观近而不能观远，能观粗而不能观微也。

罗罗山②

（1900 年 12 月 22 日）

罗罗山，名泽南（谥忠节），当长发军举难之际，身经大小二百余战，终以攻鄂受重创。临危谓胡林翼曰：危急时站得定，方算有用之学。站得定难矣，而于危急站得定，不尤难哉。盖非平日洞理之深，见义之透，心地光明磊落，意气轮菌，骤临其境．其不战竞而不能自持者几希也。如浏阳二杰士之殉义，则皆得而实践之焉。吁！顽夫其廉欤，懦夫可以兴矣。

①曾业英编《蔡锷集》，长沙：湖南人民出版社，2008 年，第 24—25 页。原编者注：此文以“衡南劫火仙”笔名发表。

②曾业英编《蔡锷集》，长沙：湖南人民出版社，2008 年，第 26—27 页。原编者注：此文以“衡南劫火仙”笔名发表。

外交[1]

（1900年12月22日）

俄法昔为冰炭之国，而结最亲密之同盟。英美长相仇视，而今两国之外交家以互相亲善为务。卑斯马克败奥之后，乃复为三国同盟以联结之。马关条约既成，俄率法德骤起干涉，迫日本奉还辽东半岛；干涉之言犹在耳，遂猛进而植其势力于朝鲜，继而占辽东之旅顺、大连二军港为军事根据地；今则满洲全土，直已为其所有。日人恨俄之深，忌俄之甚，此世人所皆知。然日本政治家之舆论，多以亲俄为望，联俄是盼。前者日俄美对英德协商而结密约之风说大起，盖非无因也。世界各国，内怀猜疑险刻之念，而阳以欢好之形饰之，抑亦外交之恒术，而势之所不得不然者耳。语曰：国无百年之国敌，非无之也，乃无终古长敌视人国之下愚外交耳。盖外交之术，贵灵而忌滞，贵通而忌拘，贵滑而忌涩，贵巧而忌拙，国威之伸缩，国命之强弱，皆于是赖焉耳。

竞自强自优[2]

（1900年12月22日）

江浙之人，文弱猬蠕，此世人所常知而常言之者也。然项羽以江东子弟八千摧灭弱［强］[3]秦，戚继光以浙兵建树奇勋，明之东林党士，皆出其间矣。缰鞑人族，以游牧杀伐为事，清朝入关之际，辫发所至，汉人胆裂，然今之八旗兵，则皆奇窳异常，不堪闻问矣。燕代秦陇之地，古以士马精强闻天下，然当洪杨跋扈之际，绿营当之辄披靡，自罗、胡、曾、左诸公出，湘人精壮之名，于是乎显焉。而湘省古为蛮区，奇人特士所不多见之地也。由是观之，则老子

①曾业英编《蔡锷集》，长沙：湖南人民出版社，2008年，第28页。原编者注：此文蔡锷以“衡南劫火仙”笔名发表。

②曾业英编《蔡锷集》，长沙：湖南人民出版社，2008年，第29页。原编者注：此文蔡锷以“衡南劫火仙”笔名发表。

③贾谊原文“弱秦”之弱，是动词，削弱秦国之意。这里“弱”作形容词。疑有误，应为“强”。

之所谓天道好还者，岂虚语哉。后兴前仆，新伸旧缩．此通彼蹩，强弱代更，盛衰相伏，上下五千年，纵横数万里，据其已往之陈迹而征之，盖靡不若是者焉。故百年后称雄于地球上之国，安知非印度、波斯？供其凌辱鞭笞者，安知非英、俄、法、德？十九世纪所自诩为文明者，安知二十世纪不共以野蛮目之耶！今日之所谓野蛮者，安知翌日不以文明自号于世界耶！盖强者自强，人不得而弱之，弱者自弱，人不得而强之，优者自优，人不得而劣之，劣者自劣，人不得而优之，强弱无定地也，优劣无定人也。惟竞自强自优者，得以昂首雄视于世界焉。

开智会序①

（1900年12月22日）

今日之日何时也？列强虎视于外，国贼充塞于朝，蠹吏虻飞，腐士如鲫。迩来团匪肇衅，外强借口以逞野心，遂致首都破裂，圣主西狩，盗贼横行，万民失主。督抚无自立之谋，义士罹桀尸之恨，列国之运动各分，则瓜分之局成矣。否则，共复满洲政府而取保全之策，则吾国民一受列强之压制，一受满人之钳御，则为两层奴隶之势成矣。居今日而捐躯弃家，出万死不顾，摩顶放踵，以供天下牺牲，图国民之自立，故吾中国人人应尽之责耳。计不出此，犹以开智为议，创区区小举，不亦悲乎？吾恐智未及拓而国已墟，同胞之凌夷殆尽也。虽然，纵览神州，遍问黄种，其不沉酣于睡梦中者几何？釜中偷生，自知焦烂之祸之逼至，而犹诩诩徘徊，置大局于不问者，亦复数不胜数，是更可为痛泣者也。故吾国之沦亡，沦亡于国民之智不开，智即开而与梦梦者等，是仍谓之未开也。

近世人之言曰：国民有一分之智，即能握一分之权，智未开而虽有权，亦不为我所握矣，此不易之至言耳。亚利安种族膨胀之力，磅礴四溢，今日万马骈首，万弩齐射，以直向我绝东。然其所欲者，不过始欲握举国之利权，继则欲握四万万人之政权，及二万里土地之管辖权耳。虽然，中国所有一切之权，中国民不欲授之于人，则人无得而受之，盖其权操纵在己。然智力孱弱，则人得而夺之，是以争权之道，必在充足吾国民智力也。智力既充，则虽一时瓜分，不能绝吾国民之华盛顿也。片时受两层奴隶之辱，不能使吾民之自由钟息声也。

①曾业英编《蔡锷集》，长沙：湖南人民出版社，2008年，第30–31页。原编者注：此文发表时署名奋翮生。

一言以蔽之曰：中国之亡，非随今日政府以亡，乃国民之智未拓，则一亡之后，无建新政府之日耳。

贯庵君，粤人也，热血澎然，奇骨森然，东驰西骋，足无停步，欲有所图，惜志弘而力歉。近于横滨创一开智会，属余叙之。时适内局鼎沸，义士遇害之际，余心绪澎湃，归思茫然，不能振笔，遂拉杂成篇焉。奋翮生序于东京。

东洋之大外交家①

（1901 年 1 月 1 日）

李鸿章以曾涤生之擢拔，率常胜军以剿平粤寇，由是而历任封圻，终至坐镇北洋殆二十年，固俨然有功盖一世、才压侪辈之概。于是凡中外稍涉重大之交涉，非李伯则不能办理之，盖李伯位高望重，足使中外孚信之耶！西人动以东洋第一之大外交家属目李伯（西人以李为东洋之卑斯马克），亦岂无因哉。虽然，外交家任［以］外交术获土地，而李伯以外交削之；外交家以外交术攫取权利，而李伯以外交衰之；外交家以外交术结国友，而李伯以外交绝之（如阴结俄而招各国之猜忌是）；外交家以敏捷神速为高，而李伯于半岁前已奉媾和全权大臣之命，延迁至今，其结局尚了无端绪；外交家以保护国权，扩张国利为务，间言不得而动之，甘言不得而嗾之，利不足陷之，危不足畏之，而李伯则惯随俄人外交术之牢宠［笼］，往而不反，逝而忘旋，是可哀已。昔李伯至俄都，遂订喀尼伯条约，以为俄王寿。今忽闻其有密电致驻俄公使杨儒，李伯此次外交之高妙之处，其在斯欤？其在斯欤？此吾人欲引领遥望者也。

①曾业英编《蔡锷集》，长沙：湖南人民出版社，2008 年，第 33–34 页。原编者注：此文蔡锷以“衡南劫火仙”笔名发表。

新闻力之强弱与国家文野之关系[①]

（1901 年 1 月 11 日）

君主之权替，移于政府；政府之权替，移于议会；议会之权替，移于新闻纸。此欧西近数世纪，所经过之历史，而一定不易之阶级也。昔英之波尔克曾指在下议院之新闻主笔席而喟然曰：“英国议会，合全国之贵族、僧侣、平民三大种族之力所组织者耳。然彼等之势力，其宏大尤过之，彼等实独握奇伟势力之第四大种族（The fourth estate）也。”吁！观是语足以知近世新闻之势力为如何矣。夫新闻不过白纸数章，文字数千，而其力遂至于抗议政府，评驳议会，指导国民，弹劾众庶，暴［曝］布外强之阴谋，罗列世界之大势，而评议之，如英之泰唔［晤］士及史丹达及克虏义克，美之阿尔德及赫拿尔托，法之希家鲁及卢丹，俄之莫斯科史卡及史魏托诸新闻，其一言一议，皆足以动其全国之舆论，而耸世界之视听者也。回视中国今日情形，何其悬异若此，殆亦阶级所限，而不可飞越欤。

逆贼之砭[②]

（1901 年 1 月 11 日）

吾湘王船山，身际明末，暨明鼎革后，志欲奋起而图恢复。然以举世无足与谋，遂筑高楼独居，终身不下梯而没。弥天之愤，莫解万一，冰雪之心，亘古郁郁，大可悲已。吾每读其遗书至议论纵横处，未尝不叹其志节之高迈，故识见所以迥异庸众也。

余旅东将二历寒暑矣。东国之书，嗜之若饴，置中籍于脑外久矣。海岛飘蓬客偶检读《船山遗书》二十四种，至其论宋张岱处，举以示吾。吾诵之，一字一句，钦佩莫名。兹摘揭之于左，以为贼辈之砭，且以之励四万万之具奴隶

①曾业英编《蔡锷集》，长沙：湖南人民出版社，2008 年，第 35 页。原编者注：此文蔡锷以“衡南劫火仙”笔名发表。

②曾业英编《蔡锷集》，长沙：湖南人民出版社，2008 年，第 36–37 页。原编者注：此文蔡锷以“衡南劫火仙”笔名发表。

性者焉。

张岱历事之宋祀诸王，皆败度之纨绔也。岱咸得其欢心，免于旧恶，而自诩曰："吾一心可事百君。"夫一心而可事百君，于仕为巧宦，于学为乡愿。斯言也以惑人心坏风俗，君子之所深恶也。晋宋以降，君屡易，而臣之居位也自若，佐命于乱贼而不耻，反归于故主而不怍，皆曰吾有所以事之者也。廉耻荡而忠孝亡，其术秘而不敢自暴［曝］，岱乃昌言之而以为得计。呜呼！至此极矣。且夫事君之心，其可一者忠而已矣，其他固有不容一者也。岱曰明暗短长，更是才用之多少耳。才可以随方而诡合，遇明与之明，遇暗与之暗。假令桀为倾宫，将为之饰土木，纣为炮烙，将为之爇炉炭乎！故有顺而导之者，有徐而导之者，有正而折之者，有曲而匡之者，心不容一也。若逆天背道之君，自非受托孤之寄，任心膂之重，义不可去，必死以自靖者，则亦引身以退，而必不可与用，昏恶有百君而皆可事者乎？游其心以逢君，无所往而不保其禄位，此心也胡广、孔光、冯道[①]之心也。全躯保荣利，而乱臣贼子夷狄盗贼，亦何不可事哉。心者人之权衡也，故有可事，而有不可事，划然若好色恶臭之不可图惟也。苟其有心而不昧，则宋之诸王无一可事者矣，而百云乎哉！女而倚门也，贾而居肆也，皆一于利而无不可之心也。故曰充岱之说，廉耻丧，忠孝亡，惑人心，坏风俗，至此极矣。

将来之支那[②]

（1901 年 2 月 19 日）

当洪杨骚乱之际，魏斯勒将军受英廷之命东来探捡［检］支那内地情形，归而就支那之将来而言之曰：支那者，将昂首而起之国民也。他日如有英伟政治家及军人之崛起其间，力图进步，则彼等先藉用武器以向俄罗斯，俄罗斯非支那之敌也。支那人逐俄之后，乃西进以蹂踏印度，一扫吾族（英人）而出印度洋外。当此生存竞争之关，英遂至于不得不与欧美两大陆联结同盟以御之矣。

---

①原编者注：胡广（91–172），字伯始，东汉南郡华容人。孔光（前 65–5），字子夏，西汉鲁人。冯道（882–954），字可道，五代时瀛洲景城人。

②曾业英编《蔡锷集》，长沙：湖南人民出版社，2008 年，第 38–39 页。原编者注：此文蔡锷以"衡南劫火仙"笔名发表。

魏氏其果深知支那之实情而有斯言乎？将来之支那，其果能如彼所言乎？抑将来之地图上与历史上无支那国之字，反与其言绝相左乎？此不独地球各国所难断言之，即支那亦难以自知也。虽然，支那者支那人之支那耳。支那之兴，支那人自兴之。支那之亡，支那人自亡之。支那欲自兴，虽合所有之人类而阻其兴，不能使之不兴也。支那欲自亡，虽合所有之人类而救其亡，不能止之不亡也。今列强或唱瓜分，或主保全，议论纷腾，肆口狂叫。噫！支那之存亡死活，强弱盛衰，列强之意见，岂足以决此开天辟地之第一大问题哉。列强之意见，尚不能决之，况二十三年前之旧论乎。

地大人众不可恃也①

（1901 年 2 月 19 日）

英法之蚕食印度也，训练土人以杀土人。俄罗斯之开拓西伯利也，以哥萨克兵。清朝之统有四百余洲［州］也，其力皆出自明臣洪承畴、吴三桂等。今北支那之靡烂也，谁糜烂之，莫不曰欧人糜烂之也。满洲之沦陷也，谁沦陷之，莫不曰欧人沦陷之也。然而冒危难，出死力，纵横弹雨炮烟之中，以与支那决死活者，日本兵、印度兵、可萨克兵、安南兵而已。呜呼！东亚人奴隶性之独重，岂人种天然之劣欤，抑宗教之腐败乎？抑风土劣下．而人性因之以殊异欤？此余所不能解者也。

吾邦人士，多以地大人众为可恃，岂直可恃哉。印度以二百兆九千万人口，而亡于一商会，地大而人劣，人众而心涣，亦奚以为。

①曾业英编《蔡锷集》，长沙：湖南人民出版社，2008 年，第 39 页。原编者注：此文蔡锷以“衡南劫火仙”笔名发表。

毁誉[①]

（1901 年 2 月 19 日）

日本自战胜中国以后，检其新闻，读其近数年间所出之新籍，多以诟骂支那为挥议之源，毛疵片瑕，肆口狂吠。日本尚如是，欧西各国，其慢侮支那之心之甚，又不必言而喻矣。呜呼！政府者全国人民之代表也，中央政府之腐坏朽烂，既至于耳不堪闻。目不堪视，鼻不堪嗅，口不堪味之地步，则其普国之人民可知。此外人所以敢于妄加侮辱而无稍忌惮也。

昔傅君良弼曾语余曰：外人诉骂我邦之处皆实，至其称誉我邦之处或不免有张大之词。要之皆足取以为我邦之箴言而已。傅君心地之虚，气之平，量之宏，可以想见。

奴性[②]

（1901 年 3 月 11 日）

猛虎窘栏中，乳犬病猫，皆得环而侮之。及其奔深山，据大泽，则群兽慑服，莫敢谁何。贤者居坏世，势力充则群小趋之如蝇之附膻，势力去则群起而诟病之，及其势力复回，则又奴颜娼态，以奔走嚣号于其胯下。自数千年历史暨今世情形观之，此种奴性，锢不可破，不可谓天潢神明之种之特质也。宋明之际，朋党相攻，胜负迭更，当时朝内臣工，盲从瞽因者虽众，然而辨清浊划黑白者亦不乏人，且民望皆属清流，殆亦由当时学问之力浸润于人心甚深欤。戊戌以后，明哲之辈，龟缩蚓屈，党祸二字，锢诸肺腑，其堪怜情形，不可名状。噫！殊足笑已。范希文触宰相夷简怒，黜职出朝，朝士畏相威，无敢过之者，独龙图阁直学士李纮、集贤校理王质出郊饯之。时质以病在告，扶疾祖宴都门，流连话终日。大臣谓之曰：子有病可辞，何为自陷朋党？质曰：范公天下贤者，

①曾业英编《蔡锷集》，长沙：湖南人民出版社，2008 年，第 40 页。原编者注：此文蔡锷以“衡南劫火仙”笔名发表。

②曾业英编《蔡锷集》，长沙：湖南人民出版社，2008 年，第 51 页。原编者注：此文蔡锷以“衡南劫火仙”笔名发表。

质何敢忘之，如得为其党人，范公之赐质多矣。闻者为之缩颈。吾恐今日之朝士读之，当必为之咋舌惊谔［愕］已。

军国民篇①

（1902 年 2 月）

甲午一役以后，中国人士不欲为亡国之民者，群起以呼啸叫号，发鼓击钲，声撼大地。或主张变法自强之议，或吹煽开智之说，或立危词以警国民之心，或故自尊大以鼓舞国民之志。未几而薄海内外，风靡响应，皆惧为亡国之民，皆耻为丧家之狗。未几有戊戌变法自强之举，此振兴之自上者也；逾年有长江一带之骚动，此奋起之自下者也；同时有北方诸省之乱，此受外族之凭陵，忍之无可忍，乃轰然而爆发者也。文字之力，不亦大且速哉！昔中国罹麻木不仁之病，群医投以剧药，朽骨枯肉乃获再苏，四肢五内之知觉力逐日增加。然元气凋零，体血焦涸，力不支躯，行伫起卧，颤战欲仆，扁和目之曰：疾在筋骨，非投以补剂，佐以体操，则终必至厥痿而死矣。人当昏瞶于睡梦之中，毒蛇、猛兽，大盗、小窃环而伺之，惧其不醒也，大声以呼之，大力以摇之。既醒矣，而筋骨窳弱，膂力不支，虽欲慷慨激昂，以与毒蛇、猛兽、大盗、小窃争一日之存亡，岂可得哉？中国之病，昔在神经昏迷，罔知痛痒，今日之病，在国力孱弱，生气消沉，扶之不能止其颠，肩之不能止其坠。奋翮生曰：居今日而不以军国民主义普及四万万，则中国其真亡矣。

军国民主义，昔滥觞于希腊之斯巴达，汪洋于近世诸大强国。欧西人士，即妇孺之脑质中，亦莫不深受此义。盖其国家以此为全国国民之普通教育，国民以奉斯主义为终身莫大之义务。帝国主义，实由军国民主义胎化而出者也，盖内力既充，自不得不盈溢而外奔耳。

日人有言曰：军者，国民之负债也。军人之智识，军人之精神，军人之本领，不独限之从戎者，凡全国国民皆宜具有之。呜呼！此日本之所以独获为亚洲之独立国也欤？日本之国制，昔为封建，战争之风，世世相承，刚武不屈之气，弥满三岛，蓄蕴既久，乃铸成一种天性，虽其国之儿童走卒，亦莫不以“大和魂”三字自矜。大和魂者，日本尚武精神之谓也。区区三岛，其面积与人口，

---

①曾业英编《蔡锷集》，长沙：湖南人民出版社，2008 年，第 163–182 页。

遥不及我四川一省。而国内山岳纵横，无大川长河，故交通之道绝。举全国财力，仅及百二十万万，其民之贫乏无状，可以概见。然而能出精兵五千［十］万，拥舰队二十五万吨，得以睥睨东洋者，盖由其国人之脑质中，含有一种特别之天性而已。

汉族之驯良懦弱，冠绝他族，伈伈伣伣，俯首帖耳，呻吟于异族之下，奴颜隶面，恬不为耻。周之于西戎，汉之于匈奴，晋之于五胡，唐之于突厥，宋之于金、辽，明之于今清，今之于俄、于英、于法、于德、于日本、于意奥、于美利坚，二千余年以来，鲜不为异族所践踏。铁蹄遍中原，而中原为墟，羶风所及，如瓦之解，如冰之判，黄河以北之地，俨为蛮族一大游牧场。呜呼！举国皆如嗜鸦片之学究，若罹癞病之老妇，而与犷悍无前之壮夫相斗，亦无怪其败矣！尾崎行雄于甲午之岁，著《支那处分案》，中有一段最能探汉族致弱之病根，其言曰：

> 国民之战斗力，保国之大经也。一国之内，地有文武之差，民有勇怯之别，如九州之壮武，中国（日本之地名）之文弱是也。天下之大，种族之多，国民有勇怯文武之差异，固亦理势之当然已。
>
> 自历史上之陈迹征之，支那人系尚文之民，而非尚武之民，系好利之民，而非好战之民。今日支那之连战连败者，其近因虽多，而其远因实在支那人之性情也。又曰：清兵之战也，莫不携有旌旗、雨具、锣鼓、提灯等件，骤见之实堪骇异，苟知战者，其不携此无用之长物必矣。

又曰：

> 余尝注释支那之所谓战字，谓为旗鼓竞争会，支那文人叙两军对峙之形势，每曰“旗鼓相当”，可知支那之所谓胜败，不过曰旌旗多而鼓声壮则胜，否则败而已矣。

又下断言五项，谓中国永无雄飞之望，今复摘译之于下：

A. 支那民族之性情习惯，尚文好利，非尚武好战。

B. 以尚文好利之民，虽积节制训练之功，亦不能匹敌尚武民族。

C. 支那人乏道义心，上下交欺，恬不可怪，毕竟不能举节制训练之实。

D. 支那无固有之军器，其所谓军器者，非杀人器而吓人器也。

E. 既无军器，故无战争之理。支那人之所谓战者，不过旗鼓竞争会而已耳。

要而论之，支那人之战斗力，自今以往，其必沉沦于水平线以下矣。如斯民族，处今日战争最剧之世界，而欲保全其独立也能乎不能？

尾崎者，日本前文部大臣，而今政友会之领袖也。彼当日之为此言也，虽曰为鼓舞其国民之敌忾心而发，然按之实际，则毫发不易，抚心自问，能无惭然？

夫流之浊也，非其本质之浊，必有致浊之由；木之朽也，非其本质之腐，必有致腐之因。汉族之堕落腐坏不堪以致于此极者，抑亦由于有多少无形之原因所致耳。谓予不信，请概举其例：

一、原因于教育者

教育者，国家之基础，社会之精神也。人种之强弱，世界风潮之变迁流动，皆于是生焉。东西各强国，莫不以教育为斡旋全国国民之枢纽。教育机关之要津在学校，故儿童达期不入校者罚其父兄。既入学也，其所践之课程，皆足发扬其雄武活泼之气，铸成其独立不羁之精神焉。美国者，世界所称为太平共和固守“门罗”主义之国也。然其小学学童所歌之词，皆激烈雄大之军歌也。吾尝检译日本小学读本，全籍多蓄爱国尊皇之义，而于中日海陆战争之事迹尤加详焉。其用意所在，盖欲养成其军人性质于不知不觉之中耳。夫图画一课末艺也，而有战舰、炮弹、枪炮等幅，其用心之微，固非野蛮诸邦国所得而知之矣。日本尚如此，而况欧美诸强国哉！

中国教育界之情形，综错不一，故难一律概之。然小学时代之为学状态，虽万里以外，犹出一辙也。夫自孩提以至成人之间，此中十年之顷，为体魄与脑筋发达之时代，俗师乡儒，乃授以仁义礼智、三纲五常之高义，强以龟行鼋步之礼节，或读以靡靡无谓之章词，不数年遂使英颖之青年化为八十老翁，形同槁木，心如死灰。受病最深者，愈为世所推崇，乃复将其类我之技，遗毒来者，代代相承，无有已时。呜呼！西人谓中国为老大帝国，夫中国既无青年之人，乌复有青年之国家哉！欧美诸邦之教育，在陶铸青年之才力，使之将来足备一军国民之资格。中国之教育，在摧残青年之才力，使之将来足备一奴隶之资格。以腐坏不堪之奴隶，战彼勇悍不羁之国民，乌见其不败耶！乌见其不败耶！

二、原因于学派者

宗教之移人也，亦甚矣哉。奉摩哈默德教之民，则有轻死好战之风；奉耶稣教之民，则有博爱坚强之风；奉佛教之民，则有勘破生死，屏绝利欲之风（此惟指日本而言，若中国、若印度、若暹罗，则悬然无足观矣，盖所奉者非佛也）。以上诸教，皆与军国民有绝大之影响。故苟奉以上诸教之邦，其国民之性质，未有不弘毅尚武，得以凌制他族者焉。中国无宗教而有学派代之，故一国之风尚，皆学派之熏染力所造也。中国学派可析之为二大宗派：一曰孔派，一曰老派。孔派主动，老派主静；孔派主进取，老派主保守；孔派主刚，老派主柔；孔派主魂，老派主魄；孔派主实，老派主虚；孔派主责任，老派主放弃；孔派主群，老派主分；孔派主争竞，老派主退让；孔派主博爱，老派主自私。要而论之，孔派含尚武之精神，老派含贱武之精神是也。此孔、老二派最相冰炭之处也。二千余年以来，学界内之战云争雨，此二派实互为楚、汉，胜败之机，迄今尚未决也。而自俗眼视之，素王之道，经刘、孔、韩、周、朱、程之阐发大义，加以历朝民贼独夫之推崇，赫赫炎炎，如红日之丽中天，如流水之出三峡，电驰风发，旁魄中原，举国之大，莫不入其彀中。李耳一派，则黯然寡色，无复有生气矣。然核其实，则有大谬不然者焉。夫刘、孔、韩、周、朱、程之徒，名为孔派之功臣，实则孔派之蟊贼，此种蟊贼，谓之老派可也。故蟊贼之力愈大，则孔派之精神愈泯，老派势力，遂得以泛滥天下，流毒万代，根深柢固，牢不可破。民贼独夫复从而鼓浪扬波，巧立推行之方法，务使老氏精神普及人间，则世世子孙可以永有其产业而无所虞。于是学界中之亡鹿，遂为老派所独擒矣。虽有陆、王、颜（习之）［斋］、黄（梨洲）之崭然杰出，亦不能挽彼颓波于既溃之秋，可慨矣夫。呜呼！中国之孔派，非孔派也，张孔派之旗鼓，而为敌派之内应耳。学派者，国民思潮之母，中国思潮之敝陋，至今日而达极点，非一洗数千年之旧思潮而更新之，则中国国民其永就沉沦之途已。安得一路德［得］其人，推翻伪孔而使真孔重睹天日哉！

三、原因于文学者

读《出师表》，则忠义之心油然以生；读《哀江南》，则起亡国之悲痛；披岳武穆、文文山等传，则慷慨激昂；览《山海经》《搜神记》等籍，则游心异域，人之情已。独怪夫中国之词人，莫不模写从军之苦与战争之惨，从未有谓从军乐者。盖词人多处乱世，因乱世而后有词章之材料，穷凿鬼工，悲神泣鬼，动魄惊心，使读者悲恻怆凉，肝胆俱碎。虽烈士壮夫，苟游目一过，亦将垂首丧气，黯然销魂。求所谓如“不斩楼兰终不还”之句，则如麟角凤毛之不可多得。若是则国民之气，独得不馁且溃耶？而文学之中，最具感化力者，莫如小说。然中国之小说，非佳人则才子，非狐则妖，非鬼则神，或离奇怪诞，或淫亵鄙俚。要而论之，其思想皆不出野蛮时代之范畴。然而中上以下之社会，莫不为其魔力所摄引，此中国廉耻之所以扫地，而聪明才力所以不能进步也。

四、原因于风俗者

谚曰：“好汉不当兵，好铁不打钉。”此语也，虽穷乡僻野之愚夫愚妇，亦常道之，而长者每持此以为警励后生之格言。呜呼！兵者国家之干城，国民之牺牲，天下之可尊、可敬、可馨香而祝者，莫兵若也。捐死生，绝利欲，弃人生之所乐，而就人生之所苦，断一人之私，而济一国之公，仁有孰大于兹者！而乃以贱丈夫目之，不亦奇乎？余未亲历欧美，于欧美之风俗绝无所接触。而日本社会上之于军人也，敬之礼之，惟恐不及。其入营也，亲族邻里醵资以馈之，交树长帜以祝之，厚宴以飨之，赠言以励之；子弟之从军也，父母以为荣，兄长以为乐；游幸登临之地，军人可半额而入之，饮食衣服之肆，于军人则稍廉其值；其行军于野也，则乡人曲意优待之如宾；苟临战而遁逃避慝，或作非行以损全军之名誉，一经屏斥，则父母兄弟邻里亲族引为深耻奇辱。生者有生之辱，无死之荣，是以从军者有从军之乐，而有玷名辱国之畏。故当出乡之日，诀别于其亲曰：此身已非父母有矣。呜呼！以吾国之贱丈夫，而与彼劲悍无前之国民兵战，是犹投卵于石，热雪于炉而已。

五、原因于体魄者

严子之《原强》，于国民德育、智育、体育三者之中，尤注重体育一端。当时读之，不过谓为新议奇章。及进而详窥宇内大势，静究世界各国盛衰强弱之由，身历其文明之地，而后知严子之眼光之异于常人，而独得欧美列强立国之大本也。野蛮者，人所深恶之词，然灵魂贵文明，而体魄则贵野蛮。以野蛮之体魄，复文明其灵魂，则文明种族必败。罗马人之不能御日耳曼林中之蛮族（条顿人族，即现时英、美、德、和等邦民族），汉种之常败于蒙古，条顿、拉丁二人种之难以抗斯拉夫（俄罗斯民族），德军之优于法，日军之优于欧美，皆职此之由也。

体魄之弱，至中国而极矣。人称四万万，而身体不具之妇女居十之五，嗜鸦片者居十之一二，埋头窗下久事呻吟，龙钟惫甚而若废人者居十之一，其他如跛者、聋者、盲者、哑者、疾病零丁者，以及老者、少者，合而计之，又居十分之一二。综而核之，其所谓完全无缺之人，不过十之一而已。此十分之一之中，复难保其人人孔武可恃。以此观之，即欧美各强弃弹战而取拳斗，亦将悉为所格杀矣。

斯巴达者，欧洲上古史中最强盛之国也。推彼致强之由，则其国法以国民之生命、财产、名誉，均不得不供之国家。故人之生也，不问男女，皆由国家鉴定其体魄之强弱优劣而去留之。苟羸惫不堪，则弃之不顾也。强而优者，受家庭教育于膝下者七年，七岁而后，乃离家以受国家之公共教育。其教育则专置重于体育。从军之期，至六十乃止。故遍国皆健男，是以雄霸希腊永世不逮者，职此之故也。德皇维廉第二世曾演说于柏灵之小学校曰："凡吾德国臣民，皆莫不宜注重体育，苟体育不振，则男子不能负当兵之义务以捍卫国家，女子不能胎孕魁杰雄健之婴儿，若是则有负国家”云云。陆师之雄，冠绝环球，得无故欤！昔斯巴达之雄霸希腊，罗马之峙立欧洲，蒙古鞑靼人之横行东方，日耳曼蛮族之战退罗马人种，非有所谓绝伦之智慧者也，不过体力强悍，烈寒剧暑、风雨饥饿，皆足毅然耐之而不觉其苦而已。盖有坚壮不拔之体魄，而后能有百折不屈之精神，有百折不屈之精神，而后能有鬼神莫测之智略，故能负重荷远而开拓世界也。以欧洲之民族观之，拉丁（法、西、意属之）不如条顿（英、德、美、比、荷属之），条顿不如斯拉夫（俄罗斯人属之）。拉丁者将老之人种也，条顿者既壮之人种也，斯拉夫者青年之人种也。拉丁似血气既衰时代之人，条顿似血气方刚时代之人，斯拉夫似血气未定时代之人，非仅国势若是也，即个人亦莫不然焉。其尤可畏者，殆斯拉夫人种之俄罗斯乎！盖其国民之野蛮力，足以钳制他种而已。近顷以降，欧美民族，日趋文明，体质渐就孱弱，江河日下，靡有已时。具眼之士，窃然忧之，于是进种改良之念生焉。故体操一端，各国莫不视为衣服饮食之切要，凡关系体育之事，奖励之方，无微不至。曰竞漕，曰击剑，曰竞走，曰击球，曰海泳，曰打靶，曰相扑，曰竞马，曰竞射，曰竞轮（以足踏车竞走也），优者争以重资赠之，或奖以宝星，甚至显职硕儒，亦有逐队竞争，欲博此名誉者。习染既久，乃成为风俗。试观西国之丈夫，有蠖其背、龟其首、气息奄奄者乎？无有也。观其妇女，有鬼气淫淫、迎风欲坠者乎？无有也。欧人体育既盛，复以医学之昌明，卫生之适宜，无怪其魄力雄大，足以气吞五洲，力压他种而有余也。

日本自甲午战胜中国以后，因扩张海陆军备，益知国民之体力为国力之基础，强国民之体力为强国民之基础，于是热心国事之俦，思以斯巴达之国制，陶铸大八洲四千万之民众（斯巴达之国法，凡系强健男儿，至七岁则离家受国家公共之教育。其教育专主体育。兵役义务之年限，至六十乃终。而妇女之教育与男子颇相仿佛。其主旨在勇壮活泼，足以生育健儿云。乃创体育会，而支会亦相继林立，招国中青年而训练之。仅历二载，而各地学校之体操教习，殆皆取自该会。自兹以往，吾恐不及十载，体育会之势力与其主义，必将浸淫三岛矣。日本自布征兵令以来，国民多目为强征血税，繁言啧啧，每有斩竿揭旗之暴举。而今日反谓从军乐者，抑亦由于学校兴而教育昌，教育昌而民智开耳。积热之士，复从而设推行之方，深与国民皆兵主义以助力，日人之兴，其尚无涯矣乎！

古之庠序学校，抑何尝忘武事哉？壶勺之典，射御之教，皆所以练其筋骨而强其体力者也。自一统以后，天下一家，外鲜强敌，内无凶寇，承平日多，乃文弱之气日深一日。洎乎中世，而妇女缠足之风起，迨本朝而鸦片之毒遍洒中夏，茫茫大地，几无完人。二者之外，尚有八股试帖等之耗散精神，销磨骨髓。以致病苦零丁，形如傀儡者，此又其次也。缠足之毒，遍及女流，已及四百兆之半。鸦片之毒，遍及全国，而以西南各省为最盛。综而计之，嗜之者当不下二十兆（据近年统计表，每岁进口之鸦片，价额约在三千万两上下，然输入之数，逐岁减少，盖由内地自种之数增多故也），而所谓读书识字一流人物（即八股家等类），亦于二十兆内占去一大部分。由是而言，则堂堂中土，欲求一肮（kǎng）脏（zàng）丈夫，如东西各强国之所谓国民兵者（东西各国，凡为兵者，须先检查其体格、体力、目力、耳力、呼吸力等），岂可得哉！生理学家谓父母羸弱，必不能生健儿，且疾病嗜癖，亦流传悠远，祖及其父，父及其子，子及其孙，孙及其玄孙以及耳孙，代代相承．靡有已时。由是观之，中国人口虽逾四万万，其无疾病嗜癖之人，必如凤毛麟角之不可多得矣。遍观当代，默究吾国人之体魄，其免为病躯弱质者，实不数数觏也。天下滔滔，逝者如斯，不有以清其源而澄其流，则恐不待异种之摧挫逼迫，亦将颓然自灭矣。

六、原因于武器者

武器者，国民战斗力中之一大原质也。德何以胜于法？美何以胜于西？国初之八旗何以胜于汉兵？中日之役，海陆二战何以皆胜于中国？此中胜败之机，武器之良窳，未必绝无关系也。徒手搏虎，昔人所嗤。有谓张空拳足以转战致胜者，是激烈之辈，故为嚣张之语以欺世，非确有所把握耳。中国武器，已发明于四千年前，然迄今日，犹不出斧、钺、剑、戟、戈、矛、弓、箭之类。洎乎屡次败衄，始知从来之旧物为不可恃。于是派人出洋学习之议起，未几而制兵之局相继林立。然而经营三十余年，绝无成效可睹。据日本人所调查，则谓使制造局无西人，则不能造无烟火药与其他精密之工程矣。夫日本之炮兵工厂（东京一，大阪一，东京者铸枪，大阪者铸炮）及海军三镇守府，其创办之初，未始不藉力西人也，然迫及今日，则几无一人焉。中国之所以不克若是者，以官吏负办事之虚名，而不求实效，局内役员工役肥私囊，而不计其优劣利害耳。若是而欲武器之进步，岂可及耶？

尾崎行雄曾有言曰："支那人原系尚文好利之民，故建国二千八百年之久，似未发明一以一击而杀人之武器。观欧阳修之倭刀歌，与明末倭寇之纪事，足以征之。后晋景延广以'孙有十万横磨剑，足以相待'等语自傲，此非剑戟以锈败为常之一证乎？不然何故以磨字自夸耶？欧洲德国之博物馆，虽间藏支那之武器，然均非以一击足以杀人之物，而吾游就馆（陈列战俘品之所）之所藏，如牙山、平壤、旅顺之战利品，亦莫不皆然。故吾可下断言曰：支那无固有之武器，其所谓武器者，非杀人之具，而威吓人之具也。既无武器，乌足言战？其所谓战，与日本、欧美诸国悬绝”云云。中国无尚武之精神，是以无可恃之武器，无可恃之武器，故尚武之精神为之摧抑销磨而不可振也。悲夫！

七、原因于郑声者

《记》曰：“声音之道，与政通矣。”太史公曰：“音乐者，所以动荡血脉，流通精神，而和正心也。”又曰：“王者制事立法，物度轨则，一禀于六律。六律为万事根本，其于兵械尤所重”云。故曰：“望敌知吉凶，闻声效胜负。”音乐之感人大矣，故孔子所以深疾郑声之淫，而惧其转移齐民之心志也。昔隋开皇中制乐，用何妥之说而摈万宝常之议。及乐成，宝常听之，泫然曰：“乐声淫厉而哀，天下其将尽矣。”时国势全盛，闻者皆讶其妄。未几乃验。陈后主能自度曲，亲执乐器，倚弦而歌，音韵窈窕，极于哀思，使胡儿阉官和之，曲终乐阕，莫不陨涕，而卒以亡。自秦汉以至今日，皆郑声也。靡靡之音，哀怨之气，弥满国内，乌得有刚毅沉雄之国民也哉！

刘越石被胡骑困围数重，乃终夜奏胡笳，群胡解围而走。斯巴达败于麦斯埒，求援于雅典，雅典遣一善笛者应之，斯人军气为之大振，卒获胜而归。军人之于音乐．尤为关切深巨。今中国则惟有拉叭金鼓，以为号令指挥之具，而无所谓军乐。兵卒之所歌唱，不过俚曲淫词，而无所谓军歌。至海军则尤为可笑，闻当休息暇闲之际，则互摇胡琴高唱以自娱，此诚可为喷饭者矣。

日本自维新以来，一切音乐皆模法泰西，而唱歌则为学校功课之一。然即非军歌军乐，亦莫不含有爱国尚武之意，听闻之余，自可奋发精神于不知不觉之中。而复有吟咏古诗而舞剑以绘其慷慨激昂之情者，故汉学家多主持保全诗议焉。

八、原因于国势者

天下一家，则安逸而绝争竞。当四分五裂之局，则人人有自危之念。故争竞心重，而团结以拒外之心生焉，自立以侵人之念生焉。当是之时，团体以内之人民，不得不勇悍轻死，不得不耐劳茹痛，不得不研究争竞，以求自存之道。故风浪疾，则“同船共性命”之念切矣。蒙古、鞑靼诸人种之所以慓悍勇敢横行大地者，以其国无定土，逐水草而居，游牧所至，不得不与土人剧战以驱逐之，胜则可席卷其地之子女玉帛，以行一时之乐，败则走而之他，故永久无安逸之期。苟一经夺据一衣食充盈之地，而得久享其温饱，则其昔日刚强不屈之气，必将潜销默隐，该人种所有之特质，皆绝灭于无影无形之中。元人之领有华夏，本朝之入关定鼎，岂不然哉！岂不然哉！

中国战争最剧时代，莫逾于春秋，故民气之强盛，四千年历史中，实以斯时为最。《语》有云："楚虽三户，亡秦必楚。"楚僻处蛮方，文明程度远逊中原，尚终古不欲屈于秦人。朔北之地，开化最先，且气候寒烈，民风之刚劲，高出南方之上，其决不欲为强秦所奴隶鱼肉可知矣。自秦一统以后，车书混同，而国家之观念潜销已。自唐以后，乃专用募兵，民兵之制既废，而国民之义务愈薄已。民惟纳租税以供朝廷之诛求，朝廷惟工聚敛以肆一家族之挥霍，其他则非所问。呜呼！此外寇之侵来，所以箪食壶浆，高举顺民旗以屈膝马前耳！

虽然，无敌国外患者，国恒亡。中国近二千年来，其所谓敌国外患，不过区区野蛮种族沓然侵入，未几皆为天演力所败蚀．以致日就消亡。名则曰臣奴亿兆，席卷中夏，实则注川流于海洋，适益增其汪洋之浩大而已。职是之故，而国民之忧患心与争竞心，遂益不振矣。吾闻物理学者曰：凡物之无自动性者，始则难使其动，既动则难冀其静。中国国情殆类乎兹。自斯以往，其或感欧风美雨之震荡，知生存之惟艰，乃发畏惧心、捍卫心、团结心，与一切勇猛精进心，则中国之前途，庶有望乎？

军国民之乏于中国也，原因万端，不克悉举，其原因中之原因，则不外以上八端。然而足使举国若痴若醉，伈伈伣伣，朝为秦奴，暮为楚妾，恬不为怪者，抑职此八端之故而已。

近世列国之军备

自汽机兴而交通盛已，交通盛而竞争烈已，各国有自危之心，于是互相竭精殚神，争求所以相攻相守之道，而"铁血主义"遂成立国之大本，世界列强，无不奉为神训，一若背之即足以亡国者然。此军国民主义之所以逐日以达咸弘光大之域也。今概举列强陆军现役兵与全国人口比较表于下：

国名	全国人口数	现役陆军员	战时员
德	46,844,926 人	483,000 人	3,000,000 人
法	38,138,545	550,000	4,350,000
俄	103,912,640	892,000	3,500,000
意	29,699,785	280,000	
奥	37,869,000	302,000	1,750,000
日本	42,089,940	150,000	500,000
美	62,600,000		8,500,000

由是观之，以中国人口之数而计，则现役陆军员应得四百万众，战时人员应在二千万以上。苟如斯，则虽倾欧、美、日本全国之师以加吾，自足以从容

排御而有余裕。即使排闼外向，步成吉思汗之旧轨，横冲直闯，以与他族为难，恐巨狮爪牙之下，必无完躯者矣。

更将列强之陆海军费与人口比例表揭之于下：

	陆军费	海军费	人口
英	109,215,540 元	97,911,250 元	318,796,000 人（合殖民地）
法	137,663,101	49,433,276	38,138,545
德	135,528,766	16,345,027	46,844,926
意	71,134,490	28,000,000	29,699,785
俄	150,898,657 元	25,599,033 元	103,912,640 人
奥	63,593,777	7,073,891	37,869,000
日	12,810,664	5,639,989	42,089,940
美			62,600,000

执上表以观之，则国民各人之负担军费，在英六角五分，在法四元八角有奇，在德三元一角有奇，在意为二元四角，在俄为一元四角有奇，在奥为一元八角有奇，在日为四角四分。然则以负担最微之日本揆之吾国，每岁军费当在一百七十兆元以上，而今日政府岁入之数，尚不出一百兆。以言整顿军备，不亦艰哉。

班固汉书，殷周以兵定天下，天下既定，戢藏干戈，教以文德，而犹司马之官，设六军之众，因井田而制军赋，地方一里为井，井十为通，通十为成，成方十里，成十为终，终十为同，同方百里，同十为封，封十为畿，畿方千里。有税有赋，税足以食，赋足以兵。故四井为邑，四邑为丘，丘十六井也，有戎马一匹、牛三头。四丘为甸，甸六十四井也，有戎马四匹，兵车一乘，牛十二头，甲士三人，卒七十三人，干戈具备，是为乘马之法[①]。是以除老弱不任事之外，人人皆兵，故虽至小之国，胜兵数万，可指顾而集，与今日欧美诸强国，殆无以异。三千年以前之制度，尚复若是之精密，余于是不得不深感吾人之祖先矣。汉代调兵之制，民年二十，三岁为正，一岁为卫士，二岁为材官，骑士习御射，骑驰战阵，至六十五乃得庶民归田。北齐军制，别为内外二曹，外步兵曹，内

①古代兵车一乘是军队单位。包括四马一车，车上甲士三人，车后徒兵七十二人，不是文中所说的七十三人。辎重兵二十五人。牛车四辆，原文徒兵多了一人，辎重兵未提，使十二头牛没有了着落，而且没有明确“一乘”这个军队建制单位。

骑兵曹。十八受田，二十充兵，六十免役，与斯巴达之国制颇相仿佛。唐宋以降，始专用募兵，而国民皆兵之制扫地矣。民既不负捍卫国家之义务，于是外虏内寇，而中夏为墟，数千年神器，遂屡为异族所据。久假不归，乌知非有，瞻望中原，不禁为怆然伤心者矣。

自南非之战起，英人乃始知募兵之不足恃，于是改革军制之议，骚动全国，而英军不足畏之名，亦致暴露于天下。美国常备兵员为数虽寡，而当与西班牙构衅之际，英年子弟，争附军籍以临阵者，不可胜计。募兵与民兵之优劣，不待智者而知之也。

近半世纪以来，世界列强扩张军备之期有二：一曰普法战争，一曰中日战争。普法战争以后，法国复仇之念迫切，乃锐意扩大军备，思以一击而直捣柏灵。德亦惮其再起也，亦遥为防御之策以应之，英、俄、奥亦以祸生不虞为忧，于是相竞注意武力，军备愈扩大而愈自形其不足矣。既而俄、法同盟，三国同盟（德、意、奥），前后继作，而欧洲均势之局以成。洎夫中、日开衅以后，世界各国，莫不骈目东注，始而惊愕，继而垂涎，继而染指。强者纵横捭阖，任所欲为，弱者瞠乎其后，睹既熟之熊蹯而无下箸之力，于是自增威力之念炽焉。甲求所以胜乙，乙求所以胜甲，既胜恐其复败，既败求其转胜，此弭兵之会，所以徒虚设耳。

各国之政治家、新闻家，以及稍具知识之士，莫不曰："今之世界，武装平和之时代也。"昔则有化干戈为玉帛之语，今日干戈即玉帛矣。何也？外交之胜败，视乎武力之强弱，武力既弛．虽聚仪（张仪）、秦（苏秦）、毕（毕斯马克）、加（加富尔）诸人组织一外务部，而不为功也。以带甲百万之俄罗斯，而首倡万国平和之会，在常人之眼视之，以为恶兽结放生社，不过借此以弭天下之猜忌，而己乃得肆其爪牙而已。至究其实，则殊不然，盖平和局成，而其武力之为力，乃益大耳。俄人岂真好平和哉？人知战争之可畏，而不知不战争之战争可畏，不亦误乎！

今日世界列强，莫不曰维持平和局面，而莫不以扩张军备为国是，其嗜武好战之最甚者，则日以维持平和自号于众者也，试读俄国元帅毛尔克之增兵策曰：

> 今日之形势，非巩固军备，则国家不能安宁一日。苟吝国帑而忽大计，一旦开衅，敌人长驱入境，其祸盍可胜言！增兵之意，非营一国之私，以破天下之平和，实非兵力不足以保护世界之治安而已。

美国上议院议员岐布宋提出扩张军备案曰：

> 翻披读我合众国历史，实由战争以兴，由流血以购入今日之文明。合

众国之地位，虽非如德、法、俄诸国之介乎众强之间，然欧洲虎噬狼吞之余波，宁保无遥渡大西洋，以撼我沿岸之一日乎？

英相哈弥董曰：

英国之海军，须常保有匹敌二国（欧洲诸国之中）联合舰队之势力，多縻国帑，所不顾也。

俄之短于海也，乃汲汲以整顿海军，修筑军港为事矣。英之短于陆也，自南非战事以来，乃遽增多额之军团矣。美则飞越重洋，据吕宋以为染指大陆之根基，孜孜以扩充海军为国家唯一之大计矣。德国当与法人构衅之日，仅有炮舰一只，而今则艨艟巨舰，竟达四十万吨矣。日本当黄海之役，军舰仅五六万吨，而今则达二十五万吨以上矣。粤近十年以降，列强增扩军备之故，莫不由极东事件而起。显而言之，则东方病夫，气息奄奄，其遗产若是其丰，吾辈将何以处分之？于是有思全吞之者，有思延其残喘，而阴吸其膏脂者，有垂涎而无插足之资格者，漫天之悲风惨雨，遂皆从此中生矣。而病夫亦自知举世之皆敌也，乃出自卫之谋，于是北设武卫，南建自强，南握江阴之险，北据大沽之雄。然而戎事初开，即成瓦解，不惟无用，转以资敌，而论世者遂借以倡言曰海陆军非所以立国也云云。吁！岂其然欤？夫龙泉绿沉，壮夫侠客，用之足以纵横六合，扫荡奸秽；而村夫妇女，用之反以自戕而为天下笑者何也？无用之之资格而已。呜呼！迄今以往，吾不欲中国之竞言军备，而欲其速培养中国国民能成军之资格，资格既备，即国家不置一卒，而外虏无越境之虞。偶有外衅，举国皆干城之选矣。军国民兮，盍归乎来！

军国民之要素（要素即原质之谓，如云氧气、氢气为水之要素是也）

佛云：人化为羊，羊化为人。人不保厥灵魂，则堕人畜道，畜道苟善保厥灵魂，则复入人世。灵魂之为物，其重矣。夫国亦犹是耳，苟丧厥魂，即陷灭亡。既陷灭亡，永堕地狱，沉沦苦海。犹太人之漂泊零丁，印度人之横遭摧残，职是之故而已。故欲建造军国民，必先陶铸国魂。

国魂者，国家建立之大纲，国民自尊自立之种子。其于国民之关系也，如战阵中之司令官，如航海之指南针，如枪炮之照星，如星辰之北斗。夜光不足喻其珍，干将不足喻其锐，日月不足喻其光明，海岳不足喻其伟大。聚数千年之训诂家，而不足以释其字义；聚凌云雕龙之词人骚客，而不足以形容其状貌；聚千百之理化学士，而不足以剖化其原质。孟子之所谓浩然之气，老子之所谓道，其殆与之相类似乎。然恍惚杳冥，颇类魔怪，徒骇人耳目。试略举世界各国之类似国魂者以实之，然而未敢云当也。

日本之武士道，日本之国魂也。彼都人士皆以“大和魂”三字呼之，词客文人，或以樱花喻之，以其灿烂光华，足以代表日本之特色也。或以旭日喻之，以其初出扶桑，光照大地也。要而论之，不过曰三岛之精华，数千年遗下之特色而已。

德国之祖先，为欧洲朔北之蛮族，初无特色之足以眩人也。乃自拿翁龙飞，国土之受蹂踏者屡屡，人民嗟怨愤愧之心，油然交迫，慷慨悲歌之士，从而扬波激流。今日德国之突飞急跃，盖胚胎于是时矣。吾读其《祖国歌》，不禁魂为之夺，神为之往也。德意志之国魂，其在斯乎？其在斯乎？今为录之，愿吾国民一读之。

> 谁为普国之土疆兮？将东顾士畏比明兮（Schwabenland），抑西瞻兰英（Rhine）河旁？将兰英河旁红萄悬纠结兮，抑波【罗】的海白鸥飞翱翔兮？我知其非兮，我宗教必增广而无极兮，斥远而靡疆。谁为日耳曼之祖国兮，将史底利叶（Steyerland）之腴壤兮，抑巴华利亚（Bayernland）之崇岗？摩辰（Marsen）牛羊游牧兮，抑麦介（Maker）物产蕃康？我知其非兮，我宗邦必增广而无极兮，斥远而靡疆。谁为日耳曼之祖国兮？将威史飞灵（Westphalenland）之界址兮，抑巴麦蓝尼（Pommerland）之版章？将砂碛随流而入海兮，抑驼浪（Donau）之水波溶漪而荡漾？我知其非兮，我宗邦必增广而无极兮，斥远而靡疆。谁为日耳曼之祖国兮，将济济盈廷者权能倜傥兮，干略豪雄而告我以綦详，将在呵歇（Wohl）之境外兮，抑于兜尔（Tyrol）之域旁？伊二地之人民，余爱慕而弗忘。我知其非兮，我宗邦必增广而无极兮，斥远而靡疆。谁为日耳曼之祖国兮，今告尔以何方？我方言必无远而弗届，流行四极兮而散播八方。将与我同奉一主兮，讴歌于会堂。其隶于日耳曼之版图者，试观此幅员之孔长。此乃日耳曼祖国之启疆。剪枭獍兮驱虎狼，挞傲慢者伐矜张。必仇敌之胥泯兮，而憎妒之全降。不见夫我之友朋，莫不荣显与轩昂。维日耳曼之全土兮，开辟非常。此为日耳曼奄有之土疆，长邀鉴念于穹苍，俾我侪心志雄兮膂力强。尽心爱此宗邦兮，志之衷藏。此乃日耳曼之祖国兮，渺渺兮余怀望。

音节高古，读之足使人有立马千仞之概，此王君韬所译者也。

在美则有孟鲁［门罗］主义，曰：“美洲者美人之美洲。美洲之局，他国不得而干涉之也。”此数语也，美人脑中殆无不藏之。而今则将曰世界者世界之世界也，强梁勿得而专有之矣。于是反其自卫之伎俩以外攻焉。

在俄则约翰郭拉所唱之斯拉夫人种统一主义，逐渐发达，而今影响所及，几弥满八千万民族之中，前途汪洋，尚了无垠际。论者谓其将来有凌驾条顿、蹴仆拉丁之一日，不无因也。

要之，国魂者渊源于历史，发生于时势，有哲人必鼓铸之，有英杰以保护之，有时代以涵养之，乃达含弘光大之域，然其得之也非一日而以渐。其得之艰，则失之也亦匪易。是以有自国民之流血得之者焉，有自伟人之血泪得之者焉，有因人种天然之优胜力而自生者焉。

奋翮生沉沉以思，举目而观，欲于四千年汉族历史中，搜索一吾种绝无仅有之特色，以认为吾族国魂，盖杳乎其不可得矣。谓革命为吾族之特色欤？则中国历祀之革命，皆因私权私利而起，至因公权公利而起者无有也。以暴易暴，无有已时，谓为吾族之国魂，吾族不愿受也。谓排异种为吾族之特色欤？则数千年来，恒俯首帖耳，受羁于异种之下，所谓排异种者，不过纸上事业而已。欲强谓为吾族之国魂，吾族所愧受也。吁！执笔至此，吾汗颜矣！然而吾脑质中有一国魂在。

致湖南士绅诸公书[1]

（1903 年 1 月 13 日）

朔风翔疾，鸿雁南飞，衡山木脱，洞庭水波，目极潇湘沅资，云烟浩淼，不可怀抱。自浮海而东，登三神山，饮长桥水，访三条、大隈之政策，考福泽、井上之学风，凭吊萨摩、长、肥，遍观甲午、庚子战胜我邦诸纪念。而道路修夷，市廛雅洁，邮旅妥便，法制改良，电讯铁轨，纵横通国，警察严密，游盗绝踪. 学校会社，公德商情，农工实业，军备重要，日懋月上，不可轨量，国民上下，振刷衔枚，权密阴符，无孔不入，志意遒锐，欲凌全瀛。推其帝国干涉之主义，恐怖坚忍之情形，殆无日不若趋五域之大战，临东西太平洋而有事，以此感激愤厉，抑塞蒸郁。以我四百余州之土地，五百兆众之人民，势利社会，国体精神，一切授人以包办，任人以奴肉。而我主人全家，父子兄弟犹然日日酣嬉，寄傲于水深火热，炮烟弹雨之上，则诚不喻其何衷，而亦实痛其无睹。若使某等镇日守乡里，抱妻子，黜聪堕明，深闭固拒，一无闻睹于

①曾业英编《蔡锷集》，长沙：湖南人民出版社，2008 年，第 251-257 页。此文在刘达武编《蔡松坡先生遗集》中，注为“清光绪二十七年”作，后来学者考证，应在 1903 年所作。

外务，则等此黄胄之脑质，亦宁有望今日一得之解乎？语云：若非身历亲见，犹然不悟。此之谓也。然大悟之下，又几无地以自容。耻独悟而乐同善，妬异族而哀吾类，人之情也。鸟兽晤危难而相告，遇食饮而群呼，可以人而不如乎？是故瞻望乡关，何心天地。憾不插翅朋飞，遍诉梓里。蜻蜓点水，天女行空，美哉国乎，何其夸也。卅年以前，与我奚间，一变之效，乃至于此，究臻何道而然乎？固尝群取其故熟思矣，不过纯用西法，而判断决定，勉强蹈厉，稽合国情已耳。敢捃间隙，敬聒同胞。

当是域锁港保守日，尊王攘夷倾幕府，士气膨胀漫滤浃全部，几无可收拾矣。而干涉叠侵，内外交难，原野川谷，有余厌棣通，任放胡期耳。武门侠烈，两何所识，昏黑阴暗闭塞，有甚吾国迩来矣。然而专制主权承其乏，一举而废幕治，破排外，改维新，以五誓结社会，握朝政之大原，虽正朔服色，男子之发刀，妇女之眉齿．数千龄悠久胶牢深锢之弊俗，不难自皇与后，一旦革换而晶莹。噫！何其知黯之悬绝，强弱之殊涂，同异之迥判，而前后情实剌谬若彼也？识者曰：是幕府与有绩，不可没也。当明治以前，资遣青年，留学欧美，维新诸杰，遂有影响，幕府之力也。治和兰学，幕府数百年所养之士也。福泽谕吉，首倡祖论，尽输文明，承幕府盛兴文学以后也。具兹三因，而欧美兰革籍，积渐东瀛，辣丁、英、法、俄、德蟹行字，尽变平片假名杂汉文矣。然则日皇因尊焉倾焉而复权可也，复权而能破攘焉排焉主开放，能纯用西法，革旧制俗，变本加厉，踵事增华，益甚幕府所为矣。不知排攘者乌成其为排攘？而奚以为情？曰是亦因耳，而非日皇智且力，径能违决及此也。因何在？以国民原反动力之理想故。理想何在？在译书尔。书何云？欧美治化之文明尔。文明译书遍大陆，而胡以感东瀛者独猛效？曰欧之化，其理想胎于文，其精神胎于武。精神武，而文中之理想，实靡非武精神也。是故甚大因果，违谬甚繁。啧！非博深名群演哲之奥，洞澈大陆三宗之微，不能一语尽而一夕通也。夫以武精神而能力扩文理想，重以文想之武命，虽有物号称绝笨重，不患不举矣。欧洲近三期之进步，大抵希罗以来之武命文想基之也。而东瀛自上古草昧，文想武命已混合一气，成不解缘。即徐福三千东渡，可谓奇侠绝伦，神道怪玮足涌志气于九天之崇，喷热血于大瀛以外，特别性质，于斯定矣。汉、唐、宋、明以来，遣学同文，遗［遣］僧说［弘］法，中原之文物制俗，一效即工。流幻变迁，亦靡不改移竞争，期于符轨。和魂汉才，自成风气，全国佛徒，卓绝闳放。善审时变，而必达所希，飞扬跋扈，而独立无倚。自大秦凿通，智识斗革，破坏治化，日月一新，巨细精芜，消纳无遗，和胆洋器，乃粗语耳。然而文想以之横溢，武命以之暴吼，综其原有之精神，实不过提刷逾出耳，改进加良耳，非别创天地，而现旧天地也，无他，想耳，武耳。

夫以日本，搀合中、西、印度三伟物，重以自出之精神，而窜益新法，以合其团体之程度，间接之倪鄂，而遂有今日，遂为东洋历史上独一无二，善变善学，精进不退之祖邦，无可讳也。而我中国，尤彼之文物制俗，最先且老之大祖，亦无能讳，且美谭也。然而我中国近日，则文而不想甚矣，想而不武尤甚矣。虽曰有深结莫解之大缘，如世所称之政教学社乎！然我大圣杰贤如孔、孟；伟儒绝学如墨、惠、邹、老、庄、列；三代以下，英君如秦皇、汉武；督相如魏武、诸葛、王猛、李德裕、王安石、张居正、曾文正、左文襄、李文忠之徒；俗尚如幽燕、山西、黔、滇、楚、粤；社会如战国侠烈、田横五百，东汉、明季之国民，何尝不雄武绝伦，勇敢判断。而其他文想瑰绝，武命壮绝，沙数斗量，何可胜道！而胡以退步疾速，智力德育，优柔沉痼，致俾大社之局面，一败灰墨如此也。夫抑其文想之极度，尚与武命相悬绝，而不免于懦耶？抑其武命之极度，尚与文想相悬绝，而不免于莽耶？以故我一社文学之偏胜，不得不穷极焉，矫而有以救补之也。今将以绝学之前辈，文明之祖邦，虚心折节，下而从事问学于明强渊侈之后进，阅历广远之新都。地则同洲，人则同种，学则同文，社则同俗，过度易而鉴戒近，激发深而裨益宏，盖舍日本莫与也。夫人老难与谋新，国老难与图变，而地小则事易举，势大则功难为，此天下之至情也。大地如英、法、俄、德，皆天下之新邦，政教学术，先取于人，而己乃扩张之也。若埃及、印度、犹太、突厥、希腊、罗马之数，非灭即弱，此皆天下之旧国，政教学术，创之于己，自足过甚，自信太深，而久乃浸寻衰败也。夫日本固天下之新国也，政教学术，索取于人，而力足以张于己矣。而又三岛小国也，悬居海中，阻绝一切，危亡易见，民气易团，背水阵也。神道狂侠，不饬边幅，轻而易动，无呆板心。伊吕波文，妇孺咸喻，无精深心。吊从古之战场，谒大贤之名墓，谭宋明之理学，慕历史之英雄，有观感心。诸侯养士，文武抗厉，有竞争心。是皆明治以前事，足以助文想，激武命者也。然而至今，数维新之大杰，揽志士之盛名，莫不共推三藩士。三藩士之中，莫不独推萨摩之西乡南洲翁。夫中国固天下之旧国也，政教学术，创之于己，地大人众，不可强为。然而自戊戌变政来，湖南则惭愧，薄有萨摩人之誉。夫湖南僻在中国之南方，政教学术，大抵取索于中原，而非己有矣。则湖南者，亦犹罗马之英、法，可谓能有新机耳。特湖南省也，英、法国也，同异之间，如是而已。今以萨摩喻湖南，夫抑不无影响耶！虽然，以人地壮广众盛论，综湖南全部，可以敌日本，而其膏沃殷富且无论。然则萨摩何足况湖南？其士之伟博壮烈，又何足比湖南？吾甚羞湖南有兹誉，近于以孩提之智慧，矜奖成人之呆蠢而偶变者也。然则今或以湖南之一县，而代表其有萨人之风，殆犹之可也。不然，而其毋以为荣，且毋乃滋恧。虽然，名亦实不易副矣。今且无论湖南之一县，不足以配萨摩也，然吾即恐吾湘全部之人才，犹未足以妄冀萨人士。何则？彼日本既小邦，则日本变法，固应自有小萨摩，而小萨摩则竟足以变日本矣，是其实已至也。是故地虽小而成名大，所以为荣也。今我中国既大邦，则中国变法而欲比例日本也，固应自有大萨摩，而大萨摩至今五年，未闻足以变中国矣，是其名不副也。是故地虽大而实无有，所以为恧也。且不特此也，彼欧美交通，中先于日，外患之迫，中同于日，而日本三藩之所为，则卅年以前之事也。虽曰大小之殊形，社会之异势乎，然其悖于物竞强权之理则多矣。今者亡羊补牢，解嘲聊慰，情见势绌，知者尚希，属值我国家兴学育士，淬厉国新，凡我国民，固当人人持爱国之诚热，以日相推挽磨擦，而有以应之也。湖南素以名誉高天下，武命自湘军占中原之特色，江、罗、曾、胡、左、彭沾丐繁多，人人固乐从军走海上，以责偿其希冀矣。文想则自屈原、濂溪、船山、默深后，发达旁皢，羊角益上，骎骎驶入无垠之哲界矣。然而终觉所希之犹狭狭也。

今某等留学此都，日念国危，茹苦含辛，已匪伊夕。触目随遇，无非震撼，局外旁瞩，情尤显白。彼中政府举措，社会情形，书报论说，空际动荡，风声鹤唳，动启感情。又湖南夙主保守，近稍开放，壮烈慷慨，凿险缒幽，故其学派又近泰西古时斯多噶。至于开新群彦，其进步之疾速，程度之高深，凡夫东西政法科学之经纬，名群溥通之潭奥，语言文字既通，沉潜撢索有日，斐然可观，足饷友朋也。时难驱迫，两美合符，通西籍则日力维艰，求速便则惟有东译，及今以欧美为农工，以日本为商贩，吾辈主人取而用之，足敷近需。其后学界超轶，文治日新，方复自创以智人，庶俾东西而求我。当斯时也，其尚有以铁道、电线为隐忧者耶！总之，我湖南一变，则中国随之矣。报国家而酬万民，御外族而结团体，天下无形之实用，固有大于斯者乎？此所以不避烦渎，为同胞罄陈也。顷各省咸集巨款开译局，殆此志也，知我湖南必不让焉。缘译事重大，或为全国教育章程科学，及理法、实业起见；或为沟通全省修学，牖下志士起见；或为溥智兆民，弭消教祸起见；或为提红给费，资助寒素，留学远游起见；或为竞争商务，预防外人，干预版权起见；目的繁多，悉根爱国，无他谬见也。尤复斟酌和平，力主渐进，顾全大局，维持同类。是数端者，窃愿我全省达宦长者，热血仁人，普鉴苦衷，提倡赞成，集成巨股，则他日三藩武烈之猷，忠君爱国之实，未必不骈觌推毂我湖南矣。

要之，以新国而能输受旧学，扩张新学者罔不兴；以新国而能浸隶旧学，绝弃新学者罔不亡；以旧国而能扩张旧学，输受新学者罔不兴；以旧国而能浸隶旧学，绝弃新学者罔不亡。新旧兴亡之数，约略四端，可以尽也。爱国君子，其有意乎？湘中志士，其有意乎？南望风烟，心怛恻矣，邦人诸友，兄弟父母，尚何念哉！读小雅则知之矣。区区同舟，不尽多言。

致陈绍祖函[①]

（1907 年 5 月 31 日）

绳武学兄：

一别四五年，相去万余里。回忆成城聚首之日，恍如隔世。现则劳燕纷飞，各成境界。去岁阅操河南，幸与知心诸友畅聚一时，而倏合倏离，令我惘然。百里、运隆[②]羁念海岛，似欲伴神山以终古者。子向则忽南忽北，了无定局。伯器[③]之踪迹虽有一定，迄今未通音问。而足下则自沪上偶一露痕迹，即行远飏，以后即无下文。言念故人，中心如捣。昨读华翰，知吾兄所在，借谂意向，为之怡然者久之。须知弟处广西，犹之天末片帆，徜徉于大海之中，四顾茫茫，无可商语，其记忆故交之心为尤切也。

今请将年来历史，逐层为吾兄条告，当无不乐闻也。

一、卅年冬，士官毕业后，经江抚夏[④]调归办材官队（即将弁学堂），嗣不过一礼拜，夏赴陕西任，弟即返湘。

一、卅一年春，端帅[⑤]莅湘，受教练处帮办，兼武备、兵目两堂教习事。四月，经赵次帅[⑥]奏调，未赴。

①曾业英编《蔡锷集》，长沙：湖南人民出版社，2008 年，第 263–265 页。

②原编者注：蒋方震，字百里。张孝准，字运龙，也作运隆。

③原编者注：蒋尊簋，字伯器。

④原编者注：江西巡抚夏时。

⑤原编者注：端方。

⑥原编者注：赵尔巽。

一、卅一年五月，经桂抚[①]数次电调，情难峻却，偶来桂游历，遂被羁留，奏派总理随营学堂兼理测绘学堂事，并会同督练新军。随营学堂经八个月毕业，测绘学堂现尚在办理。林[②]抚莅桂时，弟拟乘间他适，奏辞三次，未得如愿。

一、卅二年八月，赴河南阅操。归桂后，本拟力辞各差，摆脱去桂。适坚帅[③]履新，数四坚留，遂以不果。旋奏派总办陆军小学堂。现拟创设模范营，尚未开办。

一、此间官、学二界均异常欢迎，诸事尚属顺手。惟孤掌难鸣，诸友皆不我助，殊无意味。且此间财政异常支绌，军事难望大有起色。虽张公[③]极相信任，但无米之炊，即巧媳亦所难堪耳。张公现拟竭力整顿实业，以裕财源，但亦不敢放手做去。盖一则无人，亦则恐余款用罄，苟无急效，则势难支撑下去。广西前途颇不易易，弟于此间惟力所能及之事，无不尽力而已。

尚有见托之件，逐一条列于下（其款容日〈后〉设法寄来）。

一、请定［订］《太阳报》《兵事杂志》及《朝日新闻》各一份，托该社按期邮寄。

一、东京所出新书，凡有重大关系者，请随时代办邮寄。

一、东京留学生中出色人物皆学业优长者，请详细赐告。

一、请调查独意志[④]语学校章程，入校者须何项资格？每年学费若干？毕业后能否入柏灵陆军？又现在工手学校现在能否入校？毕业后于矿学有把握否？

一、请调查经理学校，须何项资格方能入校？由督抚资送即行否？

以上各端，请一一示复为幸。刘价藩已由弟运动上峰调令来桂，惟此间局面较狭，恐未必愿来也。知关锦注，并以附告。不尽缕缕。此请撰安。

弟锷顿首

四月廿日

---

①原编者注：李经羲。

②原编者注：林绍年。

③原编者注：张鸣岐，字坚白。

④原编者注：即德意志。

日法协约问题[1]

（1907 年 8 月 25 日）

英法协约成于前，而云南瓜分之局定。日法协约随于后，而云南实行瓜分之祸急。呜呼，东北战云，不转瞬布于西南，此吾人思之而心为之痛，胆为之裂，知我云南灭亡之日至，中国全局分割之势成。我四万万同胞其知之否耶。回思庚子之约，称某省不得割让某国者，谓记其符号为己物也。英法协约而注意于军事者，谓剖其分量以平争也。而于此约则明目张胆，悍然不顾，不再问其符号而取得之，不再等其分量而割烹之。但望其操刀霍霍，截取以去，不容第三者之染指于鼎也。观协约之条文，“日法两国同盟之目的，共保清国领土及清国独立并保护各国在支那之商业”云云。嗟乎，保护我国家之领土，不出我国权之范围。数千年来独立之资格，望谁保之而谁护之。彼之宣言，以被保护之等级待我，直削其独立之全权，而着手于实行之分割。狼心狼子，显然暴露。在庸人孺子，而亦知其势之所必然。至各国之商业，及于支那境内，我自有保护之权责，何需第三国之插入其间。日法之举动，明明夺我保护他国之主权，不啻倾倒我政府，以占领最高之地位，而执行国政之机关。曷观数年前，日本唱东亚和平主义，岂不曰保韩国领土，及韩国独立云云。未几日俄战后，而朝鲜之内政外交，无一不归日廷之掌握。今则临之以兵，加之以威，驱韩皇之让位，玩孺子于股掌，不顾天下后世之痛骂。使一般寡识者，知保全东亚和平之口头禅，无非掩饰外人之耳目，而观其最后之结果，仍不外侵略政策，显露其亡人家国之祸心。呜呼，日本演此惨酷之活剧，亦足以警中国冥顽之政府，使股为之栗，胆为之寒，大有兔死狐悲之戚，而惴惴然如蹈冰渊。可知保韩国者灭韩国也，施之于韩国之手段，举而加之于我。我既不甘心韩国之复辙，即当以韩国之惨状为前提。如象形撮影，可借镜以返观。鸿爪留痕，无丝毫之或爽。祸切燃眉，尚得袖手作局外观乎。更有甚者，制韩国死命者惟一国，制我之死命者出于东西之列强。而日法协约之动机，则已号召群雄，操戈而起，以我东方老大帝国为众矢之的。而鸣金击鼓，催万弩之齐发，为瓜分之导火线而已。“日法两国之主权保护权，并领土占有权，如在清国诸地方之秩序，两国互守平和主义，不得侵害。”日法之主权保护权，其出以正当行为，而施及于

---

[1] 邓江祁编《蔡锷集外集》，长沙：岳麓书社，2015 年，第 75—79 页。原编者注：此文署名击椎生。

中国者。不过限于日法公使之有治外权，得代表本国主权以保护日法在中国之臣民。而此条文之意义，不在乎此耳。观其主权保护权之行使，一则曰在清国诸地方之秩序，是明明不专指治外权而言，欲统清国之臣民，而亦保护之。再则曰两国互守平和主义，不得侵害，明明谓他日分割支那土地，彼此不得侵越疆界云云。此主权保护权之范围为最广也。至彼之领土占有权，而在于中国地方者，明明以满洲、福建属之日，以滇、桂等省属之法。异日按图索骥，平和瓜分，断无意外之战争。更有进者，“日法以亚细亚大陆之位置，而亦以保持领土权为必要”。是又注意于朝鲜、安南之势力，彼此无牵带［滞］之发生。“日本对于法领印度支那之关系，及缔结通商条约之商议，他日有互相让与之权。”日之于北清，法之于南清，本风马牛不相涉，而其所以亟亟调停者，为诸强国之大势使然，务求其达圆满之目的而已。故法人不独占领云南，直欲北出黔中，以窥两湖，东下盘江，而侵两粤。日本尽其力之所至，恐占领浙、闽以外，有侵入印度支那者，则何乐而不让与法人。法人有侵入闽海者，又何乐而不让与日本。惟各图其权利之便宜，先定以双方对等之条文。此瓜分条约例外之规定，以补原则之所不及也。而察其协约之内容，法为主动，日为被动。日本扩充东亚霸权，正乐与此强者为伍，以伸张国际上之威权，而先取一脔以尝之。法亟欲进取云南，恐日人以扰乱东亚和平宗旨而干涉之，故出以狡捷活敏之手腕，以免列强均势之争纷。故法人积极进行，垂涎已久，即欲取割烹之肉而下咽之，其政策常出于主动。近闻《日俄协约》之将成，日之联俄必先联法，得其势而利用之，故手段常出于被动。无论主动、被动，总之，此约成而全局为之瓦解，国势已不堪言。莽莽神洲，河山破碎，茫茫大陆，土地分崩。此庸夫愚妇皆能逆睹而预知者。中国亡，云南必先亡；云南亡，而廿余省必与之偕亡。藩篱溃决，堂奥莫保，腹心之患已入膏肓。而麻木不仁者，犹曰法兵未至，吾何忧；此不过普通协约，为外交上惯行之政策，吾何惧。若是者，势必兵临城下，以刀斧加其颈，鞭挞临于前，乃知法人果取云南之不诬也。是时战云密布，一发危机，在若辈仓皇失措，惟一死以谢国家。殊不知一二人之头颅，万不足偿云南之代价。而其所以身受其惨亲罹其祸者，惟我云南之同胞。呜呼，我云南何不幸而遭此！

夫协约之宗旨亦甚广矣。为经济上之协约，为工商上之协约，吾人皆置之于不问，独此日法协约之告成，有令人可惊可怪，而不能不为之悚然惧、悄然悲者，南北清之大势已去，滇人民之死期将临。而中国朝野上下，犹梦生醉死于东亚和平主义，而恬不为怪。曷观近年来之列强政策，而知竞争激烈之进步，如风驰霆击，海沸山崩，有一发不可复遏之势。如英防俄得蒙古，独占中央亚细亚之势力，南下侵入印度，虎视太平洋。日为俄势所逼，既决心于死战，又恐法之助俄，不得不联英以抗法，于是而有日英同盟之结果。俄法知亚陆风云日日变色，见日英亲密，大不利于己者，乃不能不筹抵制之法，于是而有俄法同盟之结果。当日外交界之状态，显为急进派、温和派之区分。而其相猜相忌、相妒相防之种种牵制，有以障碍其间，乃使奄奄病国，得以苟延残喘者，正赖此耳。不转瞬而有英法之协约，未几而有日法之协约。此后接踵而起者，日俄协约之已成，露［俄］英协约之将就。前此之温和派，变而为急进派。相猜相妒之观念，变而为相友相爱之真情。异日者，各国不费一兵、不折一矢，实行破产主义之宣告。竟合多数债权者，皆畅然酣然，各得其公平之满足。吾恐斯拉夫民族，蟠踞北满洲，并席卷伊犁、新疆一带；大和民族占有南满洲及福建等省，英之于长江、川、藏，法之于滇、黔及两广，德之于山东胶、济间，皆各据为领土。使我四万万国民如沙虫牛马之栖息于其间，此事所必至，而理有固然。虽然，已失之事机不问，而后起之祸患方殷。吾人默观大局，敢一言以断之，瓜分云南则自英法协约始，瓜分云南以瓜分中国者，则自日法协约始。

日本自甲午以来，知我之深，防我之严，非列国所可比。其对我之方针，弛之以使怀，张之以便畏，若严兄之驭弱弟，若异母之抚前子。恶之也而故若爱之，压之也而故若纵之，时而提携之，时而制限之。观近今之政策而益明矣。夫种种外交举动，公然为战后经营，以扩充东方之势力。观其废韩皇之恶剧，未始非瓜分中国之先机。不问第三国之干预，未始非两协约之奥援。东亚霸权竟归于手，我中国其醒焉否耶。自法人一面观察之，铁路将成，祸机已熟，彼为刀俎，我为鱼肉。其解剖也听之，烹调也听之。彼窥北清之大局，既解决其均势之问题，而瓜分南清宁为祸首。既不遭万国之物议，而又获先取之特权，法之所为用心者在此。故日法一约，谓为割取云南之持约可也，谓为均分中国之密约可也，谓为我云南生死关头之警告可也，谓为我中国存亡问题之判词可也。海内志士，奔走泣号，而政府塞耳不闻者如故；外交刺激，神出鬼没，而滇吏盲若不睹者如故。吾知战端一发，滇其为首。无他国出一调和，又无政府实力保护。吾愿我千余万同胞以日法一约为亡滇之纪念物，刻骨铭心，永矢弗忘，卧薪尝胆，切齿痛心。以数年养精蓄锐之气，为将来杀敌致果之功。今日者我滇人勿放弃责任，勿坐昧先机，勿倚赖官僚，勿自伤同类。当急起直追而从事于军事、教育、工、商、路、矿等政，不待滇吏之提倡，而兴起以从之。彼虽有金石协约，而终无损我之毫末也。呜呼，我滇人其猛醒之；呜呼，我滇人其猛醒之。

曾胡治兵语录①

(1911 年 7 月)

序

辛亥之春，余应合肥李公②之召，谬忝戎职。时片马问题纠葛方殷，瓜分之谣诼忽起，风鹤频惊，海内骚然。吾侪武夫，惟厉兵秣马，赴机待死已耳，复何暇从事文墨以自溺丧？乃者统制钟公③有嘱编精神讲话之命，余不得不有以应。窃意论今不如述古。然古代渺矣，述之或不适于今。曾、胡两公，中兴名臣中铮皎者也。其人其事，距今仅半世纪，遗型不远，口碑犹存，景仰想象，尚属匪难。其所论列，多洞中窾要，深切时弊。爰就其治兵言论，分类凑辑，附以案语，以代精神讲话。我同胞列校，果能细加演绎，身体力行，则懿行嘉言，皆足为我师资。丰功伟烈，宁独让之先贤！宣统三年季夏，邵阳蔡锷识于昆明。

第一章 将才

带兵之人，第一要才堪治民[兵]；第二要不怕死；第三要不急急名利；第四要耐受辛苦。治兵之才，不外公、明、勤。不公不明，则兵不悦服；不勤，则营务巨细皆废弛不治，故第一要务在此。不怕死，则临阵当先，士卒乃可效命，故次之。为名利而出者。保举稍迟则怨，稍不如意则怨，与同辈争薪水，与士卒争毫厘，故又次之。身体羸弱者过劳则病，精神短乏者久用则散，故又次之。四者似过于求备，而苟阙其一，则万不可以带兵。故吾谓带兵之人，须智深勇沉，文经武纬之才。数月以来，梦想以求之，焚香以祷之，盖无须臾或忘诸怀。大抵有忠义血性，则四者相从以俱至；无忠义血性，则貌似四者终不可恃。

带兵之道，勤恕廉明，缺一不可。以上曾语。

求将之道，在有良心，有血性，有勇气，有智略。

天下强兵在将。上将之道，严明果断，以浩气举事，一片肫诚。其次者，

①曾业英编《蔡锷集》，长沙：湖南人民出版社，2008 年，第 285-313 页。

②原编者注：合肥李公，指时任云贵总督李经羲。

③原编者注：统制钟公，指钟麟同。云南重九起义时被击毙。

刚而无虚，朴而不欺，好勇而能知大义，要未可误于矜骄虚浮之辈。使得以巧饰取容，真意不存，则成败利钝之间，顾忌太多；而趋避愈熟，必至败乃公事。

将才难得，上驷之选，未易猝求。但得朴勇之士，相与讲明大义，不为虚骄之气、夸大之词所中伤，而缓急即云可恃。

兵易募而将难求。求勇敢之将易，而求廉正之将难。盖勇敢倡先，是将帅之本分；而廉隅正直，则粮饷不欺，赏罚不滥，乃可固结士心，历久长胜。

将以气为主，以志为帅。专尚驯谨之人，则久而必惰。专求悍鸷之士，则久而必骄。兵事毕竟归于豪杰一流，气不盛者，遇事而气先慑，而目先逃，而心先摇。平时一一禀承，奉命惟谨，临大难而中无主，其识力既钝，其胆力必减，固可忧之大矣。以上胡语。

上论将材之体。

古来名将，得士卒之心，盖有在于钱财之外者。后世将弁，专恃粮饷重优，为牢笼兵心之具，其本为已浅矣。是以金多则奋勇蚁附，利尽则冷落兽散。

军中须得好统领营官，统领营官须得好真心实肠，是第一义。算路程之远近，算粮仗［饷］之缺乏，算彼已之强弱，是第二义。二者微有把握，此外良法虽多，调度虽善，有效有不效，尽人事以听天而已。

璞山之志，久不乐为吾用，且观其过自矜许，亦似宜于剿土匪，而不宜于当大敌。

拣选将才，必求智略深远之人，又须号令严明，能耐劳苦，三者兼全，乃为上选。以上曾语。

李忠武公续宾，统兵巨万，号令严肃，秋毫无犯。湖南、湖北、安徽、江西、浙江等省官民无不争思倚重。其临阵安闲肃穆，厚重强固，凡遇事之难为，而他人所畏怯者，无不毅然引为己任。其驻营处所，百姓欢忭，耕种不辍，万幕无哗，一尘不惊，非其法令之足以禁制诸军，实其明足以察情伪。一本至诚，勇冠三军，屡救弁兵于危难，处事接人，平和正直，不矜不伐。

乌将军兰泰遇兵甚厚，雨不张盖，谓众兵均无盖也。囊无余钱，得饷尽以赏兵。

兵事不外奇正二字，而将才不外智勇二字。有正无奇，遇险而覆。有奇无正，势极即阻。智多勇少，实力难言。勇多智少，大事难成。而其要，以得人为主。得人者昌，失人者亡。设五百人之营，无一谋略之士、英达之材，必不成军。千人之营，无六七英达谋略之士，亦不成军。

统将须坐定能勇敢不算本领外，必须智勇足以知兵，器识足以服众。乃可胜任。总须智勇二字相兼，有智无勇，能说而不能行，有勇无智，则兵弱而败，兵强亦败。不明方略，不知布置，不能审势，不能审机，即千万人终必败也。

贪功者，决非大器。

为小将须立功以争胜，为大将戒贪小功而误大局。以上胡语。

上论将材之用。

古人论将有五德，曰智、信、仁、勇、严。取义至精，责望至严。西人之论将，辄曰“天才”。析而言之，则曰天所特赋之智与勇。而曾、胡两公之所同唱者，则以为将之道，以良心血性为前提，尤为扼要探本之论，亦即现身之说法。咸、同之际，粤寇蹂躏十余省，东南半壁，沦陷殆尽。两公均一介书生，出身词林，一清宦，一僚吏，其于兵事一端，素未梦见，所供之役，所事之事，莫不与兵事背道而驰。乃为良心、血性二者所驱使，遂使其“可能性”发展于绝顶，武功烂然，泽被海内。按其功事言论，足与古今中外名将相颉颃，而毫无逊色，得非精诚所感，金石为开者欤！苟曾、胡之良心、血性，而无异于常人也，充其所至，不过为一显宦。否则，亦不过薄有时誉之著书家，随风尘以殄瘁已耳。复何能崛起行间，削平大难，建不世之伟绩也哉？

第二章　用人

今日所当讲求，尤在用人一端。人才有转移之道，有培养之方，有考察之法。

人才以陶冶而成，不可眼孔太高，动谓无人可用。

窃疑古人论将，神明变幻，不可方物，几于百长并集，一短难容，恐亦史册追崇之词，初非预定之品。要以衡材不拘一格，论事不求苛细，无因寸朽而弃连抱，无施数罟以失巨鳞，斯先哲之恒言，虽愚蒙而可勉。

求人之道，须如白圭之治生，如鹰隼之击物，不得不休。又如蚨之有母，雉之有媒，以类相求，以气相引，庶几得一而可及其余。大抵人才约有两种，一种官气较多，（一种乡气较多。）官气多者，好[好]讲资格，好问样子，办事无惊世骇俗之象，言语无此妨彼碍之弊，其失也奄奄无气。凡遇一事，但凭书办家人之口说出，凭文书写出，不能身到、心到、口到、眼到，尤不能苦下身段去事上体察一番。乡气多者，好逞才能，好出新样，行事则知己不知人，言语则顾前不顾后，其失也一事未成，物议先腾。两者之失，厥咎惟均，人非大贤，亦断难出此两失之外。吾欲以劳、苦、忍、辱四字教人，故且戒官气，而姑用乡气之人，必取遇事体察，身到、心到、口到、眼到者。赵广汉好用新进少年．刘晏好用士人理财，窃愿师之。以上曾语。

一将岂能独理，则协理之文员、武弁，在所必需。虽然，软熟者不可用，谄谀者不可用，胸无实际，大言欺人者不可用。

营官不得人，一营皆成废物。哨官不得人，一哨皆成废物。什长不得人，十人皆成废物。滥竽充数，有兵如无兵也。

选哨官、什长，须至勇至廉。不十分勇，不足以倡众人之气。不十分廉，不足以服众人之心。

近人贪利冒功，今日求乞差事争先恐后，即异日首先溃散之人。屈指计之，用人不易。

人才因求才者之智识而生，亦由用才者之分量而出。用人如用马，得千里之马而不识，识矣而不能胜其力，则且乐驽骀之便，安而斥骐骥之伟骏矣。

古之治兵，先求将而后选兵。今之言兵者，先招兵而并不择将。譬之振衣者，不提其领而挈其纲，是棼之也将自毙矣。以上胡语。

曾谓人才以陶冶而成，胡亦曰人才由用才者之分量而出，可知用人不必拘定一格。而熏陶裁成之术，尤在用人者运之以精心，使人人各得显其所长，去其所短而已。窃谓人才随风气为转移，居上位者有转移风气之责（所指范围甚广，非仅谓居高位之一二人言，如官长居目兵之上位，中级官居次级官之上位也）。因势而利导，对病而下药，风气虽败劣，自有挽回之一日。今日吾国社会风气败坏极矣，因而感染至于军队，以故人才消乏，不能举练兵之实绩，颓波浩浩，不知所届。惟在多数同心共德之君子，相与提挈维系，激荡挑拨，障狂澜使西倒，俾善者日趋于善，不善者亦潜移默化，则人皆可用矣。

第三章　尚志

凡人才高下，视其志趣。卑者安流俗庸陋之规，而日趋污下。高者慕往哲隆盛之轨，而日即高明。贤否智愚，所有区矣。

无兵不足深忧，无饷不足痛苦。独举目斯世，求一攘利不先，赴义恐后，忠愤耿耿者，不可亟得。或仅得之，而又屈居卑下，往往抑郁不伸，以挫，以去，以死。而贪饕退缩者，果骧首而上腾，而富贵，而名誉，而老健不死。此其可为浩叹者也。

今日百废莫举，千疮并溃，无可收拾。独赖此耿耿精忠之寸衷，与斯民相对于骨岳血渊之中，冀其塞绝横流之人欲，以挽回厌乱之天心，庶几万一有补。不然，但就时局而论之，则滔滔者吾不知其所底也。

胸怀广大，须从平淡二字用功。凡人我之际，须看得平。功名之际，须看得淡。庶几胸怀日阔。

做好人，做好官，做名将，俱要好师，好友，好榜样。

喜誉恶毁之心，即鄙夫患得患失之心也。于此关打不破，则一切学问、才智，实足以欺世盗名。

方今天下大乱，人怀苟且之心，出范围之外，无过而问焉者。吾辈当立准绳，自为守之，并约同志共守之，无使吾心之贼，破吾心之墙子。

君子有高世独立之志，而不与人以易窥；有藐万乘却三军之气，而未尝轻于一发。

君子欲有所树立，必自不妄求人知始。

古人患难忧虞之际，正是德业长进之时。其功在于胸怀坦夷，其效在于身体康健。圣贤之所以为圣贤，佛家之所以成佛，所争皆在大难磨折之日，将此心放得实，养得灵。有活泼泼之胸襟，有坦荡荡之意境，则身体虽有外感，必不至于内伤。以上曾语。

军中取材，专尚朴勇，尚须由有气概中讲求。特恐讲求不真，则浮气、客气夹杂其中，非真气耳。

人才由磨炼而成，总须志气胜，乃有长进。成败原难逆睹，不足以定人才。兵事以人才为根本，人才以志气为根本。兵可挫而气不可挫，气可偶挫而志不可挫。

方今天下之乱，不在强敌，而在人心。不患愚民之难治，而在士大夫之好利忘义而莫之惩。

吾人任事，与正人同死，死亦附于正气之列，是为正命。附非其人，而得不死，亦为千古之玷，况又不能无死耶！处世无远虑，必有危机。一朝失足，则将以薰莸为同臭，而无解于正人之讥评。以上胡语。

上列各节，语多沉痛，悲人心之陷溺，而志节之不振也。今日时局之危殆，祸机之剧烈，殆十倍于咸、同之世。吾侪身膺军职，非大发志愿，以救国为目的，以死为归宿，不足渡［度］同胞于苦海，置国家于坦途。须以耿耿精忠之寸衷，献之骨岳血渊之间，毫不返顾，始能有济。果能拿定主见，百折不磨，则千灾百难，不难迎刃而解。若吾辈军人将校，则以跻高位享厚禄安福【富】尊荣为志，目兵则以希虚誉得饷糈为志，曾、胡两公必痛哭于九原矣。

第四章　诚实

天地之所以不息，国之所以立，圣贤之德业所以可大可久，皆诚为之也。故曰：诚者，物之终始，不诚无物。

人必虚中不着一物，而后能真实无妄，盖实者不欺之谓也。人之所以欺人者，必心中别着一物，心中别有私心不敢告人，而后造伪言以欺人。若心中了不着私物，又何必欺人哉！其所以欺人者，亦以心中别着私物也。所知在好德，而所私在好色，不能去好色之私，则不能欺其好德之知矣。是故诚者不欺者也，不欺者心无私着也，无私着者至虚者也。是故天下之至诚，天下之至虚者也。

知己之过失，即自为承认之地，改去毫无吝惜之心，此最难之事。豪杰之所以为豪杰，圣贤之所以为圣贤，便是此等处磊落过人。能透过此一关，寸心便异常安乐，省得多少纠葛，省得多少遮掩、装饰丑态。

盗虚名者有不测之祸，负隐慝者有不测之祸，怀忮心者有不测之祸。

天下惟忘机可以消众机，惟懵懂可以祓不祥。

用兵久则骄惰自生，骄惰则未有不败者。勤字所以医惰，慎字所以医骄。此二字之先，须有一诚字以立之本。立志要将此事知得透，办得穿，精诚所至，金石亦开，鬼神亦避，此在己之诚也。人之生也直，与武员之交接尤贵乎直。文员之心多曲、多歪、多不坦白，往往与武员不相水乳。必尽去歪曲私衷，事事推心置腹，使武人、粗人坦然无疑，此接物之诚也。以诚为之本，以勤字、慎字为之用，庶几免于大戾，免于大败。

楚军水、陆师之好处，全在无官气而有血性。若官气增一分，血性必减一分。军营宜多用朴实少心窍之人，则风气易于纯正。今大难之起，无一兵足供一割之用，实以官气太重，心窍太多，漓朴散醇，真意荡然。湘军之兴，凡官气重，心窍多者，在所必斥。历岁稍久，亦未免沾染习气，应切戒之。

观人之道，以朴实、廉介为质。有其质而傅以他长，斯为可贵，无其质而长处亦不足恃。甘受和白受采古人所谓无本不立，义或在此。

将领之浮滑者，一遇危险之际，其神情之飞越，足以摇惑军心；其言语之圆滑，足以混淆是非，故楚军历不喜用善说话之将。

今日所说之话，明日勿因小利害而变。

军事是极质之事，二十三史除班、马而外，皆文人以意为之。不知甲仗为何物，战阵为何事，浮词伪语，随意编造，断不可信。

凡正话、实话，多说几句，久之人自能共亮其心。即直话亦不妨多说，但不可以讦为直，尤不可背后攻人之短。驭将之道，最贵推诚，不贵权术。

吾辈总以诚心求之，虚心处之，心诚则志专而气足。千磨百折而不改其常度，终有顺理成章之一日。心虚则不客气，不挟私见．终可为人共谅。

楚军之所以耐久者，亦由于办事结实、敦朴之气，未尽浇散。若奏报浮伪，不特畏遐迩之指摘，且恐坏桑梓之风气。

自古驭外国，或称恩信，或称威信，总不出一信字。非必显违条约，轻弃前诺，而后为失信也，即纤悉之事，嚬笑之间，亦须有真意载之以出。心中待他只有七分，外面不必假装十分。既已通和讲好，凡事公平照拂，不使远人吃亏，此恩信也。至于令人畏敬，全在自立自强，不在装模作样。临难有不屈挠之节，临财有不沾染之廉，此威信也。《周易》立家之道，尚以有孚之威归诸反身，况立威于外域，求孚于异族而可不反求诸己哉！斯二者，似迂远而不切于事情，实则质直而消患于无形。以上曾语。

破天下之至巧者以拙，驭天下之至纷者以静。

众无大小，推诚相与。咨之以谋，而观其识。告之以祸，而观其勇。临之以利，而观其廉。期之以事，而观其信。知人任人，不外是矣。近日人心，逆亿万端亦难穷。究其所往，惟诚之至，可救欺诈之穷。欺一事，不能欺诸事。事欺一时，不能欺诸后时。不可不防其欺，不可因欺而灰心所办之事。所谓贞固，足以干事也。

吾辈不必世故太深，天下惟世故深误国事耳。一部《水浒》，教坏天下强有力而思不逞之民。一部《红楼》，教坏天下堂官、掌印司官、督抚、司道、首府及一切红人，专意揣摩迎合，吃醋捣鬼。当痛除此习，独行其志，阴阳怕懵懂，不必计及一切。

人贵专一，精神［诚］所至，金石为开。

军旅之事，胜败无常，总贵确实而戒虚捏。确实则准备周妥，虚饰则有误调度，此治兵之最要关键也。粤逆倡乱以来，其得以肆志猖獗者，实由广西文武欺饰捏报，冒功幸赏，以致蔓延数省，流毒至今，莫能收拾。事上以诚意感之，实心待之，乃真事上之道。若阿附随声，非敬也。

挟智术以用世，殊不知世间并无愚人。

以权术凌人，可驭不肖之将，而亦仅可取快于一时。本性忠良之人，则并不烦督责而自奋也。以上胡语。

吾国人心，断送于伪之一字。吾国人心之伪，足以断送国家及其种族而有余。上以伪驱下，下以伪事上，同辈以伪交，驯至习惯于伪，只知伪之利，不知伪之害矣。人性本善，何乐于伪？惟以非伪不足以自存，不得不趋于伪之一途。伪者人固莫耻其为伪，诚者群亦莫知其为诚，且转相疑骇，于是由伪生疑，由疑生嫉，嫉心既起，则无数恶德从之俱生，举所谓伦常道德，皆可蹴去不顾。呜呼！伪之为害烈矣。军队之为用，全恃万众一心，同胞无间，不容有丝毫芥蒂，此犹在有一诚字为之贯串，为之维系。否则，如一盘散沙，必将不戢自焚。社会以伪相尚，其祸伏而缓，军队以伪相尚，其祸彰而速且烈。吾辈既充军人，则将伪之一字，排斥之不遗余力，将此种性根拔除净尽，不使稍留萌蘖，乃可以言治兵，乃可以为将，乃可以当兵。惟诚可以破天下之伪，惟实可以破天下之虚。李广疑石为虎，射之没羽，荆轲赴秦，长虹贯日，精诚之所致也。

第五章　勇毅

大抵任事之人，断不能有毁而无誉，有恩而无怨。自修者，但求大闲不逾，不可因讥议而馁沉毅之气。衡人者，但求一长可取，不可因微瑕而弃有用之材。苟于峣峣者过事苛求，则庸庸者反得幸全。

事会相薄，变化乘除。吾尝举功业之成败，名誉之优劣，文章之工拙，概以付之运气一囊之中，久而弥自信其说之不可易也。然吾辈自信之道，则当与彼赌乾坤于俄顷，较殿最于锱铢，终不令囊独胜而吾独败。

国藩昔在江西、湖南，几于通国不能相容。六七年间，浩然不欲复闻世事。惟以造端过大，本以不顾生死自命，宁当更问毁誉。

遇棘手之际，须从耐烦二字痛下工夫。

我辈办事，成败听之于天，毁誉听之于人。惟在己之规模气象，则我有可以自立者，亦曰不随众人之喜惧为喜惧耳。

军事棘手之际，物议指摘之时，惟有数事最宜把持得定，一曰待民不可骚扰，二曰禀报不可讳饰，三曰调度不可散乱。譬如舟行遇大风暴发，只要把舵者心明力定，则成败虽未可知，要胜于他舟之慌乱者数倍。若从流俗毁誉上讨消息，必致站脚不牢。以上曾语。

不怕死三字，言之易，行之实难。非真有胆、有良心者，不可仅以客气为之。一败即挫矣。

天下事只在人力作为，到水尽山穷之时自有路走，只要切实去办。

冒险二字，势不能免。小心之过，则近于葸。语不云乎："不入虎穴，焉得虎子？"国家委用我辈，既欲稍稍补救于斯民，岂可再避嫌怨。须知祸福有定命，显晦有定时，去留有定数，避嫌怨者未必得，不避嫌怨未必失也。古人忧谗畏讥，非惟求一己之福也。盖身当其事，义无可辞，恐谗谤之飞腾，陷吾君以不明之故。故悄悄之忧心，致其忠爱之忱耳。至于一身祸福进退，何足动其毫末哉！

胆量人人皆小，只须分别平日胆小，临时胆大耳。今人则平日胆大，临时胆小，可痛也已。

讨寇之志，不以一眚而自挠。而灭寇之功，必须万全而自立。

两军交绥，不能不有所损，固不可因一眚而挠其心，亦不可因大胜而有自骄轻敌之心。纵常打胜仗，亦只算家常便饭，并非奇事。惟心念国家艰难，生民涂炭，勉竭其愚，以求有万一之补救。成败利钝，实关天命，吾尽无心而已。

侥幸以图难成之功，不如坚忍而规远大之策。

兵事无万全，求万全者无一全。处处谨慎，处处不能谨慎。历观古今战事，如刘季光武、唐太宗、魏武帝均日濒于危，其济天也。

不当怕而怕，必有当怕而不怕者矣。

战事之要，不战则已，战则须挟全力。不动则已，动则须操胜算。如有把握，则坚守一月、二月、三月，自有良方。今日之人，见敌即心动不能自主，可戒也。古今战阵之事，其成事皆天也，其败事皆人也。兵事怕不得许多，算到五六分，便须放胆放手，本无万全之策也。以上胡语。

勇有狭义的、广义的及急遽的、持续的之别。暴虎冯河，死而无悔，临难不苟，义不反顾，此狭义的、急遽的者也。成败利钝，非所逆睹，鞠躬尽瘁，死而后已，此广义的、持续的者也。前者孟子所谓小勇，后者所谓大勇，所谓浩然之气者也。右章所列，多指大勇而言，所谓勇而毅也。军人之居高位者，除能勇不算外，尤须于毅之一字痛下工夫。挟一往无前之志，具百折不回之气，毁誉荣辱死生皆可不必计较，惟求吾良知之所安。以吾之大勇，表率无数之小勇，则其为力也厚，为效也广。至于级居下僚（将校以至目兵），则应以勇为惟一之天性，以各尽其所职，不独勇于战阵也。即平日一切职务，不宜稍示怯弱，以贻军人之羞。世所谓无名之英雄者，吾辈是也。

第六章　严明

古人用兵，先明功罪赏罚。

救浮华者，莫如质积玩之后，振之以猛。

医者之治瘠痈，甚者必剜其腐肉，而生其新肉。今日之劣弁羸兵，盖亦当为简汰，以剜其腐者，痛加训练，以生其新者。不循此二道，则武备之弛，殆不知所底止。

太史公所谓循吏者，法立令行，能识大体而已。后世专尚慈惠，或以煦煦为仁者当之，失循吏之义矣。为将之道，亦以法立令行，整齐严肃为先，不贵煦妪也。

立法不难，行法为难。凡立一法，总须实实行之，且常常行之。

九弟临别，深言御下宜严，治事宜速。余亦深知驭军驭吏，皆莫先于严，特恐明不傍烛，则严不中礼耳。

吕蒙诛取铠之人，魏绛戮乱行之仆。古人处此，岂以为名，非是无以警众耳。

近年驭将失之宽厚，又与诸将相距过远，危险之际，弊端百出。然后知古人所云，做事威克厥爱，虽少必济，反是乃败道耳。以上曾语。

自来带兵之员，未有不专杀立威者。如魏绛戮仆，穰苴斩庄贾，孙武致法于美人，彭越之诛后至者，皆是也。

世变日移，人心日趋于伪，优容实以酿祸，姑息非以明恩。居今日而为政，非用霹雳手段，不能显菩萨心肠。害马既去。伏龙不惊，则法立知恩。吾辈任事，祗尽吾义分之所能为，以求衷诸理之至，是不必故拂乎人情，而任劳任怨，究无容其瞻顾之思。

号令未出，不准勇者独进。号令既出，不准怯者独止。如此，则功罪明而心志一矣。

兵，阴事也，以收敛固啬为主。战，勇气也，以节宣提倡为主。故治军贵执法谨严，能训能练，禁烟禁赌，戒逸乐，戒懒散。

治将乱之国，用重典。治久乱之地，宜予以生路。

行军之际，务须纪律严明，队伍整齐，方为节制之师。如查有骚扰百姓，立即按以军法。吕蒙行师，不能以一笠宽其乡人，严明之谓也。条侯治兵，不能以先驱犯其垒壁，整齐之谓也。

立法宜严，用法宜宽，显以示之纪律，隐以激其忠良。庶几畏威怀德，可成节制之师。若先宽后严，窃恐始习疲玩，终生怨尤，军政必难整饬。以上胡语。

治军之要，尤在赏罚严明。煦煦为仁，足以隳军纪而误国事，此尽人所皆知者。近年军队风气纪纲大弛，赏罚之宽严，每不中程，或姑息以图见好，或故为苛罚以示威，以爱憎为喜怒，凭喜怒以决赏罚，于是赏不知感，罚不知畏。此中消息，由于人心之浇薄者居其半，而由于措拖[施]之乖方者亦居其半。当此沓泄成风，委顿疲玩之余，非振之以猛，不足以挽回颓风。与其失之宽，不如失之严，法立然后知恩，威立然后知感，以菩萨心肠，行霹雳手段，此其时矣。是望诸勇健者毅然行之，而无稍馁，则军事其有豸乎！

第七章　公明

大君以生杀予夺之权授之将帅，犹东家之银钱货物授之店中众夥。若保举太滥，视大君之名器不甚爱惜，犹之贱售浪费，视东家之货财不甚爱惜也。介之推曰："窃人之财犹谓之盗，况贪天之功以为己功乎？"余则略改之曰："窃人之财犹谓之盗，况假大君之名器，以市一己之私恩乎？”余忝居高位，惟此事不能力挽颓风，深为愧惭。

窃观自古大乱之世，必先变乱是非，而后政治颠倒，灾害从之。屈原之所以愤激沉身而不悔者，亦以当日是非淆乱为至痛。故曰：兰芷变而不芳，荃蕙化而为茅。又曰：固时俗之从流，又孰能无变化。伤是非之日移日淆，而几不能自主也。后世如汉、晋、唐、宋之末造，亦由朝廷之是非先紊，而后小人得志，君子有皇皇无依之象。推而至于一省之中，一军之内，亦必其是非不揆于正。而后其政绩少有可观。赏罚之任，视乎权位，有得行有不得行。至于维持是非之公，则吾辈皆有不可辞之责。顾亭林先生所谓匹夫与有责焉者也。

大抵莅事以明字为第一要义。明有二，曰高明，曰精明。同一境，而登山者独见其远，乘城者独觉其旷，此高明之说也。同一物。而臆度者不如权衡之审，目巧者不如尺度之精，此精明之说也。凡高明者，欲降心抑，志以遽趋于平实，颇不易易。若能事事求精，轻重长短，一丝不差，则渐实矣，能实则渐平矣。

凡利之所在，当与人共分之。名之所在，当与人共享之。

居高位，以知人、晓事二者为职。知人诚不易学，晓事则可以阅历黾勉得之。晓事则无论同己、异己，均可徐徐开悟，以冀和衷。不晓事则挟私固谬，秉公亦谬。小人固谬，君子亦谬。乡愿固谬，狂狷亦谬。重以不知人，则终古相背而驰，决非和协之理。故恒言皆以分别君子、小人为要，而鄙论则谓天下无一成不变之君子，亦无一成不变之小人。今日能知人，能晓事，则为君子，明日不知人，不晓事则为小人。寅刻公正光明则为君子，卯刻偏私晻暧则为小人。故群毁群誉之所在，下走常穆然深念，不能附和。

营哨官之权过轻，则不得各行其志。危险之际，爱而从之者或有一二，畏而从之者则无其事也。此中消息，应默察之而默挽之，总揽则不无偏蔽，分寄则多所维系。以上曾语。

举人不能不破格，破格则须循名核实。否则，人即无言，而我心先愧矣。

世事无真是非，特有假好恶。然世之徇私以任事者，试返而自问，异日又岂能获私利之报于所徇私利之人哉！盍亦返其本矣。

天下惟左右习近不可不慎。左右习近无正人，即良友直言亦不能进。

朝廷爵赏，非我所敢专，尤非我所敢吝。然必积劳乃可得赏，稍有滥予，不仅不能激励人才，实足以败坏风俗。荐贤不受赏，隐德必及子孙。

国家名器，不可滥予。慎重出之，而后军心思奋，可与图后效而速成功。

天下惟不明白人多疑人，明白人不疑人也。以上胡语。

文正公谓：居高位以知人晓事为职，且以能知人晓事与否，判别其为君子为小人。虽属有感而发，持论至为正当，并非愤激之谈。用人之当否，视乎知人之明昧。办事之才不才，视乎晓事之透不透。不知人则不能用人，不晓事则何能办事？君子小人之别，以能否利人济物为断。苟所用之人，不能称职，所办之事，措置乖方，以致贻误大局，纵曰其心无他，究难为之宽恕者也。

昔贤于用人一端，内举不避亲，外举不避仇，其宅心之正大，足以矜式百世。曾公之荐左中堂①，而劾李次青②，不以恩怨而废举劾，名臣胸襟，自足千古。

近世名器名位之滥极矣。幸进之途，纷歧杂出。昔之用人讲资格，固足以屈抑人才，今之不讲资格，尤未足以激扬清浊。赏不必功，惠不必劳，举不必才，劾不必劣。或今贤而昨劣，或今辱而昨荣。扬之则举之九天之上，抑之则置之九渊之下。得之者不为喜，失之者不为歉。所称为操纵人才，策励士气之具，其效力竟以全失。欲图挽回补救，其权操之自上，非吾侪所得与闻。惟吾人职居将校，在一小部分内，于用人一端，亦非绝无几希之权力。既有此权，则应于用人惟贤，循名核实之义，特加之意，能于一小部分有所裨补，亦足心安理得。

第八章　仁爱

带兵之道，用恩莫如用仁，用威莫如用礼。仁者所谓欲立立人，欲达达人是也。待弁兵如待子弟之心，常望其发达，望其成立，则人知恩矣。礼者所谓无众寡，无大小，无敢慢泰而不骄也。正其衣冠，尊其瞻视，俨然人望而畏之，威而不猛也。持之以敬，临之以庄，无形无声之际，常有凛然难犯之象，则人知威矣。守斯二者，虽蛮貊之邦行矣，何兵之不可治哉！

吾辈带兵如父兄之带子弟一般。无银钱，无保举，尚是小事，切不可使之因扰民而坏品行，因嫖赌、洋烟而坏身体。个个学好，人人成材，则兵勇感恩，兵勇之父母亦感恩矣。

爱民为治兵第一要义。须日日三令五申，视为性命根本之事，毋视为要结粉饰之文。以上曾语。

大将以救大局为主，并以救他人为主。须有嘉善而矜不能之气度，乃可包容一切，觉得胜仗无可骄人，败仗无可尤人。即他人不肯救我，而我必当救人。

必须谆嘱将弁，约束兵丁，爱惜百姓，并随时访查，随时董戒，使营团皆行所无事，不扰不惊，戢暴安良，斯为美备。

---

①原编者注：左宗棠。

②原编者注：李元度字次青。

爱人当以大德，不以私惠。

军行之处，必须秋毫无犯，固结民心。

长官之于属僚，须扬善公庭，规过私室。

圣贤、仙佛、英雄、豪杰，无不以济人济物为本，无不以损己利人为正道。

爱人之道，以严为主，宽则心弛而气浮。

自来义士忠臣，于曾经受恩之人，必终身奉事惟谨。韩信为王，而不忘漂母一饭之恩。张苍作相，而退朝即奉事王陵及王陵之妻如父母，终身不改。此其存心正大仁厚，可师可法。以上胡语。

带兵如父兄之带子弟一语，最为慈仁贴切。能以此存心，则古今带兵格言，千言万语皆可付之一炬。父兄之待子弟，虑其愚蒙无知也，则教之诲之；虑其饥寒苦痛也，则爱之护之；虑其放荡无行也，则惩责之；虑其不克发达也，则培养之。无论为宽为严，为爱为憎，为好为恶，为赏为罚，均出之以至诚无伪，行之以至公无私。如此则弁兵爱戴长上，亦必如子弟之爱其父兄矣。

军人以军营为第二家庭，此言殊亲切有味。然实而按之，此第二家庭，较之固有之家庭，其关系之密切，殆将过之。何以故？长上之教育部下也，如师友；其约束督责爱护之也，如父兄；部下之对长上也，其恪恭将事，与子弟之对于师友父兄，殆无以异耳。及其同莅战役也，同患难，共死生，休戚无不相关，利害靡不与共。且一经从戎，由常备而续备，由续备而后备，其间年月正长，不能脱军籍之关系。一有战事，即须荷戈以出，为国宣劳。此以情言之耳。国为家之集合体，卫国亦所以卫家，军人为卫国团体之中坚，则应视此第二家庭为重。此以义言之耳。

古今名将用兵，莫不以安民爱民为本。盖用兵原为安民，若扰之害之，是悖用兵之本旨也。兵者民之所出，饷亦出之自民，索本探源，何忍加以扰害？行师地方，仰给于民者岂止一端？休养军队，采办粮秣，征发夫役，探访敌情，带引道路，何一非借重民力？若修怨于民，而招其反抗，是自困也。至于兴师外国，亦不可以无端之祸乱，加之【睹】无辜之民，致上干天和，下招怨仇，仁师义旅，决不出此。此海陆战条约所以严掳掠之禁也。

第九章　勤劳

练兵之道，必须官弁昼夜从事，乃可渐几于熟。如鸡伏卵，如炉炼丹，未可须臾稍离。

天下事，未有不由艰苦中得来，而可大可久者也。

百种弊端，皆由懒生。懒则弛缓，弛缓则治人不严，而趋功不敏。一处弛，则百处懒矣。

治军之道，以勤字为先。身勤则强，逸则病。家勤则兴，懒则衰。国勤则治，怠则乱。军勤则胜，惰则败。惰者，暮气也，当常常提其朝气。

治军以勤字为先，有阅历而知其不可易。未有平日不早起，而临敌忽能早起者。未有平日不习劳，而临敌忽能习劳者。未有平日不能忍饥耐寒，而临敌忽能忍饥耐寒者。

每日应办之事积搁过多，当于清早单开本日应了之件日内了之，如农家早起，分派本日之事，无本日不了者，庶几积压较少。

养生之道，莫大于惩忿窒欲，多动少食。以上曾语。

军旅之事，非以身先之劳之，事必无补。古今名将，不仅才略异众，亦且精力过人。

将不理事，则【兵】无不骄纵者。骄纵之兵，无不怯弱者。

凡兵之气，不见仗则弱，常见仗则强。久逸则终无用处，异日则必不可临敌。

兵事如学生功课，不进则退，不战则并不能守。敬姜之言曰：劳则思，逸则淫。设以数万人屯兵境上，无论古今，无此办法。且久逸则筋脉皆弛，心胆亦怯，不仅难战，亦必难守。

淫佚酒色，取败之媒。征逐嬉娱，治兵所戒。金陵围师之溃，皆由将骄兵惰，终日酣嬉，不以贼匪为念。或乐桑中之嬉，或恋室家之私，或群与纵酒酣歌，或日在赌场烟馆，淫心荡志，乐极忘疲，以致兵气不扬，御侮无备，全军覆没，皆自宣淫纵欲中来也。夫兵犹火也，不戢则焚。兵犹水也，不流则腐。治军之道，必以苦其心志，劳其筋骨为典法。以上胡语。

战争之事，或跋涉冰天雪窟之间，或驰驱酷暑恶瘴之乡，或趁雨雪露营，或昼夜趱程行军，寒不得衣，饥不得食，渴不得水，枪林弹雨之中，血肉横飞，极人世所不见之惨，受恒人所不经之苦，其精神，其体力，非于平时养之有素，练之有恒，岂能堪此！练兵之主旨，以能效命于疆场［埸］为归属。欲其效命于疆场［埸］，允宜于平时竭尽手段，以修养其精神，锻炼其体魄，娴熟其技艺，临事之际，乃能有恃以不恐。故习劳忍苦，为治军之第一要义。而驭兵之道，亦以使之劳苦为不二法门。盖人性似猴，喜动不喜静，宜劳不宜逸，劳则思，逸则淫，闲居无所事事，则为不善，此常人恒态。聚数百千血气方刚之少年于一团，苟无所以苦其心志，劳其体肤，其不逾闲荡检，溃出堤防之外者，乌可得耶。

第十章　和辑

祸机之发，莫烈于猜忌，此古今之通病。败国、亡家、丧身，皆猜忌之所致。《诗》称："不忮不求，何用不臧？"忮、求二端，盖妾妇穿窬兼而有之者也。

凡两军相处，统将有一分龃龉，则营哨必有三分，兵夫必有六七分，故欲求和衷共济，自统将先办一副平恕之心始。人之好名，谁不如我？同打仗不可讥人之退缩，同行路不可疑人之骚扰。处处严于治己，而薄于责人，则唇舌自省矣。

敬以持躬，恕以待人。敬则小心翼翼，事无巨细，皆不敢忽。恕则凡事留余地以处人，功不独居，过不推诿。常常记此二字，则长履大任，福祚无量。

湘军之所以无敌者，全赖彼此相顾，彼此相救。虽平日积怨深仇，临阵仍彼此照顾。虽上午口角参商，下午仍彼此救援。以上曾语。

军旅之事，以一而成，以二三败。唐代九节度之师，溃于相州。其时名将如郭子仪、李光弼亦不能免。盖谋议可资于众人，而决断须归于一将。

古来将帅不和，事权不一，以众致败者，不止九节度使相州一役。为大将之道，以肯救人，固大局为主，不宜炫耀己之长处，尤不宜指摘人之短处。兵无论多寡，总以能听号令为上。不奉一将之令，兵多必败。能奉一将之令，兵少必强。以上胡语。

古人相处，有愤争公庭而言欢私室，有交哄于平昔，而救助于疆场［埸］，盖不以公废私，复不以私而害公也。人心之不同如其面，万难强之使同，驱之相合，则睚眦之怨，芥蒂之隙，自所难免。惟于公私之界分得清，认得明，使之划然两途，不相混扰，则善矣。发、捻[①]之役，中日之役，中法之役，列将因争意气而致败绩者，不一而足。故老相传，言之凿凿。从前握兵符者，多起自行间，罔知大体，动以意气用事，无怪其然。今后一有战役，用兵必在数十万以上，三十数镇之师，情谊夙不相孚，言语亦多隔阂，统驭调度之难，盖可想见。苟非共矢忠诚，无猜无贰，或难免不蹈既往之覆辙。欲求和衷共济，则惟有恪遵先哲遗言，自统将先办一副平恕之心始。功不独居，过不推诿，乃可以言破敌。

第十一章　兵机

前此为赴鄂救援之行，不妨仓卒成军。近日为东下讨贼之计，必须简练慎

①原编者注：指太平天国和捻军所进行的反对清王朝的战争。

出。若不教之卒，窳败之械则何地无之，而必远求之湖南，等于辽东自诩之豕，仍同灞上儿戏之军。故此行不可不精选，不可不久练。

兵者，阴事也。哀戚之意，如临亲丧。肃敬之心，如承大祭。故军中不宜有欢欣之象。有欢欣之象者，无论或为和悦，或为骄盈，终归于败而已矣。田单之在即墨，将军有必死之心，士卒无生还之气，此其所以破燕也。及其攻狄也，黄金横带，有生之乐，无死之心，鲁仲连策其必不胜。兵事之宜惨戚，不宜欢欣亦明矣。

此次由楚省招兵东下，必须选百炼[练]之卒，备精坚之械，舟师则船炮并富，陆路则将卒并愤，作三年不归之想，为百战艰难之行。岂可儿戏成军，仓卒成行？人尽乌合，器多苦窳，船不满二百，炮不满五百，如大海簸豆，黑子著面，纵能速达皖省，究竟于事何补？是以鄙见总须战舰二百号，又补以民船载七八百，大、小炮千余位，水军四千，陆军六千，夹江而下，明年成行，始略成气候。否则名为大兴义旅，实等矮人观场，不直方家一哂。

夫战勇气也，再而衰，三而竭。国藩于此数语，常常体念。大约用兵无他妙巧，常存有馀不尽之气而已。孙仲谋之攻合肥，受创于张辽。诸葛武侯之攻陈仓，受创于郝昭。皆初气过锐，渐就衰竭之故。惟荀罃之拔逼，阳气已竭而复振。陆抗之拔西陵，预料城之不能遽下，而蓄养锐气，先备外援，以待内之自毙，此善于用气者也。

日中则昃，月盈则亏，故古诗“花未全开月未圆”之句，君子以为知道。故余治兵以来，每介疑胜疑败之际，战兢恐惧，上下悚惧者，其后常得大胜。当志得意满之候，各路云集，狃于屡胜，将卒矜慢，其后常有意外之失。

国家之强，以得人为强。所谓无竞，惟人也。若不得其人，则羽毛未丰，亦似难以高飞。昔在高宗皇帝，亦尝切齿发愤，屡悔和议，而主战守，卒以无良将帅，不获大雪国耻。今欲罢和主战，亦必得三数引重致远、折冲御侮之人以拟之。若仅区区楚材目下知名之数人，则干将莫邪恐未必不终邧折，且取数太少，亦不足以分布海隅。

用兵之道，最忌势穷力竭四字。力则指战士之精力言之，势则指大局大计及粮饷之接续，人才之继否言之。

能战，虽失算亦胜。不能战，虽胜算亦败。

悬军深入而无后继，是用兵大忌。

危急之际，尤以全军保全士气为主。孤军无助，粮饷不继，奔走疲惫，皆散乱必败之道。以上曾语。

有不可战之将，无不可战之兵。有可胜不可败之将，无必胜必不胜之兵。

古人行师，先审己之强弱，不问敌之强弱。

兵事决于临机，而地势审于平日，非寻常张皇幽渺可比。

军事有先一著而胜者，如险要之地，先发一军据之，此必胜之道也。有最后一著而胜者，待敌有变，乃起而应之，此必胜之道也。至于探报路径，则须先期妥实办理。

兵事之妙，古今以来，莫妙于拊其背，冲其腰，抄其尾。惟须审明地势、敌情，先安排以待敌之求战，然后起而应之，乃必胜之道。盖敌求战，而我以静制动，以逸待劳，以整御散，必胜之道也。此意不可拘执，未必全无可采。

临阵之际，须以万人并力，有前有后，有防抄袭之兵，有按纳不动以应变之兵，乃是胜著。如派某人守后，不应期而进．便是违令。应期而不进，便是怯战。此则必须号令严明者也。徇他人之意，以前为美，以后为非，必不妥矣。

夹击原是上策，但可密计而不可宣露，须并力而不宜单弱。须谋定后战，相机而行，而不可或先或后。

不轻敌而慎思，不怯战而稳打。

兵分则力单，穷进则气散，大胜则变成大挫，非知兵者也．不可不慎。

敬则胜，整则胜，和则胜。三胜之机，决于是矣。

我军出战，须层层布置。列阵纵横，以整攻散，以锐蹈瑕，以后劲而防抄袭。临阵切戒散队，得胜尤忌贪财。

熟审地势、敌情，妥谋分击之举。或伺敌之缺点，蹈瑕而入；或挈敌之重处，并力而前，皆在相机斟酌。惟临阵切忌散队，切戒贪财。得胜之时，尤宜整饬队伍，不可散乱。

军务只应以一处合围以致敌，其余尽作战兵、援兵、兜剿之兵。若处处合围，则兵力皆为坚城所牵缀。屯兵坚城之下，则情见势绌。

用兵之道，全军为上策，得土地次之。破敌为上策，得城池次之。古人必四路无敌，然后围城。兵法所谓“十则围之”之义也。

兵事有须先一著者，如险要之地，以兵据之，先发制人，此为扼吭之计，必胜之道也。有须后一著者，愈持久愈神妙，愈老到愈坚定，待敌变计，乃起而乘之，此可为奇兵而拊其背，必胜之道也。

一年不得一城，只要大局无碍，并不为过。一月而得数城，敌来转不能战，则不可为功。

军队分起行走，相隔二日，每起二千人。若前队遇敌先战，非必胜之道也。应于近敌之处，饬前茅后劲中权会齐，并立乃可大胜。

临阵分支，不嫌其散。先期合力，必求其厚。

荀悦之论兵也，曰：权不可预设，变不可先图。与时迁移，随物变化，诚为用兵之至要。

战阵之事，恃强者是败机，敬戒者是胜机。

军旅之事，谨慎为先。战阵之事，讲习为上。盖兵机至精，非虚心求教，不能领会，矧可是己而非人？兵机至活，非随时谨密，不能防人，矧可粗心而大意？

侦探须确、须勤、须速。博访以资众论，沉思以审敌情。敌如不分支，我军必从其入境之处，并力迎剿。敌如分支，则我军必于敌多之处专剿。以上胡语。

曾、胡之论兵，极主主客之说。谓守者为主，攻者为客，主逸而客劳，主胜而客败。尤戒攻坚围城。其说与普法战争前法国兵学家所主张者殆同（其时俄、土两国亦盛行此说）。其论出师前之准备，宜十分周到，谓一械不精，不可轻出，势力不厚，不可成行，与近今之动员准备，用意相合。其以全军破敌为上，不以得土地、城池为意，所见尤为精到卓越，与东西各国兵学家所唱道者，如出一辙。临阵分支宜散，先期合力宜厚二语，尤足以赅括战术战略之精妙处。临阵分支者，即分主攻助攻之军，及散兵、援队、预备队之配置等是也。先期合力者，即战略上之聚中、展开，及战术上之开进等是也。所论诸端，皆从实行后经验中得来，与近世各国兵家所论，若合符节。吾思先贤，不能不馨香崇拜之矣。

第十二章　战守

凡出队，有宜速者，有宜迟者。宜速者，我去寻敌，先发制人者也。宜迟者，敌来寻我，以主待客者也。主气常静，客气常动。客气先盛而后衰，主气先微而后壮。故善用兵者，每喜为主，不喜作客。休、祁诸君，但知先发制人一层，不知以主待客一层，加之探报不实，地势不审，敌情不明，徒能先发而不能制人。应研究此两层，或我寻敌，先发制人；或敌寻我，以主待客。总须审定乃行，切不可于两层一无所见，贸然出队。

师行所至之处，必须多问、多思。思之于己，问之于人，皆好谋之实迹也。昔王璞山带兵，有名将风，每与敌遇，将接仗之前一夕，传各营官齐集与之畅论敌情、地势，袖中出地图十余张，每人分给一张，令诸将各抒所见，如何进兵，如何分支，某营埋伏，某营并不接仗，待事毕后转派追剿。诸将一一说毕，璞山乃将自己主意说出，每人发一传单，即议定之主意也。此日战罢，有与初议不符者，虽有功亦必加罚。其平日无事，每三日必传各营官，熟论战守之法。

一曰扎营宜深沟高垒。虽仅一宿，亦须为坚不可拔之计。但使能守我营垒安如泰山，纵不能进攻，亦无损于大局。一曰哨探严明。离敌既近，时时作敌来扑营之想。敌来之路，应敌之路，埋伏之路，胜仗追击之路，一一探明，切勿孟浪。一曰痛除客气。未经战阵之兵，每好言战，带兵者亦然，若稍有阅历，但觉我军处处瑕隙，无一可恃，不轻言战矣。

用兵以渡水为最难，不特渡长江大河为难，即偶渡渐车之水，丈二之沟，亦须再三审慎，恐其半渡而击。背水无归，败兵争舟，人马践溺，种种皆兵家所忌。

隘路打胜仗，全在头敌。若头敌站脚不住，后面虽有好手，亦被挤退。以上曾语。

战守机宜，不可纷心。心纷则气不专，神不一。

交战宜持重，进兵宜迅速。稳扎猛打，合力分支，足以括用兵之要。

军旅之事，守于境内，不如战于境外。

军事之要，必有所忌，乃能有所济。必有所舍，乃能有所全。若处处设备，即十万兵亦无尺寸之效。

防边之要，不可处处设防。若处处设防，兵力必分，不能战，亦不能守。惟择其紧要必争之地，厚集兵力以守之，便是稳固。

碉卡之设，原所以省兵力，予地方官以据险慎守之方。有守土而无守之之人，虽天堑不能恃其险。有守人而无守具，虽贲获无所展其长。

有进战之营，必须留营作守。假如以十营作前茅为战兵，即须留五营作后劲为守兵，其留后之兵，尤须劲旅，其成功一也。不可争目前之微功，而误大局。

有围城之兵，须先另筹打仗之兵。有临阵打仗之兵，必须安排后劲，或预杜抄后之敌，或备策应之举。

扼要立营，加高加深，固是要着。惟须约束兵丁，不得滋扰。又须不时操练，使步法整齐，技艺精熟，庶战守皆能有备。以上胡语。

上揭战守之法，意括而言赅。曰攻战，曰守战，曰遭遇战，曰局地战，以及防边之策，攻城之术，无不独具卓识，得其要诀。虽以近世战术之日新月异，而大旨亦不外是。其论夜间宿营，虽仅一宿，亦须深沟高垒，为坚不可拔之计，则防御之紧严，立意之稳健，尤为近世兵家所不及道者也（按：咸、同时战争两方，多为不规则之混战，来去飙倏，不可端倪，故扎营务求坚固，以防侵袭）。

曾、胡论兵，极重主客之见，只知守则为主之利，不知守反为客之害。盖因其时所对之敌，并非节制之师，精练之卒，且其人数常倍于我，其兵器未如今日之发达，又无骑、炮两兵之编制，耳目不灵，攻击力复甚薄弱。故每拘泥于地形地物，攻击精神，末由奋兴。故战术偏重于攻势防御，盖亦因时制宜之法。近自普法、日俄两大战役以后，环球之耳目一新，攻击之利，昭然若揭，各国兵学家，举凡战略、战术，皆极端的主张攻击。苟非兵力较弱，或地势敌情有特别之关系，无复有以防守为计者矣。然战略战术，须因时以制宜，审势以求当，未可稍事拘滞。若不揣其本，徒思仿效于人，势将如跛者之竞走，鲜不蹶矣。兵略之取攻势，固也，必须兵力雄厚，士马精练，军资（军需、器械）完善，交通利便，四者均有可恃，乃足以操胜算。四者之中，偶缺其一，贸然以取攻势，是曾公所谓徒先发而不能制人者也。法、普战役，法人国境之师，动员颇为迅速，而以兵力未能悉集，军资亦虞缺乏，遂致着着落后，陷于防守之地位。日、俄之役，俄军以交通线仅恃一单轨铁道，运输不继，遂屡为优势之日军所制，虽迭经试取攻势，终归无效。以吾国军队现势论，其数则有二十余镇之多，然续备、后备之制，尚未实行，每镇临战，至多不过得战兵五千，须有兵力三镇以上，方足与他一镇之兵相抗衡。且一有伤亡，无从补充，是兵力一层，决难如邻邦之雄厚也。今日吾国军队，能否说到精练二字，此稍知军事者，自能辨之。他日与强邻一相角逐，能否效一割之用，似又难作侥幸万一之想。至于军资、交通两端，更瞠乎人后。如此而曰吾将取战略、战术上最有利益之攻势，乌可得耶！鄙意我国数年之内，若与他邦以兵戎相见，与其为孤注一掷之举，不如采用波亚战术，据险以守，节节为防，以全军而老敌师为主。俟其深入无继，乃一举而歼除之。昔俄人之蹴拿破仑于境外，使之一蹶不振，可借鉴也。

大汉云南军政府告示①

（1911 年 10 月 31 日）

大局已定，举动文明。保我同胞，鸡犬不惊。其各贸易，其各营生。凡我军队，不准扰民。

①曾业英编《蔡锷集》，长沙：湖南人民出版社，2008 年，第 315 页。

致云南省谘议局函[①]

（1911 年 10 月 31 日）

议长、议员诸公鉴：

满清专制二百余年于兹矣。锷等不惜牺牲身家性命，誓灭胡虏，为同胞谋幸福，爰于昨晚首先举义。所幸围督署及攻各局、所，义师所向，着着制胜，不崇朝而大局已定。惟是破坏之责，锷等已尽，而建设之任，专在诸公。盖诸公为全省代表。乡望素孚，务祈出而维持，互相赞助。如表同情，请即移至敝司令处，会商善后办法，是所切盼。此请公安，立候赐覆。

李根源　李鸿祥
军政府总司令处　蔡　锷　唐继尧　同启
罗佩金　韩国饶

附　云南谘议局复军政府书[②]

（1911 年 10 月 31 日）

军政府总司令处诸公鉴：

敬复者。顷接来函，得悉诸公推翻满虏，光复汉族，此同人等所欲为而不能为者。今得诸公毅然为之，曷胜馨香崇拜。顾首先发难在诸公，既不避枪林弹雨之危，同人等责任所在，敢不竭力维持，以勷成功。惟是事起仓卒，本局同人大半外出。现已召集，一俟到齐。即趋辕奉教。此候

崇安。

谘议局议长、议员全体谨复

①曾业英编《蔡锷集》，长沙：湖南人民出版社，2008 年，第 316 页。
②曾业英编《蔡锷集》，长沙：湖南人民出版社，2008 年，第 316 页。

致各府厅州县电[①]

（1911 年 11 月 2 日）

各府、厅、州、县官吏及自治局、劝学所览：

本月九日，省垣宣告独立。举动文明，地方安堵如故。全体劝［欢］忻，悬旗庆祝。仍请李帅[②]主持大局，现驻谘议局，司、道、督、镇以次各官一律赞助，帮同办理。英、法两国，严守中立，条约已订。该各府、厅、州、县所属，希照常办事，力保公安，毋生意外。电到即复，不通电处，妥速转递。大汉军都督府。文。

致各府厅州县电[③]

（1911 年 11 月上旬）

各府厅州县官及自治公所公鉴：

现在军政府为保安土地、人民起见，省城人心大定，商民各界照常安集。惟大局初定，省城虽可无虑，而外府厅州县各属难保无借事生端者，扰害地方，扰我秩序，甚非军政府保我人民之意也。兹与诸君约定各条，开列于后，请照办为幸，并希即复：

一、各地方凡有外国教堂，教士居处游历，我自治团体应会同地方官力加保护。

一、地方官应由我自治团体请其照常办事，不必惊疑。我自治团体亦应弹压匪类，不宜与地方官为难。

①曾业英编《蔡锷集》，长沙：湖南人民出版社，2008 年，第 317 页。

②原编者注：即李经羲，原任云贵总督。

③邓江祁编《蔡锷集外集》，长沙：岳麓书社，2015 年，第 100–101 页。

一、各地方巡警稀少，诚恐匪人滋扰，人民财产不无损失，应由我自治团体酌添团勇，以资守卫。

一、学界各学生照常上课，勿得解散。

一、各州县地方积谷，照旧认真存储，除因公用外，不准耗散。

一、各府厅州县应解地丁钱粮及厘金税等项，照旧上纳，暂解交谘议局转解军政府。

一、凡地方官册籍粮案关于地方自治之件，应竭力保存勿失。

一、地方官及厘金委差，如有不明大局、私自逃匿之处，即由地方自治公所公举正绅收解。

一、自治责任无论议事会成立及未成立之处，望我同胞绅民力为办理，勿稍卸责。

照会英法国领事文[①]

（1911 年 11 月初）

大汉国军都督府照会事：云南军民人等于九月初九日，合力组织民军，光复故土，驱除满政府官吏。历年专制，一旦扫除，大局底定．人心痛快，业经组织完全新政府。兹有应行照会大英、法国领事者，计有七条，开列于下：

一、贵国官吏人民严守中立。

二、贵国火车不得代清政府输送军队，并代运军用品物。

三、贵国官吏人民生命财产，本都督府承认确实保护，但如违第二条，则此条取消。

四、贵国向与清政府所订条约认有继续效力。

五、贵国此后有关于中国旧云南省一切交涉事件，须直接于本都督府方为有效。

六、贵领事应咨回本国承认云南独立。

七、本政府对于贵国有未尽事宜，再随时照会办理。

①曾业英编《蔡锷集》，长沙：湖南人民出版社，2008 年，第 319 页。

以上七条，均为文明革命，敦睦友邦起见，谅亦贵领事所乐赞者。为此合行照会贵领事，双方各照所列条款施行，本都督府不胜欣慰之至。须至照会者。

上照会大英、法国领事。

祭战死将士文[①]

（1911 年 11 月 8 日）

维皇汉四千六百有九年秋九月十八日，谨以太牢之祭，致奠于我皇汉义军战死将士之灵曰：

呜呼！逆胡窃据，垂三百年。秽德腥闻，上通于天。惟吾汉族，人心不死。断肠陷胸，一瞑不视。东海之蹈，博浪之椎。太白入月，胡虏可摧。粤维今祀，天地革命。江汉炳灵，拨乱反正。洞庭之南，大江之西。义旗高骞。白日可麾。北裒齐、豫，南举闽、浙。攻无不取，战无不克。黔、蜀、粤、桂，如鼓应桴。惟吾滇士，僻在南隅。繄我将士，同心同德。曰争自由，独有铁血。时维九月，日在上九。乃挥天戈，取彼渊薮。天人合发，大告武成。洒我国耻，扬我皇灵。咨尔顽冥，舍顺取逆。抗我颜行，据我咽嗌。有枪如林，有弹如雨。蝥弧先登，前仆后起。繄我将士，于兹不死。谁无父母，曰吾有子。谁无夫妇，曰祈战死。谁无兄弟，曰有外御。谁无婚姻，曰光吾里。昆池之功，黔国之烈。陟降先灵，在天对越。五华之巅，翠海之隈。招我国魂，与之同归。天作高山，瘗此忠骨。碧血所藏，后土为热。酒以百壶，牲以太牢。崇祠有赫，百祀不祧。呜呼！生为国殇，死为鬼雄。高风杳飒，尚其来降。尚飨。

①曾业英编《蔡锷集》，长沙：湖南人民出版社，2008 年，第 322–323 页。

致各省军政府电[①]

（1911 年 11 月 9 日）

各省军政府鉴：

痛哉！二百六十年，我汉族九死一生，仅留残喘，幸诸公义旗特起，天地光华。锷等以爝火微萤，亦得附骥尾于戎麾，未及一旬，全滇底定者，固黄帝在天之灵，与将士用命之效。锷等从事其间，亦与有荣。嗣后缔造建设，发挥国光，诸公必有伟画壮谋，同心盂晋。锷虽不敏，固将部属约束，敬候指挥。窃查目前各国情状，对于各省义军，虽已认为交战团体，暂守中立，并未认为完全政府，列为国际团体。自今以后，非有集中统一之机关，即无对外活动之资格。现在长江以南渐次光复，黄河流域当必陆续反正，统一机关之急宜组织，谅为数万万同胞所共认。武昌居全国中心，交通总汇，联合枢纽，似以此地为宜。至国体政体如何规画，自宜由各省军团选派代表，集会武昌，公同筹议。以至短之时期，立不拔之基础，务使新造之国家能直接于国际团体中确占一席，庶不致迁延日月，外迟列强承认之机，内贻生灵涂炭之苦，斯为全局之幸！如承赞同，请互发通电，预定日期，以便各派代表，一致进行，无任盼祷。滇军都督府蔡锷。效。

宣言[②]

（1911 年 11 月）

大汉云南军都督府为布告事：

满虏盗我国土，肆其荼毒二百六十余年于此［兹］矣。祖父子孙，世济其恶，残戮我人民，丧割我土地，毒痡四海民怵祸，尽擢虏之发，不足数虏之罪。惟我汉族豪杰之士，疾专制之淫威，惧孑黎之殄灭，断脰陷胸，以争自由。而虏不悟，犹复淫刑以逞。又得一二曲学之士，从而附益之，遂妄欲假立宪之名，

①曾业英编《蔡锷集》，长沙：湖南人民出版社，2008 年，第 323 页。

②曾业英编《蔡锷集》，长沙：湖南人民出版社，2008 年，第 331–332 页。

以行其专制之实。皇族内阁，中央集权，尽收天下之柄入满人之手，于以制吾死命，使之不得喘息。虏廷所立内阁之初出现也，即明目张胆，悍然不顾，首夺吾所自筑之干路，而悉归之于虏有；而虏廷固无力以成之也，乃有四国借款之约，至欲举吾族四万万人生命财产，悉置之于外人监督之下，冀于其间攫取余利，供虏母子兄弟之淫乐，任虏奸奴悍仆之私饱，此则满虏宁赠友邦，不予家奴之明证也。惟兹事之起，实为吾蜀父老子弟首蒙其祸，然犹【含】辛伫［茹］苦，涕泣请命。而虏廷之对之也，一则曰以违制论，再则曰格杀勿论，吾父老子弟之婉转呼号，褎如充耳不之恤也。又虑所置疆吏其有稍具人心，略知大义者，或不敢于杀人，乃利用元凶赵尔丰冥顽不灵，贪残成性，然后甘于党逆，乐于效死。赵尔丰者，本出降虏之裔，彼自祖宗以来，世为满人厮养，迹其在蜀杀人媚人，因以酷吏起家，夙有屠伯之目。今复自知其罪大恶极，无所逃于天地，而倒行逆施。自此贼入蜀以来，迄于今兹，屠僇之惨，为吾蜀父老子弟所身受，此无待于尽言者也。

今者武昌一军首倡义举，南北各行省先后反正。吾滇僻在南陬，亦于九月九日率我将士同举义旗，扫除膻腥，光复旧业，三迤之地，以次底定。念全国义师之起，良由蜀中之难有以激之，矧吾蜀父老子弟方在水深火热之中，凡我同胞所宜匍匐往救，不遑暇食者也。矧吾滇、蜀之人，以势则辅车之相依，以义则脊令之急难，又吾滇人被发缨冠不容自逸者也。且自军兴以后，吾滇养兵之费历年仰给于蜀，虽以民力艰难，叠议改拨，以次递减，然犹岁解银七万两，则我军食蜀中之饟，赴蜀中之急，亦为义务所在，无可解免者也。兹本军都督府特简协都督谢汝翼率滇军第一梯团赴援，于九月二十五日出发，复以参议院副院长郭灿为蜀中巡按正使、参议陈其殷为巡按副使，宣示我军出师之本意，抚绥沿途被难之人民。所至之处，吾父老子弟当知本军之出，专在赴蜀之难，同心戮力，取彼凶残，以与全蜀之人，左提右挈，出于水火，共扫满虏专制之余烈，以张汉族独立之威灵。凡我同胞，自喻斯旨，共矢同仇之义，绝无畛域之分。又我军节制之师，恪守纪律，即滇中起义之日，人民安堵，秩序如常，亦为遐迩所共晓。此次经过地方，行旅居民，务宜各安其居，勿得自相疑阻。布告远近，咸使闻知。

致各省都督电[①]

（1911 年 11 月 19 日）

敝处迭接贵州军都督府枢密院来电，商派敝都督府法制局局长兼秘书官熊范舆、参议院副院长兼临时议会特派议员刘显治充当贵州派赴沪、鄂会议全权委员，请代给委任状凭文。等因。除给状启，并复由贵州军政府通电外，特此电闻，以便接洽。再，各省会议代表，与各军都督府通电，拟准商由附近各军政府代印、免费，并希通知。

云南军政府讨满洲檄[②]

（1911 年 11 月 26 日）

皇汉纪元四千六百有九年，云南统军政府檄告于我云南汉族父老诸姑姊妹之前曰：

慨自满虏入关以来，荼毒我黄裔，扰乱我神明，金马碧鸡，腥膻遍野。我同胞惕于专制淫威，任其蹂躏践踏，奴隶牛马，而不能扬眉吐气者，二百六十余年于兹矣。今者胡运告终，人心思汉，革命风潮，一日千里。某等不才，忝负军人名誉，谨于九月初九日，共举义旗，全军反正，驱除清吏，抚我黎民。诚以世界文明，人权贵重，必不能久屈异族专制之下，而任人鱼肉，不思独立者。惟义旗所指，尚恐吾云南人未能周知本军政府之意，爰数虏之罪，愿我云南人及汉族同胞，悉心以听。

昔拓跋氏窃号于洛，代北群胡，犹不敢陵轹汉族。满虏入关以来，恐吾汉人心存光复也，凡属要缺，悉置满人，借此以监视汉人之耳目，使汉人永远降为满虏之奴隶而后快。心如蛇蝎，行同虎狼，其罪一。大虏玄晔（即康熙）创一条鞭之法，谓以后永不加税。乃未几而厘金之说起，未几而杂税之说兴。近年以来，更变本而加厉，割吾民之膏，吮吾民之血，使吾民死于囹圄，葬于沟

①曾业英编《蔡锷集》，长沙：湖南人民出版社，2008 年，第 333 页。

②曾业英编《蔡锷集》，长沙：湖南人民出版社，2008 年，第 336-340 页。

壑者。盖不知几千万。外窃仁声，内存残暴，其罪二。流寇肆虐，遗黎凋丧，云南一隅，犹自完具。虏谓汉人死不尽，满人不得安，于是使其伪王吴三桂，带兵入滇，所过屠杀，迤西数千里，几无人烟。兴言及此，凡我汉人，当无不沉沉泪下也。汉人何辜？受此惨毒？其罪三。前世史书之毁，多由载笔直臣，书其虐政，若在旧朝，一无所问。虏恐人心思汉，毁焚书籍八千余通，自明季诸臣奏议外，上及宋、元之遗书，靡不焚烧。欲令汉人忘旧，永远为奴，其罪四。世奴之制，世界所无。满虏窃据中国，视汉人如猪羊，故汉人少有过失者，即发八旗，永与满人为奴。有私逃者，罪其九族。背逆人道，苛暴齐民，其罪五。满虏为灭绝汉人计，严其刑罚，苛其条例，吾民一触其网罗，则有死无生。历观数年来，寻常私罪，多不覆案，府电朝下，因人夕诛，好恶因于郡县，生杀操之墨吏，刑部不知，按察不问。遂令刑章枉挠，呼天无所，其罪六。垂狗尾以为饰，穿马蹄以为服，衣冠禽兽，贻羞万国，使吾国神州文物，夷为牛马，其罪七。

满虏之大罪，既昭如日月，然满政府近日行事，最足制吾民之生命，有不能不速起革命者，不得不再为我同胞以陈：国家建设政府，所以捍卫国民也，彼满政府以恶劣无能，陷吾民如此悲境，强邻虎伺，楚歌四面，瓜分之机，如张劲弩。吾同胞鉴于亡国之苦，灭种之惨，于是各省各邑，起创国民军及体育总校。夫二者之组织，以御外侮为宗旨，非与满洲政府为难也。乃虏出其"宁赠友邦，无丧家奴"之手段，曰严禁，曰解散，致使已成者归于水泡，未成者不敢再倡。吾民讲自卫之策，虏则百方阻挠之，是亡我国者非外人，实满洲政府也。故满洲政府不除，满洲官吏不逐，吾国终无复兴之一日，此不能不急起革命者一。西人称吾国曰黄金世界，苟使实业振兴，铁道交通，矿山开采，则财不知凡几。虏不为吾民提倡，专以剥削吾民为能，吾民穷矣，则倡言借款，名曰改革币制，实则不过供满虏君臣父子之娱乐而已。自四国借款以还，虏政府已置吾民之生命财产于各国范围之下，吾民其知之否？将来用不得当，偿还无术，各国派兵实行监督，吾民尚有死所乎？此不可不急起革命者二。全国饥民，数逾千万，饥寒交迫而死者，道路相望，西国之人，既非同种，又非同族。尚为之呼号觅捐，奔走施赈。乃反观满洲政府，各省官吏，未闻有一粟一丝之施。而兴王府，建离宫，动以百万计。嗟乎！同胞割膏血以养胡虏，虏不为怜之，而反杀之！《传》曰：非我族类，其心必异。此不可不急起革命者三。今者民气发扬，同趋革命，虏知其大命将倾，乃以伪立宪诱我汉族。阳示仁义，包藏祸心，再任胡人，死相撑拒。我国民伯叔兄弟，亦既烛其奸慝，弗为惑乱。以胡乱孔棘之敢［故］，惟有克期举义，驱其官吏，歼其渠魁，以为中华民族请命。

本军政府总摄纲维，辑和宗族，惧草泽英雄，帝制自为，同类相残，授虏以柄。又惧新学诸彦，震于泰西文明，劝工兴商，漫无限制，乃使豪杰兼并，细民无食，致成他日社会革命。为是与四万万人共约曰：自盟之后，当扫除鞑虏，恢复中华，建立民国，平均地权。有渝此盟，四万万同胞共击之！呜呼！我中华国民伯叔兄弟诸姑姊妹，谁无父母？谁非同气？以东胡群兽，盗我息壤，我先帝先王，亦既丧其血食，在帝左右，旁皇无依；我伯叔兄弟诸姑姊妹，亦既降为台隶，与牛驹同受笞箠之苦，有不寝苫枕块挟弓而斗者，当何以为黄帝之子孙！迩来军中之事，复有所诰诫曰：毋作妖言，毋仇外人，毋排他教。昔南方诸会党，与燕、齐义和团之属，以此三事，自致不竞，太平洪王之兴，又定一尊于天主，烧夷神社，震惊孔庙，遂令士民恐恚，为虏前驱。惟是二者，皆不可以崇效。我国民之智者，则既知引以为戒．其有壮士，寡昧不学，宜以此善导之。使知宗教殊涂，初无邪正，黄白异族，互相通商，苟无大害于我军事者，一切兼容并包。有违节制，悉以军律治罪。又我汉族仕宦于满清者，既为同种，岂遽忘满虏入关之初，暴尔祖父，淫尔姑母之大辱乎？徒以热中利禄，受彼胁迫。苟能于革命大军临城之日，舍逆取顺，翻然改图：及有束身待命，以一城一邑献者，仕官如故。若自忘其本，为虏效力，以扼大兵之行者，一遭俘虏，杀无赦！其有为虏间谍者，亦杀无赦。又满洲胡人，受我中华之卵育者，三百余年，尺布粒粟，何非资于我大国？尔自伏念食土之毛，不怀报德，反为寇仇．而与我大兵抗，以尔四体，膏我铁钺，尔抚尔膺，又谁怨！若自知不直，愿归部落，以为我中华保塞，建州一卫，本尔旧区，其速自返于吉林、黑龙江之域。惹［若］愿留中国者，悉归农牧，一切与齐民等视．惟我政府萧勺群慝，淳化虫蛾，有回面内向者，怀柔一体，选举租税，必不使尔有依轻依重。尔若忘我汉德，尔悉不悛，尔胡人之归化于汉土者，乃践足磬［謦］欬与外胡响应，军政府则大选将士，深入尔阻，黎［犁］尔庭，扫尔穴，绝尔种族，筑尔尸，以为我观。如律令！布告讫于蒙古、回部青海、西藏之域。

严禁将士肆入民居官宅搜索骚扰告示[①]

（1911年11月）

都督府谕：我军举义，志在恢复国权，保卫吾民。凡我同胞，均能共谅。故自省城克复以来，以［三］迤郡县莫不闻风反正。乃近闻省城内外，竟有身着军服，手持枪械，借搜索逃官满人为名，任意闯入民居官宅，肆行骚扰者，甚非我军倡义之本意，渐灰吾民望治之热心。本都督府念将士之勤劳，岂忍苛以严法？而此等违律之军人，既不能体本都督府保民之苦心，并损我军全体之名誉，本都督府又岂忍稍示姑息，致使吾民不能安其居，乐其业，日归怨于我同志之将领乎！况本都督之禁止骚扰搜索，已不啻三令五申矣。顷接谘议局、自治公所来函，城乡之民犹不免时被搜索之骚扰，法国交涉委员亦谆谆言之，而一般舆论谓初编军队之学生尤有甚焉。吾将士试平心以思此而【不】惩，吾民之恐慌何如？吾辈此举，原以图吾民之自由，使吾民恐慌若此，同志之心，其能安乎！吾辈在伍为兵，退伍为民，设身以处，能勿仇怨军人乎！以保民之义举，而使吾民恐慌仇怨，欲不严惩也得乎！兹与吾将士论，自今日剀切晓谕后，不可再事搜索。其有未奉命令，肆入民居官宅，搜索骚扰，擅取官民财物，损辱官民身体者，一经报告审实。立杀不赦。本管长官有擅发此项命令及约束不严，纵兵骚扰者，一律以军法从事。凛之慎之，勿违此谕。

谕蒙自将士文[②]

（1911年12月19日）

蒙自十三日之乱，全局动摇，几于牵一发而全身俱动，危亡之机，不容一间。天福吾滇，蒙军将士能洞烛大局，亟宜悔祸，哀痛愈恒，借我皇祖之灵，用能恢复秩序，未致溃决，幸也何如。值噩耗飞传，法人日夜运重兵于边境，伺机而动，一面向我强硬交涉，谓我无保护外人生命财产之实力，无节制骄兵悍将之功能，要求军府除赔偿损失而外，须将此次肇祸之人予以重惩，并由该国特

①曾业英编《蔡锷集》，长沙：湖南人民出版社，2008年，第346—347页。
②邓江祁编《蔡锷集外集》，长沙：岳麓书社，2015年，第111页。

派警兵在沿铁路一带屯扎保护。而巡防各军有谓新军假起义之名而行强盗之实，深恶痛绝，亟思一逞，其不肖者犹思乘乱劫掠，甘为戎首。事机至此，可为悲痛。经本军府分别布置，幸大祸潜消，人心镇定。惟首恶不除，不独无以谢外人，而杜借口，尤不足以解陆、防各军之愤怒，而安反侧，更无以对我普天之同胞。故将为首之李镇邦、龚裕卿等立予正法，以昭炯戒，而快人心。本都督见我将士悔祸之诚，且恢复临、蒙各域著有勋绩，其余诸人概不根究，仍以手足股肱相待，此心可质诸天日。本都督尚拟亲率诸同胞入川赴援，进图北伐，以湔蒙乱之耻，而立不世之功。务望共矢天良，以肝胆相见，庶不负起义之初心，使中国得安于磐石，滇军名誉得与日月争光，其一体勉旃。军都督蔡锷十月二十九日右谕交蒙军第一营管带李镜明宣示全营将士凛遵。

在云南军政府各部局各军官会议上的讲话[①]

（1912 年 1 月 6 日）

云南地居极边，英法相逼，兵力既薄，经费尤少。现在川乱正亟，川黔匪徒，又不知倡立民主国之宗旨，间扰良民。虽滇已出三梯团，仍未大见效力，似宜注重援蜀。蜀最有关大局，且与滇为唇齿，能平定四川，其功亦不浅。将来功成，再图经略西藏，为他日威力及乌拉岭之预备。其计划未尝不善，无如各军官均热心北伐，谓不入虎穴，焉得虎子，扫穴犁庭，痛饮虏血，诚豪杰之快事。又荆襄重镇，北接秦晋，西连巴蜀，南通湘黔，东合武汉[②]。若我军巩固荆襄，而北虏犹不知愧悔反正，则联合蜀军，经营秦晋。我军攻其左［右］背［臂］，进窥武汉，我［蜀］军摧其右［左］臂，掣北虏之肘，寒北虏之胆，壮民军之威。纵横中原，放光彩于史册，在此一举。有此两方面，请众一决，【以】此权衡缓急，弟意如此。

---

①曾业英编《蔡锷集》，长沙：湖南人民出版社，2008 年，第 368 页。

②书本中的“武汉”和我们现在所讲的武汉市不是一回事。1927 年武昌市、汉口市和汉阳镇合并为武汉市。

劝捐军费启[①]

（1912 年 1 月 10 日）

在昔毁家纾难，子文称楚国忠臣；输财助边，卜式实汉朝义士。然而一则席富强之势，一则蒙休养之遗，未有民鲜盖藏，国方缔造，如今日华夏中兴，军需尤亟者也。矧云南山陬僻处，未登货殖之书；畲亩畸零，难定田车之赋。矿人失职，弃地徒咨。鹾政不纲，弩末无力。傥非我同胞共襄大义，激发天良，或纳粟以济军，或醵金而报国，则执雕虎以试象，如赪鱼而方羊，同舟中流，将何以济？今请自隗始，公费所入，衣食而外，一以佐军，不欲使家有赢余，负民负国。窃耻独为君子，用敢呼助同人。愿勿营诸葛桑田，更加古人一等；量与原思斗粟，非徒惠洽比邻。分王阳之黄金，则军皆挟纩；效公孙之布被，则士尽兴廉。维集腋以成裘，遂汇川而学［归］海。若夫千金之子，素封之家，念怀璧而知几，懔多藏其足戒。大车小担，饷馈胡忧？涓河尘山，积累亦易。不恤嫠纬，妇人怀忧鲁之心；喜咏戎车，孺子抱强秦之志。守卫严则身家泰，军实足而保障坚。理本相因，情当易感。围防巩固，土田乃保先畴；斥候精严，商旅无虞伏莽。共望熙皞之化，毋忘创造之劳。同乐同忧，自耕自获。各奋愚公之愿，即可移山；共怀精卫之心，不难填海，我同胞共勉旃。谨启。发起人蔡锷、李伯庚、殷承瓛、张子贞、李曰垓启。

致孙中山电[②]

（1912 年 1 月 12 日）

南京孙大总统鉴：

接各省代表蒸电，知公褒然举首，可为民国前途贺。神州光复已十五省，扫荡北廷，可计日待。惟蜀独立后，军府分立，成都先有蒲、朱，后罗、尹，重庆有张、夏，泸州有温、刘，川北有李，雅州有傅，各称都督，党竞势分。土匪复假同志会名，四出劫掠，全川糜烂。滇省毗连蜀境，警告频来。又闻北

①曾业英编《蔡锷集》，长沙：湖南人民出版社，2008 年，第 379–380 页。

②曾业英编《蔡锷集》，长沙：湖南人民出版社，2008 年，第 383–384 页。

虏袭取太原，潜窥秦、蜀，英于【卫】、藏[①]，日益添兵。设蜀乱纷纭，日久未定，内为民祸，外启戎心。滇、蜀唇齿相依，未敢漠视。先于赵尔丰盘踞成都时，派一师团赴援，本拟蜀平赴鄂，乃蜀难未已，不能不暂留以相援助。惟滇本瘠壤，筹饷维艰，而逼处强邻，不宜稍疏防守，现在出省军队已及万余，兵力亦难再分耳。蜀中方割据纷争，于援兵转生疑忌，故滇军援蜀亦种种困难。诚恐祸势蔓延，妨害大局，拟请尊处通电各省，妥筹办法，以期川乱早日肃清。川虽一隅，关系全局，有可尽力，滇纵竭蹶，不敢告劳。前曾电请苏州程都督回川主持此事，当易收束，请尊处一敦促之如何？希卓裁赐复。滇都督蔡锷。敬。印。辛亥冬月廿四日。

致孙中山及各省都督电[②]

（1912年1月19日）

南京大总统、武昌副总统、各省都督鉴：

临时政府成立，内政外交得有主持，无任欢忭。惟造端宏大，正费经营，非集群策群力，一致进行，不足以巩固国基，而恢弘国势。我国幅员既广，省界夙严，势格情疏，每多隔阂。此次武昌倡义，各省响应，已除往昔秦越相视之弊风。惟改革之初，事权莫属，不能不各设军府以为行政机关，然宜有通力合作之谋，不可存画疆而守之势。设用人行政，省自为谋，恐土豪寖起割据之思，边境又有孤立之虑，于国家统一障碍实多。今中央政府成立，缔造经营当先从破除省界入手。此宜注意者一。我国人士跧伏于专制政体之下者数千年，几以谈议国是为厉禁。自外力内侵，清廷穷蹙，国人激于时势，急图改良，于是革命、立宪，君主、民主各党竞出。虽政见不同，而谋国之心则一。今政体确定，歧论自消，全国思想皆将冶为一炉。即平日政见稍殊者，果系杰出之才，皆可引为我用。现值肇造之初，万端待理，只宜惟贤是任，不必过存党见，使有弁［弃］才，益自附敌，此宜注意者二。清廷朽腐，弊政相沿，诚宜扫荡廓清，与民更始，惟外鉴世界之趋势，内察本国之舆情，必审慎周详，节节进步，庶全国得以按弦赴节，不致有纷扰滞碍之虞。若期望过望，变更太骤，恐事实与理想不相应，

①原编者注：卫即前藏；藏即后藏。

②曾业英编《蔡锷集》，长沙：湖南人民出版社，2008年，第396-397页。

而人民未易奉行，或法令与习惯有相妨，而急切难生效力。故新旧递嬗之交，目光固宜高远，而手法即不妨平近，此宜注意者三。【锷】才识无似，惟坚守以上三义，与滇中士夫循轨进行，不无小效。卑无高论，聊备甄采。尊处必有伟画远谋，尚希随时电告，用资圭臬。滇都督锷叩。效。印。

致孙中山等电[①]

（1912 年 1 月 20 日）

南京大总统、武昌副总统、上海外交总长、黄元帅、长沙谭都督、各军总司令、各省都督鉴：

谭都督盐电，想均注意。我军乘此朝愤，何敌不破？乃甘受袁氏之愚，一再停战，旷日持久，縻饷劳师【而】不问。其于停战期内西侵秦、晋，南攻颍、亳，朱家宝又进兵寿州，我再株守议和，大局必为所触动也。伏乞大总统赫然震怒，长驱北伐，直捣虏廷。滇军北伐师团业已募发，现正运兵莓醃，预备五营。滇都督锷。印。

致孙中山及各省都督电[②]

（1912 年 1 月 26 日）

南京孙大总统、武昌黎副总统、长沙、安庆、福州、广州、杭州、苏州、上海、南昌、九江、西安、桂林、贵阳各都督鉴：

和密。谭都督[③]咸电，鄙意极为赞同。现民国中央政府已成立，大总统已举定，民主君主问题无复有研究之价值，此其一。国民会议袁世凯欲于北京开议，又欲省、州、县公举代表，无非为狡展播弄之地步，以充彼战备，懈我军心，此其二。主张共和，殆全国一致，所反对者惟少数之满奴隶耳。设开会议而堕袁之狡谋，定为君主国体，则各省必不肯承认，战祸终无已时，此其三。中国此时仍拥戴

①曾业英编《蔡锷集》，长沙：湖南人民出版社，2008 年，第 399 页。
②曾业英编《蔡锷集》，长沙：湖南人民出版社，2008 年，第 410 页。
③原编者注：谭延闿。

满清为君主，固理所必无，则别以汉人为君主，亦事势所不容，故君主国体为中国今日所万不能行，必强留存此物，将来仍难免第二、三次之革命，此其四。唐使签定之约，而袁不承认，方在停战期间，而北军袭取颍州，进攻陕州，在清廷亦并末决心和议，此其五。故此时直无和议可言，惟有诉诸兵力耳。至作战计画［划］，孙、陈各都督所见皆甚伟。滇处僻远，未敢遥度，惟有简率精兵，结联黔、蜀，长驱伊、洛，期共戮力中原。进止机宜，敬候中央指示。滇都督锷。宥。印。

致孙中山及各省都督电[①]

（1912 年 1 月 26 日）

大总统孙、上海黄元帅、武昌黎元帅、九江马都督暨各省都督鉴：

马都督[②]电悉。备多力分，伟筹极佩，望黄、黎[③]两公，决定进行。滇军牵于川乱，未能即刻会师。现更挑选精兵，现［组］成第三师团，添配机关枪械，专事北伐。已饬到前途，受两元帅指挥调度矣。滇都督叩。宥。

致李根源罗佩金等电[④]

（1912 年 1 月 26 日）

大理李师长、蒙自罗总长、昭通专送韩师长、谢梯团长、威宁李旅长鉴：

云南夙称瘠壤，政费所出，多受协济。近因各省举义，协饷遂停，财源顿涸。吾滇自反正以来，整理内治，扩张军备，经费骤增，入不敷出，深恐财政支绌，不足以促政治之进行。惟有约我同人酌减薪俸，以期略纾民困，渐裕饷源。

现拟定军官薪俸办法：上等一级四俸[⑤]六百两，以二成支发，实银

①曾业英编《蔡锷集》，长沙：湖南人民出版社，2008 年，第 411 页。

②原编者注：马毓宝，时任江西都督。

③原编者注：黄兴、黎元洪。

④曾业英编《蔡锷集》，长沙：湖南人民出版社，2008 年，第 412-413 页。

⑤原编者注：原文如此，疑为“月俸”之误。

一百二十两；二级四百两，以三成支发，实银一百二十两；三级二百五十两，以四成支发，实银一百两。中等一级二百两，以四成支发，实银八十两；二级薪俸一百五十两，以四成支发，实银六十两；三级一百两，以五成支发，实银五十两。次等一级五十两，以七成支发，实银三十五两；二级二十五两，以八成支发，实银二十两；三级二十两，以八成支发，实银十六两。额外十六两，以八成支发，实银十二两八钱；司书十二两，以八成支发，实银九两六钱；兵士饷银仍照旧额。其各文官由军政部仿照此表，按级酌定，呈核施行。

窃念滇中反正，得诸君同心戮力，共济艰难，本应颁厚糈以酬劳绩。惟诸君素明大义，共体时艰，即前日举义与现在奉公，本以求群众之幸福，而非为个人之荣利，此次减薪办法，谅无不乐赞其成也。特此通电，希即查照，转饬周知。都督府。庚。印。辛亥腊月初八日。

致尹昌衡罗纶电[①]

（1912年1月27日）

成都尹、罗两都督鉴：

元电悉。前月所上删电，未审达否？贵省独立，全国欢庆，乃土匪乘虚窃发，属境骚然，不能不重为悲悼，非及时戡定，后患滋多。改革之初，人民先罹其祸，将有仇视新政府之心，此其一；匪徒纷窜，扰害治安，邻封难免责言，此其二；抢攘之际，难保不扰及教堂，外人将起干涉，此其三；民不安业，致失农时，又必有饥馑流亡之患，此其四；且蜀省地广人殷，为中国西南屏蔽，今北虏袭晋入秦，英人增兵入藏，皆以蜀为中枢，将来协助山、陕，经营藏、卫，胥为蜀军是赖。然匪氛未靖，则兵力难分，后路未靖，则饷糈无出，故必靖内，然后能对外。

蜀事纷扰，将及一年，失业之民既多，而匪徒复假同志会名，以肆劫略。成都十九日之惨剧，耳不忍闻，滇军初到叙州，商民即纷纷求救。时叙府虽云反正，而宜宾县令首鼠两端，颇怀观望，故撤县留府，以定人心。旋复从渝军之请，驰赴自流井、贡井等处驱逐土匪。急欲尽同胞之谊，遂不暇避越俎之嫌，成、泸两军致滋疑虑。在滇军本可悉师北伐，或班师南旋，亦何必久滞蜀中，

①曾业英编《蔡锷集》，长沙：湖南人民出版社，2008年，第416-417页。

劳师糜饷，然为蜀省计，非解散同志会，惩创匪徒，安置失业游民，则内乱终难底定。而欲清内患，不能不济以兵威。蜀省新军闻亦足资镇慑，但幅员辽阔，兵力既苦难分，且新募之兵，缓急究难足恃。滇军援蜀所派不过两梯团，然训练经年，实有协赞蜀军靖内之能力。傥蜀省破除畛域，正可利用滇军使一致进行，早平匪乱。俟蜀事既定，滇军自当撤还，于蜀省善后事宜，决不能稍加干预。若互相疑忌，声气不通，滇军仗义兴师，而未达恤邻之志，蜀军深闭固拒，而反得排外之名，将来西南国防，自此亦益难联络，于大局关系尤深，想尊处必早已见及。

抑更有进者，此次各省光复，同时响应，诚为我国光荣。惟独立之名，颇滋误解，致有一省而军府林立，不能统一政权，或因排斥官吏，而省界加严，或因仓猝成军，而财政益绌，此皆为将来国家统一之害。贵省似亦蹈此弊，敢直摅所见以闻。狂戆之言，统希裁复。滇都督锷。感。印。

北伐誓师词[①]

（1912 年 1 月 27 日）

大中华民国元年正月二十七号，滇军都督蔡锷暨滇军北伐司令官唐继尧谨具豚、羝、清酒诸品【物】，敢昭告于上天神后、始祖黄帝之灵曰：

唯我汉族，抚有此土，惨淡经营，历宗与祖。惟祖有德，惟宗有功，四夷八蛮，罔不率从。祖宗神圣，传子传贤，不私君位，曰命自天。秦汉而后，帝制自为，牛马奴隶，平民当之。然犹可曰，是我汉裔，玉步改更，此兴彼替。运衰典午，陆沉神州，中原名士，不善自谋。南北分朝，不思进取，长江天堑，偏安自诩。有唐统一，突厥胚胎，迄于天宝，祸极胡埃。五代石晋，称侄称臣，苟贱未已，割我燕云。赵宋右文，受祸最酷，怀愍再见，宗社遂屋。天厌汉人，佑及蒙古，几于百年，娲石谁补？明祖雄杰，还我河山，千秋万岁，方期永延。不图满虏，犬羊贱种，蹈瑕抵隙，天骄天宠。自是而后，厉行专制，文字兴狱，增加赋税。欧潮东来，不能闭关，图治乏术，弃地撤藩。上下贫窘，外债倍热，君主立宪，情见势绌。民军革命，应天顺人，希踪汤武，借鉴欧邻。首难以来，十有七省，

①曾业英编《蔡锷集》，长沙：湖南人民出版社，2008 年，第 414—415 页。

闻风响应，积愤难忍。燕京岌岌，已不终日，甘冒不韪，乃有袁贼。螳臂挡车，龙漦为瑞，虏酋昏庸，不知自计。我滇万里，僻处西南，光复而后，巨任再担。匈奴未灭，何以家为？古人如此，我志奚疑。别我父老，率我昆弟，秦风歌咏，袍泽同忾。万众一德，一德一心，兵兴以义，虏无坚城。浑浑我旅，锡盾雕戈，如貔如虎，十万横磨。大地三春，蛟龙起蛰，机会成熟，不烦驰檄。兵行首月，雨雪载途，功成淮蔡，以讫天诛。天道好还，炎黄翌运，师行以律，古有明训。载告我旅，无即于欲，无逸于骄，保此武德。道行经迴，为黔为川，任务所在，期必尽焉。寡可敌众，弱可敌强，不寡不弱，何用不臧。我祖黄帝，在天有灵，保兹子孙，大告武成。今当出发，誓师于郊，神其降鉴，太羹清醪。

复张培爵电[①]

（1912 年 1 月 29 日）

赤水河飞送李旅长、昭通飞送谢梯团长速转重庆张都督鉴：

号电悉。川、滇、黔联军援陕北伐，实为要图。惟近接秦都督电已驱敌出潼关，沪都督电言袁贼被炸虽未中[②]，而京城大扰，溥仪允逊位，奔热河，虏廷有瓦解之势。窃计贵省情形，靖内实急于对外。闻蜀中匪氛尚炽，商民不安其生。又泸州军府移敝军李旅长文，有“傅嵩秋、凤山率八千余人由西藏攻踞雅州，进逼新津，成都危在旦夕”之语，非及时戡定，后患方长。蜀中军府分立，独渝军秩序厘然，平匪安民，胥贵都督是望。若一旦出省，恐戡乱无人，匪势益张，川事必将糜烂。滇军在蜀如相需，则尽力援助，不相需则立即班师，或经营藏、卫，进退皆无不可。惟贵都督似不宜轻动，盖此时宜亟除川省之实患，不必博北伐之虚名。愚见如此，希酌。余已商贵专使宗绯先归，时当能详述。滇军都督锷。艳。印。

①曾业英编《蔡锷集》，长沙：湖南人民出版社，2008 年，第 419 页。

②原编者注：（1912 年）1 月 16 日，革命党人张先培，杨禹昌，黄之萌等在东华门外投弹谋炸袁世凯事。补注：2007 年，沈弘在《北京青年报》著文《袁世凯遇刺疑案破解》，根据《伦敦新闻画报》中关于本事记载，确认了这次刺杀事件。

致孙中山电[①]

（1912 年 1 月 30 日）

南京孙大总统钧鉴：

查各省通用银圆、银币均系满清旧模，现神州光复，建设共和，总统已立，民国基础确定，亟应铸造新币，以重圆法，而崇国体。拟请饬部议定速造中华民国银、铜元新模，颁行通用，以便陆续收回旧币，免致淆乱耳目。滇军都督锷叩。全。印。

关于编制五年政纲的通令[②]

（1912 年 1 月）

照得滇省反正以来，大局已定，不能不亟图建设，以期恢张势力而巩固治安。惟缔造之初，头绪纷繁，非总挈大纲，无以收纲举目张之效；非统筹全局，无以为按程递进之资。现中央临时政府已告成立，将来必宣布大政方针，为各省所宜遵行。但滇处边远，与腹省情形不同，措注缓急之间，必先预为筹定。兹拟自大中华民国元年起至五年止，所有省内一切应办事宜，预先规定政纲，以为进行之准则。惟事关大计，非由各项行政主管官员悉心筹拟，恐无以切事实而利推行，合饬通行札饬。札到，仰该部即便转饬所属各员，体察国情民力，将该管职务于五年内应行筹备事宜，拟定大纲，限新历二月初十日以前汇呈核夺，以便发交临时议会议决，颁布施行。该司、局、厂、所人员等责任所归，研求有素，必能切实筹议，幸勿敷衍塞责，是为至要。切切，特札。

①曾业英编《蔡锷集》，长沙：湖南人民出版社，2008 年，第 420 页。

②邓江祁编《蔡锷集外集》，长沙：岳麓书社，2015 年，第 118 页。

致孙中山黄兴电[①]

（1912 年 2 月 6 日）

南京孙大总统、黄总长鉴：

临时政府成立，各部长官皆极一时之选，仰见任官惟贤，无任钦佩。惟缔造伊始，军事方殷，折冲撙［樽］俎之才，相需尤亟，苟有所知，不敢壅闻。蒋方震君留学东西洋十余年，品行学术，经验资望，为东西洋留学生冠，亟应罗致，以餍海内之望。闻蒋已由奉返浙，如畀以参谋部总长，或他项军事重要职务，必能挈领提纲，措置裕如，不独中枢有得人之庆，而军国大计亦蒙其庥。锷于蒋君相知最深，为国荐贤，伏希留意。滇都督锷叩。鱼。印。

致孙中山电[②]

（1912 年 2 月 7 日）

南京孙大总统鉴：

蜀独立后，土匪蜂起，劫略横行，全省糜烂，军府林立，拥兵自守，不能维持治安。现联豫率藏兵据雅州，逼成都，北虏袭晋入秦，骎骎向蜀，势益可危。迭经电陈中央，并请程雪老回川主持，迄未示复。岂西南数省不足恤耶，抑滇军不足与谋也！蜀乱一日未定，大局即一日未安，滇军为人道计，为全局计，不能不代平蜀乱，一以救蜀民于水火，一以促国家之统一。事机切迫，恐再迟延，贻误大局，惟有督饬援军，不分畛域，竭力进行而已。谨此电陈。滇都督锷。阳。印。

①曾业英编《蔡锷集》，长沙：湖南人民出版社，2008 年，第 435 页。
②曾业英编《蔡锷集》，长沙：湖南人民出版社，2008 年，第 436 页。

致唐继尧电[1]

（1912 年 2 月 7 日）

曲靖专人星夜飞送北伐司令官唐蓂赓鉴：

蜀氛未靖，陕势颇危，援蜀军函请添兵。当经开会决议，请率队改道入蜀，会合援军，先平蜀乱，即援陕北伐，于大局关系甚巨。希先电复，余另密详。锷。阳。印。

致唐继尧电[2]

（1912 年 2 月 7 日）

曲靖专人星夜飞送北伐唐司令鉴：

北密。近因北虏猛攻潼关，陕势危迫，迭请救援，而蜀中匪势甚张，非速平蜀乱，碍难援陕，大局可危。又接叶荃、张璞等自流井来电：川事糜烂，非厚兵力。难望速平。谢、李来电亦云：韩师长武器为蜀扣留在资，拟率兵应援，又恐泸、叙为匪所乘，请派三梯团速行入蜀。日内又连接黔电阻兵，且探悉黔省情形，党竞甚烈，吾兵一到，冲突立生，即代为戡平，不过为一党人争势力，而劳师縻饷，于我军妨碍实多。当经开会研议，佥以审时度势，宜暂置黔事，并力赴川，先固根基，再图进取。既免树［树］黔省之敌，又可增援蜀之兵。蜀事早平，于北伐尤易为力。业经电商改道入蜀，兹特以改道原因奉闻，希将大旨宣告军士，立行督率入川。盼切。祷切。锷。阳。印。

①曾业英编《蔡锷集》，长沙：湖南人民出版社，2008 年，第 437 页。

②曾业英编《蔡锷集》，长沙：湖南人民出版社，2008 年，第 438 页。

致孙中山及各省都督电[1]

（1912 年 2 月 9 日）

南京大总统、武昌副总统、各省都督鉴：

自各省自起义以来，扫除专制，建设共和，已为全国公意。惟改革之初，因幅员辽阔，故用人行政，省自为谋，非亟图统一之方，恐难免纷歧之虑。现虏氛未靖，战事方殷，琐屑者固不暇计，惟大纲所在，似宜先为规定，期于全国一致进行。窃观目前情形，当从数端入手。

（一）用人　各省军府分立，组织机关互有不同，宜由中央参酌各省之现行制度，拟具大纲，颁布通行，以归一律。其上级长官由中央委任，次级长官由本省呈请大总统委任，下级官由本省委任后报明中央政府。至关于外交、财政官应由中央遣派。似此办理，庶可统一事权，将来地方制度颁行，亦不致多窒碍。

（二）财政　我国各省，区域不同，丰瘠互异，往往省自为政，痛痒漠不相关。即以目前而论，有为边要者，有当敌冲者，若专视一二省之财力以为支持，虽反正者十数行省，而实则力分而不厚。谓宜将各省岁入悉报中央，由中央视各省缓急情形，量为分配，庶可得酌济盈虚之益，不致以一部分而妨害全局。

（三）军事　现中央已设陆军部、参谋部，而各省北伐军队皆受节制于总司令官，是军事已有渐趋统一之势。惟反正以后，各省多添募新兵，略无限制，至有非临战区域，亦有以一省而骤添五六镇者，枪械既缺，饷糈尤为不支，恐将有不戢自焚之祸。谓宜由陆军部体察各省情形，酌定应编镇数，通令汰弱留强，勤加训练。已成之镇，悉听中央调遣，庶全国军队联为一气，可以互相策应。

此外若币制若邮政，以及一切行政，或中央已经筹及，或现在未能猝行，不敢复赘。伏希裁择。锷。佳。印。

---

①曾业英编《蔡锷集》，长沙：湖南人民出版社，2008 年，第 441-442 页。

致唐继尧电[1]

（1912 年 2 月 17 日）

曲靖飞送唐司令鉴：

连接泸州电：川军由资州、威远、荣【昌】、富【顺】四路分进，于初七日晨急攻我军。刘参谋入成都带去马聪所部二中队、机关枪二挺，全被拘留勒收，请催第三梯团改道入川增援。云云。已电告我军及成、渝两军和平商办，勿轻开衅。惟我军悬军深入，不能不添兵援应，请照前电酌定速复。盼切。锷。篠。印。

致章太炎张謇熊希龄等电[2]

（1912 年 2 月 29 日）

上海章太炎、张季直、熊秉三[3]并转苏州庄思缄、武昌黎宋卿、长沙谭组安诸公同鉴：

民国成立，百度维新，缔造经营，责任尤巨，非合全国军界、政界极有能力及社会上极有学识资望之人，组织一强固有力之政党，借以监督政府，指导国民，鲜克有济。敝处顷拟联合海内同志，组织共和统一党，已筹集十万元为基金，设一机关报于上海或京都，以发摅政见。并诿诿肖立诚君[4]至各省筹商一切。适闻诸公近有民国联合会、民社等之组织，伟略远谟，无任钦企。且闻宗旨大致相同，如能并为一大团体，势力雄厚，尤易扩张。敬希卓裁赐复。敝处所拟政纲，当俟肖君面谒再呈。锷叩。艳。印。

①曾业英编《蔡锷集》，长沙：湖南人民出版社，2008 年，第 460-461 页。

②曾业英编《蔡锷集》，长沙：湖南人民出版社，2008 年，第 481 页。

③章炳麟字太炎，张謇字季直，熊希龄字秉三。

④原编者注：发表时改“肖立诚君”为“肖立诚、袁家普两君”。

严禁开公口山堂告示[①]

（1912 年 2 月）

为出示严禁事：照得开山设堂，结盟拜会，在当初时候，都是为宗国沦亡，异族专制，不敢显然反抗，故苦心志士组织一种秘密的社会，抵抗恶政府，其用意很好的。但是日子久了，越聚越众，夥党太多，流品太杂。有一种狡黠的，借了此种名目，哄骗良家子弟，磕诈钱财；有一种凶悍的，结党成群，奸淫抢掠，毫无一点人理，这两种人，便失了原来的宗旨，不能算为良民了。清朝的官吏，捕风捉影，种种的苛虐，你们是不甘心的。于今清朝也亡了，共和政府也成[立]了，无论贵贱贤愚，只要守得正当的法律，造得相当的学识，个个都是平等的，个个都是自由的。你们岂不是同胞么，大家趁此时代，要努力为一个良民，不要蹈从前的覆辙。如不晓得改过，私立名目，私结党羽，扰害一般人民。这真是法律不能容了。现在本都督府订定了一种惩治律，剀切的宣告你们，从今以后，父戒其子，兄戒其弟，未入会的，勿再失足，已入会的，早早回头，只要改得前非，就是一个好人。从前的公口山堂等名目，都要一律解散，那些票布标识，都要自行缴出，或缴归地方官，或缴归巡警局，或缴归自治局，就将那票布销毁了。销毁了这票布，做一个新国民，岂不快乐呢？你们试想想，这惩治律一定要实行的，你们若不晓得利害，执迷不悟，隐瞒票布，不肯缴出，或已经缴了，还不肯解散会党的名目，一经别人告发，或被地方官查觉，本都督府只有按律惩治一法，你们也改悔不及了。思之思之，各有天良，各有父母，各有妻子，良民不做，做一个匪类，生被人骂，死受刑戮，值乎不值！除通令严密查办外，为此出示晓谕，其各懔遵勿违，切切特示。

惩治律附列于后

计开

第一条　凡群众聚合立公口，开山堂，歃血订盟，结拜弟兄，图谋不轨者，从下之区别处断：（一）首魁处死刑；（二）参与谋议，居该党重要之职务者，永远监禁；（三）其他从事于诸种职务者，处十年以上十五年以下之监禁；（四）

①曾业英编《蔡锷集》，长沙：湖南人民出版社，2008 年，第 481—483 页。

附和随行其他干预公口山堂事务者，处五年以上十年以下之监禁。

第二条　若抗官拒捕，持械抢劫等情，不分首从，均处死刑。

第三条　虽无图谋不轨及抗官拒捕、持械抢劫情事，而与聚从歃血订盟、结拜弟兄者，分别查照第一条各款所定之刑减一等处断。

第四条　将有意谋开公口山堂时，曾由该管地方官及警察命解散而仍不解散者，为首者处十年以上十五年以下之监禁，为从者处三年以上五年以下之监禁。

第五条　邻里宗族及团保首人知情而不告发者，处一月以上一年以下之监禁，或处一百元以下之罚金。

第六条　知有犯第一、二、三、四条之罪，而给与场所、器械、金谷者，处三年以上五年以下之监禁，或一百元以上三百元以下之罚金。

第七条　犯第一、二、三、四条之罪于未发觉之前而自首者得免除其刑，仍责令该地警察或团保随时监视。

第八条　其被胁迫而入会或出钱者，不论罪。

致梁启超函[①]

（1912年3月3日）

任师函丈：

前奉赐札，如承謦欬，欣慰曷似。百日内事不可思议，以夙计度之，危险万状，然竟得坦途，不独全局为然，即滇中一隅，多有出诸意想不外者。此中其有天幸欤？探本穷源，莫非吾师脑力笔力之赐。吾师种其因，万众食其果，仁人之德溥矣。

滇事作，始甚艰（士民思想，单纯不似腹地，兵卒尤甚。军中将校多北人，国家民族思想极薄，而防营力量颇厚。滇中举事之际，其时仅闻武昌起事，且有业行为清军所陷之谣，而英、法国际交涉尤为可虑）[②]，险状环生，全滇重要各地，如省城、临安、蒙自、开化、大理、腾、永等处历经血战，其他各属

①曾业英编《蔡锷集》，长沙：湖南人民出版社，2008年，第483-485页。

②原编者注：此函括弧内文字系原文。下同。

亦小有战事，均为时甚暂，秩序立即恢复，内外无间。九月杪发援川军约一镇，十一月内复发援黔军三千（即原用以充北伐队之一部），筹馕济械，颇费张罗，安内对外，备极艰困。幸同袍率能和衷共济，士民翕然归向，用是乱麻棼丝，迎刃以解。

惟滇省向以贫瘠著称，光复以来，政费骤增，收入较减（蒙关每月截去三四万为赔款之用，川、黔不靖，厘税减收），而蒙自两次变乱，所失几百万，竭蹶情形，虽局外人亦可揣想而得。节流一层，如裁并员司，减缩薪俸，力戒虚縻，裁撤旧军，缩小军备数端，皆已次第实行。开源一端，现时业经规画施行者，为整顿已办之实业（如锡、铜、茶、桑），清理盐务税务，创设银行，鼓铸银元，试办航业，振兴矿业（招商承办及由公家提款倡办两种）各端。综计节流所入，不下百万，开源所入，约计当有二百万之谱。滇省昔年每岁不敷三百余万，经此次改革整理，收支可望相合（但海关所入应算在内）。若无意外之增款（即援川、援黔），无端之损失（蒙开、腾永之乱），尽可自立，不必如李合肥[①]之逢人乞贷，哓哓纠缠也。

现为弥补缺陷及一面积极的进行计，不得不别筹巨款。滇省矿产遍地，经派员查勘，佥谓确有把握。而天气温和，尤利于蚕。童山濯濯，可以种植普茶，一经提倡改良，岁入当亦不赀。是以决议募集公债及大借外债为整理一切之资。此议前发之自锷，有识者极表赞成，俟议会表决，即可宣布。法人有运动借用该债者，议尚未谐。肖君[②]述吾师前曾接美人卡勒齐电，有欢迎民军方面借款之意，此举能行，较之以债权授之于法较为有利。望吾师速为绍介，并代为筹度一切。借额少则五百万，多则五千万。以锷揣之，无论借债多寡，绝对的投之生利一途，严定监督之方，并慎选用钱之人，有此三端，决不致掷黄金于虚牝，而贻无穷之忧。兹特派肖君立诚来东面陈一切，应如何规画之处，悉听主裁。若吾师能西来一游，尤所企盼。滇人于吾师颇抱善感，虽有一二叫嚣者流不足虑也。肖君启行在即，匆匆述意，不尽拳拳。肃请道安。

门生锷谨叩

三月三号

①原编者注：即李经羲。

②原编者注：肖堃，字立诚。

致孙中山袁世凯等电[①]

（1912年3月6日）

南京孙公中山、北京袁公慰亭、武昌黎公宋卿、各省都督鉴：

建都之议，章太炎、庄思缄两君及各报馆所论，已阐发无遗矣。鄙意所尤当虑者，则建都南京后，北边形势当为之一变，诚恐遗孽有乘虚窃据之虞，而强邻启瓜分侵蚀之心，黄河以北扰乱破裂，甚非民国之利。尚望早定大计。建都燕京，可以控驭中外，统一南北，大局幸甚。若夫祛除私见，调和感情，袁公当优为之。似可无烦过计。滇都督锷叩。鱼。印。

致孙中山等及各省都督电[②]

（1912年3月8日）

南京孙大总统、黄总长、武昌黎副总统、北京军界统一会、各省都督鉴：

前接陕电告急，即饬在蜀滇军赴援。旋接四川尹都督东电，以援助秦陇，川军可独任其难。又接军界统一会电：升允猛攻乾、凤，已有赵、倪五千兵往接，似可毋庸再添兵，此时北方兵心不定，南军北上，恐多误会。等语。已饬敝军退保滇边，暂行缓进。秦中近况如何？仍望西安张都督随时电告。滇都督锷叩。庚。印。

①曾业英编《蔡锷集》，长沙：湖南人民出版社，2008年，第491页。

②曾业英编《蔡锷集》，长沙：湖南人民出版社，2008年，第495页。

与陈警天上南京临时政府实业部并中央政府书[①]

（1912 年 4 月）[②]

为入滇担任实行革命事毕，请持设矿政总部，明定矿律，先从滇省开办矿务，为中国救强最急事：

盖以四万万同胞同屈于专制魔下者，非二百余年之满虏时乎？矿政不明，矿务不兴，使吾同胞冒险重洋，任他人之奴隶而弱汉种者，非满虏之手段乎？所以文士出其笔锋，辩士出其舌锋，烈士出其剑锋，富者不爱身家，贫者不惜性命，咨口张舌，发扬蹈厉，粉身碎骨，百虑一致，均以逐满虏为方针者，无非以争回我中国之主权计也。今日主权已复，一跃而为世界共和之国，破四千年未有之天荒，直令外人视中国为囊中物，今忽变为水泡镜影，此皆吾人已达之目的也。

然犹有一问【题】者，所以保中国主权，使其万世勿替，争雄长于全球之上者，非先求绝大经济之策则不可。何者？贫者弱之源，富者强之本，前日各国之所以欺凌骂辱我中国者，一以主权已失；次以矿物不兴，弃货于地；又其次者不合团体，自私自利。土地也任满虏之馈割，同胞也任外人之鱼肉，以四千年发达最早之国，直视为野蛮无教育之邦，可耻孰甚。夫泰西之所以自称为文明国者，亦不过数十年间耳。推求其故，虽声光化电之学登峰造极，为吾国所未见闻，要其所以成为金钱世界，皆以矿务为崛强之始。夫中国非无此土，华夏非无此人，上有丹砂，下有黄金，矿学曾见于《管子》；炼火生云，炼云生水，化学曾见于《淮南》。而所以退化之故，皆由祖龙焚书愚民之术一出，后世专制君主阴祖其制，至满虏而为之加厉焉。率四万万同胞，咸中帖括之毒，所以四千年之祖国，不及泰西二十世纪之进化也。不知剥不极则不复，否不极则不泰，今日吾远东之狮吼一声，全球变色，非吾四万万同胞、四千年之祖国剥极而复、否极而泰乎？而不变方针为矿务之是图者，鲜不谓吾计之左也。

夫天不爱道，地不爱宝，以滇省居南北纬之间，夹寒温带之罅，正所谓“天地为炉兮，造化为工，阴阳为炭兮，万物为铜”，如丹灶鼎镬，坎离交媾，丹聚于顶，其滇矿之谓欤，此滇矿之所以甲于全球也。又以外国之觊觎论之，迤

①曾业英编《蔡锷集》，长沙：湖南人民出版社，2008 年，第 540−542 页。

②原编者注：原文未署日期，据蔡锷《咨南京临时政府实业部文》，可知此文成文时间当不晚于 4 月 4 日。

西英则添兵于匹马关，窥伺于咕哩沟；迤南法则置铁道于滇垣，蓄诡谋于蒙自，穷年累月，所费不下数千万金，锥心呕血，一欲达滇省之目的者，是岂欲滇省之人民赋税哉，无非为矿产之专注耳。夫以英、法二国之物非己有，尚苦心孤诣，阴谋不轨，毅然而为之；况以己物己用，予取予携，取之无禁，用之不竭，其可不为哉。卧榻之旁，不容人以鼾睡，此有识者之言也。

以今日我国革命成功之灵捷，之文明，实冠环球所未有。迂腐者流辄谓今日军务浩繁，大局甫定，一则曰“爱国捐”，再则曰“国民捐”，闾阎苦于借贷，华侨疲于奔命，不如别计以休养元气。夫我中国人之习惯，一则难于图始，一则苟于乐成，无竞争进取心，动借休养为搪塞地步。此朝菌不知晦朔，蟪蛄不知春秋，河伯尚不足以语海，若况井蛙乎！其望洋而叹，视为畏途者，实居多数，无怪乎泰西之笑我国为老大帝国也。讵知以今日四万万同胞之力，为纵横二万四千里之事，有过之而无不及。以此新团体、新热血、新理想，以战则胜，以攻则取，矧以之为救国之经济之矿务乎！

夫以武昌举义，不数月而共和局成，汉阳之役，军需虽逾数千万，各省北伐队联集，中央于财政上不无影响。实则统计内外华侨同胞之身家，未损十分之一，其所以如此困穷者，实不能开矿务，塞外国人之漏卮耳。况今日为之集股而开矿，宗旨一以热心救国为本，而其中含实业之性质，有莫大之利权。在各同胞、各华侨，义捐军需尚如是之踊跃乐从，更语之集股开矿，得以享万世无穷之利益，得以长保万世勿替之主权。人争兴汉，热血犹存，身任政府者，以特部办矿律、矿政；身当义务者，复率现在之所谓文士、辩士，重鼓其笔锋、舌锋，为之扬波助流。端不至一二年间，其资本不如《道德经》之所谓“金玉满堂”，烈士不藏其剑锋而群趋于矿务者吾不信也。继而拓充之他省，次第层开，十年间其不为世界上最雄长富强之国未之有也。岂可弃珠于渊，藏金于山，冥然罔觉，为后世笑、万国笑哉。所有吁请特设矿政总部，明定矿律，矿政先从滇省开办，矿务为中国救强最急情形，理合缮折上陈，伏祈垂鉴。

提倡发起人：仰光同盟会代表陈警天

赞成转咨中央政府者：蔡都督 军政部 实业司 临时省会

致袁世凯孙中山等电[①]

（1912 年 4 月 5 日）

北京袁大总统、各部首领、南京孙中山先生、参议院均鉴：

滇军援蜀，致启嫌疑，当即饬滇军撤返，免生冲突，迭经电陈，计达钧览。近接滇军各将领电，已次第分道撤返。惟滇军撤退之后，川境复乱机勃勃，前于二月底，滇军甫退至泸州，而嘉定川兵复变，肆行抢掳；重庆所驻成军于巧日枪杀滇兵二人，伤三人，已经和平交涉，川军允议恤议赔，正法首要。马日，首要尚未处决，成军突然变乱，抢劫当户；又戕毙我见习员刘镇藩及兵三名，渝政府办公人员全行避匿，渝城外国人异常恐慌，我军须妥为保护，以免酿成外交，并防川乱波及滇境。迭据滇军电陈，并据泸州商民电请留驻滇军，以资镇慑，均饬令迅速撤回，无庸过问，免生轇轕。兹又接电称：川中兵匪相通，乱机勃发，隆昌、合江尚有数千之大股匪党，其余数十数百者，指不胜屈。顷德国领事由渝到叙云，巫峡土匪击毙美国教习一，伤一，恐惹外人干涉。等语。查滇军对于川省迭遭疑谤，此后无论如何糜烂，滇军决不与闻。惟兵匪相通，乱机勃勃，不独扰害内治，亦恐牵动外交，心所谓危，不敢不告。尚望妥为设法，俾川事早平，大局幸甚。滇都督锷叩。微。印。

致袁世凯及各省都督电[②]

（1912 年 4 月 8 日）[③]

北京袁大总统暨国务院、武昌黎副总统、南京黄留守、各省都督鉴：

滇、缅界务，轇轕经年，北段界线，迄未勘定。前清光绪三十一年，革道

①曾业英编《蔡锷集》，长沙：湖南人民出版社，2008 年，第 542–543 页。

②曾业英编《蔡锷集》，长沙：湖南人民出版社，2008 年，第 546–547 页。

③原编者注：周钟岳《电光集》作“五月八日”，但《黎副总统政书》（卷九，页二十一）作“中华民国元年四月十六日到”，同时著录黎元洪复蔡锷电一通，时间是“中华民国元年四月十七日”。可见，此电当系 4 月 8 日所发。

石鸿韶与英领烈敦往勘，烈领所争以大哑口为界，系从尖高山起直上高黎贡山，由山顶北往西藏；石道所拟，以小江边为界，系从尖高山起抵九角塘河，复另行横出，过小江源，至板厂止。烈领所指之界，滇、蜀、藏边地被其割去者数千里，外务部谓其直是分割华境，断难允从。即石道所勘之界，于腾越、云龙、龙陵土司领地弃去甚多，亦经外部驳诘，遂未定案。乃英人于前清宣统二年，忽有进兵占据片马之举，滇人愤激，群起抗争，李前督持非退兵重勘不可，英始退兵，重提永租之议。义军适兴，议遂中止，英人复乘间派兵阑入于片马附近地方，私竖界石，展修道路，宽可行军，并于他戛、官寨、把仰、赧雾、茨竹林及沿小江、恩梅、开江等处驻扎多兵，以规取浪狰、狱夷等地。各该处居民自旧岁即征收门户钱，每户缅洋一元，观其行动自由，不惟不留重勘之地耳，并不复顾永租之说。似此节节进步，势不至尽蚀我腾、永、丽、维之边疆，上穷里塘、打箭炉，直拊卫、藏之背，挈四川之领不止，后患何堪设想！前经请大总统裁处，并历陈对待之方。旋奉示谕：以界务重大，已饬外务部妥慎筹办。仰见大总统慎固封圻至意。惟英人载骤骎骎，一日千里。一有抵触，则恐生衅端，听容所为，则贻害大局。西陲关系，非独滇危，用特迫切电陈，恳请迅为筹办。各省都督如有伟见，并望时赐教言，幸勿以为边远地秦越视之，是所感祷。滇都督锷叩。庚。印。

致袁世凯及各省都督电①

（1912 年 4 月 26 日）

北京大总统袁暨国务院、武昌副总统黎、南京留守黄、各省都督均鉴：

总统就职，宣布共和，薄海欢欣，喁喁望治。乃匝月以来，内则遍地皆伏危机，外则列强尚未承认。究厥原因，皆由全国省自为谋，未能统一之故。前曾电请大总统先从军事、财政、外交三者亟谋统一之方，以免纷歧之患，意疏词简，无当高深。惟默察近情，事机尤迫，以云军事则各省自举义后，军队骤增，未经训练，以尊严之军界，而变为匪徒麇集之薮，偶一睚眦，操戈相向，加以

①曾业英编《蔡锷集》，长沙：湖南人民出版社，2008 年，第 589–590 页。

饷糈日绌，哗变时闻，将窳兵骄，皆有不戢自焚之虑。虽旋经镇定，而风声传播，军心浮动，海内汹汹，乱机四伏。以云财政则军兴而后，用度浩繁，财源枯竭，各省一辄，挹注既属无方，而支销不能稍待，于是有募集公债，发行纸币之举，以暂济眉急。剜肉医疮，得过且过，深恐捉襟见肘，经济恐慌之象，即在目前。各省不能支撑，中央亦无从提挈，财政紊乱，斯国体分裂，不知所届矣。以云外交则国际团体尚未加入，外人徘徊观望。至谓临时政府虽已宣布，而各省势力尚分，外交行政一时万难统一，故承认之通牒尚难实行，或利用此时机，以侵我主权。兵队任其增加，内治渐有干涉，听之则丧国权，不听恐伤交谊，彼且伸缩自由，而我几不能为正式之谈判。万一匪徒作剧，贻以口实，一国挑衅，大局何堪！综此三者观之，安危之机，间不容发，非亟谋统一，则险象环生。锷意现时军队之凌杂无纪，除分别裁留外，实无他法。拟请中央通盘筹计，速划定军事区域，酌定应编额数，凡溢额之兵，可裁则裁，酌予恩饷，次第遣散。若势难骤裁之兵，则分别汰留，从事开垦，以为消纳。至各省外交、财政长官，须由中央委派。盖若国际交涉，省自为谋，易多枝节，尤碍外人观听，于国体大有妨害。至各省财政旧制，散无可稽，在平时已为国病，若犹一味放任，则目前既苦艰窘，急何能择？不得不歧出纷乱，以后积重难返，终酿成不可收拾之势。将见中央之于地方，微持盈虚，无可酌剂，且恐出纳不能过问。事势至此，是不啻以世界上庞大无伦之国，而自脔而割之也。吾国势分力薄，积弱已久，全国士夫咸思建造一强固有力之国家，以骤跻诸强之列。然政权不能统一，则国家永无巩固之期。在大总统维持全局，或不欲骤与纷更，然大权所在，不能不收集中央，以图指臂相联之效。即各省都督眷怀国事，亦岂有自为风气之思。机不可失，时不我待，望早裁决施行，以巩国基，而消隐患，全国幸甚。滇都督锷叩。宥。印。

在统一共和党云南支部成立会上的演说词[①]

（1912 年 5 月 6 日）

清廷失政，虑人民起而干涉也，乃百端钳制，使不得伸；人民亦久困于专

①曾业英编《蔡锷集》，长沙：湖南人民出版社，2008 年，第 610-612 页。

制压力之下，不复敢仰首伸眉，论列是非；于是人民参政思想愈薄，则爱国之心愈微，险象环生，危症百生。仁人志士不忍以数千年之祖国，与亿万姓之同胞沦于异族，而坐以待亡也，养精蓄势，奔走呼号，以求一当，于是有去岁震撼天地之大革命出。

今革命告竣，共和成立矣。第半年以来，海内俶扰，民生穷蹙，军队为莠民麇集之薮，兵嚣将窳，南北一辙。焚劫叛变之惨剧，层出叠见，加以人重私图，党见纷歧，省界加严，争权夺利，置国家问题于不顾，而内政之纷纭，人心之浮动，殆不可以终日。识者惄焉忧之，亟思联结同志，标帜政纲，以收声应气求之效，用以挽回国难，奠安民生。近月以来，各省政治结社，日见发达。至有数十起之多。姑无论其主义如何，方针是否稳健，揆其初意，要皆以国利民福为宗旨。海内健者果能归纳吸收，使之蔚为中华之二三大政党，未始非民国前途之福。鄙人月前曾致黎、熊、谭、张①诸公，请其将民社、联合会合而为一，藉厚势力，而免纷歧。嗣接函电，深表赞同，惟联合一层，此时尚非其时。并经派肖君前赴腹省联络一切，现已得多数同志之赞成，于四月朔日在上海开本党成立大会，合国民共进会、政治谈话会、共和统一会三者而为一，名曰统一共和党。溯本党之起因，系根据于东京留学同志之旧团体。归国以来，复分途联络，同志极众。首创之际，取格甚严，非学识品性为同人所共许者，拒不收引，故党基极固，而分子极为健全。现已组为政党，尤宜鉴世界之趋势，察本国之情形，务择最有利于国计民生，最稳健之政策而采用之。陈义不求过高，着眼务求远大。以愚所见，本党主义务以国家为前提。亡国之痛，远则如犹太、波兰、印度、埃及，近则如安南、朝鲜，诸君当能知之，抑为我万众同胞所刿心怵目者。而弱国之奇耻特辱，苦况惨状，即鄙人与在座诸君或多身临其境，或受间接之影响。即四万万同胞，何莫不然。天赋人权之说，只能有效于强国之人民，吾侪焉得而享受之？故欲谋人民之自由，须先谋国家之自由，欲谋个人之平等，须先谋国家之平等。国权为拥护人权之保障。故吾党主义，勿徒骛共和之虚名，长国民凌嚣无秩序之风，反令国家衰弱也。近日平等、自由之义，每多误解。苟国家能跻于强盛之林，得与各大国齐驱并驾，虽牺牲一部之利益，忍受暂时之苦痛，亦所非恤。国权大张，何患人权之不伸！默察世界潮流，国家主义之膨胀发达，几有一日千里之势，即共和先进国如美国者，早已变易其夙昔所抱之孟罗主义，孜孜惟对外之是谋

①原编者注：黎元洪、熊希龄、谭延闿、张謇。

矣。在满清未覆以前，国家维持之责任，尚可委卸于政府。民国既成立，以从前此项责任应分责于四万万同胞个人之双肩。“天下兴亡，匹夫有责”一语，在今日尤为适切。

其次，在务期本党内部之巩固。欲图党势之发达，政见之贯澈［彻］，须内部巩固，乃能有济。欲求内部之巩固，端在党内分子之健全。故本党党员与其骛多数之虚名，广为征引，致涉于滥，不如定格稍严，取具有常识，足以为齐民之表率者而结合之，庶足以举国利民福之实，而罔滋流弊，即党事亦不患无含弘光大之期矣。政党者，结合关于政治上抱同一之主义而进行者也。故其目的以国家之乐利，人民之幸福为旨归，个人之利益不计焉。其有思藉党势以谋私利，图个人之侥幸，或藉党援以为倾陷排挤之资者是大误也。共和国民，人人生息于自由平等之域，优游于法律范围之中，尊重人格，严守秩序，是其天职，不能有一毫私意夹杂于中。即对于他党，纵主义不同，趋向互异，可以言竞争，而不可以施排挤。尤不可以异党之故，伤及个人相互之友爱。此则私心所以自励，而期盼于吾党诸君者也。

最后，尚有一言陈告于诸君之前者：锷本武人，谬预政事。今复承同人敦劝，预闻党务，才轻德薄，曷克胜任。而军人投身政党，流弊滋多，鄙人现虽未直接统兵，第部曲因此而生误解，以为隶戎籍者，均得蹑足党社，与闻政治，则贻误无穷。此中理由，前已陈述于同人之前。君等乃以值此政党萌芽之候，非鄙人等出而提倡赞助，难观厥成而言，是以觍然任之。一俟党务渐有头绪，务恳遂我初心，脱离党事，俾得一意戎行，是为至幸。

致袁世凯及各省都督电①

（1912 年 5 月 10 日）

北京袁大总统暨国务院、军界统一会、武昌黎副总统、南京黄留守、各省都督、各报馆鉴：

民国成立，望治方殷，海内士夫，咸思组织党社，以为促进共和，改良政

①曾业英编《蔡锷集》，长沙：湖南人民出版社，2008 年，第 615-616 页。

治之地。数月以来，成立者已数十起，足征我国人政治思想国家观念之发达，可为民国前途庆。惟军人入党，则锷窃有隐忧。虽发起之初，不过藉军人为提倡，然流弊滋大，自应预防。请略言之：此次改革，数月告成，军人之功，炳耀寰宇。惟审察现在国情，伏莽未靖，国防未固，此后整军经武，责任尤巨，专心一志，并力戎行，始能举优良之成绩，若复为政界分心，军事难期整顿，其弊一。凡一国内，政党分立，政见各殊，各出其才力以相雄长，每因竞争而国家愈益进步，故一政党组织内阁，复有他政党监督其旁，政府可收兼听之益，而不致流专断之弊。然以军人入党，则因政见之争持，或至以武力盾其后，恐内阁之推倒太易，实足妨碍政治之进行，其弊二。自军兴以来，各省多增募兵卒，市井无赖，溷厕军籍，呼朋引类，歃血联盟，甚至军队变为山堂，将领称为哥弟，拔剑击柱，军纪荡然。虽政党性质不同，而士卒有所借口，方且谓统兵者亦身入党籍，更何以禁士卒之效尤，会党军队混为一途，部勒偶疏，动生变故，其弊三。虽此时祸机未著，而流弊要可逆堵。锷私忧过计，以为国家进步，政党自然发生，然宜让政客之经营，而军人无庸羼入，非独消极的以限制军人之行为，实欲积极的以完全军人之责任。伏恳大总统明颁禁令，申明条例，以振纲维，而杜流弊。愚昧之见，尚希察核而详教之。滇都督锷叩。蒸。印。

致袁世凯及各省都督电[①]

（1912 年 5 月 10 日）

北京大总统、武昌副总统黎、南京留守黄、各省都督均鉴：

本省援蜀军队步炮兵五千，于昨日同抵滇垣。各界欢迎甚盛，军民异常感激。各军队莅省，军纪均极整严。现驻东、昭及黔中遵义、毕节之步炮工七营任务已竣，均启行在途，月内可一律回滇。安队之法，早经筹妥，临时奉闻。滇都督蔡锷叩。蒸。印。

①曾业英编《蔡锷集》，长沙：湖南人民出版社，2008 年，第 616 页。

致袁世凯及各省都督电[①]

（1912 年 5 月 27 日）

北京大总统、国务院、参议院、鄂副总统、宁黄留守、各省都督鉴：

黄留守[②]十七号电敬悉。留守亟思引退，古义高风，足以廉顽立懦，无任钦佩。然锷窃有说：夫引退理由，不外功成身退、见难而退二义。留守之引退，揆诸第一义乎？则此次革命功成，应分三段：一破坏，二收拾，三建设。破坏易，收拾难，建设尤难。今仅完第一段功夫，尚省［有］第二、三段之难事在其后，功尚未成，身何能退！揆诸第二义乎？则吾辈今日所处地位，内政之丛脞，外祸之逼人，财政之支绌，险象杂陈，危机四迫。加以佥人媒孽其间，横生谤议。睹此种种，岂惟弃世，宜求速死之为愈。惟自我发难，沧海横流，中流遇风，我独返棹，非惟不勇，抑亦不仁。总之，吾辈既陷国家人民于险，自应拯而出之。系铃解铃，责无旁贷。为国宣力，生死以之。若假高蹈之名，为卸责之地，是自欺以欺人也。愿共勉之，临颖无任惶悚之至。锷叩。沁。印。

致袁世凯及各省都督电[③]

（1912 年 5 月 30 日）

北京大总统、国务院、参议院、武昌副总统、南京黄留守、各省都督鉴：

前因军民分权事，略陈意见，惟第就滇省言之，而意义亦有未尽。窃谓一省之中，凡司法、财政、教育、实业、交通一切民政，原应各有专司，固不宜军人揽其权，并不容军人与其事。果有以军人而侵越权限，则统兵者之军纪不严，而非军民隶于一事之故。若以现在军民统于都督，而指为军人柄政，则界限殊觉未清。盖今日各省都督不必尽属军人，如第就都督一职，而主张军民分权，则今日都督之非军人者将改为民政长，而别设一都督乎？抑虽非军人仍以为都督，而别设一民政长乎？此皆极轇轕之问题，而未易解决者也。且满清时督抚

①曾业英编《蔡锷集》，长沙：湖南人民出版社，2008 年，第 638 页。

②原编者注：黄兴，时任南京留守府留守。

③曾业英编《蔡锷集》，长沙：湖南人民出版社，2008 年，第 642-643 页。

并设之制，总督主兵政，巡抚主民政，其限权固分明矣，乃复因流弊滋多，而不得不思更易。今一省之中，都督民政长分立，与督抚并设之制何殊？故锷愚见，谓民国既已成立，亟宜近察本国情形，远瞩列邦大势，订定外官制，以期久远可行，而不必枝节为之，致通于此而隔于彼。查吾国省制，幅员太度［广］，治【理】为难，除边疆当别论外，余则行政区域势不能不缩小，将来划分，或为道，或为州，必破行省之制。至军事区域当视地方形势为之区划，而不能与行政区域同其范围，故每省设一都督，一民政长，其制必不能久存。与其多为更张，不如暂行维持现状，以速筹划一规制之为愈也。一得之愚，伏维甄采。滇都督锷叩。全。印。

爱国公债演说词①

（1912 年 6 月 9 日）②

鄙人所怀有问题，欲以询于众，请谛听：

（一）父母有病或有苦难，为之子者有不痛心疾首，百端焦劳，求医施药，竭诚扶护者乎？

（二）若漠视父母之病苦，不为疗治救护者，是为不肖之子，名教之罪人，与禽兽无以异。

（一）国家有急难，陷于危亡地位，为国民者可不奔走呼号，竭群策群力，以冀挽回国运，排除大难者乎？

（二）国家有急难，国民漠不相关，任其沦丧，任人宰割，受亡国灭种之惨祸，永沉沦于地狱，是谓之凉血动物。

（一）远如犹太种类，及非洲之红人，如美洲之黑奴，近如印度，如朝鲜，如安南亡国之惨，受祸之烈，其人种以无国家保护之故，日即于澌灭，对之能无动心者乎？我国而为安南为朝鲜为印度为红人、黑人、犹太，试问我国民能忍令数千年来列祖神宗所经营缔造之祖国，一旦拱手让之外人乎？忍令四万万

①曾业英编《蔡锷集》，长沙：湖南人民出版社，2008 年，第 655–657 页。

②原编者注：1912 年 6 月 9 日，昆明各界为爱国公债事，在承华圃召开国民大会，蔡锷为大会主席，此系其开会演说词。

同胞之神明帝胄，为异族之牛马奴隶乎？

（二）吾知吾同胞虽至蠢极愚，即大奸巨憝亦决无一人肯忍心亡其国，而灭其种！

但以目前国势揣之，各国尚未承认，且各蓄阴谋，着着进步。国事之危，朝不保夕，非合全国人民齐发天良，以捍卫国家，知必无济。

外人夙昔所持主义，欲以财力亡我国家。

近因吾国借款问题，协以谋我，为扼吭捣穴之计。曰垄断债权，曰监督财政，曰监察兵政，三者若行，吾国此后其有生存之余地乎！

吾国人心未死，是以有倡办国民捐及爱国公债之举。一月之间，全国响应。本省则旬日之间，风声所播，三迤人民，全体一致，于是有今日之盛会。

爱国公债条例，不暇细举。要之，其主义在以国民之血诚，量力投资，合成巨款，为目前抵制外债之举，为将来兴办实业之用。

连日集合各界会商多次，询谋佥同，热度之高，达于极点。列祖神宗在天之灵，吾知其必含笑，而默察吾人之成功矣。

但此举为吾国生死存亡关键，事在必行，不成不止。若为一哄之举，或半途而退，则贻讥万国。外人知我国民之气力薄弱，人心已死，肆虐必甚，此后更无恢复之望矣。勉之戒之。

而此次公债，究不过牺牲个人一部分之私利，以收国家之大利。且所投公债，五六年后，可以原璧归赵，实不过牺牲暂时一部分利益已耳，何乐不为？较之牺牲身家性命，以从事疆场［埸］者，何啻天渊之别！

美国独立之时，弗郎克林有言曰：予我以自由，否则，予我以死。今借债问题，种种要挟，限制我国家之自由。是可忍孰不可忍。我国民牺牲生命以争之，乃属本分，况区区钱物耶？

国家危殆而不知爱，迨国家亡，虽知爱而已晚。请看安南、朝鲜之状况。

父母在而不知孝养，及父母不在，虽有孝心，亦无可寄托之地，宁不哀乎！

吾同胞如要爱国，须趁国家恢复之今日爱之，须趁国家尚未亡之今日爱之。

西征誓师文[1]

（1912 年 7 月 22 日）

民国元年夏六月己亥昧爽，西征军出发，滇军都督蔡锷大集将校士卒乃誓师曰：济济有众明听誓：惟彼藏域，我华藩属。屏蔽西北，深沐翼覆。清政不纲，瓯脱是视。折箠鞭笞，威德失宜。不逞之徒，久蓄异志。殆我军反正，五族共和。胡越一家，肇造伟大民国。乃建设方殷，未遑西愿［顾］。蠢尔藏蕃，乘机煽惑。谬倡独立，冀脱羁绊。敢行暴虐，驱逐我华官，惨杀我汉族，胁迫我军队，损失我统治权，以贻羞于世界。本都督奉大总统命令，将出师恭行天罚，吊民伐罪，出藏民于水火。尔众士当光复之初，人心惶惑，大局未定，卒戡黔乱，旋定川危，迅奏肤功，驱［称］誉民国。逖矣西土，山川阻深。西北高原，冰天雪岭。缒幽凿险，勿辞劳瘁。勖哉尔众，古人有言：师克在和，胜于奋，败于骄。尔尚蓄乃精锐，砺乃锋刃，以效命于疆场［埸］。勿以小忿乱大谋，勿以小挫伤大勇，勿以财色肇纷争，勿以意见起冲突。联股肱心膂之谊，收所到必克之功，以恢复我领土，宣扬我国威。露布飞腾，金碧焕彩，是我滇军无上之光荣也。勖哉尔众，功多有厚赏，不迪有显戮，尔尚一乃心力，其克有勋。

咨云南临时省议会文[2]

（1912 年 7 月）

查西藏地势广袤，连接滇川，为西陲之奥区，中国之屏蔽。历朝惮于远略，仅事羁縻。前清末叶，外患日殷，乃渐于巴塘、里塘、察木多一带，改设流官，并派兵驻扎拉萨等地。惟当事者懵于边事，措置未尽适宜。自去岁军兴，川藏交通隔绝，驻藏川兵饷饽不继，遂于九月二十三日溃变，四出劫掠，番众交怨。今年二月，达赖由大吉岭招纳布丹廓尔喀游民二千余人，乘虚窜入。川军危困不支，达赖嗾迫缴械出境，诡谋自立，追逐班禅逃入印度，后藏驻兵，尽为所逐，饥流印境。拉萨被困，衙署被占，惨杀汉人，几无遗类。

①曾业英编《蔡锷集》，长沙：湖南人民出版社，2008 年，第 680-681 页。

②曾业英编《蔡锷集》，长沙：湖南人民出版社，2008 年，第 687-688 页。

定乡番众，相继俶扰，贡格失守，稻坝继陷，进攻里塘，旁窥中甸，边境乱状，岌岌可危。迭接李师长根源转呈印度陆兴祺电文，丽江姚守转呈中甸冯倅舜生电文，暨驻藏代表顾占文等，驻藏川军管带潘文华等函电请援，情词迫切。当将藏事危迫情形，电陈大总统暨国务院核办在案。旋奉大总统五月佳电，令随时确探情形，密为筹备，以重边卫。又奉五月巧电，令迅派劲旅，会同蜀军协力进行，奠安藏境。又奉六月文电，令协商川督，即派滇军先援巴塘，以固滇边门户。各等因。查滇藏境界毗连，势同唇齿。自缅越沦亡，藩篱既失。若藏卫复陷，滇省益复门户洞开。现藏事日危，万难坐视。惟滇距拉萨六千余里，道路险阻，向无台站，番族中梗，转饷尤艰。据四川筹边处报告，由雅州运米至拉萨，每百斤米运费约需银二十两。滇藏相距窎远，运费尤属不资；且藏乱方殷，兵力不宜太薄。迭开军事会议，佥谓宜派一先遣支队，约计三千余人，月饷约需二万五千两，出征加饷，每月约需六千三百两，驮马每月约需一万八千两，统计每月约需五万二千三百余两，而出发以前之筹备费尚不在内。滇省财政支绌，自昔已然，反正以前库储只有四十余万，至反正后收入既微，而协款骤停，来源顿竭，幸政费力从撙节，得以勉强支持。现藏事为国防所关，不能置之不顾，而需饷甚巨，筹措为难，已饬财政司勉力筹拨二十万元，然只敷两三月之用，此后如何接济，不能不先事筹维。原拟请中央协助，而近日中央窘困尤甚于滇，实亦无从呼吁。贵会为全滇代表，于人民生计知之最稔，于国防重要轸念尤深，宜如何筹集饷糈，于民生无伤，而于国计有裨之处，应请特开会议，妥筹见复施行，实为公便。

致袁世凯及各省都督电[①]

（1912年8月12日）

北京大总统、国务院、参议院、各省都督均鉴：

临时政府成立数月，内阁瓦解，改组綦难，政府现兀臬之形，国本有动摇之象，非必当世贤达置国家于不顾，实因政党为厉之阶。自改革以来，政党林立，在诚心爱国者，察世界之趋势，欲以政党趣［促］国家之进步，用意非不甚善。

①曾业英编《蔡锷集》，长沙：湖南人民出版社，2008年，第692-693页。

无如标橥既揭，浅者不瞭，辄复剽窃名义，竞相标榜，是丹非素，伐异党同，如旋风卷地，一入其中，迄颠倒而不能自拔，常士固然，贤者不免。无是非之公，则泾渭莫辨，有门户之见，则冰炭难容。祸机伏于萧墙，乱象悬于眉睫，驯至强邻伺隙，狡焉思启，犹复争持意见，等国事于弁髦。嗟我邦人，莫肯念乱，谁为为之，孰令致之？

以锷之愚，窃谓治化演进，政党自然发生。然政党之成，必几经陶养，始达健全，而不能为一时之凑合。吾国一般人士岂惟乏政党之能力，抑且少政党之观念。今以数月之号召，遽纷纷树政党之帜，以博名高，灞上棘门，皆儿戏耳。一哄而集，无裨国闻，万窍齐鸣，徒乱人意。其弊一。国体新更，人心浮动，如新潮出闸，横决四溢，如沙砾走盘，屡抟不聚。故欲齐一心志，维持统一，虽极力芟夷枝节，使群伦视听，同归一鹄，犹惧弗克。若复多立门户，竞长争雄，感情所驱，不可遏制，竞争之极，斯互相倾轧，倾轧之极，斯敢于破坏，恐法兰西恐怖时代之惨剧，再演于神州。其弊二。政党者基于宪法，促国家政治之进行，而非必由政党之势力可以制定良宪法。法国革命后，以政党制定宪法，因政党迭相起伏，而政体之变更者九。北美建国后，以人民之公意制定宪法，虽政党时有消长，而政体仍定于一。今吾国宪法未立，党派已繁，正恐编纂不成，已起盈廷之聚讼，他日奉行不力，又作翻案之文章。机局转变，轻若弈棋，根本动摇，危于累卵。其弊三。

【锷】初不察，亦尝与闻党事。今默观时局，熟审国情，窃谓此时以讨论为重，而不必强于主张，以培养为先，而无庸急于号召，较为得之。若广召党员，坚持党见，究之利也而不胜其弊，则有也而反不如无。今海内大党，无出同盟会、共和党、统一共和党右者，锷妄不自揣，愿与三党诸君子首倡解散之议，以齐民志，而定危局。锷前为同人敦迫，厕名党籍，今即宣告脱党，诚不敢隐忍瞻徇，致贻国家之祸。尽此狂瞽，惟赐察纳。滇都督锷。文。印。

祭黄毓英文[1]

（1912 年 8 月 27 日）

黄武毅公子和，会泽人。少读书，略观其通，不事寻摘章句。及长，见时势阽危，慨然渡海，留学日本东斌学校。既卒业归国，以恢复祖国为职志。其时，中国大吏洞察綦严，无从措手，乃只身走缅甸，与杨公秋帆[2]进至迤西，联络各土司谋举事。事泄，杨走死，公亦几不免。间道至滇垣，闯然来谒，气宇英特。予既耸然异之，问其所志，历道平生事，不少讳。旋授以末校，公以有所凭借，欣然任之。未几，锷等与谋光复滇中，及事机迫，约公与议，公力主速发。有犹豫未决者，公目眦尽裂，击案厉声曰：诸君多顾虑，亦复何能相强？吾请首先发难，大丈夫死则死耳，终不累及诸君，但恐事一不成，诸君同归于尽耳。众为所激，议遂决。重九之夜，公率队由北城先登，诸军继之，全城要害，遂归我有。战役既终，公乘间谓予：城中壮士数千，欲来归附，弃之可惜。即檄令搜简精壮者，编入卒伍，先成一营。公乃慎选将校，严加训练，为时仅七星期，竟能使军容整肃，部勒井然。古人所称将德曰：智信仁勇严，黄公实兼而有之。时清督赵尔丰据成都，蜀民抗之，土匪乘时蜂起，蹂躏几无完土。公率师往援，所向辄捷，民赖以安。继提偏师援黔，道经思南，为匪人所嫉，遂遇害。噩耗传来，滇、黔将士悲愤同深，乃举邓君泰中星驰赴黔，舁忠骸以归，卜葬螺山。同人议设专祠，并铸巍像，岂云崇功，聊以报德。嗟呼！将军一去，悲大树之飘零；壮士不还，感寒风之萧瑟。而慨念时局，来日大难，感事怀人，不自知涕之盈把也。乃为文以祭之。其词曰：

呜呼黄公，横有万古，竖有五洲，人生其间，孰能长留？卧病床榻，艾炙眉头，一致溘逝，零落山丘。公能树立，自致千秋。死重泰山，亦复何求！胡虏入主，二百余年，奴我人民，夺我主权，钳我言论，蹙我四边。慑于淫威，群相贴然。公痛国耻，亟思一雪。东渡扶桑，学万人敌。屠龙技成，滇事日棘，奔走呼号，泪尽继血。炎炎西徼，瘴疫之乡，虾蟇嘘气，毒雾迷茫。中者辄死，槖葬道旁，公奋不顾，足历炎荒。蛮花□鸟，凄入心肠，食妨飞蛊，宿畏封狼。缒幽凿险，迹遍蛮疆，所志未遂，□焉心伤。簸顿流离，壮心未已，默觇时机，一跃而起。

[1]曾业英编《蔡锷集》，长沙：湖南人民出版社，2008 年，第 716-718 页。

[2]原编者注：杨振鸿，字秋帆。

踵门投赖，慷慨自失，授以偏裨，誓为国死。乃运机智，抚用军警，誓抵黄龙，与君同饮。何物满奴，从中为梗，拥兵负嵎，妄思一逞。君谓若辈，妖腰乱领，认贼作父，请膏吾刃。阶下欢呼，十万健儿，霜风肃肃，夜半誓师。一战斩将，再战搴旗，功成唾手，民不惊疑。眷言西蜀，唇齿相依，仗义讨贼，发纵指挥。亲犯矢石，只身溃围，义旗所指，怀德畏威。蜀难粗平，黔乱未定，提戈转战，严明号令。功固懋赏，罪亦明正，猾黠侧目，心怀隐恨。帐下走卒，野性难训，从莽狙伏，一击洞膺。天地昼晦，大风扬尘，将星斗落，笳鼓悲鸣。马革裹尸，颜色如生。呜呼黄公，生为人杰，死作鬼雄，名满天下，榇返滇中。屈指同仇，公实功首。锷等无才，何力之有？再拜忠骸，悲从中来，为神州惜，岂独私衷。六诏庄严，矗峙南天，古代雄封，屏障全边。建虏窃国，盘踞中原，河山异色，滇能巍然。永明［历］不祀，鼎堕九渊，沉沦阿鼻，万劫难填。重九一役，合浦珠还，钟虡既返，亭障犹患。瞻彼强邻，眈眈逐逐，密寓狼牙，潜嘘虺毒。公灵在天，宁无激楚？冥冥呵护，冲此疆宇。魂兮归来，永向斯土，滇人德公，出自肺腑。张乐礼魂，传芭击鼓，建祠铸像，以永千古。

与周钟岳等为黄毓英铸像募捐公启①

（1912 年 8 月 29 日）

古之凌烟画像，麟阁图勋，染翰于丹青，祀烟以俎豆。虽专制之时代，一家之忠臣，未尝不以名勒河山，勋垂竹帛为贵也。近百年来，泰西伟人逝世，辄为模形肖像，以树铜表，所以永生平于奕世，兴观感于来兹。此物此志，无古今中外，其理一也。

吾滇黄君子和，去岁重九之役，冒奇险，建殊勋，赴川援黔，为民国效死。综君生平行事，彰彰在人耳目者，昭若日星。滇之文人学士，扬芳摅藻，亦既哀悼之而歌之矣，亦何烦赘述。顾犹有人所不及知者，君坚忍有大志，多谋能断，有古豪杰之风。论者但震其游学东瀛，投身革命，奔走于蛮瘴獞猓之乡，出入死生危难之境，屡经挫败，进行不衰。洎乎光复事定，即以援邻誓师，转战于永、泸，旋师于遵义，蹉跌思南，陨身寇盗，以为是君之功足多也，而不知君

①曾业英编《蔡锷集》，长沙：湖南人民出版社，2008 年，第 718-719 页。

之效忠民国者，其志不在功业。盖愤慨于专制之厉虐，谋所以摧陷而廓清之者，虽粉身碎骨而不悔，而初非一人一家之死国事、殉社稷者可同日语也。

今者共和成矣，君之颈血已溅碧草，白骨将化丘山，而摩天之壮志，博云之热血，将与俱杳。同人哀之，思所以肖君者，非铸金模形，无以树坊表而彰忠烈。顾惟兹事体大，需费不赀，又值军兴以来，公私款竭，筹措维艰，所望各界同人，量力捐输。买丝以绣平原，投黍而哀屈子，知必有慕黄君之为人者，倾箧解囊，争先掷券。行看烈士英标，矗立云表，以与我太华苍峰，同峙不朽，则黄君虽死之日，犹生之年也。

刻已由同人集议，请军府委任黄君永社董理其事，如蒙各界志士捐资助成盛举，祈即开列姓名，径交铸黄子和金像筹办处（设在陆军偕行社）登收，以便将来刊石纪念。此启。

	蔡　锷	周钟岳	张子贞	禄国藩	
发起人	李鸿祥	沈汪度	黄永社	李修家	同启
	谢汝翼	刘祖武	王秉钧	蒋光亮	

在临安府绅商各界代表欢迎会上的演说词[①]

（1912 年 9 月 5 日）

鄙人此次南巡，幸得与诸君接洽，欢聚一堂，曷胜庆幸。溯自反正以来，南防一带，关系至巨，其时龚心湛犹未去，蒙【自】孔庆朝尚思抗拒，幸得朱统领与诸君极力维持，集合乡里健儿，保障一方。东山坡一战，使孔庆朝负伤遁去，龚心湛亦因是以逃，南防一带危而复安，微朱统领与诸君之力不及此。鄙人窃尝以为临安古昀町国，风气刚劲，人民尚武，自西汉时已然，甚或杀人复仇，无识者或引以为临人病，而不知此实临人之美德。但此武勇之气，宜用之于公战，而不宜用之于私斗耳。（鼓掌）更有进者，武勇原于体育，而体育不止一端，若竞船、打球、骑马、打靶等及各种有益之文明游戏，尤当设置之、练习之，以作其气。而注重体育，以变化其气质，则今之临安人，一古之斯巴

①曾业英编《蔡锷集》，长沙：湖南人民出版社，2008 年，第 728-729 页。

达国民也。

虽然，鄙人对于临安，亦有无穷之希望者。今日之会□政绅商学各界，亦宜辅助政界，以筹公益。（鼓掌）就临安情形而论，有宜急者三，一兴教育。临安文风，向称最盛，自停科举办学堂以来，学风固蒸蒸日上，但以人数而论，建水一属，不过三十余校，生徒不过千余人，是教育尚未宏也。鄙以为每办学校，须以普及为宜。一筹交通。临安地大人众，物产丰盈，而尤以矿厂著名于世，然道路崎岖，一雨则泥泞没踝，是交通不利，商业亦不能甚溥。现正筹设铁路。此外，马路亦宜从速集款筹办，以利交通。一保富源。临安富厚，为全滇冠，然人家每举，不免流于奢侈。一居室而建筑之费，有数万金至数十万金者。一宴会应酬费，有数十元至数百元者。因而富室之能世守者甚少。且亦无有以数十万，继长增高，至数百万数千万者。不过徒快一时，何如留此可贵之金钱，以为有益国利民福之用。（大鼓掌）昔法败于普，赔款至五十亿佛郎，约二十万万两赔款。一日不清，则驻巴黎之兵，一日不撤。法人愤激输财，于二年内即将五十亿之巨款偿清，至今仍不失为世界第一【等】强国。其所以能至此者，以法人富有蓄积力，能聚财以藏富，而复能散财以救国也。所望亦［诸］君，于上各端，心营目注，努力为之，则不徒有益于临安，于大局至有关系也。

在个旧绅商学各界欢迎会上的演说词[①]

（1912 年 9 月 8 日）

鄙人南巡到个，今日承各界特别欢迎，得与诸君接洽，曷胜荣幸。际此胜会，不可无一言以为诸君勖。溯自云南反正，继湘、鄂之后援，倡黔、粤之先声，西南大局，视此为转移，影响民国，至为伟大。但反正之始，本省则特为危险，缘滇省接壤强邻，前清时代已有朝不保夕之虞，一有不慎，动贻外人以口实，而祸患随之，鄙人当日窃为隐忧。乃义旗既树，如响斯应，风声所播，迎刃而解。对内则匕鬯无惊，对外则怀柔备至。苟非各界深明大义，群策群力，曷克臻此！前此外人谓吾国人民无改造政府之能力，即我国政界之稳健派亦深以人民程度未齐，难倡革命。岂意武汉起义，各省靡然从风，不数月间掀翻专制，五族共

①曾业英编《蔡锷集》，长沙：湖南人民出版社，2008 年，第 730–732 页。

和，遽开五千年未有之创局，此固专制时代各国所不及料，而吾国对于外人轻视之言，差堪一雪斯耻者矣。[①]虽然破坏既终，建设伊始，方针一错，登岸无望，勿以前此破坏之功为大可恃，勿以后此建设之业为遽可期。自南北统一以来，各省则兵变频仍，政党则竞争剧烈，兼以日、俄联盟，瓜分将兆，蒙、藏离析，瓦解可忧。丁此危局，即众擎以举，一致进行，犹恐巨浪狂风之压迫，无出险之望。此鄙人对于民国前途甚抱杞忧，窃愿与诸君同舟共济，力挽时艰者也。抑更有进者，个旧自宋以前，犹沦荒裔。自锡矿发见以来，人争趋之，以此户口繁滋，商务殷盛，遂成吾国惟一著名之锡厂。前清光绪十一年，将双水同知移驻于此，诚以一省富源攸关，故较他属特为注重。鄙意此间锡矿，倘能竭力提倡，开采得法，每年所入当不止四五千万元。改良之法，若从根本著手，非从事教育不可。若建设一矿业学校，研究开采冶金等术，一便实地练习，二免借才异域，数年之后，当改旧观。为急则治标之计，亦宜渐变土法，广聘矿师，开采冶炼，均用机器。一资本家之力量不足，则合众资本家以谋之。如此则获利必厚，厂主无倒闭破产之虞，砂丁鲜沉沦地狱之苦。然后再筹畅销之路。从事路政，以铁道为主，以马路为辅。输出之品，滇越铁道公司不至垄断其利，价愈廉则销路愈广。输入之品，源源接济，不至米珠薪桂。十年之后，所谓黄金世界者，殆无以易之矣。勉旃！

在蒙自绅商学界欢迎会上的演说词[②]

（1912 年 9 月 11 日）

今日承绅、商、学三界欢迎，使鄙人得与父老子弟相见于一堂，不可无一言以答诸君之雅意，藉以展鄙人之愚忱。诸君亦知吾辈倡言革命，必推倒专制，改建共和，其目的之所在乎。缘专制国，以君主为神圣不可侵犯，土地视为私产，人民视为奴隶，故挥霍财产有如泥沙，草菅人命有如牛马，恣睢暴戾，听其自为，人民不得而干涉之、拒抗之，以此人民无国家之观念，理乱置之不闻。而对国家负责任者，厥唯君主一人，下此尚有少数之臣工，仰其鼻息，代君主而负担之。此种国家，在锁港时尚堪闭关自雄，一旦与欧美文明国遇，如

①原编者注：由此往后一大段，《申报》未载。

②曾业英编《蔡锷集》，长沙：湖南人民出版社，2008 年，第 735-736 页。

摧枯拉朽，岌岌不能终日。满清晚季所以削弱而不能自存者，职是故也。共和国则不然，人民即一国之主人翁，凡制定宪法，推举总统，票选议员，皆出自一班人民之公意，故人民对于国家，立于最高无上之地位，即对于国家，人人负无穷之义务，担无限之责任，上下一体，万众一心，乃能共济艰难，匡扶时局。法、美今日之所以擅雄世界，职此之由。吾国自去秋武昌倡义以来，不数月而掀翻满清，得与法、美列强相见于廿世纪之大舞台，何幸如之。他日制定宪法，自当采其所长，弃其所短，以收折衷尽善之益。至于内力之充实，胥视人民自治之能力以为衡。如美之中央政府，仅总揽外交、兵政、用人诸大权，即总统之权限亦仅在于此。至各州之分政府，号有特权，其实不过将关于集权之事间接递之中央。其中坚而饶有势力者，则最下级之自治团体也。如教育、交通、实业以及卫生、慈善诸要政，皆地方自治团体负完全之责任，而无事中央及各州分政府之过问。此稍闻国政者所共知也。自治发达，则内力自然充实，然后可言对外，一旦国际有伤和平，取决武力，亦非难事。况事事能展布于平日，即可以保武装之和平。如滇地南山富于矿产，能多方开采，货不弃地，外人自无从垂涎。交通不便，能广兴路政，使铁道、电车、马路次第发达，即可既戢列强铁道政策之野心，而已失之路、矿权，亦可徐图收回，作亡羊补牢之计。再进而广兴学校，以谋教育之普及，改良警察，以保地方之治安，岂第自治之能事已毕，即折冲御侮之宏谟具于是矣。虽逼处强邻，夫何畏哉。孟子曰：“夫人必自侮而后人侮之，国必自伐而后人伐之。”又曰：“入则无法家拂士，出则无敌国外患者，国恒亡。”明训昭然，可深长思，愿与诸君共勉之[①]。

在蒙自军政警各界欢迎会上的演说词[②]

（1912年9月12日）

鄙人今日辱承军、政、警三界开会欢迎，并将以祝词，奖饰溢量，自问无以副诸君之厚望，殊增惶悚。鄙人此次巡阅南防，不能不经过蒙自一次者，诚

①原编者注：《申报》未载“孟子曰”以下一段。

②曾业英编《蔡锷集》，湖南人民出版社，2008年，第739—740页。

以今之蒙自，非前日闭关时代之蒙自所可同日语。考蒙自之隶版图，始于元宪宗七年，立蒙自千户，至元十三年改为县，隶临安路。唐宋以前尚荒芜无稽，自前清辟为商埠，拘守一隅之蒙自，一变而为商业竞争之蒙自，自滇越铁路告成，商业竞争之蒙自，再进而为国防重要之蒙自。故蒙自之安危，直接则一省之关系，间接则一国之关系也。去岁反正，虽小有变乱，如天之福，不日敉平，尚未贻误大局，此皆政、军、警竭力弹压之功，用能保卫安宁，维持秩序。此后内政外交，尤当力求进步，勿仅以回复原物为能事已毕，此则鄙人所希望于诸君者也。抑更有进者，吾辈之实行革命，宁牺牲巨万生命财产而不顾者，原为改良腐败之政府计，故破坏为建设而破坏，非为破坏而破坏也。破坏而不能建设，不第不为功之首，直为罪之魁矣。虽然破坏固易言之，建设则难言之矣，譬之改建房宇，焚毁摧倒，一举手可以奏功。至大启尔宇，始而片木，继而鸠工，非惨淡经营，永无大厦落成之日。溯自武汉倡义，至南北政府统一之日，相距仅数阅月，同时达政治、种族革命之两目的。视美之血战七年、法之流血八十年所仅得之者，吾国则以最短之时间，最廉之代价购之，此足为破坏最易之证。独逸［德意］志联邦毕士麦竭毕生之心力，始克统一完成，加富尔之于意大利，其力任巨难，与毕士麦同，而迭经波折，未获永其天年，至今国势犹未达强盛圆满之域。即以吾国论，自政府统一以后，南北隔阂，意见未消，政党勃兴，竞争剧烈，内则兵变频仍，外则风云日亟，阁员迭更，国务院如暂住之大旅馆，舆论嚣张，参议员如新置之留声器，此皆民国前途之悲观，亦建设维艰之一斑也。然吾辈既任破坏于前，自当力任建设于后。进行之方法，惟永矢忠贞，和衷共济而已。夫共和国以人民为主体，譬之一家之主人翁也，为公家服务者，则为公仆，仆从而有负主人之委托，不克称职，是为不忠，从此家道衰微，不陷主人翁于流离失所之惨境不止，仆之罪不胜诛矣。公仆之对于国家，何以异是？和衷共济，为共和国之真精神，譬之肩舆然，前者唱许，后者唱呀，则进步自促，无中途竭蹶之虞。廉、蔺相下，则秦兵不前，洪、杨交哄，而大业以坠，自古已然，于今为烈。区区之私，愿与诸君共勉之。

在阿迷州军警商学各界欢迎会上的演说词[1]

（1912 年 9 月 13 日）

鄙人此次历建水、个旧、蒙自等属视察一切，学堂之发达，以阿迷为最。阿迷昔者僻处南方，在临安各属中，文风为次。近数年大改旧观，不惟男学，而女学亦极发达，良由地方官绅办学，既不遗余力，人心又知向善，故收效如斯之捷。鄙人对于此莘莘学子，实深欣慰。虽然，亦有一言为诸生勖者。昔王子垫问于孟子：士何事？孟子曰：尚志。可见凡人为学，必先立志。又曾子引《易》传谓：君子思，不出其位。两言似相反，而实相成。所谓志者，相期远大，始终不渝之谓。必思不出其位者，谓勿坐此山望那山，游移无定也。志有大小，小之对于一身，应如何励品行，濬知识，以期为一完善国民。对于一家，应如何敦孝友，裕生计，以期卓立于社会。大之则以天下为己任，以国利民福为前提，人人各出其所学，行其所志，合大群以巩固此共和之国，乃能称为学者为志士也。即如鄙人，亦幼受家庭教育，及长受《书》，即抱献身于国家之志。今之所成就者，曾未能达志愿十之一二，然亦可见人非立志，则无所成就也。所冀诸君此时立志为学，他日建树必驾鄙人而上者。鄙人当拭目俟之矣。共和国家，人人有拥护撑拄之责，国民个人之身为国家之一分子，国家之强弱，视乎各分子之健全与否。贾谊云：一夫不耕，或受之饥。一女不织，或受之寒。一人之与社会国家，实有密切之关系，集人成家，集家成社会，集各小社会成国家。谈立身行事，其目光尤应注及国家。

黄毓英墓志铭[2]

（1912 年 11 月）

公讳毓英，字子和，会泽望族玉田先生第二子。性豪迈，壮岁游日本，就东斌学校习陆军。同盟会方孕革命种子，姓名遂入党籍。业未竟，闻河口革军

①曾业英编《蔡锷集》，长沙：湖南人民出版社，2008 年，第 743-744 页。

②曾业英编《蔡锷集》，长沙：湖南人民出版社，2008 年，第 790-792 页。原编者注：此文原题作“黄武毅公墓志铭”。

肇动，归谋乘势复滇垣。不遂，与杨君振鸿亡缅，遍历八莫、蛮允、干崖、盏达诸土司地，于仰光创办《光华日报》。边吏捕之急，振鸿愤死，公病已，乃走腾、永间，阴结同志。父书召归娶，弗顾，寄以资，令营业，弗屑，东联党人，至大理、蒙化，吏又捕之。遁入省，窃窃往唐继尧宅密谈国事，于为战若嗜欲，勇不顾前后。时锷长三十七协，初来谒，头角峥嵘，目光四射，大奇之。叩以所自，乃述其奔走缅、越、滇边各事，不少讳，益心许其为人。同人敦劝其入戎籍，俾有借手，遂任七十三标排长。自是日与同人谋革命益急切，尝深夜演说军中，言之发指，各军官多耳目公者。

辛亥八月，武昌起义，公日夜奔走，屡以言语刺激同人促响应，热血欲喷，愤励若不可终日。九月七日，大雨，与唐继尧、李鸿祥、谢汝翼、沈汪度、刘存厚、张子贞等会于唐宅，为最后之会议。锷招公与黄永社预席，方熟筹方略，多数主速举，有以预备不周，事鲜把握尼之者。公与永社大激昂，愤然曰：今事已急矣！诸君踌躇，我必先发难。事败被获，必首诸君同谋。我死，君等度不能幸生！乃决期重九夜三鼓举事。是夕，公断电话线后，率所部数人越墉入北城，斩关纳军，径攻军械局及五华山北路。于是南路巫家坝步、炮及机关枪队继至，环攻督署各要地，力战达旦。十日午前九时，械局、督署次第陷落，全城光复。

事定，檄令自募军六百，刻期训练。公精选整备，伸［申］明纪律，未三月而成效大著。军府成立，公于军事部署多所建白，悉采纳之。援蜀之役，自请为前驱，乃隶诸第二梯团李鸿祥麾下。蜀道土匪猖獗，公屡驰剿，皆身先士卒，所向披靡，擒剧盗百余，于永宁磔之。合江一役，击溃贼匪万余众，擒斩无算。民国统一之元年四月，援川军南旋，滇政府以黔人请命，分兵绕道赴援。公与张子贞率队由渝经綦江，进平遵义、铜仁匪乱。其时，下游匪势大张，以会师愆期，军气大隳，乃屈从将士之请，返旆黔垣，次于思南。疲甚，命大队先发，单骑断后，伏匪狙击于路隅，遂遇害。公生于前清光绪乙酉正月初五日，没年二十八岁。因奔走国事未娶，以兄毓兰次子祥云为嗣。同袍哀之，谥为“武毅”。八月榇归，葬于圆通山之阳，为铭诸石。铭曰：

维公之生，幼而岐嶷。扶桑结社，河口熸［熸］师。缅边亡命，间关腾、永。匿迹滇垣，以求一逞。锷时治军，被褐入谒。立定大计，数言取决。入黔赴蜀，群盗投戈。士畏秋霜［肃］，民爱春和。胡天不吊，思南变作。黄尘昼昏，大星夜落。维公之殂，如断左臂。每闻鼙鼓，敢忘颇、牧。古称将德，智信仁勇。我亦崛强，为公低首。内而振旅，外而折冲。公既没［殁］猗，我将焉从。宿草萋萋，英风烈烈。勒石贞珉，敬诏来哲。

致袁世凯等电[1]

（1912 年 12 月 28 日）

北京大总统、国务院、武昌黎副总统、各省都督钧鉴：

程都督养电、胡都督漾电，均以宪法关系民国前途，至极重要，宜先遴选宪法起草委员，制定草案，期于缜密完善，用举福国利民之实。荩筹周至，极表同情。顾锷意尤有进者，宪法条件，纲维万端，所重不在形式而在精神。精神有所指归，而后其条文字句，乃得根据以发挥光大之。今日吾国宪法精神之所在，窃以为其方针有二：一、必建造强固有力之政府。吾辈诚愤于满清政府之麻木不仁，是以一举而用能廓清之。今者改弦更张，若不极力扶助政府，假之以实权，而复事事为之限制，时时为之动摇，国本不固，则国脉以伤，自保犹且不能，更乌足以对外！然犹曰以专制流毒之所至也。北美为共和先进之国，素守门罗主义者，近亦极力倡导国家主义，以图谋发展。诚以世界竞争潮流日益促进，非集权统一不足以伸张国力，保障民权，非有强有力之政府，又不足以收统一集权之效也。此宜先行决定者一。一、必适合中国之现情。方今醉心共和，几于举国若狂。遇一问题发生，辄援欧美成例，不曰法国已然，即曰美国若是，且变本而加之厉。且无论法、美制度互有短长，固宜遗貌取神，未必尽堪则效。而一国有一国之特点，英国之宪法、惯习，不能遍行于欧洲，美国之天性自由，不能普及于大陆。矧以中国固自有特别之历史、民情、习惯，而必求一一吻合于他国，所谓削足适履，有背而驰耳。光复以来，叫嚣哓扰，牵掣纷歧，政令不能厉行，奸宄因而恣肆，未始非《临时约法》有以阶之厉也。前车已去，来轸方道，务期适合于现情，不必拘牵于成例。此宜先行决定者二。方针既定，然后聚集彻贯通博之才，详审精择，订立条文，编成草案。俟正式国会成立，提出要求通过，字句间或不适，仅有讨论之余地，而绝不可遗失其精神，斯足以利便遵行，范围曲当。夫宪法者，国会之所从出也，未有宪法，则国会何由发生？然则草案之预定，匪但于中国之现情不背，亦且于共和之原理无违。至由各省议会派员授与一节，诚恐于手续既过形繁重，而意见仍不免于淆杂。管见所及，不无过虑，特此附陈，伏希裁察。滇都督锷。俭。

---

①曾业英编《蔡锷集》，长沙：湖南人民出版社，2008 年，第 796-797 页。

云南省议会开会祝词[1]

（1913 年 2 月 13 日）

天相中国，汉祚复兴，泱泱亚东大陆，竟不数月间，而涌现庄严灿烂，硕大无朋之共和国家，与北美合众国遥相对峙。噫嘻，吾人何幸而得享此莫大之荣幸也！吾国既由专制而跻于共和，则立法机关之权责至重且巨，在国则曰国会，在省则曰省议会。今云南正式省议会成立，本都督兼民政长躬逢其盛，窃于忭颂之中，而怀有无穷之希望，请为诸君一言：

滇自反正以还，迄今已历年余。中间事变百出，深赖临时议会诸君群策群力，隐予维持，大局得以安定。然改革目的不在消极之保守，而在积极之进行。共和真相，不徒形式上之美观，要求乎精神上之建设。今试回溯此年余中，其改革者几何？建设者几何？窃以为未足以语于此也。夫所谓建设之事非他，亦曰财政、军政、民政、教育、实业荦荦数端而已。凡前此所悬而未决之问题，今将惟贵会诸君是赖。代表民意，发抒谠论，内体社会一般之要需，外应世界潮流之趋势，务尽其机关本能，以定吾滇适用之方策。裕我民生，恢我国权，固我滇疆，使金马碧鸡焜辉于寰宇，皆将于成立之始预卜之。本都督兼民政长忝握政权，责在执行，愿督饬僚属，振厉精神，与贵会连轨并进，冀收福国利民之功，绝隔阂拘牵之弊，想亦诸君子所共表同情者也。抑共和肇造，主体在民，立法之权，操之议会。顾善用之，则福祉可期；不善用之，则流弊滋大，远稽近察，足资警惕。今省议会者，固民选代表之所组织，亦即人民总意力之所结合。忘小己而谋大局，蠲意见而持公理，集人民之意思以为意思，合全省之喉舌为其喉舌。发一言也，而事理昭然，建一策也，而苍生蒙利，行见国命以相行而弥长，民生亦滋大而禔福，又岂一省一邑之幸！共和前途，胥有攸赖。本都督兼民政长窃愿与诸君子各尽厥职，以践斯言。

---

①曾业英编《蔡锷集》，长沙：湖南人民出版社，2008 年，第 812–813 页。

致参议院众议院电[①]

（1913 年 5 月 30 日）

参议院、众议院公鉴：

国会初开，宪法未定，邦人引领，若望云霓。乃借款一案，大波轩起，急电纷飞，聚讼盈庭，操戈同室。元洪等忝总戎行，或膺疆寄，原不敢蹊田犯分，越俎陈言，然对民国为编氓，对诸公为挚友，祸既切肤，谊难缄口。窃敢以告哀之隐，抒请愿之诚。

民国肇建，四海困穷，赔款未偿，债权交迫，干涉之约将见履行，关税田租同归于尽，其危一也；四郊多垒，兵费浩繁，养无额粮，裁无恩饷，奸人煽惑，鼓噪随之，合为叛兵，散为流寇，其危二也；库约既成，藏警叠告，折冲樽俎，今非其时，千里馈粮，士有饥色，战端一启，何以御穷，其危三也；杼柚久空，周转无术，纸币钞票，充溢市廛，信用愈亏，价值愈跌，一朝破产，全国为墟，其危四也；庶政未兴，一筹莫展，行政机关，俨同糊塑，束腰自毙，剜肉难医，如彼颓阳［败］，亡将无日，其危五也；战事甫息，讹言群兴，商业凋残，金融停滞，寄产于邻，停货于市，欲收余烬，其道无由，其危六也。凡此六危，朝不保夕，其他久远之图，尚有可存而不论者。外人本合纵之势，为垄断之谋，曲与磋商，则变更屡起，别图乞贷，则龃龉多方。美人虽仗义出团，五国仍乘危要挟，处心积虑，已非一朝。当此公私交困，内外俱穷，舍借债无良方，当为国人所共谅，舍银团无巨款，亦为天下所共知。

一年以来，议院之谈论，政党之主持，报章之纪载，无不冀借款成熟，稍有转机，虽明知饮鸩止渴之危，亦勉怀亡羊补牢之念。政府以借款标准征议院之同意，议院无异词也；政府以借款条件要议院之表决，议院无异词也。国会为继续机关，断不能自蔑尊严，轻于变易。谓前此悉为虚诬耶？则参议院纪事录固尚秩然可稽；谓现在犹有疑问耶？则国务院答复书亦已持之有故，是亦不可以已乎！夫国会者人民所托以立法，政党者邦国所借以协商，欧美各国，其议员自待若何？非必横语恶声，各争胜负，老拳毒手，互斗雌雄，哄于堂中，而反诉诸院外者也。观诸公前后反对之电，其溯及前案，或谓未足法定人数，

①曾业英编《蔡锷集》，长沙：湖南人民出版社，2008 年，第 855-858 页。

或谓足法定人数，或谓未经表决，或谓但表决大纲，岂惟两院之论，针线难符，抑亦个人之词，盾矛相抵？诸公谓对于借款认为必要，亦可见维持大局，顾恤宗邦。然犹且龂龂抗辩者，不过以会议之时，事前未刊列日程，事后未具文咨复，在政府狃于先例，忽于后防，以是责言，何难加罪？然手续未周，应由议院与政府共尸其咎，宽议院失职之过，既似未平，苛政府违法之名，亦恐不受。若必欲执此小疵，遽翻全案，试问当两院否认之后，借款停交，签字作废，一一皆如愿相偿，诸公果有卜式之资乎，抑有刘晏之术乎！将有富国之经，足以遗人而自立乎！抑有交邻之策，足以舍此而他求乎！姑无论前述六危，万难解决，即此次已交之款，业经支用者，将何以顷刻筹还？诸公必又号于众曰：我等乃否认签字，非推翻借款也。果尔，岂不甚善！然试问一经否认，能保外人之帖伏无词乎？能保后日之磋商有效乎？国产一破，戎祸随之。充其结果，政府不过土崩，国会亦将星散。其激烈者或窜身穷海，其附和者且伏首新朝，而国民流离旷野，乃同罹敲精剥髓之刑。同人捍卫危城，乃亲受暴骨封尸之惨，庭坚之种云亡，若敖之魂将馁，国既不存，党将焉附？后之人追原祸始，谁复起诸公于九泉，而剖心共白之！夫逞一时之快论，为万世之罪人，诚不解衮衮诸公抑何心之公，而识之左也。

总之，推翻借款，远患近忧，外争内乱，于势实万无可逃。元洪等具有天良，非确见大祸燃眉，亦何敢危言耸听？诸公如推诚行恕，达变通权，念时局之艰危，加借款以承认，一面再萃合群言，妥筹善后，议定审计院法，俾之监督用途，稽查浮滥，一也；质问财政部，使此后整顿盐纲，计划财政，逐条答复，协议磋商，二也；方针既定，然后再督其实行，以各省协助中央，即以中央统一各省，内部无分裂之虞，斯外人无干涉之渐，三也。三事既行，众志胥定，于以巩民邦之基础，保宪法之精神，岂惟政府受此惩创，率履不越，亦且国民拜公惠赐，允矢弗谖。元洪等誓言具在，创血犹存，沧海可枯，初心不改，当共以铜筋铁血担保共和，著各省之先鞭，为诸公之后盾，断不使帝制复生，民权中斩，皇天后土，实闻斯言。诸公以政党中坚，为国民代表，宁合众人，而一无所信。不然始主集权，而继主分权，始主借款，而继主拒款，雨云翻于掌上，冰炭变于心中，虽最爱诸公，亦百喙无能代解。若果有奇谋干略，匡救时艰，亦当昭示愚朦，解除忧虑，元洪等不敏，窃所愿闻。翘首燕云，即希惠复。黎元洪、蔡锷等同叩。卅。

五省军事联合计划草案①

（1913 年 5 月—7 月）

缘起

武力竞存，兵谋演进，抟搏大地，莽莽寰宇，群方炽然。各执强权，以取乱侮亡，兼弱攻昧。呜呼！此黑铁主义，白祸潮流，日淯湃弥漫，震荡横决，而无所终极。当其冲者，靡不摧陷，撄其锋者，靡不挫折。越裳沦落，朱波灭绝，藩篱既撤，堂奥斯危。苟长此终古，不为绸缪，则神皋禹域，陆沉板荡，炎黄贵胄，沦为贱种。非吾侪忧天之言，而他日所必然之结果也。

天佑民国，建设共和，五族一家，古所未有。然破坏之下，创制方毁，动乱之余，统一较难，内讧未靖，外患斯乘。环球列强，其因人道主义，求世界之平和者，则赞助兴国之盛业。其怀狼子野心，但谋自国之权利者，则阴乘鹬蚌之机势。乃者蒙事发难，藏事继起，片马告警，越地增兵，四郊多垒，全国震惊。夫前此列强之恫疑虚喝，高跃而不敢进者，以共趋于均势之途，无发难之戎首故也。兹则英、俄肇端，他国协从，相率而来，实逼处此。西南边要，尤陷危险，民国全局，殆哉岌岌。此忧时之士，所为太息扼腕，椎心泣血而不能已。

吾侪忝列军籍，承乏戎行，拥护国家，捍卫疆围，权责所在，戚休系之。丁斯危局，须殚宏愿，措神州于磐石之安，侪［跻］民国于强大之列，虽曰西南一隅，无与于全局之安危，而一发全身，隐相维系。锷等不敏，凛然于唇亡齿寒之戒，敢为通力合作之谋，爰为五省军事联合，以图补救于万一。虽发端于一隅，冀收效于全国。

夫自政略上言之，则联合之必要有三：民国初立，国基未固，疮痍未复，民生凋疲。居今日欲为实际上国际之战争，恐不免为理想之谈，俄蒙问题之迁就，亦固其所然，强硬之宣言，亦为外交手段之一端，故联合足以间接为对俄外交之后盾，此关于政略上联合之必要亦［一］。英窥三藏、滇、蜀，法窥滇、黔、桂、粤，交涉日益纠纷，增兵既已见告，故联合足以直接为对英、对法外交之后盾，此关于政略上联合之必要二。光复以还，大都省自为制，但事内争，

①曾业英编《蔡锷集》，长沙：湖南人民出版社，2008 年，第 858-928 页。

几忘外竞，中央既有鞭长莫及之患，各省益增感情暌隔之虞。联合对外凶【立】减内争，中央自收统一之效，此关于政略上联合之必要三。

自兵略上言之。则联合之必要有四：以云敌情，则滇当两大之冲，英伺于西，将以缅、印十倍于我之兵力，一方侵入腾冲、缅宁，略取迤西一带地，一方侵入亚东关杂瑜，略取三藏、川边，以求达其侵略全蜀，雄踞扬子江上游之目的。法伺于南，以欧、越五倍于我之兵力，一方侵入开、临、广，略取迤南、迤东一带地，并窥贵阳，一方侵入龙州、上思、防城，略取南宁、钦、廉一带地，以割我两广，此关于兵略上联合之必要一。以云形势，滇为山国，三邻于边，山势绵亘，雄关百二，为川、黔之屏蔽，而桂、粤之辅车也。无滇，则川、黔无屏障之益，桂、粤失相依之利。无川、黔、桂、粤，则滇无策源之望，而有后顾之忧。此关于兵略上联合之必要二。以云任务，国际战争，区域扩大，一旦有事，则对英作战，川［滇］、黔两军当出腾冲、缅宁，以为主攻，川军出藏边，以为助攻。对法作战，则桂、粤两军出镇南关、谅山、高平、海宁，以为主攻，滇、黔两军出老开［街］、河阳，以为助攻。此关于兵略上联合之必要三。以云给养，滇、桂、黔贫瘠，内力实苦薄弱，然一般人民勇悍耐劳，不无所长。有强大兵力，无雄厚饷源，战端既启，接济为难。川、粤天府，物资丰盈，加以交通较便，输送尤易为力，补助协济，端赖斯土。故滇、桂、黔宜多出兵员，川、粤宜广筹饷械，絜长补短，负担自均，此关于兵略上联合之必要四。

夫联合之关于政略与兵略上之效益既如此，而联合与滇、川、黔、桂、粤之利害关系又如彼，故联合为滇、川、黔、桂、粤生死之关键，而民国安危存亡之问题也。

嗟乎！金碧点苍，既告沦陷，锦江玉垒，岂能独存？桂林象郡，既遭殄灭，南海番禺，安得无恙？横览疆域，惄惄焉如捣，惟望我西南同袍，咸晓然于外敌之协以谋我，怵惕祗畏，日怀覆亡，协同一致，共弭大难。

我西南虽贫弱，亦环地数千里，带甲数十万，虎鸷之士，跿跔科头，贯头奋戟者，至不可胜计也。苟日讨军实而申儆之，一朝破裂，则表里山河，相率为背城借一之计，救亡图存，事或可期。不然，则省制划分，畛域见存，各拥集权力，据其提封，画地而不犯，列郡不相亲，万室不相救，亡而已矣，夫复何言？周秦之世，六国合纵，常以五倍之地，【数】[①]十万之众攻秦，犹不免于

①山东六国合纵，前后有三四次，每次攻秦均五国。兵力每次也应有数十万，绝不止十万，秦军一次反击，斩首八万。六国任已过或两国联兵拒秦，出动兵力都不止十万，何况五国呢！疑文中遗漏一个“数”字。

覆灭者，非合纵之无效，而合纵不坚之无效也。

前车既覆，来轸方道［遒］。时势国情，今古同概。故无联合则西南固亡，联合而不坚，则西南亦亡。其亡其亡，系于苞桑。锷等当躬为前驱，率西南豪杰，同仇敌忾，共骤虱［风］云。黄祖有灵，昭格降鉴。

第一编　计划方针

第一章　五省联合对外政略之决定与中央对外政略之关系

国家当审时度势，趋利避害，对于四封环伺之邻国，或取平和，或取侵略，或取保守，或取进取，必有一定不易之政略，乃可使全国对外方针，一致进行。然政略之决定，必应于国家内因外缘之情况与形势，故吾国今日之政略，将取平和主义耶？则势力不均，弱肉强食，旦夕之延，亦为胜家所不许，平和幸福，岂弱国所能享有？将取侵略主义耶？则内力不充，兵财两缺，无与列强对峙之资格。将取保守主义，即则不克战胜，奚能固守奄奄不振之国家，必无以维持现状。然则吾国今日所取之政略，其惟进取主义乎？夫开国之贻谋，实影响于将来国力之盛衰隆替。

综览吾国史乘，建国之初，汲汲于扩张武力，战胜外敌者，则子孙无外患之虞，而国祚永久。故方其盛时，门创之君，勤于远略，竞厥武功，以从事于征缮启辟，南夷北狄，稽首来宾，虽胡越一家可也。及其衰也，虽庸君弱主，无统御藩服之能力，然归服既久，咸怀先朝有重译之贡，无烽燧之警。夫耀兵即所以弭兵，竞战即所以止战，远虑深谋，今古一揆。溯厥当日所执之政略，非侵略主义，即进取主义，其持平和主义与保守主义者，不数传而外侮迭乘，四夷交侵，遂演成伪安覆亡之局。是为吾国历代相循之覆辙。

吾侪今日幸值此开国之时代，为民国万世计，窃以为中央对外政略，必执进取主义，斯适用于今日。盖取平和与保守主义，适为亡国之下策。而取侵略主义，遽然与列强为国际战争，又为国力所不许。惟有秩序整然，次第进取，先从事于统一全国，征服蒙藏，集强大之兵力于国境，出以强制行动，继以外交手腕，藐兹英、俄自易就范，一如左宗棠平定天山南北之故事。斯时内部之准备，稍形完密，即不获已而外交破裂，亦无意外之危险也。虽然，蒙藏两问题，究非可同时解决者也，势又不得不取远交近攻之政策，先蒙而后藏，先俄而后英，此吾侪预想之中央对外政略也。夫中央对外政略，即边省对外政略之根据，故五省联合之对外政略，亦当取进取主义，一致进行，以为中央之补助。

中央苟用兵于俄蒙方面，则英、法对于西南方面，必为乘隙捣虚之谋，故西南联合为直接对英、法准备，即为间接对俄之准备。中央苟用兵于英藏、滇越或桂粤方面，则西南联合纯为直接对英、法之准备，是西南五省于政略上直接间接均有莫大之责任。然则以西南五省之力，即足以负此莫大之责任乎？曰但为陆上之战争，以目前之实力论，固非易易，而以他日之实力论，或可操确实之胜算。故今日当取进取主义，尽现在之国力，预为筹备，着着进行，以求达对英对法同时对英法之目的，俾无一毫之遗憾。是即我西南五省现今惟一之要图，亦即我西南五省现今应执之政略。

第二章　想定敌国

吾侪所主张之政略，既如上所述，则此政略上之想定敌国，又为吾侪今日所当研究之问题。夫国际战争，原为国家万不获已之事，而最后之手段也。凡国家对于邻国为抗敌行为，自政略之原则上言之，有因自国领土安危存亡之关系而发生者，有因自国目前及将来权利利益之关系而发生者，有因强国对于弱国取并吞主义致弱国反抗而发生者。以吾国情势论之，则将来战争，殆不免为自国领土安危存亡之关系而发生，故吾国今日之想定敌国，当应于列强对于吾国领土之行动而定。

列强苟为各个之行动，对于我领土而加以危害，斯时吾国当择其剧烈之戎首战胜而膺惩之，其余诸国必因之而戢其野心，以就我范围，则此想定敌国是为吾国全局之想定敌国。列强苟为协同之行动，对于我领土而行其分割，则四封之外，皆为敌国，斯时惟有联合国防地带利害关系之诸省，分兵应付为最后之防御，则此想定敌国是为一方面之想定敌国。

吾侪试综合全局，就于列强目下之情势以决定之。夫以海陆军雄视东方，其野心勃勃，欲建一大帝国于东大陆者，厥惟日本。其对于满洲方面，为军事上种种之设施，突飞进步，一日千里，大有朝据我南满，夕临我首都之势。然其避欧美列强之妒视，故取沉静态度，但尝一脔，不为戎首。德于东方虽有海陆军之根据，然其于吾国军事上之势力，则远不逮日、俄、英、法，故对于吾国时取笼络手段，以遂其工商业之侵略，亦非分裂吾国之发难者。美于亚东素取保全主义，日汲汲于门户开放，机会均等，以冀其工商业之普及吾国，其巴那玛运河之开通，实欲制太平洋之海权而握商务之中心，故对于日本虽有军事上之设施，而对于吾国军事上之计划，尚属缺如。民国反正，及首先承认，以赞助我共和之成立，其无割取我领土之欲望，已可概见。法以越南为根据，以滇、黔、桂、粤为势力范围，亦取侵略主义。然其国民究非热心于殖民者，且越人反侧，亦其隐患，故其对于吾国尚无军事上剧烈之行动。民国肇基，尤表赞同，亦非发难于西南者。是日、德、美、法为将来或一方面之想定敌国，而非今日全局之想定敌国也。

至俄之于蒙古、伊犁，一方援助库逆独立，以夺取全蒙，一方则增加兵力于伊犁、塔尔巴哈台一带，以图新疆，囊括包举，不遗余力，致惹起列强之注目，而开瓜分之端绪，是吾国今日当以俄为全局第一之想定敌国。英于三藏、滇边，一则煽动藏番，嗾其独立，俾脱离我范围，并擅行派兵入藏，以遂其侵略之素志，一则经营川边之杂瑜，滇边之俅江流域，交涉纠纷，风鹤告警，是吾国今日当以英为全局第二之想定敌国。

若夫一方面之想定敌国，则北方为德、日、俄，联合东三省、直隶、山东、山西、河南、陕、甘以对付之。南方为英、法，联合滇、川、黔、桂、粤以对付之。中间江防及海岸线为英、法、德、日，联合湖广、两江、直隶、山东、浙、闽、广东以对付之。

夫自全局之想定敌国言之，则我西南五省已不免于战争，自一方面之想定敌国言之，则我西南五省尤不免于战争，故我西南五省势不得不一方以英为想定敌国，为第一之战争准备，一方以法为想定敌国，为第二之战争准备，同时以英、法为想定敌国，为第三之战争准备。

第三章　五省联合军之兵力及其编成

夫英、法既为我西南方面之想定敌国，则我西南方面联合对于此想定敌国使用之兵力，须预为决定、预为编成，以为作战之根据。然此兵力之决定，须外测敌国，内度自国平【昔】战时兵力之多寡，而为相当之应付。

试先言英。彼以拓地殖民称雄世界，其领土几遍环球，由英伦以迄吾国，越三万里如不出户庭。其平昔虽致全力于海军，而其陆军亦号称雄大。观英杜［布］战争，其派遣兵员殆达二十五万。今综合其主要方面之兵力如下：

一、本部方面约二十万乃至二十五万。（守境兵不在此内，若与吾国战，则不需守境兵矣。）

二、印度方面约二十万乃至二十四万。

三、缅甸约二万乃至三万。

四、其他驻防东方各要地者万余。

以上英军总计约五十余万，然其精锐堪以战斗者，以最小限计之，亦不下四十余万，一朝有事，除应驻扎各方面之守备兵外，其出为国境上之战斗员，本部约得十五万，印度约得十万，缅甸约得二万，其对于我西南方面作战，则以印缅兵为主力，以本部兵为增加队或为他方面之别动队，总计约二十六万乃至二十八万。

试言法。法为海陆并重之国，素承拿翁拓土开疆之遗传性，俄法同盟，相与持侵略主义，以扩张领土。现以越南为东方殖民地之根据，日从事于军事上之侵略。其主要方面之兵力如下：

一、本部方面，战时动员约百余万。

二、越南方面，战时动员约八万乃至十万。

三、其他驻防东方各要地者数十［万］。

以上总计法军动员，虽号称百余万，然因邻国及交通上之关系，能派遣于东方者，约三十余万。苟战争开始，除留守本部及警戒越南内地之守备兵外，其出为国境上之战斗员，约得本部兵十五万，越南兵七万乃至八万，其对于我西南方面作战，则以本部兵为主，以越南兵为辅，合欧越兵总计约二十万乃至二十二万。

如上所记，为英、法两军之概略。虽未十分确实，然亦不出此范围。

试更即我西南诸省现有及一年后可得之兵力比较之：

一、滇省现役兵二师，一年后可得战时动员四师。

二、川省现役兵五师，一年后可得战时动员十师。

三、桂省现役兵二师，一年后可得战时动员四师。

四、粤省现役兵二师半，一年后可得战时动员五师。

五、黔省现役兵一师，一年后可得战时动员二师。

以上总计五省动员约二十五万乃至三十万，除开战时应驻屯各省之留守兵外，其出为国境上之战斗员，滇省可得三师，川省可得八师，桂省可得三师，粤省可得三师，黔省可得一师，是五省联合军之兵力总计可得二十万乃至二十三万。比较英军固属劣势，比较法军则属相等，且自本国策源地迄于战地之巨［距］离，则英短于法，而海上输送之迟速，则法迟于英，因而大军之集中于国境，兵员之速就战地，英较法必占优势，故对英作战应取守势，对法作战应取攻势（取攻取守，其他重要理由，另详他编）。

试就以上之兵力为西南联合军之编成如下：

对英作战联合军之编成

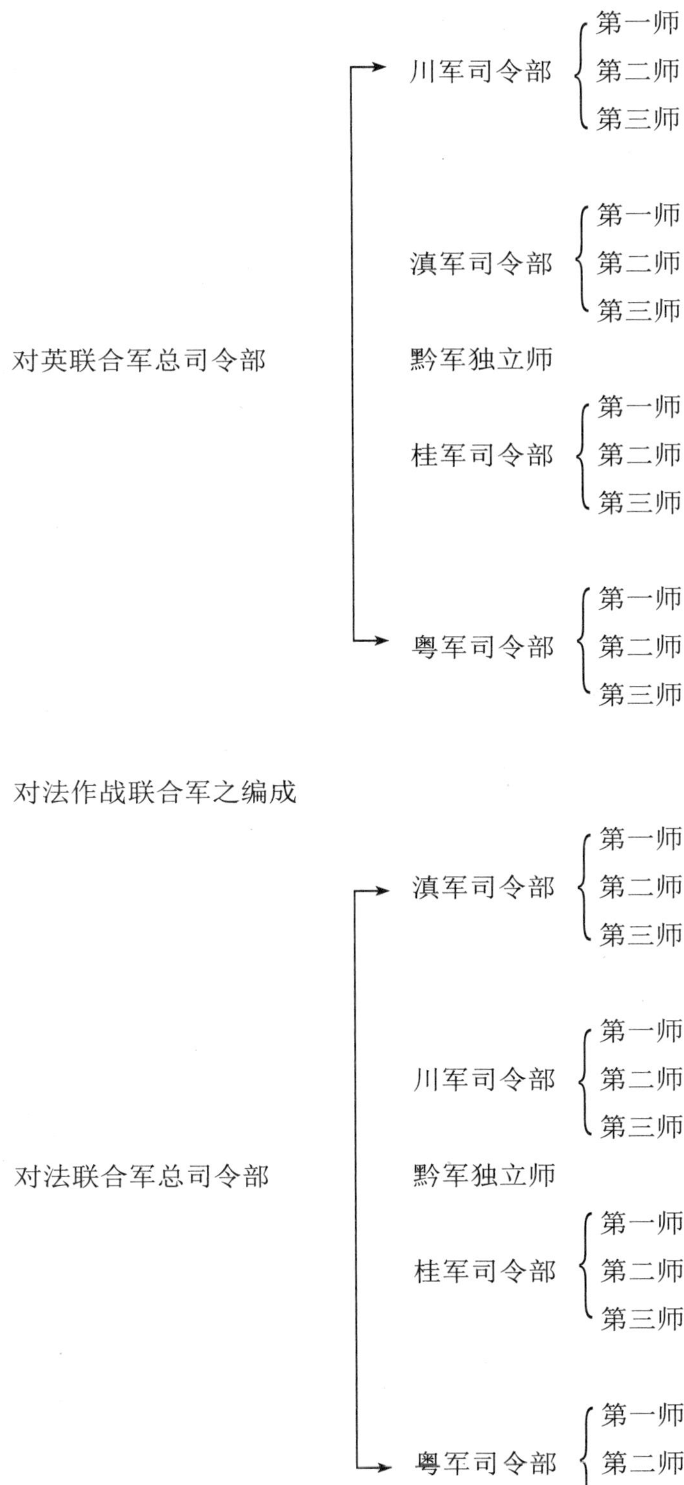
对英联合军总司令部
川军司令部
第一师
第二师
第三师
滇军司令部
第一师
第二师
第三师
黔军独立师
桂军司令部
第一师
第二师
第三师
粤军司令部
第一师
第二师
第三师
对法作战联合军之编成
对法联合军总司令部
滇军司令部
第一师
第二师
第三师
川军司令部
第一师
第二师
第三师
黔军独立师
桂军司令部
第一师
第二师
第三师
粤军司令部
第一师
第二师
第三师

同时对英法作战联合军之编成

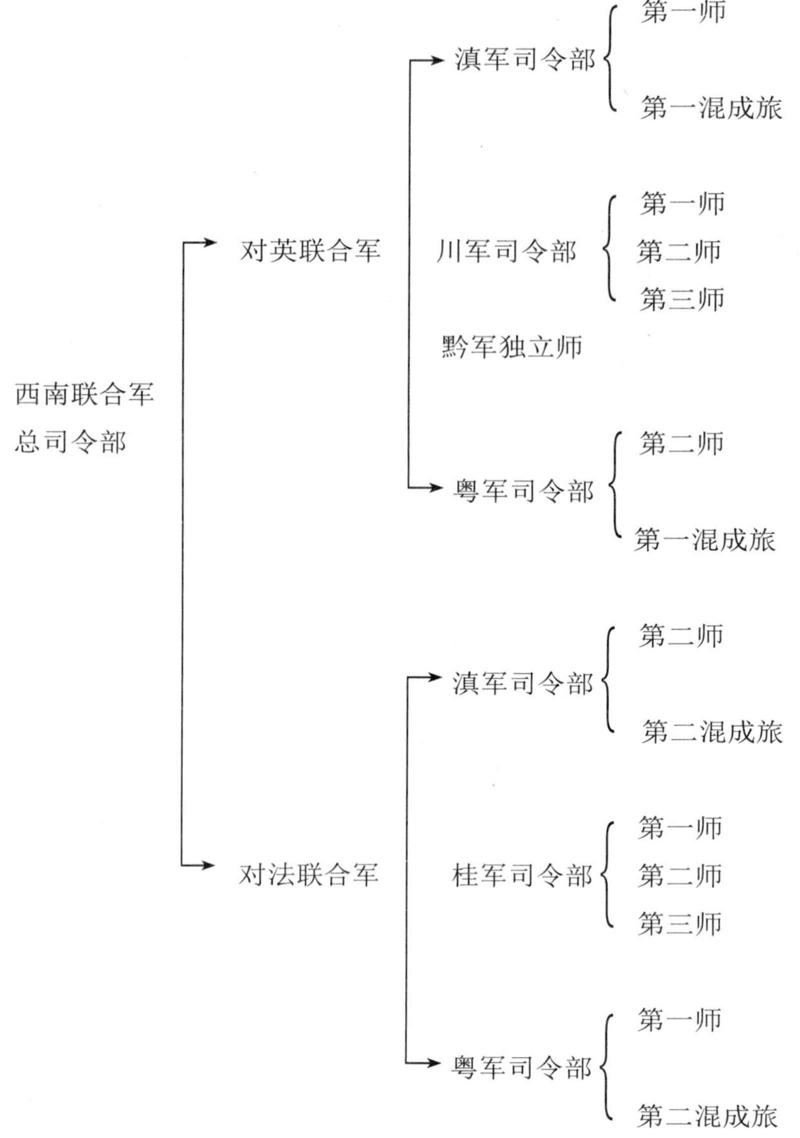

第四章 联合军作战地之形势与战略上之价值（附西南作战地一般览图）①

夫作战上兵力之使用，与作战地之形势有密切之关系者也。盖应用兵力往往

①原编者注：所附《西南作战地一般览图》从略。

因形势上之限制，而生无数之变迁，故就于战略为形势上之研究，又为吾侪所当注意之件。今试即我联合军作战地之形势言之。

一、云南形势

滇当英法之冲，屏障川黔，与桂粤相掎［犄］角，而山谷阻深，土地贫瘠。虽不适于大军之作战，然为民国西南国防地带军事上之第一重点。全省地形，偏重南方，其主要形势，对英作战，以云南省垣为作战主据，以由云南府经楚雄、大理、永昌，至腾冲大道为主要策线，由云南府经楚雄、景东，至缅宁大道为左方之支分策线，以大理经邓川、丽江、维西，至阿墩为右方之支分策线。其间经过之大市镇如大理、永昌、腾冲、缅宁、丽江均为战略上之要点。大理地形宏阔，物资殷实，为迤西各地之冠，且西出腾永，南出缅宁，北出丽江，为迤西交通之枢纽，适于联合军之集中地。永昌西临腾冲，南控永康、缅宁，北抵云龙，地形开敞，物资亦富，适于我联合军之集中掩护地。腾冲突出于滇边西隅，实为英军侵入西边之第一次作战目标。自我军之作战上言之，则为永昌、永康之掩护，而战略上之支撑点也。缅宁位置冲要，为将来英军主力侵入路线之重镇，若缅宁、云州、顺宁各属有失，不惟腾冲、永昌、永康受英军左侧面之胁威，而大理与省城亦将受英军直接之攻击，并断我永昌方面各军之后路。近日英人铁道已直达腊戍，距我缅宁界仅五六日程，其企图已可推知。丽江北通中、维，南达云龙，自我军之作战上言之，一方与大理相掎［犄］角，以掩护右侧，一方控制中、维，以扼英军进入四川宁远之要路，且一方足以胁威由杂瑜侵入川边英军之右侧，而其重要殆与缅宁相等。其他山脉如高黎贡山，及中甸、维西、云龙一带诸分水岭，险巇嶙峋，飞越不易，且时交冬季，即大雪封山，交通断绝，河流如怒、俅、澜沧、龙川各江，均蜿蜒南下，与国防线成为平行，既难徒涉，复鲜舟楫，桥梁渡口，诸极艰险，适为彼我作战上之障碍，于战略战术上大有研究之价值者也。

对法作战，则以滇越铁道为主要策线，而辅以道路。一由省垣经呈贡、晋宁、新兴、通海、临安至蒙自为主要策线，一由弥勒经邱北达广南为左方支分策线，一由省垣经宜良、路南、弥勒、大江边至开化为左方策线，一由临安经石屏、沅［元］江、他郎、普洱至思茅为右方支分策线。其间经过之大市镇为战略上之要点者，则莫如临安、蒙自、开化、广南、普洱等处，临安左通普洱，右通蒙自、开化，交通较便，物资繁富，为南防作战之枢轴，而分遣各军之第二策源地也。蒙自密迩越境，有铁道运输之利，为南防交通上之辐辏点，亦商务之中枢，便于大军之出动，为法军主力之第一次作战目标，适于我联合军之集中地也。河口地形险要，为水陆交通要点。以云防守，则有居高瞰制之利，以云攻击，则有顺流下压之势，南防关门，实在乎此，适于我联合军之集中掩护地。开化据红河支流之上游，左通广南，右界蒙自，其重要与蒙自相等，为我联合军一部分之集中地。其附近之麻栗坡、马白，形势与河口同，适于我联合军之集中掩护地。广南东界桂省之百色，北界黔省之兴义，南界越南之保乐，适当桂黔越交通孔道之冲要，亦为我联合军一部分之集中地。而其所属之普厅，则适于我联合军之集中掩护地。普洱位于黑河之上流，一方以思茅为关门，制建笨及缅甸入滇之大道；一方以木戛为关门，扼黑河沿岸之交通，亦为西南两防防御上之要点。至山脉河流之形势，较西防稍为平衍，如红河上流至蒙自、蛮耗、开化之船头，即可通舟楫，加以铁道既通，输送尤易，大军作战困难稍减，将来攻势作战策线之延长自易为力，此云南军事上形势之概略也。

二、四川之形势

四川据扬子江上游，为滇、黔之后援，陕、甘、湖、广之掩蔽，而沃野千里，物资殷富，诚西南之天府。苟一旦为他国所有，一可以顺流而东，制沿江诸省之死命，一可以出荆襄汴洛，以图中原，一可以略取陕、甘，以胁制我山西、直隶，故对于全局则为西南之保障，对于一隅则为西南之中坚。

今试就对英作战言之。英之经营滇边，其主要企图则在全川，稍有知识者，类能道之。其侵入路线，一由印度之加萨出杂瑜，经巴塘入打箭炉，或由杂瑜出维西、丽【江】，经永北、盐源、宁远，进入雅州；一由腾冲经永昌、大理，或由缅宁经顺宁、蒙化、大理，更经楚雄、昆明、东昭、叙府、嘉定，进入叙、泸，近及成都；故陆路上之形势，则以川滇大路为主要策线，以川藏大道为左方策线，以由雅州经宁远、盐源、永北，至丽江路为中央支分策线。其间之大市镇则成都，西出炉关，南达叙府，东通重庆，道路辐辏，人口繁庶，为全川之中心，各方面之策源，西南之第一作战主据。叙府、泸州当滇川水陆孔道之冲要，可为滇川大道之中间策源地。雅州扼川藏、川滇之要路，可为川藏大道及中央支分策线之中间策源地。水路上之形势，则南东部有扬子江之输运，中部有岷江之交通，于大军之行动，甚为有利。

至对法作战，则超［趋］重川边大道方面，形势亦与上同。其他之山脉、河流，于战略上无甚价值，姑略而不论。

综合全川形势，成都堂奥也，打箭炉、宁远、叙府、泸州关门也，滇藏屏蔽也。御敌于关门之外，则堂奥乃固。此四川军事上形势之概略也。

三、贵州之形势

贵州东连衡湘，西出云南，北通巴蜀，南接桂邕。对于滇、桂，则为后援，对于湘、蜀，则为门户。然土地狭隘，山势嵚崎，物资缺乏，大军之运动、给养，均为不便。其间水路，除沅江上流外，殆无军事上之价值。而陆路交通，足为主要策线者，厥惟滇黔大道。其次，莫如由安顺，经兴义，至广南路，或经兴义、泗城、百色，以达归顺路。惟此二路，较滇黔大道进行稍难，而自战略上言之，则较滇黔大道尤为重要。盖高平方面之法军，若略取归顺，即可由百色侵入黔境，则我广南即受其侧方之胁威，不惟滇黔大道有断绝之害，而滇川、滇桂之后方策线，亦受其影响。故对英、对法作战，贵州之形势，当以兴义为黔军之作战主据，镇远、贵阳为黔军之后方策源地。此贵州军事上形势之概略也。

四、广西之形势

广西为滇、粤之中权，湘、黔之屏障，尤与广州有辅车之势。全省地形，偏重南方。其间江流纵横，各地赖以交通。如桂林、平乐、梧州则有桂江；柳州、庆远、浔州则有柳江；南宁、太平、龙州则有龙江；百色、奉议、隆安则有左江。其全省土地膏腴，物资丰富之区，均赖此数江流域。此数江既为全省活动之根本，形成军事上之策线。其陆路交通，均傍江流，形势与水路相等。其间之大市镇，如百色、归顺、龙州、宁明、上思、南宁、浔州、郁林、梧州，均为战略上之要点。百色据左江上游，西通剥隘，为滇、桂往来孔道，北抵黄草坝、兴义，为滇、桂之要路，故百色实为滇、桂、黔交通之枢纽。归顺、龙州、宁明为自古通越要路，适当高平、谅山之冲，与国防防线相触接，适于我军之集中掩护地。上思北通南宁，东控钦州，南足以制由芒街东犯我军之正面，西足以胁谅山之右侧背，亦适于我军之集中掩护地。南宁西顾百色，南出上思，东连浔、梧，而沿边各路，自归顺以讫钦、廉，均以南宁为居中策应之点，既为桂省之都会，复为全边之枢轴，而桂军之集中地兼作战之主据地也。浔州位左、右两江之汇流处，扼西江之中枢，极据形胜，实为两粤总预备队屯驻之所。梧州为左江之尾闾，桂江之结穴，诚为全省水陆之交通轴，而桂、粤之结合点也。以上各要地，一旦有失，不惟左江策线失最后之根本，而敌军将直趋桂林，左胁广、肇，以制两广之死命。

就以上形势，比较轻重，则南宁、浔州尤为重要。盖南宁为谅山、高平法军主力之主要作战目标，浔州为法国由北海、广州湾上陆军之主要作战目标故也。此广西军事上形势之概略也。

五、广东之形势

广东据有濒海膏腴之地，北连湘戆［赣］，东入福建，西出梧州，商旅络绎，物资繁富。其地形偏重海岸，海正面之作战，较陆正面之作战尤为重要。故无论对英、对法，均须趋重海正面之防御。

对英作战时，则香港为英东方海军根据地。一旦有事，而我海权未复，彼得以利用水陆交通之便，一方由九广铁道侵入广州，一方以海军主力溯西江下游，进击广州，而收水陆合攻之利，或以一军由北海上陆，以略取钦、廉、高、雷，并趋浔、梧，以胁广、肇侧背。故就对英言之，则广东之兵略要点，实以广州、九龙、北海为最要。

对法作战，则钦、廉沿海，道路较平，为我国自古用兵越南之正路，苟以一军出芒街，即足以冲击北圻之侧背。惟我海权未复，易受敌海军之压迫，非万全之策线也。广州与梧、浔于形势上有密切之关系，欲防御广州，必先巩固梧、浔。盖钦、廉、高、雷足以捍卫梧、浔，而梧、浔又足以捍卫广州也。查由海岸可达梧、浔一带之道路，一由北海上陆，经博白、郁林，以至梧、浔，土地平衍，户口殷繁，且有南流、北流二江可通转运，行军给养，均属便利。一由广州湾上陆，经高州、罗定，直趋梧州，然后两军会合，进击广、肇。

观此，则北海、高、雷足为我军之集中掩护地，梧州或浔州为集中地，广州则为水陆之策源地。此广东军事上形势之慨［概］略也。

六、印度之形势

印度为英东方之最大殖民地，并为英东方之陆军根据地。北界三藏，东连缅甸，西北出阿富汗、俾路支，接俄领之中央亚细亚，南方突出于印度洋，其半岛之形势，而海岸线因以延长。其间，北部中部及南部多山地，西部间有沙漠，东部多平原。其陆路交通，则全境铁道纵横络绎。水路交通，则有恒河之南流。孟买、士的可伦可伦[①]坡诸港之繁旺，全境土地膏腴，物资丰富，大军作战，甚属有利。惟对于三藏，则有喜马拉耶岭横亘于北。对于川、滇边境，则有怒、俅、浪［澜］沧三江，高黎贡山，及诸分水岭，纵隔于东，成为天然之障碍。

然英人之处心积虑，惨淡经营，进窥三藏。其北上之铁道，已达大吉岭，侵略川、滇边境。其东出之铁道，已直抵萨加。军路已达杂瑜之鸡贡，而印缅铁道之连络线，方事赶筑。一朝有事，吾侪预想英军之作战，则以加尔加达为作战主据，以孟买、的士可伦[②]诸港为海陆连络之后方策源地。以一强大支队进据藏京，以一部侵入杂瑜方面，以主力加入缅甸方面，以出缅宁、腾、永。其输送路绿［线］，一由海道至仰光上陆，一利用印缅铁道输送达曼达来。

综观以上形势，是印度于海上作战，则为海上策线之中间策源地，于陆上作战，则为缅甸之后援，英东方陆军之主动点。此印度军事上形势之概略也。

---

①原编者注："可伦"之后"可伦"二字显系衍文。

②原编者注："的士可伦"应为"士的可伦"。

七、缅甸之形势

缅甸东北界云南，西北界印度，东南界暹罗，西南濒海。其间山脉、河流，大都由北走南，其西部、北部半属山地，中部、南部半属平原，土地膏沃，物资殷富。其水路交通，则有伊拉瓦底江（恩梅开江）及怒江之平行南下。陆路交通，除傍各江流之大道外，其既成之铁道，纵贯全缅南北。一方由曼达来，直抵腾冲方面之新街及密芝那，一方由曼达来，径达毗连我缅宁界之腊戍。其经过之大市镇，如仰光、曼达来、密芝那、新街、腊戍、肯伦等均为战略要点。

仰光为全缅政治上之中心，自海上作战言之，亦为海上策线之中间策源地，盖对于东方则以东洋舰队联络，西方则印缅铁道未通，适为输送印兵之上陆点。自陆上作战言之，一方为海正面之关门，一方为陆上策线之后方策源地。

曼达来（缅甸故都）则居全缅之中心，为水陆交通之辐辏点。吾侪预想将来英军之作战，必以由曼达来至缅宁路为主要策线，出主力军以窥缅宁，以由曼达来至新街路为支分策线，一强大支队以侵腾、永。则曼达来即为缅军之集中地，而兼作战主据者也。

至密芝那、新街、腊戍、肯伦等均擅水陆交通之便，既为缅军入滇之关门，复为缅军之终末策源地，于作战上均属有利。

然综合全缅形势，曼达来适与印京加尔加达同一纬度。若我主力军由缅缅[①]宁方面长趣直入，以突破曼达来，不惟腾冲方面缅军之后路中断，仰光方面陷于极不利之地位，而加尔加达亦将受侧面之胁威，而全境动摇。此缅甸军事上形势之概略也。

八、越南之形势

越南为古越裳地，东北与两粤毗连，西北与云南接壤，东濒海，西界暹罗，其地西北多山岭，沿海多平原，疆域狭长，羸［赢］于南北，而绌于西东。综合其全境形势，则为二大平原，一大连山。其二大平原，一为红河及其支流之灌溉地，即东京河内平原。一为眉公河、西贡河及其支流之灌溉地，即交趾西贡平原。而此二平原之间，即一大连山，为红河、眉公河二流域之天然界划，于作战上无甚价值。惟西贡、河内两平原土地丰饶，物产繁富，加以水道、陆路，纵横络绎，尤擅交通之便，诚为全越南北之两枢纽，而法军之作战主据地也。

西贡平原，于海上作战，则为法海军之根据地。一方为对于我沿海作战之发动点，一方为对于法国本部海上输送之中间策源地。于陆上作战，一则足为

①原编者注：此后一“缅”字为衍文。

防御沿海之之[①]根本，一则足为河内方面之后援。然其位置孤悬海上，其陆上与河内方面之联络，仅恃沿海一路，若我海权既复，为封锁闭塞之行动，则法军之作战，不惟海上策线有中断之虞，而陆上策线亦有后顾之忧。

至河内平原，一方以海防为海正面之关门，出其海军力，以进出我沿海。一方以芒街为关门，沿海道路为策线，以侵入我广东；以谅山、高平为关门，桂越铁路为主要策线，以侵入我广西；以保乐、河阳、河口为关门，滇越铁路为主要策线，以侵入我云南。而广安、北宁、太原、山西则为此三路之中间策源地。加以陆路上西贡方面之联络，于作战上殆有莫大之便利。然三面环敌，稍一偏重，即不免于乘隙捣虚之害。且进取则山势雄峻，有仰攻之困难，退守则敌势下压，有破碎之危险。若我海权既复，则海防亦将为西贡之续，而河内于作战上之价值，亦因之而减少。此越南军事上形势之概略也。

第五章 联合军作战区域与作战线之划分、联络及作战目标之选定

分进合击，为战略上之原则，而此原则尤适用于山地作战。以山地无宽坦之交通网，广阔之宿营地，大军作战，必分途前进，则给养运动方无困难。集中战斗，斯能迅速，此山地作战作战线（即策线）之必须划分，一也。山地岭脉蜿蜒，川流纵横，各军联络易于隔绝，以故战线往往发生间隙，敌军得为意外之侵入，必分担地域，乃有专责，既免运动之妨碍，尤便后方之补给，此山地作战，作战区域之必须划分，二也。夫以分进之关系，为作战线与作战区域之划分，而以合击之关系，又当为作战目标之选定。今试应于作战地之形势，与各军之位置，分别而预定之。

一、对英作战时，各军之作战线、作战区域及作战目标如下：

甲　作战线

国境内之作战线，川军主力由川滇大道，经叙府、昭通、东川、昆明、楚雄、大理、永昌至腾冲，其一部由雅州经宁远、盐源、永北、丽江，至维西、阿墩。滇军主力由云南省城，经楚雄、景东至缅宁，其一部由迤西大道，经大理、永昌至龙陵。黔军由滇黔大道，经云南省城、呈贡、新兴、元江、他即［郎］至普洱。桂、粤两军则趋重海岸线之防御，以西江水路及九广铁道为主要线。

至国境外之作战线，川军主力及滇军之一部，则由腾冲经新街，或由密支

①原编者注：此后一“之”字为衍文。

那至曼达来。滇军主力则由缅宁经腊戌至曼达来。黔军则由镇边或思茅，经肯伦至曼达来。至攻略曼达来后，川、滇两军则由印缅铁道，西向加尔加达。黔军则由缅甸南部铁道，及伊拉瓦底江流域，南向仰光。

乙　作战区域

川军致力于大理集中后，即经永昌至腾冲方面担任腾冲府以北至云龙附近地域，其一部至丽江集中后，则出维西、阿墩方面担任云龙以北至杂瑜附近地域。滇军主力于缅宁集中后，即担任该方面附近地域。其一部于大理集中后，经永昌至龙陵担任腾冲府以南至永康附近地域。黔军于普洱集中后，以一部担任镇边附近地域，以一部担任思茅附近地域。桂、粤两军则担任全粤之海岸线。

丙　作战目标

对英作战，虽取守势，然应于敌情之变化，亦可移转攻势，故作战目标亦须选定。斯时以密支那、新街为川军及滇军一部之第一次作战目标。以腊戌为滇军主力之第一次作战目标，以肯伦为黔军之第一次作战目标，然后各军联合实施中央缅甸之大会战，则以曼达来为主要作战目标，既陷曼达来，则滇、川两军西出以向印度，更以加尔加达为主要作战目标。黔军南下以向缅甸南部，更以仰光为主要作战目标。

二、对法作战时，各军之作战线、作战区域及作战目标如下：

子　作战线

国境内之作战线，滇军分道至蒙自。川军由川滇大道，经曲靖、陆凉、弥勒、大江边至开化。黔军由贵阳，经安顺、兴义至广南或至归顺。桂军利用各河道及陆道至南宁，更至归顺、龙州、上思。粤军溯西江而上，经梧州、浔州，至高州、廉州，或至钦州。

国境外之作战线，滇军主力由滇越铁路，经河口、安拜、山西，以向河内，其一部由黑河流域，经削笨以向河内。川军由开化、麻栗坡，经船头、河阳、宣光、山西，以向河内。黔军由广南经保乐、太原，以向河内。桂军主力由上思方面，经谅山、北宁，以向河内，其一部由归顺经高平、太原，以向河内。粤军由防诚［城］，经芒街、紧尹、西林，以向河内。

丑　作战区域

滇军于蒙自集中后，以主力出河口，担任红河主流两岸附近地域。其一部出猛丁，担任黑河主流两岸附近地域。川军西与滇军主力，东与黔军连络，出船头，沿盘龙江，担任宣光附近地域。黔军西与川军，东与桂军联络，出保乐，担任太原方面地域。桂军西与黔军，东与粤军连络，以主力出谅山，担任沿桂越铁道附近地域，其一部出归顺，担任高平方面地域。粤军北与桂军联络，其一部出芒街，担任沿海一带地域，其主力之一部出郁林，担任北海方面地域，一部出高、雷，担任广州湾方面地域。

寅　作战目标

对法作战，纯取攻势，故作战目标之选定，尤为重要。大军集中后，滇军主力则以安拜，其一部则以削笨，川军则以河阳，黔军则以保乐，桂军主力则以谅山，其一部则以高平，粤军则以芒街为第一次作战目标。而第一次作战目标得手后，滇军全部则以兴化，川军则以宣光，黔军及桂军之一部则以太原，桂军主力则以拖林，粤军则以紧尹为第二次作战目标。而第二次作战目标得手后，滇军全部则与川军联合，以山西为【第】三次作战目标。黔军与桂军全部联合，以北宁为第三次作战目标。粤军则以西林为第三次作战目标。以上各目标得手后，则联合军即为东京、平原之大会战，以河内为联合军总攻击之主要作战目标。若河内既陷，则海东、兴安、南定、宁平各要地，将不战自溃。此后当海陆并进，滇、川、黔三军则由陆路南下，桂、粤两军则由水路于沿海选定上陆点，更以西贡为最终之主要作战目标。（现在不能得制海权，最后略取西贡一层，绝对的不可望，但不可不作如是想定。）

三、同时对英法作战，各军之作战线、作战区域及作战目标如下：

月　作战线

对英方面，国境内之作战线，川军主力由川滇大道，经叙府、昭通、东川、昆明、楚雄、大理、永昌至腾冲，其一部由雅州经宁远、监源、永北、丽江至维西、阿墩。滇军一部由迤西大道，经楚雄、大理、永昌至龙陵。主力由云南省城，经楚雄、景东至缅宁。黔军由滇黔大道，经安顺、普安、沾益、昆明、呈贡、新兴、元江、他郎、普洱，至镇边、思茅。粤军则趋重海岸线之防御，以九广铁道为主要线。

至国境外之作战线，川军主力及滇军之一部，则由腾冲经新街或密支那至曼达来。滇军主力则由缅宁经腊戍至曼达来。黔军则由镇边或思茅，经肯伦至曼达来。

对法方面，国境内之作战线，滇军分道至蒙自集中。桂军利用各河道及陆道，至南宁集中。粤军一部溯西江而上，至浔州集中。其一部由梧州，经罗定至高州集中。

国境外之作战线，滇军主力由滇越铁道，经老街、安拜、山西，以向河内。其一部由开化方面，经河阳、宣光、山西，以向河内。桂军主力由上思方面，经凉［谅］山、北宁，以向河内。其一部由归顺经高平、太原，以向河内。粤军一部经芒街、紧尹、西林，以向河内。

火　作战区域

对英方面，川军主力出腾冲方面，担任腾冲府以北至云龙附近地域。其一部出维西、阿墩方面，担任云龙以北至杂瑜附近地域。滇军主力出缅宁方面，担任该地附近地域。其一部出龙陵方面，担任腾冲府以南至永康附近地域。黔军于普洱集中后，以一部担任镇边附近地域，以一部担任思茅附近地域。粤军则担任广东海岸线之防御。

对法方面，滇军以主力出河口，担任红河主流两岸附近地域。其一部出船头，沿盘龙江，担任宣光附近地域。桂军以主力出凉［谅］山，担任沿桂粤铁道附近地域。其一部出归顺，担任高平、保乐方面地域。粤军一部出芒街，担任东京湾沿海一带地域。其主力担任北海及广州湾一带地域。

水　作战目标

对英方面，以密支那、新街为川军之第一次作战目标。以腊戍为滇军之第一次作战目标。以肯伦为黔军之第一次作战目标。然后各军联合以曼达来为共同之主要作战目标。

对法方面，滇军主力则以安拜，其一部则以河阳，桂军主力则以谅山，其一部则以高平、保乐，粤军则以芒街为第一次作战目标。而第一次作战目标得手后，滇军全部则以兴化，桂军主力则以拖林，其一部则以太原，粤军则以紧尹为第二次作战目标。而第二次作战目标得手后，滇军则以山西，桂军全部则以北宁，粤军则以西林为第三次作战目标。以上各目标得手后，各军均以河内为大会战共同之主要作战目标。

第二编　计划要领

第一章　对英作战

对英作战，因彼我兵力上、交通上、形势上之比较，及其他种种之关系，我军战略上之决心，宜取攻势防御。其应计划之事项如下：

一、联合军之战斗序列及其区分。

二、联合军之集中掩护阵地及集中掩护方略。

三、联合军之集中地及集中方略。

四、联合军之作战计划。

五、联合军之兵站设置计划。

第一节　联合军之战斗序列及其区分

一、对英联合军之战斗序列如下：详列附表第一。

二、对英作战联合军之区分如下：

甲　云南迤西南沿边联合军之区分

右翼军

长陆军上（中）将某

川军第一师

川军第二师

中央军

长陆军上（中）将某

滇军第一师

滇军第二师

左翼军

长陆军中将某

黔军独立师

总预备队

川军第三师

滇军第三师

乙　广东沿海联合军之区分

右翼军

长陆军上（中）将某

桂军第一师

桂军第二师

左翼军

长陆军上（中）将某

粤军第一师

粤军第二师

总预备队

桂军第三师

粤军第三师

第二节　联合军之集中掩护阵地及集中掩护方略

对英作战集中掩护方略

滇军之先遣各部队，应于云南迤西南沿边国境线上之各要点，迅速占领阵地，防御英（军）之侵入，以掩护滇、川两军于大理、丽江、缅宁集中，黔军于普洱集中，粤、桂两军之先遣各部队，应占领广东沿海各上陆点，防止英军之上陆。海军则警备西江航路，以掩护粤军于广州、肇庆，桂军于南宁、浔州集中。

处置

一、由永昌驻屯之滇军内派遣一支队步兵二营之基干向腾冲方面，占领猛戛、蛮允、腊撤、猛卯、黑山门、猛板线，以扼滇缅大道。

二、由大理驻屯之滇军内，派遣一支队（兵力同上）向缅宁方面，占领芹菜塘、了口、岩桥、孟定、猛董线，以扼由腊戍至顺宁大道。

三、由普洱驻屯之军队内，派遣一支队（兵力同上）向镇边及思茅方面，占领西盟、孟连、猛满、顶真、猛龙线，以扼由缅甸至镇边及至思茅大道。

四、由丽江驻屯之军队内，派遣一支队（步兵一营之基干）向维西、阿墩方面，占领杨渣、菖蒲筒附近，以扼由印度阿萨密侵入川边大道。

五、由广东驻屯之粤军内，派遣一支队（步兵一团之基干）向九龙方面，占领横山头附近，以扼九龙至广州大道。

六、由肇庆驻屯之粤军内，派遣一支队（步兵一团之基干），以扼守电白、阳江、海晏、新会附近各上陆点。

七、由南宁驻屯之桂军内，派遣一支队步兵二营之基干，向钦、廉方面，以扼北海、龙门各上陆点。

八、集合广东现有之水师于虎门、大产澳附近海面，以扼西江出口。

九、于应占领之各要点，为掩护阵地之防御编成，并实施假备筑城工事，以期防御线之巩固持久。

十、修筑由各集中地至各集中掩护地之军路，以期掩护之动作敏捷。

理由

一、集中掩护阵地，若选定于国境线外，无论攻势作战、守势作战，于战略上均属有利。然为彼我地形上之比较则我难而彼易，交通上之比较则彼速则[而]我缓，兵力上之比较则彼优而我劣。故我掩护队不惟难于迅速越我国境，即能迅速越我国境，亦不免于各个击破。

二、若退于国境线内，于永昌、顺宁、普洱、维西、阿墩等处选定掩护阵地，则英军必先占领我沿边各要地，以擅先制之利，于士气上亦多影响，不惟我军将来难于移转攻势，而集中地与集中掩护地之距离过近，目前之集中动作亦属危险。

三、于国境线上选定掩护阵地，既无第一理由有不可能之势，更无第二理由【有】集中动作之危险，故于国境线上选定防御阵地最为有利。

四、山地作战，防止敌人之侵入，则以扼制往来敌境之交通路为原则。故掩护阵地须选定于彼我往来道路附近，不必于沿边为一连之全线配备，既可节省兵力，作为移转攻势之预备队，而防守亦固。

五、云南沿边，地方贫瘠，给养困难，阵地后方，必有比较繁盛之部落，则后方补给方易为力，故于沿边各市镇附近最为适宜。

六、香港为英东方海军根据地，一旦有事，英军必以海陆主力向我广东沿海企图上陆。故于各上陆点为特［持］久防御，以待我桂、粤两军主力集中，然后为击攘敌军之动作。

七、西江航路为我桂、粤两军之主要策线，若虎门、大产澳附近海面为英海军所制，则广州既陷于危险之地位，而西江航路亦受其胁威，集中动作难期安全。

八、川、黔、桂各省距滇边窎远，而道路崎岖，交通阻塞，各军至集中地，非经月余之行程，难达目的地。英军则朝发夕至，我军则缓不济急。斯时欲集中各军，秩序整然，不受敌之压迫扰乱，必择有坚固之掩护阵地为持久之掩护战斗，以待各军之齐集不为功。然欲掩护阵地之坚固持久，须于平时为详密之防御编成，尤须实施假借筑城工事。

九、由集中地至集中掩护阵地之道路，必完全整备，则掩护动作方能敏活迅速，而占先制之利。

第三节　联合军之集中地及集中方略（附各军行军计划表）

对英作战联合军之集中方略

联合军为迅速开往云南迤西南沿边战地及广东沿海各上陆点附近，以防御英军之侵入，各军应分途前进，于云南之大理、丽江、缅宁、普洱，广东之广州、肇庆，广西之南宁、浔州集中。

处置

一、川军主力，以川滇大道为行军路线，由成都经嘉定、叙府、昭通、东川、嵩明、昆明、楚雄，至大理集中。其一部以由成都经邛州、雅州、宁远、盐源、永北，至丽江大道为行军路线，至丽江集中。

二、滇军主力，以由云南省城，经楚雄、景东，至缅宁大道为行军路线，至缅宁集中。其一部以迤西大道为行军路线，至大理集中。

三、黔军以滇黔大道为行军路线，由贵阳经安顺、普安、沾益、嵩明、昆明、呈贡、新兴、元江、他郎，至普洱集中。

四、桂军利用西江、离［漓］江、柳江各水路，至南宁、浔州集中。

五、粤军利用各河道水路，其主力至广州集中，其一部至肇庆集中。

六、川军以嘉定、叙府、昭通、东川、嵩明、昆明、楚雄、大理、邛州、雅州、宁远、会理、盐源、永北、丽江，滇军以昆明、楚雄、大理、永昌、景东、缅宁，黔军以贵阳、安顺、普安、沾益、昆明、呈贡、新兴、元江、他郎、普洱，桂军以南宁、浔州，粤军以广州、肇庆各地为兵站地，设置积集仓库为行军粮秣之补给。

七、川、滇、黔、桂各军于各兵站地设军马局及军马分局，对［封］雇驼马。桂、粤两军于各兵站地设碇泊场，搜集船舶，以便行军输送。

理由

一、大理西出腾、永，南出缅宁，北出丽江，为西防战地之交通轴。地形开厂［敞］，物资殷实，且距滇、川两军担任之作战区域，及其平时驻屯地亦属捷径，以之为滇军一部及川军之集中地甚为有利。

二、丽江北通中、维，西连云龙，为川军作战区域内之战略要点，距川军平时驻屯地亦属捷径，且行军路之关系上，大军出动，有分进之必要，以之为川军一部之集中地最为适宜。

三、缅宁为预想英【军】主力之侵入方向，我军作战亦于此方面运用主力，我滇军第二、三师与其由平时驻屯地至大理集中，更绕道经蒙化、顺宁至缅宁，不若经楚雄、景东，径至缅宁之为便捷。故因作战上兵力之使用缅宁，亦为集中地之适当者。

四、镇边、思茅方面，为黔军担任之作战区域，普洱适为往来此二地之交通点，且由黔军之平时驻屯地，至西防战地，既为正道，亦属捷径，于此集中甚属适当。

五、九龙、新会、海晏、阳江、电白、钦州、廉州为预想英（军）之上陆地，而由广州、肇庆、南宁、浔州至各上陆点，交通既便，距离较近，故桂、粤两军于此集中最为有利。

六、山地作战，宿营给养，均属困难。以其无宽阔之市镇及殷富之物资，沿途行军，若临时征集粮秣，殊为不便，故设仓库，预为准备，以免临时动滋纷扰。

七、山地作战，道路艰险，行军输送，端赖驼载，封雇驼马，实为滇、川、黔行军第一要图。至桂、粤则水路交通较便，桂、粤两军输送多需船舶。故于滇、川、黔各军则设军马局，桂、粤两军则设碇泊场，以专其成，临时方无贻误。

川军行军计划表

经路		北路 由成都经雅州、盐源至丽江		南路 由川滇大道经省城至大理	
部队号		第一师①		第二、三师	
宿营地及里程		宿营地	里 程	宿营地	里 程
日次	第一日	新 津	九十里	新 津	九十里
	第二日	邛 州	九十里	眉 州	九十里
	第三日	白 站	八十里	青 神	九十里
	第四日	雅 州	八十里	嘉 定	九十里
	第五日	施家桥	七十里	竹根滩	六十里
	第六日	黄泥铺	六十里	犍 为	九十里
	第七日	清 溪	七十里	牛屎坪	八十里
	第八日	大树铺	八十里	叙 府	六十里
	第九日	坪 越	六十里	安 边	九十里
	第十日	海 棠	七十里	横 江	六十里
	十一日	宝 安	六十里	捧印村	六十里
	十二日	越 隽	七十里	滩头泥	八十里
	十三日	白羊坝	四十里	生基坪	七十里
	十四日	泸 沽	八十里	老鸦滩	七十里
	十五日	冕 山	七十里	豆沙关	六十里
	十六日	理 州	六十里	吉利铺	七十里
	十七日	宁 远	四十里	大湾子	七十里
	十八日	河 西	四十里	大关厅	七十里
	十九日	得力铺	六十里	五 寨	七十里
	二十日	禄马铺	六十里	昭 通	一百里
	二一日	药草坪	七十里	桃 源	六十里
	二二日	萝 盘	六十里	江 底	六十里

①原编者注：北部部队号南路部队号，原空缺，兹据原书籍98页后附表补遗。

日	二三日	永　北	九十里	野车汛	六十里
	二四日	大花树	六十里	红石岩	八十里
	二五日	大湾子	六十里	东　川	七十里
	二六日	梓里江	七十里	照　鸡	九十里
	二七日	老　毂	六十里	赖头坡	七十里
	二八日	丽　江	六十里	小龙潭	六十里
	二九日			泖树河	五十里
	三十日			羊　街	七十里
	三一日			杨　林	六十里
	三二日			板　桥	六十里
	三三日			云　南	四十里
	三四日			安　宁	七十里
	三五日			老鸦关	八十里
	三六日			禄　丰	七十五里
	三七日			舍　资	九十里
	三八日			广　通	六十五里
	三九日			楚　雄	七十里
	四十日			吕　合	六十里
	四一日			沙　桥	六十五里
	四二日			普　棚	九十五里
	四三日			云南驿	七十里
	四四日			红　岩	七十里
	四五日			赵　州	七十里
	四六日			大　理	六十五里
附记	一、本军南北两路，第一日出发地，均由成都省城。 一、本表南路，由眉州至叙府六站系水道，但沿岸亦可陆行。此外，由成都经杨家街，资州、贡井至叙府，陆行亦便。 一、本表北路，由河西至永北五站，山路崎岖，人少地宽。处莪[1]。				

①原编者注：原文如此。

滇军行军计划表

经路		北路 由迤西大道经楚雄至大理		南路 经楚雄、景东至缅宁	
部队号		第一师		第一混成旅	
宿营地及里程		宿营地	里　程	宿营地	里　程
日次	第一日	安　宁	七十里	安　宁	七十里
	第二日	老鸦关	七十里	老鸦关	七十里
	第三日	禄　丰	七十五里	禄　丰	七十五里
	第四日	舍　资	九十里	舍　资	九十里
	第五日	广　通	六十里	广　通	六十里
	第六日	楚　雄	七十里	楚　雄	七十里
	第七日	吕　合	六十里	八　哨	九十里
	第八日	沙　桥	六十里	大马街	六十里
	第九日	普　棚	九十五里	虎　街	七十五里
	第十日	云南驿	七十里	景　东	七十里
	十一日	红　岩	七十里	猛　定	七十五里
	十二日	赵　州	七十里	亮　山	九十五里
	十三日	大　理	六十里	猛　麻	六十五里
	（十四日）			横水塘	六十五里
	（十五日）			缅　宁	六十里
附记	第一日出发地，由云南省城。				

黔军行军计划表

经路		由滇黔大道，经安顺、云南省城、呈贡、元江、他郎，至普洱。					
部队号		独立师					
宿营地及里程		宿营地	里　程	宿营地及里程		宿营地	里　程
	第一日	清　镇	五五里		十九日	板　桥	六十里
日	第二日	安　平	六十里	日	二十日	昆　明	四十里
	第三日	安　顺	八五里		二一日	晋　宁	八十里
	第四日	镇　宁	六十里		二二日	火烧铺	六十里
	第五日	坡　贡	六五里		二三日	新　兴	六十里
	第六日	郎　岱	六三里		二四日	嶍　峩	五十里
	第七日	毛　口	四五里		二五日	羊毛冲	六十里
	第八日	花　贡	四五里		二六日	杨武坝	六十里
	第九日	罐子窑	四八里		二七日	青龙厂	七十里
	第十日	杨　松	五十里		二八日	元　江	六十里
	十一日	两头河	五八里		二九日	暮　浪	五十里
	十二日	亦资孔	五五里		三十日	背阴山	六十里
	十三日	平　彝	五十里		三一日	他　郎	五十里
次	十四日	白　水	六十里	次	三二日	胆鲁坪	七十里
	十五日	沾　益	一五里		三三日	通　关	六十里
	十六日	马　龙	七三里		三四日	花　边	六十里
	十七日	易　隆	八七里		三五日	磨　黑	六十里
	十八日	杨　林	七三里		三六日	普　洱	六十里
附　记		本师第一日出发地，由贵州省城。					

第四节　联合军之作战计划

作战方针

于陆上增大云南迤西南沿边之防御力，以腾冲以北，至川边杂瑜一带为防势地区，控扼高黎贡山脉，及怒、俅、澜沧各江之诸隘路，防支英军之助攻部队。以腾冲以南，至思茅一带为攻势地区，集合多数之兵力，于缅宁、腾冲、永康、镇边、思茅等地附近，相机移转攻势，以击破英军之主攻部队。于海上巩固广东沿海之防御力，以拒止英军之上陆部队。

处置

一、于怒江沿岸选定防御地点，以集中于丽江之川军，任云龙以北，至杂瑜一带防势地区之守御。

二、以集中于大理之川军主力，出腾冲方面，以其一部任云龙以南，腾冲以北防势地区之守御，以其主力任腾冲以南，龙陵以北攻势地区之守御。

三、以集中于大理之滇军，经永昌，出永康方面，任龙陵以南，缅宁以北攻势地区之守御。

四、由景东至缅宁集中之滇军主力，任缅宁附近攻势地区之守御。

五、以集中于普洱之黔军，出镇边、思茅方面，任缅宁以南，思茅以北攻势地区之守御。

六、合以上川、滇、黔各军，任命一统一指挥官，于云南迤西南沿边独立作战。

七、以集中于南宁、浔州之桂军，出钦、廉一带，任龙门、北海各上陆点之防御。

八、以于广州、肇庆集中之粤军，任九龙、新安、虎门、新会、海晏、阳江、电白各上陆点之防御。

九、合以上桂、粤两军，任命一统一指挥官，于广东沿海独立作战。

十、集合广东现有之水师，于虎门、大产澳附近，防御西江出口一带海面，但归粤军司令官指挥调遣。

十一、以各军之集中行军路为各军之兵站线，设置兵站部，以期后方之补给敏活。

理由

一、于敌情上彼我兵力之比较，则英军优势而我劣势。加以交通机关迟速之关系，英本部欧兵以三周间之时日，即可集中于曼达来。而我川黔桂之兵，必月余始能达集中地，欲为攻势作战，殊非易易。

二、滇边山脉绵亘，河川纵横，而雄关险隘，随地散在。果能利用地形，画防御之能事，自能以劣势之兵力，扼优势之敌。

三、西南为民国全局之保障，而云南又为西南之保障，但能防止英军之侵入，以杆［捍］卫民国之安全，即达我西南诸省之任务。若取攻势，举我西南诸省尽有之武力，以席卷缅、印，既非易事，亦非任务所在。

四、云南迤西沿边，由云龙以北，至川边杂瑜一带，有高黎贡山脉，及怒、俅、澜沧诸江流纵贯其间，成为天然之障碍。敌军主力断难运用于此方面，我以少数兵力即可扼守，以之为防势地带，最为适宜。

五、腾冲以南，以迄思茅，山势较为平衍，交通稍形便利。各土司住民地亦稍开厂［敞］，且距英军对我之主力作战目标之云南省城，亦属捷径，英军主力必运用于此方面。查目下缅宁方面英军之配备，及其交通之整备，已可推知其主力运用之方向即为其全体之重点。我能突破其重点，则其全体组织自然崩解，故以此方面为攻势地区，于敌情、地形，均属有利。

六、英以海军争雄于世界者也。一旦有事，彼必利用海上输送之便利，举海陆主力以向我沿海各要地。则缅、印方面之陆正面，必形单弱，我军即乘隙捣虚，为攻势移转，甚属有利。

七、香港为英东方之海军根据地，平和破裂，战争开始，彼必首先于广东沿岸海陆并进，企图上陆，占领各要地，以威慑我沿海诸省。故广东沿海之防御，较缅、印方面之陆正面尤为重要。

八、广州为广东全省政治上及商务上之中心，于全国志气上有莫大之关系，适为英军海上作战之主要作战目标，故集我水师之全力，以防御西江海口，实属重要。

九、滇与桂、粤相距辽远，且交通不便，欲合云南方面与两广方面之联合军，为全般［盘］统一之指挥，殊属困难，故两方面均须独立作战，各设一总司令官以指挥之。

十、大军作战，因给养之关系，愈加困难，于山地尤然，故各作战军须于其后方联络线，设置兵站，俾给养输送，不至贻误，以增长各军之战斗力。

第五节　联合军之兵站设置计划（附各军兵站组织略图）

甲　兵站线之选定

一、川军兵站线，分南北二路，南路由成都经嘉定、叙府、昭通、东川、寻甸、嵩明、昆明、楚雄、大理、永昌至腾冲，北路由成都经邛州、雅州、宁远、盐源、永北、丽江至维西、阿墩。

二、滇军兵站线，亦分南北二路，南路由云南省城，经楚雄、景东、缅宁至孟定，北路由云南省城经楚雄、大理、永昌至永康。

三、黔军兵站线，由贵阳经安顺、普安、沾益、嵩明、昆明、呈贡、新兴、元江、他郎、普洱，至镇边、思茅。

四、桂军兵站线，分东西二路，东路由浔州，经郁林、博白至廉州，西路由南宁，经太平墟、三龙圩至钦州。

五、粤军兵站线，亦分东西二路，东路由广州，经虎门、新安至九龙，西路由广州，经夏河、肇庆、新兴、阳春至阳江、电白。

六、我军攻势转移侵入敌境后，则各军兵站线之延长，须根据各军之作战线，及应于当时之情况计划设置。

乙　兵站线主要点（基地积集场、主地、末地等）之选定

一、川军兵站线主要点之选定如下：

兵站基地　成都。

积集场　南路嘉定、叙府、昭通、东川、嵩明、昆明、楚雄，北路邛州、雅州、宁远、盐源、永北。

兵站主地　南路大理，北路丽江。

兵站末地　南路腾冲，北路维西、阿墩。

二、滇军兵站线主要点之选定如下：

兵站基地　昆明。

积集场　南路楚雄、景东，北路楚雄、大理、永昌。

兵站主地　南路缅宁，北路永昌。

兵站末地　南路孟定，北路永康。

三、黔军兵站线主要点之选定如下：

兵站基地　贵阳。

积集场　安顺、普安、沾益、嵩明、昆明、呈贡、新兴、元江、他郎。

兵站主地　普洱。

兵站末地　镇边、思茅。

四、桂军兵站线主要点之选定如下：

兵站基地　南宁。

积集场　东路浔州、郁林、博白，西路太平墟、三龙圩。

兵站主地　东路郁林、西路三龙圩。

兵站末地　东路廉州，西路钦州。

五、粤军兵站线主要点之选定如下：

兵站基地　广州。

积集场　东路虎门、新安，西路夏河、肇庆、新安、阳春。

兵站主地　东路新安，西路肇庆。

兵站末地　东路横山头，西路阳江、电白。

丙　兵站管区之划分

一、某军兵站线所经过之地区，即为该军兵站管区。其区内之警备，即由该军自行担任。

二、各军共同兵站线所经过之地区，即为各军共同之兵站管区，但区内之警备，则择一军担任。

丁　兵站之编成及兵站各机关之设置地点

一、兵站之编成如下①：

云南方面联合军兵站总监：川军　滇军　黔军

（川军）：兵站监　运输通信长官　野战监督长官　野战卫生长官

（兵站监）：兵站长　兵站经理部长　兵站军医部长　兵站兽医部长
兵站电信部长　军邮便部长　民政官吏

（兵站长）：兵站守备队　输送监视队　兵站粮食纵列　兵站弹药纵列

兵站经理部长）：兵站仓库长

（兵站军医部长）：患者输送部长　卫生预备员　兵站医院

（兵站兽医部长）：预备马厂长　兵站病马厂长

（兵站电信部长）：兵站电信队

（军邮便部长）：邮便监查　邮便吏

（运输通信长官）：输送事务　通信事务

（输送事务）：道路输送　水路输送

（水路输送）：碇泊场司令官　碇泊场出张所长

（碇泊场出张所长）：监督将校　船长

（道路输送）：军马局长

（通信事务）：野战高等电信长　野战高等邮便长

（滇军）：兵站监　运输通信长官　野战监督长官　野战卫生长官

---

①原编者注：以下原文为一张表，因不便于排版，由编者按表中意思改编成如下格式。

（兵站监）：兵站长　兵站经理部长　兵站军医部长　兵站兽医部长
兵站电信部长　军邮便部长　民政官吏
（兵站长）：兵站守备队　输送监视队　兵站粮食纵列　兵站弹药纵列
（兵站经理部长）：兵站仓库长
（兵站军医部长）：患者输送部长　卫生预备员　兵站医院
（兵站兽医部长）：预备马厂长　兵站病马厂长
（兵站电信部长）：兵站电信队
（军邮便部长）：邮便监查　邮便吏
（运输通信长官）：输送事务　通信事务
（输送事务）：道路输送　军马局长
（通信事务）：野战高等电信长　野战高等邮便长
（黔军）：兵站监　运输通信长官　野战监督长官　野战卫生长官
（兵站监）：兵站长　兵站经理部长　兵站军医部长　兵站兽医部长
兵站电信部长　军邮便部长　民政官吏
（兵站长）：兵站守备队　输送监视队　兵站粮食纵列　兵站弹药纵列
（兵站经理部长）：兵站仓库长
（兵站军医部长）：患者输送部长　卫生预备员　兵站病院
（兵站兽医部长）：预备马厂长　兵站病马厂长
（兵站电信部长）：兵站电信队
（军邮便部长）：邮便监督　邮便吏
（运输通信长官）：输送事务　通信事务
（输送事务）：道路输送　军马局长
（通信事务）：野战高等电信长　野战高等邮便长

广东方面联合军兵站总监：桂军　粤军

（桂军）：兵站监　运输通信长官　野战监督长官　野战卫生长官
（兵站监）：兵站长　兵站经理部长　兵站军医部长　兵站兽医部长
兵站电信部长　军邮便部长　民政官吏
（兵站长）：兵站守备队　输送监视队　兵站粮食纵列　兵站弹药纵列
（兵站经理部长）：兵站仓库长
（兵站军医部长）：患者输送部长　卫生预备员　兵站医院
（兵站兽医部长）：预备马厂长　兵站病马厂长
（兵站电信部长）：兵站电信队
（军邮便部长）：邮便监查　邮便吏

（运输通信长官）：输送事务　通信事务

（输送事务）：水路输送：碇泊场司令官　碇泊场出张所　监督将校　船长

（通信事务）：野战高等电信长　野战高等邮便长

（粤军）：兵站监　运输通信长官　野战监督长官　野战卫生长官

（兵站监）：兵站长　兵站经理部长　兵站军医部长　兵站兽医部长　兵站电信部长　军邮便部长　民政官吏

（兵站长）：兵站守备队　输送监视队　兵站粮食纵列　兵站弹药纵列

（兵站经理部长）：兵站仓库长

（兵站军医部长）：患者输送部长　卫生预备员　兵站医院

（兵站兽医部长）：预备马厂长　兵站病马厂长

（兵站电信部长）：兵站电信队

（军邮便部长）：邮便监查　邮便吏

（运输通信长官）：输送事务　通信事务

（输送事务）：铁道输送　水路输送

（铁道输送）：线区司令官　铁道提理　停车场司令官

（水路输送）：碇泊场司令官　碇泊场出张所　监督将校　船长

（通信事务）：野战高等电信长　野战高等邮便长

二、兵站各机关之设置地点如下：

1. 兵站总监部　设于云南昆明及广东广州。

2. 各军之兵站监部　设于各军之兵站主地，但一军分两兵站路，有两兵站主地者，则择其适中者设置。

3. 各军之兵站司令部　设于各军之各兵站地及积集场。

4. 其他兵站所属各机关，概由各军之兵站监应于各地之情形及当时之情况，斟酌设置。

第二章　对法作战

对法作战，因彼我兵力上、交通上、形势上之比较，优劣利害大略相等，我军战略上之决心，宜纯取攻势。其应计划之事项如下：

一、联合军之战斗序列及其区分。

二、联合军之集中掩护阵地及集中掩护方略。

三、联合军之集中地及集中方略。

四、联合军之作战计划。

五、联合军之兵站设置计划。

第一节　联合军之战斗序列及其区分

一、联合军之战斗序列如下：

详列附表第二

二、联合军之区分如下：

甲　云南沿边联合军之区分

右翼军

长陆军上（中）将某

滇军第一师之一部（约一混成旅）

右翼军之右翼别动队

长陆军少将某

滇军第一师之一部（约一混成旅）

中央军

长陆军上（中）将某

川军第一师

川军第二师

左翼军

长陆军中将某

黔军独立师

总预备队

滇军第三师

川军第三师

乙　桂粤沿边联合军之区分

右翼军

长陆军上（中）将某

右翼军中央纵队

长陆军中将某

桂军第一师

右翼军右翼纵队

长陆军少将某

桂军第三师之一部（约一混成旅）

右翼军左翼纵队

长陆军中将某

桂军第二师

左翼军

长陆军上（中）将某

左翼军右翼纵队

长陆军少将某

粤军第一师之一部（约一混成旅）

左翼军中央纵队

长陆军少将某

粤军第一师之一部（约一混成旅）

左翼军左翼纵队

长陆军中将某

粤军第二师

总预备队

粤军第三师

桂军第三师之一部（约一混成旅）

第二节　联合军之集中掩护阵地及集中掩护方略

对法作战集中掩护方略

滇、桂两军之先遣部队应于滇、桂沿边国境线上之各要点，粤军之先遣部队应于广东沿海各上陆点，迅速占领阵地，以掩护滇军于蒙自，川军于开化，黔军于普厅，桂军于南宁集中。

处置

一、由云南蒙自或临安驻屯之军队内派遣一支队（步兵一团之基干），以援助河口驻屯之各部队占领河口附近，以扼滇、越水陆交通之正道。

二、由云南开化驻屯之军队内派遣一支队（步兵一团之基干），以一部占领马白附近，以主力占领麻栗坡附近，以扼河阳方面滇、越交通之大道。

三、由云南广南驻屯之军队内派遣一支队（步兵一营之基干），占领田蓬附近，以扼保乐方面滇越交通之大道。

四、由广西归顺驻屯之军队内派遣一支队（步兵二营之基干），占领陇邦、平孟附近，以扼高平方面桂、越交通之大道。

五、由广西龙州驻屯之军队内派遣一支队（步兵一团之基干），占领水口、平面、镇南三关，以扼桂、越交通之正道。

六、由广西上思或南宁驻屯之军队内派遣一支队（步兵二营之基干），占领隘店附近，以扼上思方面桂、越交通之大道。

七、以广东钦州驻屯之军队占领东兴、白马附近，以扼沿海一带粤、越交通之大道。

八、以广东廉州驻屯之军队占领北海附近，高、雷驻屯之军队占领广州湾附近，以扼海岸之各上陆点。

九、集合广东现有之水师于虎门、大产澳附近海面，以扼西江出口。

十、于国境线上及上陆点应占领之各要地，为掩护阵地之防御编成，并实施假备筑城工事。

十一、整备由各集中地至各集中掩护阵地之交通网。

理由

一、攻势作战，我集中掩护部队若能迅速超越国境，于敌境占领阵地，则将来前进甚属有利。惟越地交通较我滇、桂既形便利，则法军先遣部队之集合于国境，亦必较我迅速。我军欲超越国境，以占先制之利，殊非易易。

二、我交通机关，较越地既属迟缓，则我迅速集合于国境上之掩护部队，必为劣势，以之进入敌境，占领阵地，势必惹起彼我掩护部队剧烈之战斗，不免有各个击破之危险。

三、若因我交通机关之弱点，后退于国防线内选定掩护阵地，则法军必将迅速进据我国境线上之各要点，以占先制之利。斯时不惟于我军将来攻势作战大为不利，而集中地与掩护阵地之距离过近，目前之集中运动亦非安全。[①]

四、欲使掩护动作敏活迅速，则由集中地至掩护阵地之交通网，须预为整备，否则道路阻塞，运动困难，必至缓不济急，而失先制之利。

①原编者注：此处以下删除“三、其他驻防东方各要地者数十万……滇省可得三师，川省……”一长段文字。因与本文第一编第三章中的第 24 行至第 39 行文字完全相同，显系误植。

第三节　联合军之集中地及集中方略（附各军行军计划表）

对法作战联合军之集中方略

联合军以击攘法军之目的，迅速开往滇、桂沿边战地，及广东沿海各上陆点附近战地。各军应分途前进，于云南之蒙自、开化、普厅，广西之南宁、浔州，广东之高州等处集中。

处置

一、滇军以滇越铁道为输送行军路线，以由云南省城，经呈贡、晋宁、新兴、通海、临安，至蒙自大道，为徒步行军路线，至蒙自集中。

二、川军以川滇大道为行军路线，由成都，经资州、泸州、叙永、毕节、威宁、曲靖、陆凉、弥勒、大江边，至开化集中。

三、黔军以由贵阳，经安顺、兴义，至广南大道为行军路线，至普厅集中。

四、桂军利用各河道为输送行军路线，各陆路为徒步行军路线，至南宁集中。

五、粤军利用西江航路为输送行军路线，其主力至浔州集中，其一部至高州集中。

六、滇军以滇越铁道线路之省城、阿弥、蒙自各车站，陆路之呈贡、新兴、通海、临安，川军以资州、泸州、叙永、毕节、威宁、曲靖、陆凉、弥勒、大江边、开化，黔军以贵阳、安顺、兴义、广南、普厅，桂军以桂林、平乐、梧州、浔州、南宁，粤军以广州、肇庆、梧州、浔州、罗定、高州各地为兵站地，设置积集仓库，以便行军粮秣之补给。

七、川、滇、黔各军于各兵站地设军马局及军马分局，封雇驼马。桂、粤两军于各兵站地设碇泊场，搜集船舶，以便行军输送。

理由

一、蒙自密迩越境，有铁道运输之便，为云南南防交通之辐辏点，适当法军对滇主力使用之方向，滇军于此集中，则攻击开始时，于战略上攻击方向，我军主力之使用甚属便利。

二、开化于交通上虽不逮蒙自，然密迩越境，适当河阳方面法军之冲，与蒙自有同一之价值，且距川军担任之作战区域及平时驻屯地较属捷径，川军于此集中甚为适宜。

三、普厅地形虽较广南稍狭，然交通既便，且接近越境，以之为攻势作战之集中地最为有利，且黔军兵力较少，虽地形稍狭，亦无妨碍。

四、南宁西顾百色、龙州，南出上思，东连浔、梧，而沿边各路，自归顺以迄钦、廉，均以南宁为居中策应之点，既为谅山方面法军主力之作战目标，复为桂军主力集结之所，且对于沿边最为适中。桂军于此集中，于攻势作战兵力使用上甚属有利。

五、浔州位左右两江之汇［会］流，扼西江之中枢，西出钦、廉，南出高、雷，对于东京湾沿岸之攻势作战，及对于广州湾沿岸之防御作战，均为策应之点。粤军主力于此集中，最为适宜。至高州适当法军于广州湾上陆之冲，粤军一部于此集中，于兵力使用上尤属便利。

六、川、滇、黔各陆路均属山地，大军作战，给养困难，沿途行【军粮】秣，须预为征集准备，故设积集仓库，广为储蓄，则临时方免缺乏。

七、川、滇、黔道路艰险，行军输送，端赖驼载。至桂、粤则以水路输送为主要，多需船舶，故于川、滇、黔各军设军马局，于【桂、粤】两军设碇泊场，以专其成，则临时方免贻误。

滇军行军计划表

<table>
<tr><td colspan="2">经路</td><td colspan="6">由省城经呈贡、通海、临安至蒙自。</td></tr>
<tr><td colspan="2">部队号</td><td colspan="6">第一师及第二混成旅</td></tr>
<tr><td colspan="2">宿营地
及里程</td><td>宿营地</td><td>里　程</td><td colspan="2">宿营地
及里程</td><td>宿营地</td><td>里　程</td></tr>
<tr><td rowspan="5">日

次</td><td>第一日</td><td>呈　贡</td><td>四十里</td><td rowspan="5">日

次</td><td>第六日</td><td>临　安</td><td>九十五里</td></tr>
<tr><td>第二日</td><td>化乐村</td><td>七十里</td><td>第七日</td><td>攀枝花</td><td>八十里</td></tr>
<tr><td>第三日</td><td>海门桥</td><td>七十里</td><td>第八日</td><td>鸡　街</td><td>七十七里</td></tr>
<tr><td>第四日</td><td>通　海</td><td>六十里</td><td>第九日</td><td>蒙　自</td><td>六十里</td></tr>
<tr><td>第五日</td><td>广　驿</td><td>六十里</td><td></td><td></td><td></td></tr>
<tr><td colspan="2">附　记</td><td colspan="6">第一日出发地，由云南省城。</td></tr>
</table>

川军行军计划表

经路		由成都经过泸州、永宁、曲靖至开化。					
部队号		第一、二、三师					
宿营地及里程		宿营地	里　程	宿营地及里程		宿营地	里　程
	第一日	茶店子	八十里		二十日	坪山铺	六十里
日	第二日	杨家街	百　里	日	二一日	戚家湾	七十里
	第三日	南郡邑	百　里		二二日	回水塘	七五里
	第四日	资　州	百　里		二三日	威宁州	七十里
	第五日	内　江	九十里		二四日	金斗铺	六十里
	第六日	龙　昌	百　里		二五日	绱塘泥	八十里
	第七日	瓦　厂	九十里		二六日	宜威州	七十里
	第八日	泸　州	五十里		二七日	马　龙	八十里
	第九日	纳　溪	四十里		二八日	沾　益	百　里
	第十日	大同驿	九十里		二九日	曲　靖	四十里
	十一日	马　岭	八五里		三十日	越　州	六十里
	十二日	永　宁	七五里		三一日	马　街	八十里
	十三日	双　牛	六十里		三二日	赵　跨	四十里
	十四日	黄　泥	七十里		三三日	广　西	八十里
	十五日	赤水河	六五里		三四日	枯　树	七十里
	十六日	白　岩	四十里		三五日	竹　园	七十里
次	十七日	金银山	五十里	次	三六日	佩养龙	八十里
	十八日	毕　节	五五里		三七日	石榴红	八十里
	十九日	高山铺	六十里		三八日	开　化	八十里
附　记		各师第一日出发地，均由成都省城。					

第四节　联合军之作战计划

作战方针

于陆上集多数之兵力于云南、广西沿边，侵入越境，以攻击陆路法军之野战部队。于海上集一部之兵力于广东沿岸，以击攘海路法军之上陆部队。

处置

一、以集中于云南蒙自之滇军主力，沿滇越铁道线出河口，侵入越境之安拜方面。其一部沿黑河流域出猛丁，侵入越境之削笨方面。

二、以集中于云南开化之川军沿盘龙江、沱江，出麻栗坡、马白，侵入越境之河阳方面。

三、以集中于云南普厅之黔军出田蓬，侵入越境之保乐方面。

四、合以上滇、川、黔各军，由一统一指挥机关，于云南方面独立作战。

五、以集中于广西南宁之桂军主力出龙州、上思，侵入越境之谅山方面。其一部出归顺，侵入越境之高平方面。

六、以集中于广西浔州之粤军（约一师）出防城，沿东京湾海岸大道侵入越境之芒街方面。以集中于广东高州之粤军（约一师），任击攘由北海、广州湾法军之上陆部队。其余粤军（约一师）则集结于广、肇附近，任西江下游之防御。

七、合以上桂粤两军，由一统一指挥机关，于桂、粤方面独立作战。

八、集合广东现有之水师于虎门、大产澳附近，任西江出口一带海面之防御。

九、以各军之集中行军路【线】为各军之兵站线，设置兵站部，以便后方之输送补给。

理由

一、越南虽为法殖民之根据，然孤悬于东方，与欧洲大陆相距辽远。其由本国输送军队于东方，加入动员，时日必五十余日始能到达越境，故战斗开始时，实际上彼我兵力之比较，大约相等。我军取攻势作战，不惟无意外之危险，且足以增长志气上之优势。

二、我滇、桂沿边，山谷阻深，险隘林立，若能利用地形，以取防势，固属有利。然比较越地，则我以山地对彼平原，在我有瞰制之利，在彼有下压之虞。且彼我有国境，虽属犬牙相错，然云南制其北，桂、越［粤］制其东，适成为战略包围之弧形。彼主力向东，则云南乘其北，主力向北，则桂、粤乘其东，而收投隙捣虚之便。故取攻势，比较防势，尤属有利。

三、越南为滇、桂、粤之屏蔽，欲保障滇、桂、粤之安全，必恢复越南，始永绝后患。故恢复越南，为西南诸省安危之问题，亦为西南诸省之任务。欲达此任务，必取攻势作战，始克有济。

四、河内、西贡为印度支那著名之大平原，土地膏沃，物产丰富，且水陆交通，均称便利。彼据之则为侵略我西南之根据，我得之则为我西南富强之资源，开滇、桂海上交通之门户，略取而有之，诚为西南万世之利。

五、越南孤悬于东方，法军之后方联络线，仅恃海上一路，稍有阻碍，其本国后援即被中断。不若我后方联络线之多数而安全，于陆正面为攻势作战，必操胜算。

六、云南沿边，预想法军主力之侵入方向，必在蒙自方面，其次莫如开化方面。盖蒙自方面，擅水陆交通之便，而开化方面，亦为滇越交通孔道，大军运动较为便利。故我军主力，亦宜用于此方面，以冲击敌之主力军。主力既破，其他自易崩解。且我两主力军，一出安拜，一出河阳，对于我军则互为侧方之掩护，对于敌军则互为侧面之胁威，于战略上甚属有利。

七、黑河主流，与红河主流，互为平行。以滇军一部出黑河流域，既可掩护我主力军之右侧方，亦可胁威敌主力军【之】左侧方，则我主力自易进攻。

八、保乐、高平，相为掎［犄］角者也。桂军一部进取高平，必受保乐方面法军之胁威，故以黔军出保乐，一方足以与川军连络，一方足以掩护桂军之右侧面。

九、广西沿边，预想法军主力之侵入方面，则在龙州、上思方面。盖法军欲略取其主要作战目标之南宁，必先略取龙州、上思两要点。故桂军主力亦宜用于此方面，以当敌军之主力。而上思方面，我军之主力，尤足以冲击谅山方面敌军之右侧背，而操战略上之胜算。

十、广西沿边之法军主力，虽向龙州、上思方面，而其一部必由高平出归顺、镇安、百色一带，据我左、右江之上游，以胁我主力军之后路。故以桂军一部进取高平，既足以妨害其企图，尤足以掩护我龙州方面主力军之右侧方，俾攻击容易。

十一、粤军虽以防御广东沿海为主要任务，然对法既取攻势作战，东京湾之沿海大道必出一军，一则任略取沿海之各要点，一则任掩护桂军主力之左侧面。

十二、广州湾为法所领有，与西贡、海防互为声援。北海、龙门为广东沿海著名之上陆点，故于此三要点设置重兵，以击攘敌军之上陆部队。

十三、广州为广东全省政治上及商务上之中心，于全国志气上有莫大之关系，适为法海上作战之主要作战目标，故一方集结我陆军于广、肇附进［近］，以巩【固】陆上之防御，一方集我水师于虎门、大产澳附近，以防御西江海口。

十四、滇省沿边，与桂、粤沿边，相距辽远，且交通不便。欲合云南方面与两广方面之联合军，为全般［盘］统一之指挥，殊属困难，故两方面均须独立作战，各设一统一指挥机关以指挥之。

十五、大军作战，给养匪易，于山地尤然。故设置兵站，则后【方】补给，方无贻误。

第五节　联合军之兵站设置计划（附各军兵站组织略同）

甲　兵站线之选定

一、滇军兵站线，以滇越铁道为主要线，而辅以由云南省城经呈贡、晋宁、新兴、通海、临安，至蒙自大道之陆地兵站路。

二、川军兵站缘［线］，由成都经资州、泸州、叙永、毕节、威宁、曲靖、陆凉、弥勒、大江边至开化。

三、黔军兵站线，由贵阳经安顺、兴义、广南至普厅。

四、桂军兵站线，以桂江、西江及左、右两江水路为主要线，以由南宁经太平至龙州为中央陆地兵站路，以由南宁经太平至归顺为右方陆地兵站路，以由南宁至上思为左方陆地兵站路。

五、粤军兵站线，以由广州经肇庆、梧州、浔州水路为主要线，以由浔州经郁林、博白至廉州、钦州为西路陆地兵站路，以由梧州经罗定至高州为东路兵站路。

六、我军侵入敌境后，各军兵站线之延长，则根据各军之作战线，并应于当时之情况计划设置。

乙　兵站线主要点（基地、积集场、主地、末地等）之选定

一、滇军兵站线主要点之选定如下：

兵站基地　昆明

积集场　铁道线：宜良　婆兮　阿迷陆地兵站路：呈贡　新兴　通海　临安

兵站主地　蒙自

兵站末地　河口　猛丁

二、川军兵站线主要点之选定如下：

兵站基地　成都

积集场　资州　泸州　叙永　毕节　威宁　曲靖　陆凉　弥勒

兵站主地　开化

兵站末地　麻栗坡　马白

三、黔军兵站线主要点之选定如下：

兵站基地　贵阳

积集场　安顺　兴义　广南

兵站主地　普厅

兵站末地　普梅

四、桂军兵站线主要点之选定如下：

兵站基地　南宁

积集场　梧州　浔州　太平

兵站主地　龙州　上思

兵站末地　镇南关　思陵　归顺

五、粤军兵站线主要点之选定如下：

兵站基地　广州

积集场　肇庆　梧州　浔州　郁林　博白　廉州　罗定

兵站主地　廉州　高州

兵站末地　防城　北海　化州

丙　兵站管区之划分

各军兵站线所经过之地区，即为各军之兵站管区，其区内之警备，即由各军自行担任。

丁　兵站之编成及兵站各机关之设置地点

一、兵站之编成如下：

云南方面联合军兵站总监①

桂粤方面联合军兵站总监②

①原编者注：此部分内容，几与本文第二编第一章第五节所载“云南方面联合军兵站总监”完全相同，仅“滇军”之部，在“输送事务”项下，增加了以下内容：“铁道输送—铁道提理、线区司令官—停车场司令官”。这里从略。

②原编者注：此部分除标题有所不同外，具体内容与本文第二编第一章第五节所载“广东方面联合军兵站总监”完全相同，故而从略。

二、兵站各机关之设置地点如下：

1. 兵站总监部，设于云南昆明及广西南宁。

2. 各军之兵站监部，设于各军之兵站主地，但一军分两兵站路，有两兵站主地者，则择其适中者设置。

3. 各军之兵站司令部，设于各军之各兵站地及积集场。

4. 其他兵站所属各机关，概由各军之兵站监应于各地之情形及当时之情况，斟酌设置。

第三章　同时对英法作战

同时对英法作战，则彼我交通上、形势上之比较，与对英对法同。惟分兵应付，则兵力上之比较，我军愈形劣势，故战略上之决心，对英方面宜纯取守势，对法方面宜取攻势。其应计划之事项如下：

一、联合军之战斗序列及其区分。

二、联合军之集中掩护阵地及集中掩护方略。

三、联合军之集中地及集中方略。

四、联合军之作战计划。

五、联合军之兵站设置计划。

第一节　联合军之战斗序列及其区分

一、联合军之战斗序列如下：

详列附表第三

二、联合军之区分如下：

甲 对英之方面联合军之区分

一、云南沿边方面

右翼军

长陆军上（中）将某

川军第一师

川军第二师

中央军

长陆军上（中）将某

滇军第一师

滇军第一混成旅

左翼军

长陆军中将某

黔军独立师

总预备队

川军第三师

二、广东沿海方面

左翼军

长陆军中将某

粤军第二师

总预备队

粤军第一混成旅

乙 对法方面联合军之区分

一、云南沿边方面

右翼军

长陆军上（中）将某

滇军第二师

左翼军

长陆军少将某

滇军第二混成旅

二、广西沿边及广东沿海方面

右翼军

长陆军上将某

中央纵队

长陆军中将某

桂军第二师

右翼纵队

长陆军少将某

桂军第一师之一部（约一混成旅）

左翼纵队

长陆军少将某

桂军第三师之一部（约一混成旅）

右翼别动队

长陆军少将某

桂军第二师之一部（约一混成旅）

左翼军

长陆军上将某

右翼纵队

长陆军少将某

粤军第一师之一部（约一混成旅）

左翼纵队

长陆军少将某

粤军第一师之一部（约一混成旅）

总预备队

桂军第三师之一部（约一混成旅）

粤军第二混成旅

第二节　联合军之集中掩护阵地及集中掩护方略

同时对英法作战联合军之集中掩护方略

滇、桂两军之先遣部队，应于云南、广西沿边国境线上各要点，粤军之先遣部队应于广东沿海各上陆点，迅速占领阵地，以掩护川军于大理、丽江，滇军于大理、缅宁、蒙自、开化，黔军于普洱，桂军于南宁，粤军于广州、浔州、高州集中。

处置

一、由永昌驻屯之滇军内派遣一支队（步兵一团之基干），向腾冲、龙陵、永康各方面，占领猛戛、蛮允、腊撒、猛卯、黑山门、猛板、芹菜塘、了口线，以扼以上各方面与缅甸交通之大道。

二、由大理驻屯之滇军内派遣一支队（步兵二营之基干），向缅宁方面，占领岩桥、孟定、猛董线，以扼由腊戍至缅宁大道。

三、由普洱驻屯之滇军内派遣一支队（步兵二营之基干），向镇边及思茅方面，占领西盟、孟连、猛满、顶真、猛龙线，以扼由缅甸至镇边及思茅大道。

四、由临安或蒙自驻屯之滇军内派遣一支队（步兵第[①]二营之基干），占领河口附近，以扼滇越交通之正道。

五、由开化驻屯之滇军内派遣一支队（步兵二营之基干），以主力占领麻栗坡、马白附近，以一部占领田蓬附近，以扼河阳方面及保乐方面滇越交通之大道。

六、由龙州驻屯之桂军内派遣一支队（步兵一团之基干），占领镇南关及水口关附近，以扼桂粤交通之正道。

七、由上思或南宁驻屯之桂军内派遣一支队（步兵二营之基干），占领隘店附近，以扼上思方面桂越交通之大道。

八、由归顺驻屯之桂军内派遣一支队（步兵一营之基干），占领陇邦、平孟附近，以扼高平方面桂越交通之大道。

九、由钦州驻屯之粤军内派遣一支队（步兵一营之基干），占领东兴附近，以扼东京湾沿海一带粤越交通之大道。

十、以廉州驻屯之粤军占领北海附近，高、雷驻屯之粤军占领广州湾附近，广州驻屯之粤军占领虎门及九龙附近，以扼海岸之各上陆点。

十一、集合广东现有之水师于虎门、大产澳附近海面，以扼西江出口。

十二、于国境线及上陆点应占领之各要地，为掩护阵地之防御编成，并实施假备筑城工事。

十三、整备由各集中地至各集中掩护阵地之交通网。

理由

与对英、对法作战略同。

第三节　联合军之集中地及集中方略（附各军行军计划表）

同时对英法作战联合军之集中方略

联合军以防御英军，攻击法军之目的，迅速开往滇、桂沿边战地，及广东沿海各上陆点附近战地，各军应分途前进，于云南之大理、丽江、缅宁、普洱、蒙自、开化，广西之南宁、浔州，广东之广州、高州等处集中。

①原编者注：此“第”字，系衍文。

处置

一、川军主力，以川滇大道为行军路线，由成都经嘉定、叙府、昭通、东川、嵩明、昆明、楚雄，至大理集中，其一部以由成都经邛州、雅州、宁远、盐源、永北，至丽江大道为行军路线，至丽江集中。

二、云南迤西方面滇军主力，以由昆明经楚雄、景东，至缅宁集中，其一部以迤西大道为行军路线，至大理集中。

三、黔军以滇黔大道为行军路线，由贵阳经安顺、普安、沾益、嵩明、昆明、呈贡、晋宁、新兴、元江、他郎，至普洱集中。

四、云南迤南方面滇军，则以滇越铁道为输【送】行军路线，以由昆明经宜良、路南、弥勒、大江边，至开化大道，为徒步行军路线。其主力至蒙自集中，其一部至开化集中。

五、桂军利用各河道为输送行军路线，各陆路为徒步行军路线，至南宁集中。

六、粤军利用西江航路为输送行军路线，其主力至广州集中，其一部至浔州及高州集中。

七、川军以成都、嘉定、叙府、昭通、东川、嵩明、昆明、楚雄、大理及邛州、雅州、宁远、盐源、永北、丽江，滇军迤西方面则以昆明、楚雄、大理、永昌、腾冲及景东、缅南［宁］，迤南方面则以铁道线路之昆明、阿弥、蒙自各车站，陆路之昆明、宜良、路宁、弥勒、大江边、开化，黔军以贵阳、安顺、普安、沾益、嵩明、昆明、呈贡、晋宁、新兴、元江、他郎、普洱，桂军以桂林、平乐、梧州、浔州、南宁，粤军以广州、肇庆、梧州、浔州、罗定、高州、虎门、新安各地为兵站地，设积集仓库，以便行军、粮秣之补给。

八、川、滇、黔各军于各兵站地设军马局及军马分局，封雇驼马。桂、粤两军于各兵站地设碇泊场，搜集船舶，以便行军、输送。

理由

与对英作战、对法作战略同。

川军行军计划表[①]

滇军行军计划表

<table>
<tr><td colspan="2">经路</td><td colspan="6">由省城，经呈贡、通海、临安，至蒙自。</td></tr>
<tr><td colspan="2">部队号</td><td colspan="6">第一、三师</td></tr>
<tr><td colspan="2">宿营地及里程</td><td>宿营地</td><td>里　程</td><td colspan="2">宿营地及里程</td><td>宿营地</td><td>里　程</td></tr>
<tr><td rowspan="5">日次</td><td>第一日</td><td>呈　贡</td><td>四十里</td><td rowspan="5">日次</td><td>第六日</td><td>临　安</td><td>九十五里</td></tr>
<tr><td>第二日</td><td>化乐村</td><td>七十里</td><td>第七日</td><td>攀枝花</td><td>八十里</td></tr>
<tr><td>第三日</td><td>海门桥</td><td>七十里</td><td>第八日</td><td>鸡　街</td><td>七十七里</td></tr>
<tr><td>第四日</td><td>通　海</td><td>六十里</td><td>第九日</td><td>蒙　自</td><td>六十里</td></tr>
<tr><td>第五日</td><td>广　驿</td><td>六十里</td><td></td><td></td><td></td></tr>
<tr><td colspan="2">附　记</td><td colspan="6">第一日出发地，由云南省城。</td></tr>
</table>

①原编者注：与本文第二编第一章第一节所载《川军行军计划表》完全一致，故而从略。

滇军行军计划表

经路	北路 由迤西大道经楚雄至大理		南路 经楚雄、景东至缅宁	
部队号	第一师		第二、三师	
宿营地及里程	宿营地	里　程	宿营地	里　程
日次 第一日	安　宁	七十里	安　宁	七十里
第二日	老雅［鸦］关	七十里	老雅［鸦］关	七十里
第三日	禄　丰	七五里	禄　丰	七五里
第四日	舍　资	九十里	舍　资	九十里
第五日	广　通	六十里	广　通	六十里
第六日	楚　雄	七十里	楚　雄	七十里
第七日	吕　合	六十里	八　哨	九十里
第八日	沙　桥	六十里	大马街	六十里
第九日	普　棚	九五里	虎　街	七五里
第十日	云南驿	七十里	景　东	七十里
十一日	红　岩	七十里	猛　定	七五里
十二日	赵　州	七十里	亮　山	九五里
十三日	大　理	六十里	猛　麻	六五里
十四日			横水塘	六五里
十五日			缅　宁	六十里
附　记	第一日出发地，由云南省城。			

黔军行军计划表[①]

①原编者注：与本文第二编第一章第一节所载《黔军行军计划表》完全一致，故而从略。

第四节　联合军之作战计划

作战方针

于陆上一方增大云南迤西沿边之防御力，以拒止缅、印方面侵入之英军，一方集多数之兵力于云南迤南沿边及广西沿边，以攻击越南方面侵入之法军。于海上增加广东沿海之防御力，以防支［止］由海路企图上陆之英法军。

处置

一、于怒江沿岸选定防御地点，以集中于丽江之川军，任云龙以北，至杂瑜一带地区之防御。

二、以集中于大理之川军主力，出腾冲方面，任云龙以南，永康以北地区之防御。

三、以集中于大理及缅宁之滇军，任永康以南，至缅宁一带地区之防御。

四、以集中于普洱之黔军，任镇边、思茅一带地区之防御。

五、合以川、滇、黔各军各军[①]，由一统一指挥机关，于云南方面独立作战。

六、以集中于蒙自之滇军主力，沿滇越铁道线出河口，侵入越境之安拜方面，其一部于开化集中后，出麻栗坡、马白，侵入越境之河阳方面。

七、以集中于南宁之桂军主力，出龙州、上思，侵入越境之谅山方面，其一部出归顺，侵入越境之高平及保乐方面。

八、以集中于浔州之粤军，任钦、廉沿海一带之防御。

九、以集中于高州之粤军，任广州湾沿海一带之防御。

十、以集中于广州之粤军，任虎门、兴安、九龙沿海一带之防御。

十一、合以上桂、粤两军，由一统一指挥机关，（于）桂、粤方面独立作战。

十二、集合广东现有之水师，于虎门、大产澳附近，任西江出口一带海面之防御。

十三、以各军之集中行军路，为各军之兵站线，设置兵站部，以便后方之输送、补给。

理由

一、对英、对法并起，则我不得不分兵应付，因而兵力愈形单弱，故对英方面，只能纯取守势防御。

二、我军既分兵以对英，则对法方面，云南沿边之兵力比较单弱，似宜取

---

①原编者注：此处后面“各军”二字为衍文。

守势。然因敌情上之变化，法军主力若移注于广西方面，则乘隙捣虚，不难以劣势之兵力制优势之敌。

三、对英、对法，同时并起，则我广东沿海，适当英法海陆并进之冲要。盖香港为英之根据，广州湾为法之根据，利害关系，彼此相等。以一省海陆之冲，兵力既单，配备为难，故对法方面，广东沿边不得不纯取守势。

四、其他理由，与对英作战、对法作战略同。

第五节　联合军之兵站设置计划（附各军兵站组织略同）

甲　兵站线之选定

对英方面

一、川军兵站线，分南北二路。南路由成都，经嘉定、叙府、昭通、东川、寻甸、嵩明、昆明、楚雄、大理、永昌，至腾冲。北路由成都，经邛州、雅州、宁远、盐源、永北、丽江，至维西、阿墩。

二、滇军兵站线，亦分南北二路。南路由省城，经楚雄、景东、缅宁，至孟定。北路由昆明，经大理、永昌，至永康。

三、黔军兵站线，由贵阳，经安顺、普安、沾益、嵩明、昆明、呈贡、新兴、元江、他郎，至普洱。

四、粤军兵站线，以九广铁道为主要线，而辅以由广州，经虎门、兴安，至九龙陆地兵站路。

对法方面

一、滇军兵站线，以滇越铁道为主要线，而辅以由昆明，经宜良、路南、弥勒、大江边，至开化陆地兵站路。

二、桂军兵站线，以桂江、西江及左、右两江水路为主要线，以由南宁至龙州为中央陆地兵站路，以由南（宁）经太平至归顺为右方陆地兵站路，以由南宁至上思为左方陆地兵站路。

三、粤军兵站线，以由广州，经肇庆、梧州，至浔州水路为主要线，以由浔州，经郁林、博白，至廉州、钦州为西路陆地兵站路，以由梧州，经罗定，至高州为西路陆地兵站路。

四、我军侵入越境后，各军兵站线之延长，则根据各军之作（战）线，并应于当时之情况，斟酌设置。

乙　兵站主要点（基地、积集场、主地、末地等）之选定

对英方面

一、川军兵站线主要点之选定如下：

兵站基地　成都

积集场　南路：嘉定　叙府　昭通　东川　寻甸　嵩明　昆明 楚雄

北路：邛州　雅州　宁远　盐源　永北

兵站至［主］地　南路：大理　北路：丽江

兵站末地　南路：腾冲　北路：维西　阿墩

二、滇军兵站线主要点之选定如下：

兵站基地　昆明

积集场　南路：楚雄　大理　北路：楚雄　景东

兵站主地　南路：缅宁　北路：永昌

兵站末地　南路：孟定　北路：永康

三、黔军兵站线主要【点】之选定如下：

兵站基地　贵阳

积集场　安顺　普安　沾益　昆明　新兴　元江

兵站主地　普洱

兵站末地　镇边　思茅

四、粤军兵站线主要点之选定如下：

兵站基地　广州

积集场　虎门

兵站主地　兴安

兵站末地　九龙

对法方面

一、滇军兵站线主要点之选定如下：

兵站基地　昆明

积集场　铁道线　宜良 婆兮 阿弥 陆地兵站路 宜良　路南　弥勒　大江边

兵站主地　蒙自　开化

兵站末地　河口　麻栗坡

二、桂军兵站线主要点之选定如下：

兵站基地　南宁

积集场　梧州　浔州　太平

兵站主地　龙州　上思

兵站末地　镇南关　思陵　归顺

三、粤军兵站线主要点之选定如下：

兵站基地　广州

积集场　肇庆　梧州　浔州　郁林　廉州　罗定

兵站主地　廉州　高州

兵站末地　防城　化州

丙　兵站管区之划分

各军兵站线所经过之地区，即为各军之兵站管区。其区内之警备，即由各军自行担任。

丁　兵站之编成及兵站各机关之设置地点

一、兵站之编成如下：

云南方面联合军兵站总监

桂粤方面联合军兵站总监[①]

二、兵站各机关之设置地点如下：

1．兵站总监部，设于云南昆明及广西南宁。

2．各军之兵站监部，设于各军之兵站主地，但一军分两兵站路，有两兵站主地者，则择其适中者设置。

3．各军之兵站司令部，设于各军之各兵站地及积集场。

4．其他兵站所属各机关，概由各军之兵站监，应于各地情形及当时之情况，斟酌设置。

第四章　作战准备

作战准备事项如下：

一、出师准备（动员计划）

二、举办乡兵。

三、扩张初级将校及军士教育。

四、添购新式军械器具及改良兵工厂。

五、规划集中掩护阵地之假备筑城

六、测绘兵要地图。

七、修筑军路。

八、各方面谍查之派遣。

---

①原编者注：以上二项内容，与本文第二编第一章第五节“兵站之编成”表所载完全相同，故而从略。

九、沿边各土司之经营。

第一节　出师准备

应于各省之军政情形，由各省自行计划。

第二节　举办乡兵

仿日本补充兵办法，附于现役各部队内实施训练，不必另设机关，以节经费。期满退伍，有事召集。其征募、训练、退（伍）、召集各条例，由各省自行厘订规则。

第三节　扩张初级将校及军士教育

除扩张讲武学校，并于各部队附设模范军士队外，凡高等小学以上各学校，均增加军事教育，以普及军国民智识，为选拔预备尉官及军士之准备。

第四节　添购新式军械器具及改良兵工厂

有兵无械为现今各省所同。然若不广为储备，一朝有事，则赤掌空拳，奚以御敌？故必于各省现有之军械外，或于外国添购，或就各省现有之兵工厂改良制造，庶临时补充，方无缺乏。

第五节　规划集中掩护阵地之假备筑城

以此次计划之各集中掩护方略为标准，派遣富有学识之将校前往预定各地，详细侦察选定良好阵地，为防御编成，并计划工事准备材料。

第六节　测绘兵要地图

以此次计划之集中掩护方略、集中方略及作战计划为标准，先从事国境线附近地区，决［再］及各省内地之兵要道路，及战略要点之各市镇。

第七节　修筑军路

以此次计划之预定作战线为标准，划分省道、县道，由各省自行担任修筑。

第八节　各方面谍查之派遣

缅、印方面由滇省计划派遣，越南方面由滇、桂两省计划派遣，以谍察英法对于我西南军事上一切之行动。

第九节 沿边各土司之经营

我滇、桂沿边各土司，地广人稀，而土质膏沃，物产丰富。苟能从事经营，不难使边荒变为天府。不惟于将来作战给养上有莫大之便利，且国境了然，尤足以杜目前英法之觊觎。

第三编　计划实施

第一章　计划实施之手续

由中央参谋部、陆军部及川、黔、桂、粤各省都督府派遣重要人员，充军事会议代表，于云南省城特开五省军事联合会议。以会议之结果，订为《五省军事联合计划方案》。一方分配于五省军事各机关，迅速为作战准备。一方呈咨于中央军事各机关，以主持进行。

于会议后，五省联合设一西南协会，为永久机关，以资联络，并从事西南一切之军事计划。

由中央划定军区，俾五省军队有统属机关，以统一军令，方能一致进行。

第二章　结论

此次军事联合，为我西南诸省利害关系而发生，亦即我西南诸省安危生死之问题，果能协同一致，实施以上计划，则西南半壁有磐石之安，而民国前途庶免覆巢之虞。否则，虽连篇累牍，特以快一时之论耳，计划云乎哉。

总　裁　蔡　锷

主　稿　姜梅龄　范熙绩　李伯庚　谢汝翼　张子贞　罗佩金　赵钟奇

参与会议员　沈汪度　李鸿祥　王肇基　殷承瓛　区家俊　邓翊华　熊范舆

附　邹燮斌《序》[1]

（1933 年 10 月）

此稿系蔡松波［坡］先生督滇时所拟之五省联合对英法作战计划，其内容虽仅及滇、黔、桂、粤、川，然立案主体实含有中国全部政略之眼光。盖当时民国初立，国基未固，民力凋弊［敝］，适逢俄蒙问题发生纠纷，当局恐惹起国际战争，诸多迁就。松波［坡］先生盱衡时事，知外交无武力之后盾，决不能决胜于樽俎，爰本此旨连合五省为政略上之声援。又以英窥西藏，法窥滇、黔、桂、粤之谋日迫，边陲多故，危机已伏，若屏藩不固，国将不国，于是联合五省复作对英对法之外交声援。光复之后，省自为制，外患频仍，内讧不休，长此因循，国家将永无统一之日，是又得以五省联合州对外计划，使勇于私斗之国人移其眼光于国家。凡此荦荦大端，皆松波［坡］先生公忠爱国之伟怀。至于兵略上之见地，有目共赏，无待偻指数矣。惜当时偏处一隅，仅能就五省而经营之，若天假之年，入主中枢，必能于全国国防计划有详密之规定也。今则抚遗编，溯往迹，不禁感慨系之，因整理付印，以公同好，兼志景慕焉。是为序。

民国二十二年十月　日　邹燮斌序于陆军大学

致袁世凯及各省都督等电[2]

（1913 年 6 月 7 日）

北京大总统、国务院各部、武昌副总统、各省都督民政长、绥远城将军、热河都统并转各军统、镇抚使、护军使、师长均鉴：

窃自宋案发生，借款签押，初则忧时之士发为危言，继则朋党之争激成水火，风潮震荡，全国骚然。人不分而我自分之，人不亡而我自亡之，睨顾前途，忧心如捣。伏念此番举债友邦，为数至巨，关系重大，国人所知。湘、粤、赣、皖四省都督迫切陈词，要求罢议，粤都督近日复有电告，述前此抗争之原因，

①曾业英编《蔡锷集》，长沙：湖南人民出版社，2008 年，第 928 页。

②曾业英编《蔡锷集》，长沙：湖南人民出版社，2008 年，第 929-930 页。

以维持法律为己任。其直谅朴诚，固当邀政府之原容，亦实为邦人所共鉴。秦、晋等十省都督慷慨合词，力辟反对政府者之非，各省军使、师长等亦多驰电相属，至今未已，亦以大局阽危，横议日出，深恐祸机猝发，必底于亡。积悃忠贞，措词沉痛，本原心迹，同属可钦。

但瑞、锷、景伊等窃有说焉。政府与各都督、军使、师长同以身手捍卫国家，分属同舟，谊犹昆季。乃因激一时之义愤，而兴责备之严词，此在平治之时，尚恐外人腾笑，矧值国基初建，诸大环窥，合力经营，犹虞不给，何可因意见之不同，启阋墙之联兆，此不敢不告者一也。各都督、军使、师长等先后通电，各具识解，本于爱国之一心。第世风日下，谗夫孔多，播弄其间，毫无顾忌，恣其媒孽，视作投机，必至以一机关统系之人，而显为两派，势成冰炭，荆棘横生，此不敢不告者二也。立国之道，经纬万端，爱国精神，首贵团结。我国当前清末造，外人已有散沙之诮。近日现象，则疆吏与中央，此省与彼省皆自为派别，日蓄猜疑。昔尚貌合而神离，今并貌合而不得。机能日滞，血脉不灵，于此而欲谋国度之发展，国命之悠长，益有难言者矣，此不敢不告者三也。素位而行，君子之德，度量分界，荀氏所称。都督与军使、师长等或专绾兵符，或兼权民政，自其正轨言之，惟宜殚精所司，不愿乎外。若以现役军人、行政官吏而问立法、司法之事，固属逾越范围，即以地方长官而牵掣中央政务行动，亦太紊行政统系。三权凌替，国本动摇，是故“宋案”须待审判于法庭，借款当待政府与国会之解决。都督、军使、师长等为政府辩护固不必，国民代表亦不宜。自兹以往，是非渐明，似毋庸俟辩，危词多生恶果，此不敢不告者四也。大总统为军队之元戎，居行政之首长，全国军人、官吏隶其统辖范围，此固约法所明定，亦共和国家之常规。今者各省、各军文电交驰，非难异己，似此争议频兴，分崩将见。应由大总统以至诚至公之心，毅然定其是非，无论何人，苟实有不然，皆可遵照约法，施以相当之处分。号令既明，群情自服，毋使同级将吏自相抨击，开藩镇之纷争，损中央之威信，小则政治停顿，大则生灵涂炭，此不敢不告者五也。

瑞、锷、景伊等支持危局，力与愿违，栋折榱崩，同受覆压。故敢干冒不韪，一贡罪言。伏冀大总统整饬纲维，申明法纪，厉行整齐严肃之治，以收扶衰起敝之功。各都督、军使、师长体思不出位之训，与同舟共济之情，泯无谓之嫌猜，谋邦基之巩固，杜佥壬谗间之隙，昭宇内和穆之风，同心戮力，弘济时艰。瑞、锷、景伊等自顾不才，不敢不勉。凡百君子，鉴此哀忱。朱瑞、蔡锷、胡景伊。印。阳。

《南针》杂志祝词[1]

（1913 年 6 月 15 日）

《南针杂志》者，云南政见商榷会之所作也。今中国会党亦多矣。一党之起，列名者动以数千万人计。一党之机关，月出报章动以数千万纸计。揭橥共和，万窾争鸣。然还而叩之各党中人，懵然不解共和为何谓。亦曰欧美先进国皆有会党，我亦从而会党之云耳，其然岂其然哉。昔宋人有善为不龟手之药者，世世以洴澼绒为事，客闻之，请买其方百金。聚族而谋曰：吾世世为洴澼绒，不过数金，今一朝而得百金，请与之。客得之以说吴王，冬与越人战，大败越人，裂地而封之，能不龟手一也。而或以封，或不免于洴澼绒，则所用之异矣。今之中国政党，无乃类是。欧美各国用政党以导国民，中华民国用政党以斗国民。一省之中，界限判若鸿沟；一事之发，著作等于蝉噪。譬若泛巨舰于重洋，无南针而盲进焉，几何不回旋颠簸于惊涛骇浪之中也。天下之至危极险，孰有过此？今杂志之作，集政见而无成见，合数党而无一党。政之病在膏肓者，则施针砭以抉之；政之病在阙略者，则出针线以补之。循是以往，锲而不舍，虽未能挟山超海，其至于大陆不远矣。故于其出版也，特书数语以祝之。

复梁启超电[2]

（1913 年 6 月）

一

久欲来京与袁总统面商各要政，并与各方面人士接洽。惟因滇事重要，未敢即行。如今日实有要事须锷来京一行，亦未始不可勉强就道。

二

此次内阁问题非常重大，窃意组织内阁之人须具数种资格：（甲）须有操

①曾业英编《蔡锷集》，长沙：湖南人民出版社，2008 年，第 931 页。

②曾业英编《蔡锷集》，长沙：湖南人民出版社，2008 年，第 932–933 页。

纵各省而统一之之实力；（乙）须有强固稳实之政策；（丙）须有励行其政策之魄力；（丁）须有协同一致之阁员，其分子应十分勇健；（戊）须与总统融洽，而又得各党之信任，且不至为外人所轻视；（己）须有牺牲个人，以急国难之决心。备此六者，乃克有济。此等条件，求之今日，未免责备太甚。然不可必得，亦必须备乙、丙、戊三项资格。否则，大局将不可问。锷一介武夫，未谙政治，国务重任，非所敢承。虽急思来京侍承大教，奈羁于职守，未便擅离。前以置身军籍，故于统一共和党合并时宣告脱党。今承吾师指命为名誉理事，义又不得即辞，惟有勉从诸公之后，为默示之承认而已。

附　梁启超致蔡锷电①

（1913 年 6 月）

总理一席，人望在君，时事艰难，何不来京一行，共商大政。

①曾业英编《蔡锷集》，长沙：湖南人民出版社，2008 年，第 933 页。

《云南光复纪要》[①]之光复起源篇[②]

（1913年6月）

四夷侵中国，无代无之，然数年或十数年即破灭，从无入主中夏者。自厓山之役，宋陆秀夫负卫王昺蹈海，元世祖践帝位，奄有华夏，是为黄帝子孙第一次失国。李自成陷京师，庄烈帝殉于煤山，清世祖入继国祚，是为黄帝子孙第二次失国。两代之亡，士大夫抗节不屈，死者相望，而尤以明亡殉国者，为至酷极惨。呜呼！种族之界，其天性然哉！

庄烈帝崩，唐王聿键、福王由崧以次败降。明将李定国迎永历帝入滇，图光复。定国兵败，帝西走永昌，清师追之。定国令总兵靳统武以兵四千扈帝如腾越，而自伏精兵六千于永昌之磨盘山（山在潞江南二十里，亦名高黎贡山，西南第一穹领也），清师中伏，歼其都统以下十余人，丧精卒数千。卒以众寡不敌，帝奔缅，定国死于景线。清以吴三桂平滇功，晋王爵，命镇云南。三桂兵临阿瓦，缅人献帝及后，并从官家属。三桂挟之归，缢帝于金蝉寺，明祚遂斩。滇人哀之，

①曾业英编《蔡锷集》，长沙：湖南人民出版社，2008年，第934—938页。原编者注：《云南光复纪要》是蔡锷在云南都督任内专设的云南光复史编纂局编纂的一部历史著作。该局由周钟岳任总纂，赵式铭、张肇兴、郭燮熙等人分任编纂，1913年2月1日正式开局，"至6月下旬计编成光复史稿：《光复起源篇》一册、《光复篇》一册、《迤南篇》一册、《迤西篇》一册、《援蜀篇》一册、《援黔篇》一册、《援藏篇》二册、《军事变迁篇》一册、《建设篇》一册"（《云南省议会报告书》卷三，页六十九）。"全部稿子都经蔡锷几次修改，现存的一部分底稿尚有蔡亲笔删改的字迹和粘贴的浮签。"（《云南文史资料选辑》第一辑，第188页）集中反映了他对云南乃至整个辛亥革命的看法，但此书当时并未刊行，原因是"将付手民矣，会蔡公奉调入京，则以此书移交唐蓂赓都督。时阅数载，迄未付刊，后闻全稿竟遭佚失矣。"（李东平整理：《云南光复纪要》，云南省文史研究馆、云南省社会科学院文献研究室，1991年8月第一次印刷，第148页。）本书选《光复起源篇》。

②原编者注：此篇由赵式铭任编纂，蔡锷订正。"稿本封面有蔡锷手书"云南光复纪要""光复起源篇"等字。"（李东平整理：《云南光复纪要·前言》，第2页。）

名其地为逼死坡，有余痛焉。当满清入关，挟其武力以蹂躏中原，天下莫与抗。而云南犹奉永历为君，奄有云南、贵州、四川三省之地，与异族血战数年，歼强敌以数万计，势穷力蹙，隐忍称臣。滇人种性之辨，盖足以自豪矣！

国变后，滇中遗民以全节闻者，不可一二数：昆明杨永言倡义弗克，削发为僧；呈贡文祖尧弃官入中峰寺；蒙化陈佐才凿石棺，称明末孤臣；晋宁唐大来从无住禅师受戒律，结茅鸡足山。皆感时伤国，诸难显言，则一托之诗歌以寄其芳馨悱恻之意。而诸生薛大观举家以殉，事为尤烈。永历帝之出奔也，大观与子之翰方挈家隐居北城之鱼楼，闻帝逊荒，泫然流涕，谓之翰曰："国君死社稷，臣死君，义也。今日之事，虽天命，不可以力争，顾独不可效死一战，乃崎岖域外，依小夷求须臾活，岂可得？吾书生，不能徒手搏敌，计惟有一死。汝其勉哉！"之翰泣对曰："父为国死，儿安敢不为父死。"大观妻杨氏、之翰妻孟氏皆曰："君父子为国家死，吾姑妇独不能为君父子死耶？"旁有婢曰琐儿，抱大观幼子在怀，闻诸人语，曰："婢子死，亦可乎？"大观曰："婢为主死，亦义也。"于是相率下楼，投黑龙潭死之。明日，尸相牵浮水上，路人举而瘗之。滇人种族之感，至大观而极。

清既窃位，禁网稠密，遗民逸老以文字贾祸者趾踵相接，海内重足屏息，噤不敢复言满清失德。浸淫至于中叶，人渐亡本，而颂声作矣。光绪间，外患纷来，甲午、庚子诸役，国疆日削，赔款以亿万计。痛深创巨之余，清议渐起，驯至蓬勃不可遏抑，士大夫亦侃侃谈国事。清廷震恐，始派遣学生出洋；而欧西思潮，因之输入；大江南北，号称革命党人者，所在蜂起；而杨振鸿由海外驰归，倡革命于云南。

先是同治十三年，越南与法国立《西贡条约》，认越南为自立国。光绪九年后，复立《哈尔曼条约》，认越南为保护国，内政外交受法监督。已而，兵进西贡，俘其君，幽之南非洲，越南遂亡，而滇之南防危。光绪十一年，英师袭缅甸，驻英公使曾纪泽与英外部议，立君存祀，守十年一贡之例。英人不许，缅甸遂亡，而滇之西防危。滇自缅、越失后，英伺其西，法瞰其南，巧取豪夺，互相生心。未几而有滇缅划界蹙地千里之约，未几而有攫取滇越铁路建筑权之约，未几而有揽七府矿产之约，未几而有云南、两广不许割让他国之约。部臣不敢拒，边吏不敢争，而西南之祸烈矣。滇人士逼于外患，渡海求学者先后达千人，或习师范，或习政法，或习陆军，多以救国自任，而陆军生尤激烈，杨振鸿又陆军生中之尤激烈者。

振鸿，昆明人，光绪癸卯入日本振武学校。既毕业，滇督丁振铎电调归国，道出越南，亲见所谓亡国惨状，则大感喟。时法人已筑滇越铁路，滇人谋筑滇蜀铁路为抵制，扼于财力，事未举。振鸿为书上父，举缅、越事以为滇人镜，人传诵之。滇大吏疲茶，知不足与谋，乃结三迤志士，创设死绝会、公学会及体操专修科，一以革命致事。适滇缅间铁路，英人欲恃强修筑。振鸿愤极，遂结全省士子抗之，势张甚。英领【事】率［卒］为所慑，【事】乃寝。大吏滋不悦，出为腾永第一营管带。振鸿简军实，勤训练，以待时，而益开扩党会。腾越镇李宝书、关道关以镛，因索盏达土司贿，为振鸿所持，未遂，心衔之，造飞语中伤。滇督锡良，满洲产也，尤仇视革命党，即密电镇道捕振鸿。振鸿走永昌，知府谢宇俊捕之。复走新街，历南洋群岛，再渡日本，入振武学校。

是时，有《云南》杂志者，滇人居东之所作也。其书痛陈清廷不纲及列强谋滇政策，由海外流入中国，读者快之。而在滇人士，亦有《云南日报》《星期报》《云南公报》等之设。又为《苦越南》传奇，授伶人奏之，座中至有泣下者。革命思潮，遂浸润于三迤。

戊申夏，革命军起河口。振鸿谋归滇助革命军，乃至《云南》杂志社，结吕志伊、赵伸、黄毓英等，开大会于东京神田锦辉馆。到者数千人，所称云南独立大会者是也。振鸿被举为干事，偕同党数人南归。至香港，革命军败，关吏逻察严，不得入。徘徊久之，谋以黄毓英、杜韩甫、王尧民进干崖，说土司刀安仁；喻华伟、李遐章、何畏进腾越，说防营管带；而自居仰光，与居正办《光华日报》，以通消息。中更蹉跌，事卒无成。

振鸿离仰光，经纳戍、昔董，出盏达，至干崖，赴蛮允说管带杨发生，为所绐。重趼至蒲缥，主何子仁家，适与何畏遇，因共筹起事之策。振鸿策袭永昌府为根据地，编练乡民成军，以出大理、腾越、顺宁、云州之地，包举迤南，进图省垣，再北出黔、湘，西略川、陕，戡定中原。策定。振鸿任先锋，何畏作内应于城中，宋某、唐某集乡民数百人，约夜间三句钟会于演武厅之后校场。会腾越、镇康两处防营调驻永昌城，乡民气先夺；又召集失期，及杨、何至，则已先溃散，相与仰天长叹。俄有报琦绮至者，乃踉跄返蒲缥。未几，振鸿病作，渐笃，遂于戊申年十二月十一日殁于蒲缥。

致胡景伊等电[1]

（1913年7月19日）

最急。成都胡都督、南宁陆都督、贵阳唐都督鉴：

（中略）谨拟通电稿，其文如下：赣境构兵，各处电传启衅原因，各有所袒。然平心而论，原因不自今始，祸机之伏，酝酿已久。政府不自修省，举措乖违，有拂众意，激成祸乱，殊难辞责。惟政府纵有失德，尽有纠绳匡救之余地，乃称兵逞一时之意气，付国家于一掷。战端既启，浩劫茫茫，祸之所极，罔知所届。自前年起义以来，列强眈眈思逞，所以幸免以干涉者，内恃有改革政治之名以为标橥，外恃有巴尔干之纷扰以为牵制耳。今南北交讧，百口无解于内乱。巴尔干之事既解，列强心力之集注，舍我其谁？恐南北相持未决，而瓜分之祸立至。可危者一也。充发难者之本意，无非以现政府不惬人望，成则推倒现政府，不成则划地而守，犹可以为善图。不知今日大势，子孙万世之业，决无人敢作此幻想，故变更政府尚非无术，何必诉之武力？若至退一步想，而作划地之计，则大势去矣。两年来，事变百出，所恃以维系者统一两字耳。统一之局破，则几人称帝，几人称王，纵不必有此名义，要未必不有此事实。群龙无首，宇内鼎沸。可危者二也。统一以来，号称五族共和，而蒙、藏问题讫未解决。内地兵兴，而蒙、藏之沉沦，万无可避。蒙、藏去，而腹省将随以俱亡。可危者三也。前年光复，不过数月，已告成功。然而民生受病，海内困穷，亦已情见势绌。今南北相竞，已不如前清政府之易与，则战期延长，必数倍于前役，以后需索劫夺，独苦吾民。以一部分枭杰者之政争，致陷我四万万同胞于水火，天道灭绝，人道何存？推其流极，必至人心厌乱，引起抚后虐仇之观念，不讴歌帝王，则求庇他族。人民大去，理无不亡。可危者四也。即令如天之福，幸于未亡之前，兵事告终，独留我以收拾残局之余地。尔时善后之难，赤手空拳，舍举债无以为治。今债台百级，已濒破产，他日增高继长，将有悉索敝赋，以供利子而不足之一日。虽欲不为埃及，不可得矣。可危者五也。变革以还，吾国一般人心，似因激刺而失其常度。一切善良可贵之信条，几于扫地以尽，而权利龌龊之思想，则已深中人心。口共和而心盗贼，国事之不宁，根本原因，端在于此。此后再接再厉，国亡则

[1]曾业英编《蔡锷集》，长沙：湖南人民出版社，2008年，第1073—1075页。

同归于尽，不亡则恶风日长，以国家为儿戏，视革命为故常。今日甲革乙，明日丙又革甲，革之不已，人将相食，外人起而代庖，且加以扰乱和平之恶名，则亡国犹有余辜已。可危者六也。凡此六者，言之股栗。嗟尔戎首，胡宁太忍！锷等岩疆孤寄，未知死所，然一息尚存，对于国家前途，惟有以保土安民，巩固统一为第一义。苟反于此意，力所能至，歼除不遗。至赣事虽经发端，当非必不容已。致乱之原何在，尚望政府速自反省，示天下以诚信。赣人亦应顾念大局，勿徒为感情所驱。各省休戚相关，苟有可以转圜之道，即祈主张公道，共图挽救，幸勿坐视，以待乱亡。等语。尊处如表赞同，请加急电后，即由敝处列衔译发。急盼核复。锷。皓。印。七月十九日发。

致胡景伊等电[①]

（1913 年 7 月 21 日）

急。成都胡都督、南宁陆都督、贵阳唐都督鉴：

顷接鄂电：九江乱党经十二、十三、十四、十六等日分头迎剿，毙千余名。十七日后，招降两营及炮队、机关枪各一队，余党现窜集湖口一隅，计日可拔。湘、浙、皖督极持镇静，力顾大局。程都督现驻上海。乱党近日伪电想多。等语。知注特闻。锷叩。箇。印。

致参议院众议院电[②]

（1913 年 8 月 5 日）

《时报》《神州》《新闻》报转各报馆公鉴：

顷公致国会电文曰：参议院、众议院公鉴：民国成立，已越一年，对内无

①曾业英编《蔡锷集》，长沙：湖南人民出版社，2008 年，第 1075 页。

②曾业英编《蔡锷集》，长沙：湖南人民出版社，2008 年，第 1080—1082 页。原编者注：此系黎元洪领衔的十八省都督、镇抚使、民政长联名通电，除蔡锷外，列名的还有阎锡山、冯国璋、周自齐、张镇芳、张锡銮等二十二人。

统一之实权，对外无交涉之能力，因循泄沓，上下相偷，开国几时，已成暮气，忧时之士，群归咎于临时政府之长。盖环球各国，未有战事久终，而犹以临时之名苟延旦夕者。国会初开，美书首至，巴、墨等国，聘使联翩。譬如积年霪雨，忽睹微阳，海隅苍生，喁喁望治。方谓议定宪法，选举总统，组织强健政府，缔造完全民国，共和之愿，指日可偿。乃争议朋兴，党见纷起，根本问题，概未解决，推波助浪，枝节横生，遂使友邦尊重之念变为鄙夷，国人期望之心化为厌恶。以观内政，则乱民载野，伏莽载原，若火燎原，罔知所届。以观外交，则库患未平，藏忧方炽，茫茫边塞，夜有哭声。以观财政，【则】收税日亏，借款垂尽，冰洋戈壁，草木俱穷。以观军事，则饷械支绌，军队嚣张，刮髓磨膏，坐供骄子。国民将有陈请政府，则诿以方更，政府苟有措施国会，则责其不待，此尚得谓有国家乎！种必自灭而后人灭，国必自亡而后人亡，谁生厉阶，至今为梗，此真可为痛哭者也。今更有甚于此者，赣乱发生，东南鼎沸。野心枭桀，图窃政权。屠我名城，歼我良将。播迁我妇女，蹂躏我商民。虔刘异党，则川谷为丹，搜括编氓，则山林俱赭。犹复鬼蜮朝阳，盗憎夜雪。诬诋政府，逆电纷飞。假敌国为护符．挈齐民为代价。视从前编订约法之议院，则去比饩羊，视此后选举总统之国会，则掷同刍狗。

当此残喘稍舒，真元未复，百年培之而不足，一旦斲之而有余，试问祸患所生，何莫非诸公迁延迟误有以召之？明知而坐视，是谓助乱，不知而坐视，是谓溺职，公等何以自解于天下乎！公等非他，乃将士捐命，商民捐资，掷价以购之代议士也。前年义师之起，远者姑不具论，即征诸武汉，童浆妇食，舁病扶丧，觌胜则雷欢，斗败则雨泣，岂有他哉？盖来日之生可乐，则今日之死亦甘。今国会已成立矣，而国家之阽危如故，人民之痛苦如故，垫隘流离，且倍清季，皇皇代表，宁不疚心！窃谓总统为全国安危所系，宪法为立国强弱所关，呼吸存亡，间不容发，岂两院英贤见不及此！设使举棋不定，剖豆交乘，诸公宁有从容讨论之余地乎！

为今日计，应请将一切议案概从缓议，同心协力编制宪法，先订总统选举之一则，即从选举总统入手，或将宪法全部从速制定，即行选举总统，两月之内，一气呵成，国本既定，人心遂安。尤望于各种法律，内审国情，外斟世局，不泥近以昧远，不执私以妨公，不以久远之法典而钳制个人，不弃固有之精神而盲从他国，折衷群义，斟画全规。设从此总统得人，政府成立，既无掣肘之虞，亦免逾闲之患，五族共和，胥遵轨物，内外维系，犹可有成，则是诸公大有造于民国也。

元洪等对于国会，拥护不遑，敢言干涉！惟蒿目危时，回思往事，诚不欲以庄严灿烂之民国陷入旋涡。况行政之籍不屏乎要荒，请愿之权不遗乎舆皂，榱崩雀压，城火鱼焚，属在患难与共之时，尤有涕泣而道之义。诸公如必欲绝中国也，昊天不吊，夫复何言？倘肯以悔祸之心，为探源之计，我邦人昆弟，实祷祝之。元洪等忝为公仆，敢不惟言是听！临电𫗦缕，不尽所怀。再国会为法人机关．勿复以个人答复，贻讥当世，谨以附陈。等语。合行通告。领鄂督事黎元洪、滇都督蔡锷等公叩。微。印。

致袁世凯暨国务院电①

（1913年8月5日）

北京大总统暨国务院、陆军部、参众两院鉴：

窃惟授职给勋，系总统之特权，然爵赏太滥，则流品杂进，不肖者固将借事邀功，其贤者则将羞与哙伍，甚非策励人才之正轨也。满清之季，官以贿成，仕途日溷，又其甚者，因仇视革命之故，不惜以名器金钱陷我汉人，杀我同胞，以致人心益奋，清社为墟。光复以还，谓宜荡涤旧污，光昭新治，乃各种军职之除授，各项勋位之给予，命令公布，日有所闻，羊头羊胃，举国腾讥，贩竖椎埋，列名仕版。循此不变，民国将成官国，鉴于覆辙，能不危惧！夫国家所持［恃］为激厉人才之具者名器耳，然必重视名器而后受之者始为尊荣。若大赉不必善人，勋章视同赠品，是自堕国家之威信，且不啻奖励侥幸心，为国之道似非所宜。

现在沿江战事鼎沸，有识者皆谓此次必开大赏之门，以为酬庸之具。使不幸而言中，国事将亦不堪。通海以后，国情已变，共和开幕，国体尤殊，军重在对外，凡非杀敌致果者，均不得荣膺上赏。内国战争，实出于万不得已，应以哀矜悱恻之意出之。同室操戈，兄弟阋墙，相煎太急，隐恨良多。若胜者膺赏，是以国家品【名】器奖励残杀同胞，恐此后人人只知内竞，无事对外，此一说也。夫杀同胞之人，蒙非常之赏，得逾分之拔擢，将来对外有功，将以何项勋赏加之？此又一说也。锷意嗣后内国战争，只可赏给无俸勋章，或颁发赏金，不应升授官职及授予勋位，以蕲激扬一般对外之敌忾，而以内竞为耻，并以杜绝一般非

①曾业英编《蔡锷集》，长沙：湖南人民出版社，2008年，第1083-1084页。

分妄冀之升官恶习。

再陆军加衔办法，袭满清之遗毒，腾笑万国，破坏军纪，应请以后一律停止。所有以前加衔，亦以命令取销，以归划一。夫国家之败，由官邪也，赏不逾勋，乃能劝功。敢以此进，统迄鉴纳。滇都督锷。歌。

布告[①]

（1913 年 8 月）

近日谣言蜂起，实足骇人听闻。军队出发调回，此中自有原因。
前此赣皖不靖，滇蜀黔桂同盟。组织联军靖难，文电酌定进行。
谁料滇军始发，又接中央电文。湘粤取消独立，渝乱亦已渐平。
赣事湖口克复，乱党巢穴已倾。南方匪党叛乱，现已一律肃清。
滇军无庸出发，以免跋涉远征。本府既得此电，自应调回滇军。
至于滇省现状，更是安静无论。军界素明大义，职在保护人民。
并无乱党混迹，可称万众一心。何人敢于煽惑，切勿自起疑惊。
用特剀切晓谕，其各安心谋生。莫听无稽之语，效犬吠影吠声。
倘再不知敛迹，查获责诸宪兵。一经拿获讯实，惩罪断不容情。
本府言出法随，军民一体懔遵。

在进步党云南支部欢送会上的演说词[②]

（1913 年 10 月 5 日）

鄙人行将去滇矣，滇与鄙人感情甚好……今进步党诸君为鄙人开会送别，鄙人特为诸君进一言：夫共和国家不可无政党，政党与国家虽非直接关系，而间接之影响于国家者，关系最为重大。一年来，党争剧烈，牵动大局者已不一

①曾业英编《蔡锷集》，长沙：湖南人民出版社，2008 年，第 1091 页。

②曾业英编《蔡锷集》，长沙：湖南人民出版社，2008 年，第 1102–1103 页。原编者注：此文原题为“十月五日蔡都督临进步党支部演说词”。

而足，然此亦必经之阶级，无足异者。进步党应世界之趋势，为中央所倚重，社会所欢迎，似已立于健全之地位矣。而鄙人犹有虑者，今之政界分为二派，一曰暴烈派，一曰官僚派。暴烈派以破坏为事，苟可以达其目的，即牺牲全国而不恤。然其进锐，则其退速，今已一落千丈矣，其剿绝易易也。所最难征伐者，官僚派耳。官僚派之臭味，其进也以渐，其退也实难，根深蒂固，欲图征伐，诚非易事。党中有暴烈派，则酿乱固不待言；党中有官僚派，势必至萎靡不振，一切进行，障碍滋多，所谓因循等于残暴也。进步党今后所应行做到之事，正须防止暴烈派，而洗涤官僚派。暴烈派之失败，虽以兵力为之，而进步党之鼓吹社会扶助政府者，其功亦诚不小。今后进步党之所虑，惟在官僚派耳，诸君尚其注意。

在北京国民大学欢迎会上的演说词[①]

（1913年11月）

今日世界有强国有弱国有亡国，其所以强所以弱所以亡者，大抵决于其国国民学问之程度。学问盛则国强，学问衰则国弱，无学问则国亡，此不易之理也。我国辛亥革命克奏成功，无非戊戌以后诸先烈志士自海外输入新知识新学问之结果。今者民国成立，破坏人才已无所用，而欲共谋建设，以致此新造之国家于强盛之域，则必别有待于建设之人才，此学问所以为今日之急务也。昔日本当开国之先，吉田松阴先生集徒讲学，讲席不过斗室，学生不过二十余人，而一时名流如西乡隆盛、伊藤博文、大隈重信等皆出其门，是实日本维新之大人物。迨开国事定，诸人者即从事造就建设之人才，而私立大学，一时称盛。其宏大者莫如大隈重信所创之早稻田大学。其初规模狭小，学生不过数十人。今则几及万人，卒业生遍于全国，而日本之人才不胜用矣。鄙人在滇，即闻国民大学之名誉，故被推为校董不敢辞，谨当协力维持，以副诸君之希望。望诸君潜心求学，相与有成，共致力于建设前途，奠我民国于最强国之地位。他日斯校即

①曾业英编《蔡锷集》，长沙：湖南人民出版社，2008年，第1104—1105页。原编者注：原题为“蔡松坡之演说”，并有按语如下：“西城根国民大学日前欢迎校董熊希龄、蔡锷二君。蔡之演说，颇为学生欢迎，今节次于左。”

为东洋第二早稻田大学亦意中事。诸君责任岂不重乎！古人云：学然后知不足。欲他日临事无不足之虞，则今日之学问尤不可一息或懈，是又鄙人所希望于诸君者也。

《华侨杂志》祝词[①]

（1913 年 11 月）

宗邦不竞，民遁于荒。披斩荆棘，开辟南洋。
更拓壮图，远殖欧美。亚力西被，此为嚆矢。
祖国光复，实资助力。皙种仇视，黄魂潜泣。
去国日远，内情隔阂。抚之来之，当务是急。
输吸外资，润我中土。工矿振兴，是为天府。
系谁致之，实杂志力。蔚此高文，敢以为祝。

梁太公庆寿之启文[②]

（1914 年 4 月 6 日）

阳历四月十一日，为梁任公之太翁七旬正寿，拟在湖广会馆称觞祝嘏，由蔡锷、汤叡两君通启征文。其文云：

梁先生归国之三年，岁甲寅三月十有六日，为连涧太公口揆之辰，锷等谋觞于先生邸舍，遥为太公寿。抑太公绩学笃行，不可不著闻于世，用诠其略，以告海内。

新会梁氏，世居厓之茶坑，习为农。至太公祖若父，治诗书，守程朱实践之训。太公世其学，以诏子弟。盖先生兄弟幼岁，未尝就外傅，一切学行，皆秉太公之教也。

①邓江祁编《蔡锷集外集》，长沙：岳麓书社，2015 年，第 325 页。蔡锷为上海《华侨杂志》创刊祝词。

②曾业英编《蔡锷集》，长沙：湖南人民出版社，2008 年，第 1111—1112 页。

太公以为中国治本在于宗族，既不乐仕进，乃尽瘁于乡事。茶坑以一小岛，绾厓门口，沿岛居者千数家，梁氏居其半。而太公受乡人推，主乡事者垂二十年。

粤故多盗，邑滨海港汊歧复，盗以为薮，攻剽无宁岁。然太公之乡，未尝或以案验劳有司。盖太公率子弟既正且严，莫敢比匪，而厉行团保，又足以自卫也。海禁既开，国人嗜鸦片，粤为甚，间以饮博，吏弗能禁，又从而征之，民日以偷。谈粤俗者，首患盗，次鸦片，次博，称三害焉。而鸦片与博之风，绝于茶坑者垂十年，盖太公禁之极严，虽以宵分大风雨，必躬察缉，故咸敬惮，勿敢犯，久而化之也。

自秦汉以来，粤号陆梁，至今勇于私斗，往往乾糇小愆，千室为墟。当其椎牛列械，跳突噪呼，守吏莫敢谁何。茶坑亦尝与其邻构怨，亘十余岁。太公既董乡治，戒子弟勿得争意气，而躬与邻之父老和。时梁先生方以弱令［龄］登第，声华藉甚，而太公深自敛抑，故其邻感焉，言归于好。兹以往，附近诸乡有争讼者，恒丐太公一言而解，若虞芮之质成。而太公亦以排难解纷自任，奔走弗倦也。

太公性孝友，父疾三年，衣不解带，子弟请代，弗许。曰：是固余职，亦完吾伯仲之责也。盖太公有两兄不禄，故云。戊戌政变，梁先生走日本，粤吏承风旨，里间弗宁。太公怡然曰：安有孝治之世，辟及亲者乎！顾非弱小所堪，乃遣仲子负笈美洲，徙其家，时往来澳门、日本之间。虽在播越门以内，雍雍然困而弥笃。锷等居东，久恒亲见之。其后，梁先生日与彼邦人士游，所学益进，亦太公教也。

自太公出居于外，乡风少替矣，而自治之嫩，犹为邑中最。癸卯、甲辰间，禁网少懈，重以乡人敦迫，爰复厥居。今年七十矣，聪明康强，视昔有加，乡人无远迩，咸欢喜相告，谋为上寿。时则仲子启勋学成归国，与梁先生同宦京师，将于是日南向称庆礼也。

锷等不文，粗述其略，幸海内巨人长德，锡以嘉篇，播之歌咏，此则梁先生所百拜而受者尔。蔡锷、汤叡谨启。

《中华》杂志出版祝词[1]

（1914 年 4 月 15 日）

一锦之成，缫以万缕。纂组文章，服被九有。
一宫之成，擎以万木。刻镂雕题，焕乎华屋。
群言淆乱，政论波激。扶之翼之，进党是出。
风义所被，群英结轸。众说之郛，横流之障。
宏惟哲人，纂兹杂志。著论湛深，搜辑宏富。
如播嘉稻，必有美获。排彼浊滓，湛然清潏。
鼓钟于宫，声闻于外。纳民轨物，兹志是赖。

与蒋尊簋呈袁世凯文[2]

（1914 年 8 月 27 日）

为呈明事。窃维我大总统自减俸入，以廉俭为举国倡，薄海人民罔不感颂。迩者，欧陆战事发生，金融停滞，影响于吾国财政者极巨。大总统宵旰忧勤，亟亟图维，虑来日之方长，觉支撑之匪易。锷、尊簋夙荷恩遇，惭无报称，徒深纾难之愿，恨无可毁之家，现仰叨荣施，备员军府，每月应支俸给，足为俯仰事蓄之需。所有钧府顾问暨参政院参政两项兼薪，拟请自九月起一律停支，用效涓埃之报。区区愚忱，理合会呈陈明。伏乞大总统钧鉴。谨呈。

批令：该将军等慨念时艰，力辞兼薪，殊堪嘉尚。应即照准，以彰廉让。此批。大总统印。中华民国三年八月二十七日。国务卿徐世昌。

①曾业英编《蔡锷集》，长沙：湖南人民出版社，2008 年，第 1113 页。
②邓江祁编《蔡锷集外集》，长沙：岳麓书社，2015 年，第 327 页。

与梁启超等参政员咨袁世凯文[1]

（1914 年 10 月 2 日）

参政院质问外交失宜，日军侵及中立地点，并破坏中立举动诸端，政府何以对付，乞答复。文曰：窃自欧洲战祸发生，我国遵国际通义，宣告严正中立，不幸而有青岛之事，遂成局部中立之状态。又未几而战线展开，交战区域不能不更为迁就，致有外交部划定区域之通告。当时我国民忧愤惊疑，舆论几逸出常规。嗣经大总统传集本院同人，谕以时局之艰，使普劝国民忍辱负重，而以折冲之任责诸政府。本院同人以为政府之外交当局者，必能仰体大总统外顾邦交，内全国体之盛意，与各交战国妥慎交涉，无或陨越。乃据近旬日来山东方面之情报，有令同人等不得不深滋疑讶者。

其一，闻日本军队已占据潍县车站，且（西）向进行。查外交部通告，战区仅限于龙口、莱州，及接连胶州湾附近各地方，确实为各交战国军队必须行用至少之地点。等因。潍县距胶州四百余重［里］，非军队必须行用之地点，其为完全中立之地甚明。今日军忽有此举，究竟我国前此通告，闻已经日本公使回文承认，此次占潍县以后，我政府曾否向日政府提出抗议？日政府作何答复？若彼不答复，或答复而不能使我国民满意，或答复后而不实行，我政府作何筹划对待？应请说明，以释民惑。

其二，据某日《顺天时报》所载济南特电，言该地日本侨民因第八联队将至，预备欢迎。又前日英文《北京日报》有日使已向我外交部表示欲占领胶济铁路之意。此等事是否属实？交战目的地在青岛，何故日兵纷纷西向羼入济、青一带？我政府究竟有无闻见？曾否向彼诘责？胶济铁路，我国商股甚多，安能视为战利品。就令完全认为德国国家产业，试问日本能否占据中国领土内之德国所有租界，及已卸武装之军舰，已经扣留之军用品乎？如其能之，则英、俄、法、德、奥、比各国何一一不可在中国领土内自由行动？此等举措，究为尊重中立？抑为破坏中立？我政府曾否问日政府得有确实保证，保此后决无此等行动？若其有之，政府何以待之？

其三，英国此次与德宣战，声明为扶助比利时中立起见，故不惜牺牲全国

---

[1]曾业英编《蔡锷集》，长沙：湖南人民出版社，2008 年，第 1113-1115 页。原编者注：此文原题为“参政院之质问”。

金钱性命以赴之。今青岛之役，明明为英日联军与德交战，日本当局亦向会议宣明，曾经与英国协商，始行宣战。则一切举动，英国自不负连带责任甚明，何以在欧洲则极力尊重公法，在中国则与日本同为此破坏中立之举？我政府曾否持此义与英政府抗议？其经过交涉若何？

其四，日军所至，往往有残杀良民，奸淫妇女之事。本院同人夙仰日本为文明国，原不肯轻信讹言。乃据各该人民公禀，则被害人之姓名、年岁、籍贯，及被害事由，皆详载凿凿。我政府曾否调查实情？曾否执言伸理？若谓军队偶尔不慎，无庸苛责，则吾侪犹记去年我国南京平乱时，日本商民阑入战线，误被伤戕者，日人尝责我履行极难堪之义务。今我为顾全大局计，万分迁就，许以假道，可谓仁至义尽。日军果有此等举动，我政府曾否与之严正交涉，惩前毖后，使我军民之气，稍得平息？

其五，闻日军所至，发行多数军用钞票，日本究据何权利在我国境内强制行使此种无定值之货币？若云有现可兑，究竟现银在何处？兑换在何时？犹记当日俄战，彼时日人在奉天发行此项钞票，后此以正金银行兑换券易之，然至今正金券在东省者数千万，何尝有一文直接兑现？实则布不换纸币于我境，使我物价腾涌，生计恐惶，创巨痛深，于今为烈。此次山东复有此举，此事前曾否通告我政府？发出之后我政府曾否过问？本院同人之意，谓宜与之严重交涉，令军队采买物品，皆用现银。若彼藉口于运送不便，则其所发军用票亦须指定数目，先将同额之现金，交与我政府，以为将来兑现之保证，乃得发行。

以上诸端，皆全国人民所共为惊疑，日来各地军民因痛外交之失宜，惧国亡之无日，或设救亡敢死之团，或倡排货修怨之议。有识之士日思所以节制之，瘏口哓音，始获少安。若外交当局不能以国权切实之保障明示吾民，则疑愤所集，万一激成度外之举动，将何术以善其后？本院代行立法院为代表民意机关，对于政局，势难缄默，凡此各种疑义，谨据约法第三十一条第八项，及参政院议事规则第三十九条，要求大总统答复。此咨大总统。

在参政院第十五次常会上的演说词[①]

（1914年10月2日）

质问书简直系全体对于政府外交上之质问。要知国家外交，纯以军实为后盾，若无军实，则外交手段无论如何均归无效，此人人所知。但此次青岛之役，日本所持之态度，亦尽人所知，其无非欲施行其近二十年之大陆政策。盖日本原为岛国，非在大陆上活动，实难以展其野心。所谓其大陆政策，非在大陆上活动不可。质而言之，即吞并我中国之政策也。故第一次甲午之役，即占我台湾。至于辽东半岛虽已退出，其实系俄、法、德合力从其口中取出，忍气吞声至于今日。第二次则侵略南满。现南满虽仍为中国所有，实与日本之领土无异。现则为其施行大陆政策第三次之机会。其因在东三省不能大为活动，故趁此时机，借青岛问题与德开衅，占领胶济铁路，其目的所在，无非思于媾和条件中，提出取得津浦北段铁路之权。其目前虽视其兵力所到之区为中国本土，将来施行大陆政策之结果，恐以山东为第二之南满。此第一层可虑者。第二层，欧洲战事非一二年所能了结，德如破法，必转戈以相向。所以，日本赶于一年内，竭其全力从事于东方而为所欲为，以施行其二三十年来所抱定之大陆政策。苟日本有此两种情事，对于中国，试问我政府将何以自处？我中国向来立国方针，以及外交当局所持以为交邻之手段，莫非苟延残喘，或联甲国以制乙国，或联乙国以制甲国，使其互相牵掣。及今欧洲战事发生，均势之局已破，全不能致力于东方，致东方舞台为日人所独占。现稍有余力者，惟美国一国而已。美国海军虽素称精强，较胜于日，然当日美战争时，曾有某军官列表比较谓：美之海军实倍于日，美军百余万吨，日军不过五十余万吨。但美国虽有如此之海军，必须以若干数驻于墨西哥，以若干数留备本国之保护，即将来能到东方者，约七八十余万。且须于东方取得有军港，否则，即不易于从事。但美国在东方本有菲律宾领地可以集合，其实该处亦无甚良好之军港。日本若乘其势力未达东方之前，以三十万兵来集中国，亦已足矣。即令将来美之军力达到东方，而主客异形，劳师袭远，不战而疲。且美国为合众国，不若日本之统一，其人种杂糅，有所谓拉丁人种及红色人种等，故其爱国心亦不若日本之强，海军究能胜于日本，未敢操券。中国今日所希望者惟美

①曾业英编《蔡锷集》，长沙：湖南人民出版社，2008年，第1116–1117页。

一国，而美国在现时实不能为我中国外交上之援助。况罗斯福既退职，而威尔逊继任，从前政策一概更变，专讲保守主义，绝不敢轻举而来。中国处此时代，较庚子、甲午及光复之际，尤加十倍危险。如处今日之中国，欲谋国家之保存，外交既不可恃，惟有全仗己国。现所提之质问书，自是毫无疑义。至于军事、财政究竟如何筹备，万一日本以山东为第二之南满，施行其大陆政策，政府究竟如何对付？当此国家存亡危急之秋，非合全国之力以谋之不可，必须上下一心。或者政府对于现所质问之处，已有办法，实亦本院现所乐闻。至本席所提各意见．能否合并质问，尚请诸君讨论。

与孙毓筠等咨袁世凯文①

（1914 年 11 月 20 日）

参政院代行立法院咨。为建议事：窃维今日外患日亟，国势艰危，虽聚五族人民戮力而谋之，尚虞不足，乃竟闻有人倡为清主复辟之说。讹言萌动，莫知自来，道路流传，骇人观听。溯自改革以还，暴民专恣，衣冠扫地，士族凌夷，颠沛流离，困苦万状。我大总统怀亡国之痛，忍辱负重，以次削平大难，回复秩序，然后国中可得一朝居。乃干戈甫息，诸务未皇，即先优礼耆儒，宏开史馆，凡所以对内对外，不敢稍避险阻者，无非欲保全国家统一，不令分裂，以贻国民之大辱。

世人不察，去年遂有主张总统称帝之说，为大总统所痛斥，着交地方官查办，以为淆乱国体者戒。方今外侮未已，又有清主复辟之说，其为识见迂拘，岂有伦比！此等知有个人，不知有国家之论，本无辩斥之价值，然其淆乱国体，而政府不之罪，散布流言，而内务当局不之禁，与彼之请总统称帝者，同罪而异罚，国家法律何在？在此宜注意者一也。

改革之初，朝野上下，互相排击。自共和宣布后，同懔沦亡之惧，深维手足之谊。海内外种族之著述，悉数禁绝，五族一家，无分畛域，有此良现象而不思保守，必欲抉其藩而破其篱，以为离间五族之计，诚不知其是何居心？此真全国国民之公敌，此宜注意者二也。

彼为此说者，自称为忠于清室，殊不知清廷媲美尧舜。化家天下为公天下之

①曾业英编《蔡锷集》，长沙：湖南人民出版社，2008 年，第 1122—1124 页。

心，中外同钦。今乃欲为之回一家之政权，复一姓之帝制，而转以陷之于嫌疑之地，恐亦非清廷公天下之初心，此宜注意者三也。

自清室宣布共和以来，为临时政府者几一年，国交迄未巩固，正式政府成立，友邦始先后承认，信赖我政府能整顿内治，保护各国侨民生命财产。今乃以无聊之故，倡为异论，不顾邦家之多难，国本之动摇，于此而不加以防遏，设一旦强邻责言，惹起外患，谁尸其咎？此宜注意者四也。

夫前朝遗逸，何代蔑有？兴朝之举动，对于恬静者则礼，以旌其节，对于抗阻者则诛，以全其名，此历史上之惯例也。今我国并非易姓，天下为公，本无携贰之嫌，兼有匹夫之责，当事者不过尽义务，放弃者岂得谓清流。乃彼欲争权利之徒，每相与造作谰言，隐为号召，标榜同类，煽惑士流，藉遗逸之高名，引耆宿为傀儡，务令民国人心解体而后快。万一乱党乘机而入，恐意外之祸，即在目前。此宜注意者五也。

凡此淆乱国体，离间五族，危害清室，惹起外患，酿成内乱，诸大端有一于此，足以亡国。况自清皇室宣布共和以来，业已三年，民国之待清室者，履行优待条件，有加无已。清皇室待民国者，往来聘囗，无不致敬尽礼，推诚布公，此诚一国之幸福，四万万人同深感激者也。乃无知之徒，又复造此谣言，以危国本，不谓不请政府力为注意，如有意存叵测，假此谬说，希图扰乱治安者，即照刑律内乱罪从重惩治，以期消弭祸患于无形。

本院代行立法院代表民意，势难缄默，谨依据约法第三十一条第七项提出建议案，咨请大总统查照施行。此咨大总统。

提出者　孙毓筠　梁士诒　增　韫　赵维熙　刘若曾　宝　熙
宋小濂　廓　昌　联　芳　胡　钧　孙多森　李盛铎
严　复　黎　渊　秦望澜　李湛阳　王揖唐　马　良
徐绍桢　赵尔巽　杨守敬　钱　恂　那彦图　柯劭忞
塔旺囗理甲拉　萨镇冰　姚锡光　蔡　锷　郭曾炘
阿穆尔灵圭　蒋尊簋　马其昶　王树枏　王闿运　梁启超

戴府李夫人七秩寿言[1]

（1915 年 8 月）

民国四年，予莅京将军府，任参政兼督办经界局务，中日交涉起[2]，会议数月，夏午始解。憩少顷，检理局事，公余拾陈生汝翼函，启之，知为伊舅氏戴母李夫人年七秩，欲乞予言以寿之。节录行述，称是母及笄于归，念四而寡，艰嗣息，意欲殉夫死。适是年家难迭遭，凡四丧，遂转计坚忍，从容持家政，以当大事。圆精方祇，烁凝昭定，敬行宗记，孝达尊亲，思媚诸姑，贻我规则。振衰残之门第，励明净之冰操。慈柔中谷，艰难罔忒，母仪妇德无间然。前清湖南学政吴曾以“庆余善果”旌之，盖因戴家累代慈善之表现也。抚子绵姒，迄今则子又生孙矣。年已七十，愿乞文为祝云云。

懿欤斯母！诚孝节也。斯母之孝节，非具有坚忍不挫之志，亦不能至于今日也。生误矣！生第拘于习俗之见以文为寿，而不知斯母之孝节即其寿也。斯母之孝节不能以年计也，斯母之孝节亦不待文辞为增加也。天下事，际忧患时，须具有坚忍从容之心，而后可立于不挫不败之地。家然也，国亦然。历观注史，代有明征。如缇萦之有孝著，孟母之以贤称，桓嫠之慷慨旌心，徐氏之踌躇馀血。昌晖徽音，千秋永嗣。至若勾践治吴，重耳霸晋，管氏不死而齐王[3]，子胥不死而吴兴。丰功伟业，辉映河山。无非此坚忍不挫之志有以成之也。今者中日约成，举国人群有耻心，吾幸举国人之有耻心，吾尤望举国人而师李夫人之有坚忍不挫之志，则吾国寿矣，则吾四万万之同胞齐登寿域矣。大哉，夫人！寿哉，夫人！夫人寿身寿世，文何为焉！

上将衔陆军中将勋二位昭威将军、参政院参政、经界局督办蔡锷敬撰。中大夫云南盐运使萧堃、陆军中将前湖南第三师师长曾继梧、湖南常德地方检察厅厅长张天宋、陆军步兵中校前湖南陆军第三营营长宋鹤庚、严命甥陈诗晒、诗晟率侄良、严命甥兼侄婿陈整，民国四年岁次乙卯孟秋七月谷旦同鞠躬敬贺。

---

①《邵阳文史》第 24 辑，1996 年，134–135 页。此文系陈新宪发现，原载新邵县《戴氏四修族谱》。

②原编者注：指“二十一条”交涉。日本向袁世凯政府提出意图变中国为其殖民地的“二十一条”。

③原编者注：“王”通“旺”。

《大公报》开幕祝词[①]

（1915 年 9 月 1 日）

凤凰在筊，龙蛇起陆。阒无人声，惟闻鬼哭。
有声自南，其风则雄。营督故大，背私故公。
狐史褒讥，麟经笔削。禹鼎温犀，舜旌孔铎。
国之枢机，民之喉舌。于万斯年，丕此鸿烈。

呈袁世凯文[②]

（1915 年 10 月 30 日）

为近患喉痛，日久未愈，恳请给假五日，俾资调养事：窃锷于本月初旬，忽患喉痛，因连日从公，未甚留意，迁延日久，病势加剧。近则红肿异常，言语失音，饮食亦为之锐减。迭经医治，未见痊可。现就西医诊视，据云肺胃积热，兼有外感，亟言避风少言，医药始能收效等语。拟自本月二十九日起，请假五日，以资静摄。伏乞大总统鉴核施行。谨呈。

批令：准予给假五日。此批。大总统印。

中华民国四年十月三十日

国务卿　陆征祥

①邓江祁编《蔡锷集外集》，长沙：岳麓书社，2015 年，第 337 页。

②曾业英编《蔡锷集》，长沙：湖南人民出版社，2008 年，第 1221—1222 页。

呈袁世凯文[①]

（1915年11月30日）

为病势迁延，赴日疗养，恭行呈报，仰祈钧鉴事：窃锷于本月二十二日，缕陈病状，恳请续假三月，并请将督办经界局事务暨参政院参政两职派员署理。奉批令：著给假两月，所请遴员署理差缺之处，已另有令明发矣。此批。等因。奉此。仰见大总统曲予体恤之至意，感激莫名。伏念锷病根久伏，殊非旦夕所能就痊。而北地严寒，亦非孱弱之躯所能耐，一交冬令，病势益加。计惟有移住气候温暖地方，从容调养，庶医药可望奏功。查日本天气温和，山水清旷，且医治肺胃，设有专科，于养病甚属相宜。兹航海东渡，赴日就医，以期病体早痊，再图报称。所有病势迁延，赴日就医各缘由，理合具文恭行呈报。谨乞大总统钧鉴。谨呈。

批令：呈悉。一俟调治就愈，仍望早日回国，销假任事，用副倚任。此批。大总统印。

中华民国四年十一月三十日

国务卿　陆征祥

致雷飙电[②]

（1915年12月21日）

泸州雷旅长鉴：

霁密。锷十九抵滇，与臆公暨各将领备极欢洽。京师禁密地，苦难通信，故无由以胸臆相告，歉极。

天祸吾国，袁氏叛逆，以致强邻生心，内乱潜滋。际兹千钧一发之会，吾侪乃不得不负重而趋。同人于京、津计议多次，决心与此恶魔一战，以奠国家，

①曾业英编《蔡锷集》，长沙：湖南人民出版社，2008年，第1228页。

②曾业英编《蔡锷集》，长沙：湖南人民出版社，2008年，第1230—1231页。

而安生灵。袁氏诡诈阴险，此次谋叛，附和最力者不过寥寥数辈，然皆另抱目的，实已陷于众叛亲离之地，倾覆甚易。一切计划，早已分途并进，且深信其确有把握。较之辛亥之役，或尤易易。现各省如桂省陆、陈，宁省冯[①]，早已决心，业作准备。赣、湘、浙、鲁久通联络，已得赞可。粤省党人运动亦已成熟。

滇黔拟合编三师，分出湘、蜀，军队现已集中，克日出发。望与积之[②]师长速作准备，相机因应。不揣刘、周两师[③]，于滇黔之师未抵川境以前，能独力发动否？如虑难支，不妨稍待。李植生日内启程来泸与兄暨积之接洽一切。积之暨翰兄[④]希密将意[⑤]。文澜、百里、五峰等数十人，曾与密约，伺机南旋。现蒋、韩已抵港，任公已抵沪，循若、叔桓、仪青已偕之来滇，并闻。二公及杏村、穆生诸兄意向何如，并乞探示。临电不胜拳拳。锷△。马。印。

致袁世凯电[⑥]

（1915 年 12 月 24 日）

至急。北京大总统钧鉴：

华密。自筹安会发生，演成国变，纪纲废堕，根本动摇；驯至五国警告迭乘，辱国已甚，人心惶骇，祸乱潜滋。锷到东以后，曾切词披布腹心，未蒙采纳。弥月以来，周历南北，痛心召侮，无地不然。顷间抵滇，舆情尤为愤激。适见唐将军、任巡按使漾日电陈，吁请取消帝制，惩办元凶，足征［徵］人心大同，全国一致。锷等辱承恩礼，感切私衷，用敢再效款款之愚，为最后之忠告。伏乞大总统于滇将军、巡按所陈各节，迅予照准，立将段芝贵诸人明正典刑，并发明令，永除帝制。如天之福，我国家其永赖之，否则，土崩之祸，即在目前，噬脐之悔，云何能及？痛哭陈词，屏息待命。锷、戡同叩。敬。印。

---

①原编者注：陆荣廷、陈炳焜、冯国璋。

②原编者注：刘存厚，字积之。

③原编者注：刘存厚、周骏。

④原编者注：修翰青。

⑤原编者注：原文如此，疑有脱误。

⑥曾业英编《蔡锷集》，长沙：湖南人民出版社，2008 年，第 1232 页。

致各省将军巡按使等电[①]

（1915 年 12 月 27 日）

十万火急。各省上将军、将军、巡按使、护军使、镇守使、各都统并转各军师旅长、各道尹、各知事、各商会、农会、教育会、各学校、各报馆公鉴：

呜呼！天祸中国，实生妖孽，袁氏以子孙帝王之私，致亿兆生灵之祸，怙终不反，愎谏无亲。既自绝于国民，义不同其履戴［载］。敢声其罪，与众讨之。

袁氏昔在清廷，久窃权位，不学无术，跋扈飞扬，凶德既已彰闻，朝端为之侧目。迨民军首义之日，及清廷逊位之时，袁氏两端首鼠，百计媚狐，以孤儿寡妇为大可欺，以天灾人言为不足畏，迹其侮弄神器，睥睨君亲，固已路人知司马之心，识者有沐猴之叹。惟时我邦人诸友，念风雨之飘摇，惧民生之涂炭，永怀国难，力奠邦基。故赣、宁之役无功，而皖、粤之师亦挫。乃袁氏恃其武力，遽即骄盈，蹂躏人权，弁髦法治，国会加以解散，自治横被摧残，异己削迹于国中，大权独操于一手，彼固曰是可以有为矣。卒之无补时艰，不保中立。济南自拓夫战域，辽东复展其租期，甚至俯首为城下之盟，披发有陆沉之痛。呜呼！我国民之忍辱含垢为已甚矣！袁氏之力图湔雪，以求报称，宜何如者？何图异想忽开，野心愈肆，元首谋逆，帝制自为。筹安会发生于前，请愿团继起于后，等哀章之金匮，假强华之赤符，对内国人民则谓外议之一致，于外交方面复假民意以相欺，自奋独夫之私，欲掩天下之目。呜呼！永除专制，夫已氏之口血未干；难拂民心，清帝之诏书具在。无信不立，宁得谓人！食言而肥，何以为国！因之外侮自召，警告频来，干涉之形既成，保护之局将定。此时杨再思一日天子，宁复有人间羞耻之心；他日石敬瑭半壁河山，更安有吾民视息之所。兴言及此，哀痛何云！

夫总统一国之元首，中外所具瞻也。今袁氏躬为叛逆，自失元首之资格。斯其丑行凉德，固有无能为讳者。更举其略，以告国人。南北和议初成，党人欢迎南下，袁氏欲留无辞，乃煽动兵变，以为口实。京津一带，惨付劫烧。张家口兵变，首乱不过数人，而全军咸遭坑杀。逞一己之淫威，轻万众之身命，是为不仁。黎副总统一代元勋，功在民国，段陆军总长当世人杰，志尤忠纯，皆袁氏股肱心膂也。徒以反对帝制之故，积彼猜疑。瀛台等羑里之囚，西山有

①曾业英编《蔡锷集》，长沙：湖南人民出版社，2008 年，第 1234–1236 页。

云梦之辱。近传噩耗，未卜存亡。叹乌喙之凶残，悲鸟弓之俱尽，是谓不义。梁士诒、段芝贵、张镇芳、袁乃宽、杨度、胡瑛、顾鳌辈皆市井小人，顽钝无耻。袁氏利其奔走，任以鹰犬之材；梁等遂窃威权，肆其狼狈之技。群邪并进，一指当前。望夷之祸匪遥，轮台之悔何及，是谓不智。当和议初起，袁氏握清廷全权，每语人曰：吾誓不作总统。及叛迹已露，中外咸知，袁氏犹曰：公等若再以帝制相迫，则我必逃英伦。言犹在耳，今竟何如？是谓不信。辛壬之际，义旅同兴，争冒死以图功，更举国以相授。袁氏之有今日，伊谁之力？乃动矜禅让，横肆诛夷，谓不杀于谦，则此举无名；谓苟无曹瞒，则几人称帝？功反为罪，生者之身已冤；死而有知，地下之目岂瞑？是谓不让。又若财权集于内府，计部徒建空名。大借款以盐税抵押，用途始终秘密。长芦运盐公司独占，商利垄断，闻亦同登。袁乃宽、梁士诒、张镇芳，袁氏之聚敛臣也。交通银行，袁氏之外府也。甚至以一国之元首，而寄私产于他邦。腾笑外人，贻羞当世。其寡廉鲜耻，有如斯者。尤可异者，显达违亲，陌［漠］视孔怀。乖戾已深，本实先拨。宫门喋血，患已伏于隐微；斗尺寻仇，祸恐烈于典午。彼宗且覆，吾国何存！哀我无告之人民，忍与昏暴而俱尽哉！昔者董逃未唱，关东州郡同盟；莽窃初成，两河义军并起。今袁氏之罪，更浮于二凶；民国之危，尤甚于季汉。而且孙皓与下多忌，祖约褊厄不仁。孟津之八百不期，牧野之三千愈奋，斯其时也。各省军民长官，身为共和官吏，实系大局安危，必能挥士行之义旗，标茂宏之大节，举足轻重，立判存亡。其有海内顾厨，先朝耆硕，在昔首阳贬节，原知心在国家；于今大盗潜移，宁肯助其乱逆？谅同义愤，请共驱除。至若南阳旧部，新室故人，谁非国民，岂任私昵？况悲凉风于斛律，铲地难除；感大树之飘零，长城已坏。难共忧患，请视韩彭，其必有倒戈以图奋袂而起者乎？其余各界人士，虽未与人军国之谋，应念兴亡有责之义。则匹夫蹈海，义感邦君，小吏登坛，节厉群后，于古有之，是所望也。尧等痛念阽危，诚发宵寐；力虽穷于填海，志不挫于移山；请负弩以先驱，冀鼓桴之相应。将与摧公路之枯骨，走杨越之居尸，义声播而黄河清，大旆指而幽云卷，然后保固有之民国，定再造之旧邦，解此倒悬，绵我华胄，天下自此定矣。诸君其有意乎？乃若觊延漏刻，眷恋穷城，等防后之稽诛，效蜚廉之死纣，则师直为壮，助顺者天，何枯朽之能支，将声名之并裂，幸毋贻悔于他日，庶其有感于斯文。唐继尧、蔡锷、任可澄、刘显世、戴戡暨军政全体同叩。感。印。

致各省将军巡按使等电[①]

（1915年12月30日）

各省将军、巡按使，各镇守使、护军使，各都统钧鉴：

前陈两电，计蒙鉴察。袁氏违法背誓，背叛民国，凡有血气，莫不痛心，矧在服民国之官，食民国之禄者。乃电告已一周间，响应者固不乏人，尚有多省未闻同申大义，一致进行。见义不为，当仁而让，坐失事机，宁不可惜！意者岂有恋于袁氏之爵禄，不欲舍弃耶？夫袁氏爵赏之滥，亦可谓空前绝后矣。羊头灶婢，尽授官阶，走卒贩夫，咸膺爵位。物以稀而可贵，袁氏名器之滥如此，岂尚有价值之可言！果能同举义师，拔彼赵帜，共和复故，民国重新，则是烈烈轰轰，光耀千载。以视彼爝火之虚荣，冗滥之官秩，曾腐鼠之不若矣。又岂有惑于袁氏之私惠，不忍背弃耶？吾人所受之官禄，民国之官禄也。受爵公庭，谢恩私室，君子鄙之，何私惠之足云？况袁氏要结虽工，而阴狠实甚，附我者则豢之如犬马，异己者则诛之如寇仇。为怨为德，何常之有？今日以私恩之故，徘徊犹豫，异日功狗之烹，可翘足而待。与其噬脐后悔，何如及早决心，左提右挈，成功可必，保节全身，在兹一举。不然，其必以君宪政治为真可行耶？姑勿论世界文明已趋共治，君主国体日在淘汰之中。即就现政而论，袁氏就职以来，摧残舆论，滥耗库储，生杀由心，法律刍狗，民生困敝，呼诉无门，名为共和总统，实无异于君主专制。凡所设施，皆以为其私耳，所谓福国利民者安在哉！其为总统犹横恣如是，则异日之君主可知。今若戮力同心，铲除帝制，推倒袁氏，重建共和，则法、美之良规具在，我中华民国巍然继起于东亚大陆矣。舍此三者之外，则必其劫于积威之故，而不敢发难。不知自筹安会发生以来，薄海人民，同深愤恨，贤达君子，高举远引，众叛亲离，已成独夫，攘臂一呼，行见众山皆应，摧枯拉朽，可操券而决。又或狃于目前之安，悯念民生之苦，不欲变动，贻累地方。不知见小利者反致大害，怀安乐者反贻困苦。况今日我国民之困敝甚矣！不改弦而更张之，又何乐利之可言？今兹之举，正所以去苦害之域，臻乐利之境，除帝制之毒，复共和之庥，安之大者也。人类以求安为目的，不此之求，复何求哉！继尧等计划已定，著著进行，但有进死，更无退生，非达到还我共和民国之目的

---

①曾业英编《蔡锷集》，长沙：湖南人民出版社，2008年，第1237-1238页。

不止。诸公皆当世贤俊，手造民国，忍使庄严璀璨之名邦，坠于浩劫而不复耶？神州陆沉，谁尸其咎？同舟共济，大有其人，恐着鞭之先我，愿负弩以前驱。切盼深谅热忱，共兴义举，机缘可惜，宏愿必偿。盖以正胜邪，以直胜曲，自然之验，必至之符也。幸勿存心观望，坐误机宜，甘作公民之敌，自贻后至之羞，万世千秋，永为世界人之诟病，则幸甚矣。临电神驰，伫聆好音。唐继尧、蔡锷、刘显世、任可澄、戴戡同叩。全。印。

致各省将军巡按使等电[①]

（1915 年 12 月 31 日）

徐州巡阅使分送各省将军、巡按使、护军使、各镇守使、各师旅团长、各道尹、各报馆、热河、察哈尔、归化、绥远都统钧鉴：

有日所发檄文，谅已达览。惟尚有未尽之义，谨再掬诚报告如下：

慨自晚清失政，国命阽危，我国民念竞存之孔艰，当元二年之交，举国喁喁望治，爱国之士，不惜牺牲一切，与袁氏相戮力，岂有所私于一人，冀藉手以拯此垂亡之国而已。袁氏受国民付托之重，于兹四年，在政治上未尝示吾侪以一线之光明，而汲汲为一人一家怙权固位之私计。受事以来，新募外债逾数万万，其用途无一能相公布。欧战发生，外债路绝，则专谋搜括于内，增设恶税，强迫内债，更悬重赏，以奖励掊克之吏，不恤竭泽而渔，以致四海困穷，无所控诉。问其聚敛所入，则惟以供笼络人士，警防家贼之用，而于国务丝毫无与。对外曾不闻为国防之计画，为国际经济竞争之设备，徒弄小智小术，以取侮于友邦，致外交着着失败。对内则全不顾地方之利害，不恤人民之疾苦，盗贼充斥，未或能治，冤狱填塞，未或能理，摧残教育，昌言复古，垄断实业，私为官营，师嬴政愚弱黔首之谋，尊弘羊利出一孔之教。法令条教，纷如牛毛，朝令夕更，自出自犯，使人民无所适从，而守法观念驯至澌灭以尽。用人则以便辟巧佞为贤，以苛酷险戾为才。忠谠见疏，英俊召嫉。遵妾妇之道，则立跻高明；抱耿介之志，或危及生命。以致正气销沉，廉耻扫地，国家元气，斫丧无余。凡此政象，万目具瞻，以较前清，黑暗泯棼，奚啻什倍。我国民既惩破坏之不祥，复谅建设之匪易，含辛忍痛，冀观后效，掬诚侧望，亦既数年。方谓当今内难已平，

[①]曾业英编《蔡锷集》，长沙：湖南人民出版社，2008 年，第 1238-1241 页。

大权独揽，列强多事，边患稍纾，正宜奋卧薪尝胆之精神，拯一发千钧之国命。何图彼昏，百事弗恤，惟思觊觎神器，帝号自娱。背弃口宣之誓言，干犯公约之宪典。内罔吾民，外欺列国。授意鹰犬，遍布爪牙。劫持国人，使相附和。良士忠告，充耳弗闻。舆论持正，翻成罪状。以致怨毒沸腾，物情惶骇。农辍于陇，商闭于廛，旅梗于途，士叹于校。在朝节士，相率引退。伏莽群戎，伺机思逞。驯至列强干涉，警告再三。有严密监视之宣言，作自由行动之准备。夫以一国之内政，乃至劳友邦之容喙，奇耻大辱，宁复堪忍！谁谓为之，乃使我至于此极也。今犹不悛，包羞怙恶，彼将遂此大欲。餍其祸心，苟非效石晋割地称儿之故技，必且袭亡清奖拳排外之覆车。二者有一于此，则吾国永沉九渊，万劫宁复。

先圣不云乎：乱贼之罪，尽人得而诛之。况乃受命于民，为国元首。叛国之事实既已昭然，卖国之阴谋行且暴露，此而不讨，则中国其为无人也已。呜呼！国之不存，身将焉托！而立国于今，抑何容易。人方合兆众为一体，日新月异，以改良其政治，稍一凝滞不进，已岌岌焉为人鱼肉是惧。况乃逆流回棹，欲袭中世纪东方奸雄之伎俩，弋取权位，而谓可以奠国家，安社稷，稍有常识者，当知其无幸也。袁氏对于国家，既眴然不自知其职责之所在；对于世界，复懵然不审潮流之所趋。其政治上之效绩，受试验于我国民之前者，亦既有年，所余者惟累累罪恶，污我史乘，他复何有？就令怵于名分，不敢明叛国体，然由彼之道，无变彼之术，亦惟有取国家元气，旦旦而伐，酝酿大乱，以底于亡。况当此祸至无日之时，乃更有帝制自为之举，譬犹熟视父母，宛转属纩，而复引刀以殊［诛］之，别有肺肠，是孰可忍。数月以来，淫威所煽，劝进之辞，所在多有，彼方假借，指为民意，冀以窃誉当时，掩罪后史。实则群公之权宜承旨，或出于顾全大局，投鼠忌器之苦心，或怀抱沉机观变、待时而动之远识，岂其心悦诚服，甘作贰臣，狂走中风，殉兹戎首。尧等或任职中枢，或滥竽专阃，为私计则尊显逾分，更何所求？与袁氏亦共事有年，岂好违异？徒以势迫危亡，间不容发，邦之杌陧，实由一人。亦既屡进痛哭之忠言，力图最后之补救，奈独夫更无悔祸之心，即兆众日在倒悬之域，是用率由国宪，声罪致讨，翦彼叛逆，还我太平。义师之兴，誓以四事：一曰与全国民戮力拥护共和国体，使帝制永不发生；二曰画定中央地方权限，图各省民力之自由发展；三曰建设名实相副之立宪政治，以适应世界大势；四曰以诚意巩固邦交，增进国际团体上之资格。此四义者，奉以周旋，下以侥福于国民，上以祈鉴于天日。至于成败利钝，非所逆睹，惟行乎心之所安，由乎义之所在。天相中国，其克有功。敢布腹心，告诸天下。唐继尧、蔡锷、任可澄、刘显世、戴戡、张子贞、刘祖武叩。卅一。印。

致各省将军巡按使等电[①]

（1915 年 12 月）

天祸中国，元首谋逆，蔑弃约法，背食誓言，拂逆舆情，自为帝制，卒召外侮，警告迭来，干涉之形既成，保护之局将定。锷等忝列司存，与国休戚，不忍艰难缔造之邦，从此沦胥，更惧绳继神明之胄，夷为皂圉。连日致电袁氏，劝戢野心，更要求惩治罪魁，以谢天下。所有原电，迭经通告，想承鉴察。何图彼昏，曾不悔过，狡拒忠告，益煽逆谋。

夫总统者，民国之总统也，凡百官守，皆民国之官守也。既为背叛民国之罪人，当然丧失元首之资格。锷等身受国恩，义不从贼，今已严拒伪命，奠定滇、黔诸地方，为国婴守，并檄四方，声罪致讨，露布之文，别电尘鉴。更有数言，涕泣以陈之者：

阋墙之祸，在家庭为大变，革命之举，在国家为不祥。锷等夙爱和平，岂有乐于兹役？徒以袁氏内罔吾民，外欺列国，有兹干涉。既濒危亡，非自今永除帝制，确保共和，则内安外攘，两穷于术。锷等今与军民守此信仰，舍命不渝，所望凡食民国之禄，事民国之事者，咸激发天良，申兹大义。若犹观望，或持异同，则事势所趋，亦略可预测。锷等志同填海，力等戴山，力征经营，固非始愿所在。以一敌八，抑亦智者不为。麾下若忍于旁观，锷等亦何能相强？然量麾下之力，亦未必能摧此土之坚，即原麾下之心，又岂必欲夺匹夫之志！苟长此相持，稍亘岁月，则鹬蚌之利，真归于渔人，而萁豆之煎，空悲于铄釜。言念及此，痛哭何云？而锷等则与民国共死生，麾下则犹为独夫作鹰犬，坐此执持，至于亡国，科其罪责，必有所归矣。今若同申义愤，相应鼓桴，所拥护者为固有之民国，匕鬯不惊，所驱逐者为叛国之一夫，天人同庆。造福作孽，在一念之危微，保国覆宗，待举足之轻重。致布腹心，惟麾下实利图之。

---

①曾业英编《蔡锷集》，长沙：湖南人民出版社，2008 年，第 1241−1242 页。

告滇中父老文[1]

（1915 年 12 月）

锷去滇二年于兹矣。忆辛亥起义，仓卒为众所推，式饮式食于兹土者，亦既有年。自维德薄能鲜，无补于父老，而父老顾不以其不职而莫我肯穀焉，则父老之所以遇我者良厚。属以内迁，不获久与父老游。卒卒北行，伴食权门，郁郁谁语？睹此国难之方兴，计好义急公，堪共忧患，誓死生者，茫茫宇内，盖莫我滇父老若。今锷之所以来，盖诚有为国请命于父老之前者，愿父老之垂听焉。

民国成立以还，袁逆世凯因缘事会，遂取魁柄，凭权藉势，失政乱国。内则佥壬竞进，苛政繁兴，盗贼满山，人民憔悴。外则强邻侵逼，藩服携贰，主权丧失，疆土日蹙。乃袁逆曾不悔祸，犹复妄肆威权，排斥异己，挥金如土，杀人如麻，等法制如弁髦，玩国民于股掌，伊古昏暴之祸，盖未有若袁逆世凯之甚者。顾中国志士仁人，所以忍痛斯须，虚与委蛇者，诚念飘摇风雨，国步方艰，冀民国国体不变，元首更替有期，犹可徐图补救耳。乃袁逆贪黩，又复帝制自为，俾兹祸种，贻我新邑。袁逆之帝制成，吾民之希望绝矣。比者，胙土分封，绵蕞习礼，袁逆急急顾景，若不克待。而起视四境，则弥天忿叹，群发曷丧偕亡之恶声。武夫健士，则磨刀霍霍，莫不欲刳刃贼腹。袁逆日暮途穷，谋逆愈亟，惧人心之不附，则又援外力以自固。参加欧战之危局，承诺东邻之要求。以若所为，不惜以国家为孤注，以求彼一人之大欲。呜呼！袁逆冢中枯骨耳。石敬瑭、张邦昌之故事，彼固可聊以自娱。顾我神明华胄，共偷视息于小朝廷之下。嗟我父老，其又安能忍而与此终古耶？诸葛武侯有言，汉贼不并立，王业不偏安。今日之势，民国国民与袁逆义不共戴。三户亡秦，一旅兴夏。有志者事竟成。此匹夫之通责，而亦天下之公言。虽然积威约之渐，举国若喑，相视莫敢发难。独以西南一隅，先天下而声叛国之罪，是则我父老之提携诱导，其义闻英声，夫固足以大暴于天下后世矣。锷远道南来，幸获从父老之后，以遘兹嘉会，而又过辱宠信，扫境内之甲兵以属之锷，俾得与逆贼从事。锷感激驰驱，竭股肱之力，济之以忠贞，以求勿负我父老之厚望而已。抑全功未必一蹴之可企，而有志岂容一息之或懈。锷行矣；其所贾余勇而策后劲，以期肤功迅奏，而集民国再造之大勋者，伊谁之责？愿我父老之一鼓作气，再接而再厉之，以期底于成。斯国家无疆之庥，而亦吾滇父老不朽之盛业也。

---

[1]曾业英编《蔡锷集》，长沙：湖南人民出版社，2008 年，第 1243—1244 页。

致海外侨胞电三①

（1915年12月）

敬启者：宗国肇建共和，于兹四载，国基甫定，民志稍宁。讵意天降鞠凶，元首谋逆，施利诱威迫之手段，逞盗窃神器之狡心，以二三宵小为之爪牙，视全国同胞有若聋瞽，背誓食言，悍然不顾。列强干涉，退让自甘，揆厥私衷，殆不惜四百兆人之生命财产，以为帝王之代价，忍心害理，莫此为甚。此诚志士仁人所为愤激填膺，不能不出而维持国步者也。继尧等为宗国安危计，陈牧野之甲，致讨独夫；挥鲁阳之戈，愿回皎日。现集滇中子弟编为护国三军，联络湘、粤、川、黔，誓师伐罪，刻已陆续出发。军威所至，势犹破竹，将与中原豪杰，会剪蚩尤，重光八表。惟是首义区域军用繁多，负担特重，非广呼将伯，厚集饷糈，无以收士饱马腾之效，而鼓披坚执锐之心。素审侨胞高义干云，热忱爱国，知危必救，有同捐乘之弦高；见义勇为，肯让助边之卜式。尚冀同心提挈，毅力扶持，慨助义金，共襄盛举，庶偕来箪笥，用集底定之奇勋，重整河山，复巩共和之大局。享幸福于斯世，实拜赐于诸君。临颖神驰，不尽缕缕。祗颂公安。统惟惠照。唐继尧、蔡锷、李烈钧、任可澄同叩。

讨袁檄文②

（1916年1月1日）

维中华民国五年元旦，中华民国护国军政府檄曰：

盖闻辅世之德，笃于忠贞，长民之风，高于仁让。使枭声雄夫，野心狼子，逞城狐之凶姿，弄僭窃于高位。则我皇王孝孙，并世仁贤，谊承先烈，责护斯民，哀恫郁纡，成兹愤疾，大义敦敕，谁能任之！

国贼袁世凯，粗质曲材，贼性奸黠。少年放僻，失养正于童蒙；早岁狂游，习鸡鸣于燕市。藉其鸣吠之长，遂入高门之窦。合肥小李，惊其谲智，谓可任

①曾业英编《蔡锷集》，长沙：湖南人民出版社，2008年，第1246–1247页。
②曾业英编《蔡锷集》，长沙：湖南人民出版社，2008年，第1248–1254页。

使，稍加拂濯，遂蒙茸泽，起为雄狐。不意其浮夫近能，浅人侈志，昧道懵学，骋驰失轸，遂使颠蹄东国，覆公悚以招虎狼；狡诈兴戎，缺金瓯以羞诸夏。适清廷昏昧，致逃刑戮。犹复包藏秽毒，不知愧耻，殚其暮夜之劳，妄窃虎符之重。黄金横带，卖孱主于权门；黑水滔天，引强敌以自重。虽奸逆著明，清廷已知，犹潜伏戎羽，隐持朝野。

降及辛亥，皇汉之义，如日中天，浩气飚飞，喷薄宇宙。风云飚沛，集兴武汉之师；士马精妍，远响东南之旅。造黄龙而会饮，纳五族于共和。大势坌集，指日可期。天不佑华，诞兴贼子，蠢彼满室，引狼自庇。袁乃凭借旧恩，攀援时会，伪作忠良，牢笼将卒，胁逼孤寡，夺据朝权；复伪和民声，迷夺时贤，虚结鬼神，信誓旦旦，懦夫惧戎，过情奖许。维时南京渠帅，实亦豁达寡防，骤彼奸计，倒持太阿，豢此凶逆。迨大邦既集，威势益专，遂承资跋扈，肆行凶忒。贿奔虺蜮，棋布阴谋。毒害勋良，谣惑众志。造作威福，淆撼国基。背法叛民，破坏纲纪。

癸丑之役，遂有讨伐之师，天未悔祸，义声失震。曾不警省，益复放横。骄弄权威，胁肩廊庙。是以小人道长，凶德汇征。私托外援，滥卖国权，弑害民会，私更法制，纵兵市朝，威持众论，布散金璧，诱导官邪。冀以其积威积恶之余，乘四风颓靡，廉耻灭殁之后，得遂其倒行逆施，僭登九五之欲。故四载以还，天无常经，国无常法，民无定心，官无定制，丹素不终朝，功罪不盈月。游探骄兵，睚眦路途，贪官污吏，渎乱朝野，以致庶政败弛，商工凋敝。犹复加抽房亩，朝夕敛征，假辞公债，比户勒索，淫刑惨苛，民怨沸腾，凶焰所至，道路以目。此真世道陵夷之秋，天人闭隐之会，四凶之所不敢为，汤武之所不能宥者矣！

维皇汉九有，奠安东陆，时流漂荡，越在邅迍。缅维祖德，孰敢怠荒？复我邦家，义取自拯。故辛亥之役，化私为公，志在匡时，道惟共济。袁乃睥睨神器，妄欲盗窃。内比奸邪，既多离德；外遂孱聩，甘为犬豚。是以四郊多垒，弗知惭悚；海陆空虚，弗思整训；材用匮竭，弗事劝来；健雄失养，弗兴学艺。室如悬磬，野无青草。犹复养寇外蒙，削国万里，失驭东鲁，屡堕岩疆。要约之兴，复仓皇失措，舆璧惟命，遂使满蒙多离散之民，青徐有包羞之妇。扼我封疆，揕我心腹，皇皇大邦，苟为侮戮，日蹙百里，媚兹一人。此尤我侠士雄夫所腐目切齿，惊惧忧危，而不可一朝居者也。

夫天道健乾，义维精一，在德则刚，制行为纯。故士不贰节，女不贰行，廉耻之失，谥曰贱淫，四维不张，国乃灭亡。自民族国家，威灼五陆，雄风所扇，政骛其公，国竞以群，是以乾德精刚，宜充斥里闾，洋溢众庶，旁魄沆瀣，蔚为骏雄。故辛亥之役，黜君崇民，扬公尊国，所以高隆人格，发扬众志，义至精而理至顺。故虽旧德老成，去君不失忠，改官不降节。袁氏身奉先朝，职为臣仆，华山归放，仅及四纪，载瞻陵阙，犹宜肃恭，故主犹存，天良安在？顾藐然以槽枥余生，不自揣量，妄欲以其君之不可者而自为其可。是何异饰马牛之骨，扬溲勃之灰，以加臭乎吾民，以淫污乎当世？而令我名公先德，为其贱淫，白璧黄金，渲其瑕秽。此尤我元戎巨帅、良将劲卒、硕士伟人所同羞共愤，深恶痛绝而不能曲为之宥者也。汇此种种，袁氏之恶，实既上通于天，万死不赦。军府奉崇大义，慨念生民，谨托我黄祖威灵，恭行天罚，辄宣兹义辞，告我众士，招我同德。今将历数其罪，我国民其悉心以听！

夫国为重器，神严尊惮，覆载所同。建国之始，义当就职南京，明其所受。袁乃顾影自惭，妄怀畏惧，阴纵部兵，称变京邑，用以要挟国人，迁就受职，使国权出于遥授，玩视国家之尊严。其罪一也。活佛称异，势等毛羽，新国既成，鼓我朝锐，相机挞伐，举足之劳，瞬将威伏。袁乃瞻顾私权，妄怀疑忌，全国请讨，置不听从，迁延养敌，废时失机。授他邦以蹈隙纵刃之间，失主权于外力纠纷之后。遂失蜿蜒巨嶂，弃此南金，万里边城，跃马可入。贻宗邦后顾之殷忧，损五族雄飞之资望。其罪二也。政体更新，荡涤瑕秽，私门政习，首宜改迁。故内阁部首，须获议院同意，所以树公政之础，明众共之义。袁乃病其严责，阴图放佚，于第一次内阁联翩去职之后，尽登嬖宠，嗾使军警，围逼议员，索责同意，用以示威国人，开武力政治之渐，使民意机关，失其自由宣泄之用。其罪三也。国有大维，是曰法纪，信守不正，溢为国疑，乱政亟行，于焉作俑，故侵官败法，为世大诟。袁为元首，尤宜凛遵，乃受事未几，即不依法定程序，滥用政府威权，诬杀建国勋人张振武，使法律信用，失其效能，国宪随以动摇，政本因而销铄。其罪四也。国宪之立，系以三权，共和之邦，主体在民，立法之府，谊尤尊显。地方三级，制实虚冗，建国除秽，亦既罢黜。袁乃急欲市恩，妄复旧制，不俟公决，辄以令行，使议院立法，失其尊严，国权行使，因以紊乱。其罪五也。财政负担，直累民福，外债侵逼，尤伤国权。议案成立，特事严谨，众院赞可，宪尤著明。袁乃私立外约，断送盐税，换借外资二千五百万镑，厉民害国，不经众院，瞬息挥霍，不事报闻，蔑视通宪，为逆已甚。其罪六也。国有元首，政俗式凭，行系国华，止为民范。袁乃知除异己，不自爱重，阴遣死士，狙杀国党领袖宋教仁。以元首资格，为谋杀凶犯，既辱国体，且贻外讥，国家威严，因以扫地。其罪七也。共和之国，建础为公，民意所在，亦曰圣神，百尔职司，亦宜退听。国会初立，人民望治。袁恐政治严明，不获罔逞，乃私拨国帑，肥养爪牙，收买议员，笼络政客，用以陷辱国会，迷夺众情，使议政要区，化为捣乱之场，法案迁延，藉作独裁之柄。其罪八也。元首登选，国有常经，揖让讴歌，盛德固尔。抑共和定疑，国宪崇废，悉于是觇。世法凛凛，斯为第一。袁于临时任满，正式更选之际，鄙夫患失，至兵围国会，囚逼议员，使强选总统，以就己名，致元首尊官，成于劫夺，共和大宪，根本动摇，国势益以危疑，后进难乎为继。其罪九也。国民代表。职司立法，非还诉民意，毋得关阙。袁于总统既获，复虑旁掣，辜恩反噬，遽为枭獍。乃假托危词，罗织党狱，滥用行政权，私削议员资格，用以鸩杀国会，并吞立法，使建国约法，由是推翻，元首生身，等于孽子。其罪十也。国家组织，法系严明，苟非选民，焉能造法？袁于戕杀国会之后，妄以私意召集官僚，开政治会议、约法会议，冒称民意，更改约法，摹拟君主，独揽大权，使民国政制，荡然无存，潞洲新邦，悬为虚器。其罪十一也。民国肇造，本以图存，时风所迁，民强则兴，发挥群能，腾达众志，公私权利，宜获敬尊。袁乃倒行逆施，黜民崇吏，既吞立法，复尽灭各级地方议会；密布游探，诬报党狱，良士俊民，任意捕杀，人民权利，全失保障。致群黎股栗，海内寒心，毒吏得以横行，民业日以凋瘁，民力壮盛，有若捕风，国势颓聩，益以卑下。其罪十二也。国局始奠，海内虚耗，财用竭蹶，义宜根本整理。袁乃专事虚缘，日以借债政策，利诱他邦，为私托外援之计，断送利权，绝不顾惜，逐鹿争臭，坌集庙朝。遂妄以中北二部横断铁道，分许他人，惹起国交之猜嫌，增益宗邦之危难。其罪十三也。欧陆战争，义宜严守中立，及时奋进。袁乃内骄外谀，折冲无状，既反复狼狈，贻羞东鲁，复徘徊雌伏，巽立要盟，失蒙满矿权，至于九处，承他邦意旨，发布誓言，辱国辱民，倾海不涤。其罪十四也。民族虎争，领土强食；外债毒国，既若饮鸩；竭泽厉民，何异自杀？袁于欧战既发，外资猝断，乃专事掊克，内为恶税，房亩烟赌，一再搜括，复先后发行内国公债，额逾万万，按省配摊，指额求盈，小吏承旨，比户勒索，等于罚锾，致富户惊逃，闾里嗟怨，国民信爱，斫丧无余，神州陆沉，殷忧可畏。其罪十五也。生利致用，民贵有恒，纵博浪游，谥曰败子。盗贼充斥，此为厉阶，修政明刑，首宜致谨。袁乃纵容粤吏，复弛赌禁，使南疆富庶之区，负群盗如毛之痛。苛政猛虎，同恶相济，清乡剿杀，无时或已。政以福民，今为陷阱。其罪十六也。烟害流毒，久痼华族。张皇人道，仅获禁约，奋厉阏绝，犹惧不亟。袁乃恬其厚获，倚以箕敛，宠登劣吏，设局专卖，重播官烟，飞扬淫毒，失信害民，辱国贻讥。其罪十七也。民权政治，积流成海，国家公有，炳若日星。世室旧家，且凛兹盛谊，汲汲改进；华族后起，方发皇古训，追踪世法，断腹流血，久而后得。大义既伸，迕则不忠；乔木既登，返则不智。袁则身为豪奴，叛国称帝，监谤饰非，甝烋求是，狐假虎威，因以反噬，使凶德播流，戾气横溢，妖孽丧邦，甘为祸首。其罪十八也。易象系天，筮日无妄，圣学传经，谊惟存诚。故忠信笃敬，保为民彝，衍为世德。袁乃机械变诈，崇事怪诡；貌为恭谨，潜包祸谋；秘电飞辞，转兴众口；涂刍引鹿，指称民意，欺世盗名，载鬼盈车；背誓食言，日月舛午；使道德信义，全为废词，民质国华，尽量消失。其罪十九也。硕德良能，民望所归；公道正义，人理所维。袁乃利诱威胁，爵饵璧谋，预拟推戴劝进之书表，嗾使蝇营狗苟之党徒，托盗高名，自称代表。恍如优剧，俨若沐猴；强辱我民，求肆盗欲。丧心病狂，廉耻泯灭。其罪二十也。维我当世耆德，草野名贤，或手握兵符，风云在抱，或权领方牧，虎贲龙骧，或道系乡闾，鹤鸣凤翔，细瞩理伦，横流若此，起瞻家国，悲悯何如！凡属衣冠之伦，幸及斯文未丧，等是邦家之主，胡堪义愤填膺。谯彼昏逆，洵应发指，修我矛戟，盍赋同仇。书到都府，勋耆便合，聚众兴师，郡邑子弟，各整戎马，选尔车徒，同我六师，随集义麾，共扶社稷。昆仑山下，谁非黄帝子孙；逐鹿原中，会洗蚩尤兵甲。

军府则总摄机宜，折冲外内，张皇国是，为兹要约曰：

凡属中华民国之国民，其恪遵成宪，翊卫共和，誓除国贼。义一。

改选中央政府，由军府召集正式国会，更选元首，以代表中华民国。义二。

罢除一切阴谋政治所发生，不经国会违反民意之法律，与国人更始。义三。

发挥民权政治之精神，实行代议制度，尊重各级地方议会之权能，期策进民力，求上下一心，全力外应之效。义四。

采用联邦制度，省长民选，组织活泼有为之地方政府，以观摩新治，维护国基。义五。①

建此五义，奉以纲维，普天率土，罔或贰忒。

军府则又为军中之约曰：

凡内外官吏与若军民，受事公朝，皆为同德。义师所指，戮在一人，元恶既除，勿有所问。其有党恶朋奸，甘为逆羽，杀勿赦；抗颜行，杀勿赦；为间谍，杀勿赦；故违军法，杀勿赦。如律令。布告天下，迄于满、蒙、回、藏、青海、伊犁之域。

中华民国护国军政府都督唐继尧　第一军总司令官蔡锷　第二军总司令官李烈钧

---

①原编者注：1917年7月出版的《会泽首义文牍》的记载与此不同，因录之于下：“为兹要约曰：与全国民戮力，拥护共和国体，使帝制永不发生，义一；画定中央地方权限，图各省民力之自由发展，义二；建设名实相符之立宪政治，以适应世界大势，义三；以诚意巩固邦交，增进国际团体上之资格，义四。建此四义，奉以纲维，普天率土，罔或贰忒。”

誓词一[①]

（1916 年 1 月）

拥护共和，我辈之责。兴师起义，誓灭国贼。成败利钝，与同休戚。万苦千难，舍命不渝。凡我同人，坚持努力。有渝此盟，神明必殛。

誓词二[②]

（1916 年 1 月）

中华民国护国军都督唐继尧、第一军总司令官蔡锷、第二军司令官李烈钧誓告于我全国同胞公鉴：

袁为不道，窃号自娱，言念国危，有如朝露，尧等不忍神明之胄，递降舆台，更惧文教之邦，永沦历劫，是用奋发，力任驱除。首事不过兼旬，风声已播全国，具见时日之痛，悉本于人心，差幸疾风之节，犹光于天壤。惟是榱崩栋折，讵一木之能支，定倾扶危，将群材之是赖。尧等回天力薄，返日心长，不惜执梃效挞伐之先，所冀鼓桴有声应之助。乃如党分洛、蜀，疑有异同，地判越、秦，不无歧视，或谓伯符有坐大江东之势，抑恐敬业存觊觎金陵之心，凡此疑似之辞，虑不免于谗间之口。窃为是惧，用敢披沥肝胆，谨布誓词，以告国人，并自申警。

一同人职责，惟在讨袁。天祚吾民，幸克有济。举凡建设之事，当让贤能，以明初志。个人权利思想，悉予铲除。

一地无分南北，省无论甲乙，同此领土，同是国民。惟当量材程功，通力合作，决不参以地域观念，自启分裂。

一倒袁救国，心理大同。但能助我张目，便当引为同志。所有从前党派意见，当然消融，绝无偏倚。

一五大民族，同此共和。袁氏得罪民国，已成五族公敌。万众一心，更无何等种族界限。

①曾业英编《蔡锷集》，长沙：湖南人民出版社，2008 年，第 1265 页。

②曾业英编《蔡锷集》，长沙：湖南人民出版社，2008 年，第 1265—1266 页。

兹四义者，誓当奉以周旋。苟此志之或渝，即明神所必殛。皇天后土，实式凭之。惟我邦人诸友，鉴此心期，或杖策以相从，亦剑履之遽及。其诸同仇可赋，必有四方豪杰之来，众志成城，不堕二相共和之政。谨告。

唐继尧　蔡锷　李烈钧

誓师讨袁文①

（1916 年 1 月）

维中华民国五年　月　日，护国军第一军总司令蔡锷谨率所部官兵全体，以牺牲酒醴之仪，敢昭告于皇天后土，而誓师曰：

呜呼！天祚华胄，肇造区夏。治隆中古，实官天下。子氏始衰，不率厥德。朝觐讼狱，化家为国。玉食方方，宅中无外。丈夫如是，可取而代。狐鸣篝火，不寇斯王。人尧家禹，杀伐用张。亦有神奸，睥睨神器。狐媚孤寡，患生肘腋。天地大宝，于囊于橐。诲盗致乱，一丘之貉。岁在辛亥，苍头特起。攘除旧污，复我先矩。易占无首，礼运大同。畇畇禹域，天下为公。相彼关东，群雄如堵。本初拥众，遂为盟主。眷怀国难，风雨飘摇。百尔退听，谁则旁挠。民怀其粒，待泽孔殷。彼昏弗恤，苛政繁兴。封豕启疆，协以谋我。彼昏曰诺，何求弗可。失我民依，斫我国脉。自我视听，天夺其魄。帝制自为，在法必诛。卓焚其脐，炀斫其颅。时日曷丧，天人共怒。海内汹汹，维一人故。重足侧目，湮郁待宣。奕奕南疆，为天下先。五百存田，六千报越。矧兹有众，而不克捷。谁捍牧圉，日维行者。与子同仇，不渝不舍。严尔纪律，服我方略。伐罪吊民，义闻赫濯。汝惟用命，功懋懋赏。违亦汝罚，钦哉弗谖。嗟尔有众，为国力勤。念兹誓词，其克有勋。

①曾业英编《蔡锷集》，长沙：湖南人民出版社，2008 年，第 1269-1270 页。

致驻各国公使电[1]

（1916 年 1 月）

伦敦、波尔多、维也纳、日本东京、华盛顿、彼得格勒、柏林、罗马中国公使鉴：

袁氏背叛民国，帝制自为，内拂舆情，外召干涉，迭经劝告，怙恶不悛。继尧受职民国，祇知巩固共和。现已纠合义军，婴守滇、黔，严拒伪命，传檄声罪，共逐独夫。地方乂安，军民扬厉。公等衔民国之命，当必效忠宣勤。务望鼎力维持，同伸义愤，不胜盼祷。唐继尧　蔡锷　任可澄　刘显世　戴戡叩

誓告国人文[2]

（1916 年 1 月）

我们中华民国成立已经五年了。组织这个民国，由我们全国的人民，同心同德的组织而成，所以民国是人人有责任的。革命以前，我们中国处在极危险的地位。志士仁人奔走叫号，鼓吹全国的人民，拼了多少的头颅，多少的血肉，才换得这个中华民国。各国也承认了，总统也举起了，竟把我们国家作成公共的国家，人人都有国家的责任。若是大家同负这个责任，才能够保存我们国家生存于列强竞争的世界上。不料众人推举袁世凯作了大总统，第一件就大借外债，把盐款抵押与外国。外债到手，他就大肆挥霍，不上三月，把这款项用尽了，又再时时想方法再借。第二件就取消议会。民国的政体是取决于议会方得施行，议会也不用，就成一个人专横。第三件要加赋加税。民国的人民，本有纳税的义务，中国人民的纳税，比各国甚轻，若是正当支用，就是加赋加税也是常事，人民也要多尽点义务。不过袁氏得了人民的钱，不用在国家正经的事情上。如爱国储金一项，用在筹安会上鼓吹帝制。如大借款一项，多用在运动选举总统上。由此看来，袁氏加赋加税，只用在一人身上挥霍，并不有益于国家一点。第四件是他排斥异己。与他政见不合的，他就多方设计陷害他，如刺宋教仁就

[1]曾业英编《蔡锷集》，长沙：湖南人民出版社，2008 年，第 1266 页。

[2]曾业英编《蔡锷集》，长沙：湖南人民出版社，2008 年，第 1267—1268 页。原编者注：此文原题为“护国军蔡总司令之檄文”。

是一端。其余害死的也很多，也无人敢问。他就渐次的专横起来，忽然想起又做皇帝，要把我们公共的国家，化作他一家人的私业。把救国储金团的银钱，拿出办一个筹安会，四出蛊惑百姓，说我们中国不是君主立宪，不能存立了。又假托人民的意思，说是人民公推他作皇帝。孰不知是几个人作成的，或是利诱，或是威迫。试问我们百姓那一人晓得这件事？那一个推举他作皇帝？所以他们英、德、法、俄、日本五国，见他要作皇帝，就有警告前来。我们国家的内政，外人就干涉起来了。袁氏的野心不死，又极力运动登极，只管顾他一家人的尊荣富贵，不管我们国家的存亡。所以本军不忍我们国家亡在旦夕，应天顺人，首在云南起义，举兵北伐，要把这个蠹国殃民的妖孽除了。现在各省久已痛恨，不过尚未发动。听得云南起义，各省也就响应，粤、桂、湘、黔、江、浙已先联为一气，若是各省也同心协力，日后直杀到北京，把这国贼除了，另行组织我们原来的民国政府，改良我们民国的政治，万众一心，事就易成。惟望各省军界以及志士仁人，能够与我军同心协力，把袁氏除了，共同维持我们的民国，我们就同享幸福，不至永远堕落在浩劫里了。现在我军到处，秋毫不犯的，贸易须照常贸易，也不得高抬市价，军人们也不准他强买强卖。此次出兵，是为众百姓驱除害百姓的独夫，百姓也不必惊慌，造些谣言，互相惊恐。若是造谣生事，就是甘为袁氏的奸细，本军决不姑容。日后把这国贼除了，我们从新整顿共和的国家，改良我们共和的政治，同享共和的幸福。但是此事的成就，须要万众一心，共同出力，就不难了。我们军民同胞，也不少热心爱国的，若弃逆从顺，执戈起义，是此时此机。倘与本军响应，本军从重加赏，决不失信。皇天后土，共鉴此心。此檄。

致各省都督将军巡按使等电[①]

（1916 年 1 月）

各省都督、将军、巡按使、护军使、镇守使、师旅长、道尹、各商会、报馆均鉴：

前会滇、黔两省，劝阻帝制，良念风雨飘摇，不堪再经扰乱。如果袁逆悔祸，则吾言见用，弭患无形。我辈虽以言见嫉，终身覼颔，尤所甘心。不图彼

①曾业英编《蔡锷集》，长沙：湖南人民出版社，2008 年，第 1269 页。

昏不悟，置若罔闻，尤复日肆狡谋。内则辇金四出，羽檄纷飞，挥国帑若泥沙，驱国军若犬马；外则输诚通款，乞怜外人，以国家为牺牲，引虎狼以自卫。迹其愦乱昏暴，直熔王莽、董卓、石敬瑭、张邦昌于一冶。似此遗臭心甘，迁善路绝，更无委蛇迁就之余地。故万不得已，会商滇、黔，与袁告绝。滇督唐公、黔督刘公皆忠义奋发，各以所部编成护国军以属之锷。负弩之责既专，绝缨之志已决。是用整队北行，取道蜀汉，誓清中原。夫乱贼人得而诛，好善谁不如我。引领中原豪杰，各有深算老谋。尚望排除万难，早建大义，勿使曹瞒拊手，笑天下之易定，遂令伊川披发，决百年之为戎。国家幸甚。中华民国滇黔护国第一军总司令蔡锷叩。印。

入川告示一①

（1916 年 2 月）

照得中华民国，成立已历岁月。
外经各国承认，内由人民公决。
不图袁贼世凯，竟敢自为帝制。
私设筹安革会，倡议倾覆民国。
假托人民公意，其实利诱威胁。
五国警告频来，内政被人干涉。
只图一家尊荣，不顾全国亡灭。
本军应天顺人，用特仗义讨贼。
各省闻风响应，粤桂黔湘江浙。
众志既经成城，袁贼覆亡无日。
咨尔士农工商，久已民国隶籍。
须知国家存亡，匹夫咸与有责。
其各闻风兴起，慎毋妄相猜测。
兵至秋毫无犯，人民各安生业。

①曾业英编《蔡锷集》，长沙：湖南人民出版社，2008 年，第 1290 页。

市廛照常买卖，毋得抬价抑勒。
若或军士占霸，骚扰不守规则。
抑或奸宄生事，无端造谣煽惑。
均按军法从事，决不宽贷片刻。
特此通行布告，国民一体知悉。

入川告示二[①]

（1916 年 2 月）

照得中华民国，人民铁血铸成。
暨今已历五载，国体何容变更。
袁逆背叛约法，妄想帝制自尊。
本军起义讨贼，扶持共和不倾。
告我蜀中父老，以及各界民人：
军士皆守纪律，闾阎鸡犬不惊。
四民各安生业，买卖务须公平。
切勿谣诼生事，有碍义军进行。
地方大小长官，勿得畏避逡巡。
照旧供职唯谨，保护地方安宁。
倘能闻风响应，本军勿任欢迎。
设有土匪滋事，拿获即正典刑。
兴亡匹夫有责，勿愧共和国民。
逆党如能效顺，一律咸与维新。
特此通行布告，其各一体凛遵。

①曾业英编《蔡锷集》，长沙：湖南人民出版社，2008 年，第 1291 页。原编者注：原题为“蔡总司令入川之示谕”。

谕四川同胞文[1]

（1916年2月）

出示晓谕事：照得本军起义，宗旨正大，凡我中国人民稍明事理稍有良心的，断无不赞成本军之理。但兵队所至，易惹人民惊疑，若不明白晓谕，恐因小有误会，遂至误事。所以一件一件的解说，使我四川同胞，大家俱得了然。

一、本军何以叫做护国军呢？因为我们中华民国已经成立五年，这个民国的国体，是中国人大家议定的，各国人都承认过了。今天袁世凯要想灭亡民国，称起甚么皇帝来，把我们人人有份之民国，变作他袁家私有之产业，还说是民意要他做皇帝。究竟谁叫他做皇帝？你们都是人民，可曾有过这种意思吗？似此当面扯谎，袁世凯还有一个中国人在他的眼中吗？况且袁世凯夙著的罪恶，大家是知道的。自从辛亥革命，他拥着重兵，勉强推他做临时大总统，只求宁人息事。到改选正式大总统的时候，他借了大借款，专供运动选举及个人之浪费，使我全国人民，无故加此重担。无辞可借，他又百方挑弄，激战江西、南京之凶事，借此扩张势力，报销巨款。又恐国会说话，不便为所欲为，他又解散国会，取消自治。大权在握，肆无忌惮，加赋加税，横征暴敛，此种痛苦，是我们人人亲受的。虽说人民有纳税的义务，但总要取之于民，用之于民，才算是多取之而不为虐哩，袁世凯取我们人民的钱，果有一文用在人民头上吗？若论袁世凯的横暴，似乎对于外国人也该有点力量，看他抵押盐款，承认要求，这几年来之外交，无一事不是断送国家的命脉的。总之，对内则一味蛮横，对外则曲意将顺，袁世凯即不做皇帝，也要将国事闹坏。但不做皇帝，还有总统任满的时候，别人可以补救。他既做皇帝，我们中国必定由他一手断送了。我们深怕亡国，所以出兵讨袁，是永护中华民国的意思，所以才叫做护国军哩。

一、民国何以要拥护呢？因为今天的中国，若不保存民国的国体，必不免于乱亡。这个缘故，是一说就明白的。你想辛亥革命，伤了多少生命，费了多少款项，经了多少危险，才把满清皇帝推倒，建立民国，做成五族共和的局面。今天，袁世凯又胡思乱想，要做甚么皇帝，今日既有皇帝，当初何必革命？夺了满清的皇帝，又让袁世凯来享受，你想满清及拥护满清的宗社党，能够甘休吗？还有全国多少革命党，千辛万苦，才造成这个民国，以为从此人人都是主

[1]曾业英编《蔡锷集》，长沙：湖南人民出版社，2008年，第1292—1295页。

人翁了。今袁世凯又要做皇帝，把全国人仍旧贬做他袁家的臣妾，你想多少革命党人又能够甘休吗？唉！大家不能甘休，只要有了机会，有了力量，时时可以动作，处处可以发难，你想中国从此还能有宁静的日子吗？袁世凯的皇帝做成，恐怕大乱不止，终归于亡国了。还有一层最危险的事，民国是外国人承认过的，一旦变了皇帝，必得又经外国人承认，我们中国在世界上才算得一个国家；若不得外国人承认，则在世界各国中，我们国家的资格，尚未成立，就像一块无主的荒土一般，各国可以任意占据，任意割分。你想这种情形，危险不危险？若袁世凯不发皇帝的迷梦，好好一个民国，何致有此危险！自从袁世凯要做皇帝以后，日本及英、法、俄、意五国，也曾对他发了一个警告，就是叫他不要做皇帝的意思。五国警告的话，就是说他做皇帝，必定惹起内乱，与各国在中国的商务有害，这总算是五国的好意。袁世凯若有丝毫爱国的心肠，想到外国人都来说话，也就该罢休了。那知他贼心不死，一定要无事找事，硬要想做皇帝。外国人劝他不听，必定是各打各的主意了，一旦有所借口，必定派兵前来干涉。靠袁世凯外交的本领，还能够抵挡得住外国人吗？恐怕袁世凯的皇帝做成，割地送礼，酬偿外人，以求了事，我们中国也就不成一个国家了。因为他一个人要做皇帝，把国家弄成了一个孤注，这种心肠，真是狗彘不如。若是袁世凯不做皇帝，我们民国是外国人承认过的，他们对于我国，无话可说，我们中国也就照常无事了，所以民国是一定要拥护的。

一、护国军何以起于滇、黔？又何以先到四川呢？因为拥护民国，虽是全国人民公共的意思，通同的责任，但北方各省及沿江、沿海各省交通便利，一说反对袁世凯，他就把那些无知无识甘做他的犬马的军队开来攻打，朝发夕至，仓卒间恐受他的害，于事无益。只有云、贵地方，相离甚远，我们的兵队可以从容筹备，陆续出发。到我们的兵队开到各处，各省借着声威，可以渐次响应，渐推渐远，声势浩大，就是替他当犬马的，也可以渐渐省悟过来。那时袁世凯孤立无助，不愁他不倒。这是凡事有个先后次第的意思，并非专是云、贵反对袁世凯，他省便不反对。现在广西、广东、江苏、浙江、福建、湖南等省已一概准备发动，江西省且有通电反对。这可见全国人心已经一致，不过情势不同，发动须分迟速。即如辛亥革命，武昌起义在八月间，南北各省有迟至十月、十一月才能发动的，这就是迟速不能一律的缘故。现在云、贵两省发动已经一个月，两省军队已开到四川，四川是应该发动的时候了。四川若趁此发动，会合我们的军队顺流而下，直到了武昌，中国的大局就算十成定了八九成了。四川的形势，据全国的上流，关系成败不小。我们所以前来四川，补助四川同胞赶速举义，就是这个缘故。但有一层，凡举事须有个系统，有个秩序，才不致紊乱。即如云、贵此次举义，是由两省长官决定，一纸风行，民间毫无扰乱。四川的长官，若能顾全大局，顾全地方，即由长官决定，也不过一纸风行，就算完事，民间不致丝毫受害，岂不甚善。倘长官犹豫不定，我们的兵队到时，不得不以兵戎相见，亦是无可如何。但我们的兵队处处申明纪律，不许有丝毫扰害民间。若有不守规则之人骚扰民间，一经查出，或被告发，必定从严惩治，决不宽贷。川省同胞具有天良，望大家齐心合力，共表同情，共卫民国，切勿轻听谣言，妄相揣测，致有误会，转多妨碍，至要至要。俟四川全局平定之后，我们大家同心协力，又分兵四出，辅助各省起义，共同驱逐袁世凯，另组织民国政府，统治全国。那时内忧也可以消弭了，外患也可以减少了。合全国的人提起精神，激发良心，同来整顿国事，何愁不有进步？那时才真算是我们的国利民福了。特示。

家书九件［致潘蕙英书］[1]

（1916 年）

一

蕙英贤妹青睐：

别后苦相忆，想同之也。十六号启行，按站北进，沿途俱安适。所部各队均恪守纪律，士气尤为奋厉。廿五抵黔境之箐头铺，预计一星期内可抵毕节，两星期内可入川境与敌人接触矣。出发后，身体较以前健适，喉病已大愈，夜间无盗汗，每日步行约二十里，余则乘马或坐轿，饮食尤增。从前间作头痛，今则毫无此症象发生，颇自慰也。堂上以下，闻余此次举动，初当骇怪，继必坦然。盖母亲素明大义而有胆识，必不以予为不肖，从而忧虑之也。过宣威时大雪，尚不觉寒。据此间人云：今年天气较往年为佳，殆天相中国，不欲以雨雪困吾师行也。何君国镛亦甚健适，并闻。分娩后希寄一电，为男则云某日迁居东门，为女则云某日迁西门，母子俱吉则云新宅颇安适可也。此问妆安！名

①蔡端编《蔡锷集》，北京：文史资料出版社，1982 年，第 223–229 页。这是蔡锷于护国战争期间写给夫人潘蕙英的信，1932 年日军侵犯上海，潘夫人逃难时大部分信件散失，仅存这九封。

心印。一月廿六于威宁发。

二

蕙英贤妹妆次：

由威宁发一函，计达。廿九号于贵州之毕节，因等待队伍，在此驻扎两日，现定二月一号向永宁出发。我军左纵队已占领四川之叙州、自流井、南溪、江安一带；右纵队之董团，今晚可进取永宁；旬日之内，即可会师泸州，三星期内定可抵成都矣。预想成泸之间，必有几场恶战，我军士气百倍，无不一以当十，逆军虽顽强，必能操胜算也。余素抱以身许国之心，此次尤为决心，万一为敌贼暗算，或战死疆场［埸］，决无所悔。但自度生平无刚愎暴厉之行，而袁氏有恶贯满盈之象，天果相中国，其必以福国者而佑余也。川中军民对余感情甚洽，昨来电有奉余为全川之主云云。但川省兵燹连年，拊循安辑颇非易易耳。手此即询近好。锷言。一月卅一号于毕节。

三

蕙英贤妹如见：

顷发一函，计与此信同到。顷接尊严电示：吾妹复生一男，母子俱吉等因，曷胜庆慰。吾妹连年诞生麟儿，殆天公所以报吾妹为子之孝，为母之慈，何幸如之。惜堂上远隔在湘，电音阻塞，不能闻斯喜兆耳。今日为我军占领永宁之日，而得此佳报，与前年端午日在津养疴时，而得端生诞生之电，遥遥相对，可贺也。吾妹于归后，连年生育，因之气血大亏，宜善加调摄。如有良好之乳母，总以早为雇请为要。儿名可命名为永宁，以志纪念。余尚存若干款，在解义山处，已嘱拨交于尊严处，不久想可交到也。手此即问妆安。锷言。一月卅一号夜十钟，于毕节行营。

四

别经三月，想念弥笃。余于疆场［埸］中，万事猬集，无暇致书通问，日来稍安闲，兹特以书告。我军入川以来，以攻则捷，以守则固，虽逆军兵力较我为倍，亦能出奇制胜。弥月以来，纳溪之役，逆军死伤三四千人，其胆已落。三月八号，我军移转阵地，竟不敢追出一步。日昨我军复分头出击，毙敌及俘虏不下千人，获敌枪、炮、子弹及其他战利品甚多。经此两役，逆众虽悍，不足虑也。予近来身体健适，第喉病尚未痊愈。全军将士，上下一心，无不奋勇图功。吾妹产后体态如何？乳儿壮健否？甚念！极盼常寄信来，以慰悬系。匆此即问近佳，并颂阖府清吉。锷白。三月廿五于大洲驿。复函可寄永宁护国军总司令部转递。

五

日来接到手书两封：一由邮局寄来，一由某专差带到，借谂贤妹及阖府诸人平安无恙，至慰远系。永宁儿已能嬉笑，尤足滋家庭之乐，甚盛，甚盛。接湘中来电：堂上以下均安居无恙。惟据殷叔桓君面称：闻重庆报载，袁逆有查抄家产之命，将华昌公司矿股及赢利三万余元提出云云。是否确实，要不得知。但此事殊无碍，事定后尽可索还也。近闻袁逆有遁走之说。又各省大多数为我左袒，袁纵不逃，此二三月内倒之必矣。然此后政治上、兵事上收拾整顿，殊为难耳。旬日前发一电，命龚嘉福携带行李来川，并将贤妹母子照片带来，想已接到矣。予近月来颇为病所苦，两星期内喉病加剧，至不能发音，每至夜中，喉间痒痛，随而大咳。近服西医配药，已稍愈。此病起自去冬，因国事奔驰，迁延未治，遂至缠绵，其来也渐，则医治亦难急切奏效也。好在军中客少，可竟日缄口不言，当无碍也。现在已停战月余，我军从事教练新兵，然在阵线之部队，时与逆军有小冲突。逆军军纪最坏，辄游掠民间，常为我军及人民所击杀。北军与我交锋以来，从未稍得便宜，官长死亡殆尽（仅第七师一师中，营长只剩一人），绝无斗志；加之月来将纳溪地方让其占领，其地殊不易守，须兵甚多，不能安息。时令入夏，前以激战之余，遍地皆新冢，卫生极不宜。近闻彼中瘟疫大作，死亡相继，即我军不进攻，彼亦难久支矣。蜀中文武长官，近常来通款，允与我一致，不日即可宣布独立。俟川事定，即移师东下。以大势揣之，即不用兵，国事亦定也。手此顺问妆安。锷言。阳历四月廿九于大洲驿。

六

蕙英青及：

昨接来书，知合家清吉，甚慰远系。照片及衣物等，现尚未到，大约更须十日，方能到永也。予以喉病加剧，暂回永宁调养，前敌各事，暂责成罗、殷、顾、赵诸人处理一切。现当停战期内，当无虞也。昨已寄家信一封，付宝庆，不揣能到否也。堂上以下，前数月内必甚担忧，现当释然矣。雷时若前由陈二庵派来商议一切，现委令率第一梯团驻扎叙府。修翰青亦不日来此，大局消息甚好。袁世凯已打算退位，不久即罢兵息战矣。此次事业，较之辛亥一役，觉得更有光彩，而所历之危险亦大，事后思之，殊壮快也。顺问湉安。波［坡］手启。五月十六。

七

蕙英如见：

顷由周、姜两君之专差发寄一书，当与此信先后递到。与君别久，相忆殊深。月来养疴来永，公务较简，而回溯远道之思，时潮涌于胸臆。假使能仗飞机，驶赴五华，图片时之良晤，予病当不药而瘳矣。月前有自湘来者，谓阖宅无恙，端生甚健适，屈指计之，将周两岁。时日不居，岁月如流，追怀旧事，殊不胜今昔之感。前函谓永宁貌与端生相若，近来如何，有无不同之点，永儿之眼光如何，能如端儿之眼奕奕有神否？端生初生一二月间，因无良乳，颇觉羸弱，追得麻奶妈后，始渐壮健，后又稍瘦瘠，然精神则甚旺也。今永儿则如何，较其兄好带否？老三自返滇后，似不甚舒适，近来何如？予除喉病外，一切如常，饭食尤健，精神充足，惟肝气稍旺耳。大局消息甚佳，不久即可平和解决。与君聚首之期，当不远也。即问近佳。夫白。五月十六日夜半一时。

八

昨接来书，慰我良多，借谂玉体清吉，永儿已能嬉笑，甚盛，甚盛。所雇乳母，务择身体强健无病，性质和厚者为宜；且乳之稀浓，亦须合度乃可。自前月大捷后，敌我两军战线上颇形寂寞。因我军不进攻，则彼必不敢来攻耳。近则两军约停战月余，以函电与北京及成都商办一切，然迄无结果。现已促成都独立，颇有把握。成都独立后，则我军声势更浩大，袁倒必矣。举战以来，一切顺利，皆出意料之外，可以卜天心矣。戎马倥偬中苦忆汝母子，望摄一相片寄来为幸。龚嘉福可令携切要各行李来永。余不多及，此询近安。锷言。五月廿号于大洲驿。

九

蕙英贤妹青睐：

昨杨君来，接手书并衣箱一只，单开各件，均已收到。展阅照片，尤为欣慰。贤妹及老三较前稍觉丰腴。永儿之相，不甚肥壮，其貌大致与老三相若，比之端儿，似含庸平之气。谚云："庸人多福"，或亦载福之子欤！而抱坐不端正，难显真面目。尚望仿北京办法，令其独照一相寄来为盼。成都已迫之独立，此后川事当易解决。但袁军尚有三师在川，不得不有以处分之，其结果或将再开战。新援将到，我军兵力较敌雄厚，当不难一战蹴敌于蜀境之外，乘势东下武汉也。予喉病忽松忽剧，自觉体质殊不如前数年之健，亟须趁时休养。而大局稍定，争权夺利者必蜂拥以出，予素厌见此等伤心惨目之情状，不如及早避去之为得。一俟局势略定，即当抽身引退，或避居林泉，或游海外；为疗病计，以适国外为佳。贤妹亦有偕行之意否？滇省近状如何？米价如何？有何种风说？凡可告之事，均望写信以告，用慰远怀。龚嘉福既充营团差遣，甚佳。龚甚聪颖可靠，殊望其从此做一好军官也。手此，即询近佳。波［坡］白。五月廿六于永宁。

布告袁军在川罪恶电[1]

（1916 年 3 月）

（前略）顷接松坎戴总司令来电：据殷参议长、熊梯团长、华团长合词电称：逆军数千，据油罗坪，经我军连日痛击，渐次溃散，余均伏匿不出。七号夜半，突有油罗坪多数百姓，纷纷渡河，团首保正亦在其中。据其口述，北军占据油罗坪后，于昨午十二时大肆掳掠，装运财物二十七船，每船能容百人，经三溪向綦江方面进发。又该逆大肆奸淫，妇女扑［赴］水死者数十人。查油罗坪为四川天险，四周壁立，中现平原，周围八九十里。前经张献忠之乱，未遭蹂躏。自前月起，綦江富户大都迁徙入内，计其财物不下数百万。乃逆军行同盗贼，任意掳掠奸淫，应请将其罪状宣布全国。等语。查此次我军前所到之地，凡川中人民惨遭逆军种种蹂躏者，莫不泣诉军前。研讯所获俘虏，亦供认不讳。且擒获逆军各官长，在其身上搜出袁逆伪谕，纵肆淫掠，证据确凿。现值军事孔亟，未可逐一揭布，应请先将此通电中外，使众周知。等语。逆状如是，人道安在！凡我国民，应当怒发冲冠，速起而诛此獠也。（后略）

致袁军官兵书[2]

（1916 年 3 月 7 日）

袁世凯盗窃民国，妄自称帝，为其子孙计，为一己之私，不惜牺牲一切，

①曾业英编《蔡锷集》，长沙：湖南人民出版社，2008 年，第 1340 页。

②邓江祁编《蔡锷集外集》，长沙：岳麓书社，2015 年，第 350 页。

迫使诸君为其窃国之工具，来与我人民护国军战。数月以来，彼此冲击，血肉横飞，煮豆燃箕，良用惨戚。前数日据前线报称，某君在阵地宣言，彼此同胞，为袁世凯一人做皇帝自相残杀，实属痛心，勿庸再战，等语。闻悉之余，佩慰奚如。故数日以来，停止攻击，静待诸君之商榷。如能一致仗义救国，并肩北进，殄彼凶残，以护民国，实我国人无疆之庥。兹我军暂避三舍，静候明教。

复政事堂统率办事处电[①]

（1916 年 4 月 18 日）

帝制撤消［销］后，二庵派员持条件来商，首言仍戴袁项城为总统，再以他条防微杜渐，冀可从速弭祸，维持调护，深佩苦衷。国势至此，若可以宁人息事，万不忍再滋纷扰，耿耿此心，尽人而同。惟兹事体大，有应从长计议者，以法理言，项城承认帝位时，已有辞退总统之明令，是国会选举之效力已无存在，此时继续旧职，直无根据。世岂有未经选举之总统？此而囫囵吞过，尚复成何国家？以情势言，项城身为总统，不能自克，及承认帝位，又不能自坚，一人之身，数月之间，而号令三嬗，将威信之谓何？此后仍为总统，纵使指天誓日，亦无以坚人民之信，则种种防闲之要求，自为理所应有。上下相疑，如防盗贼，体统何在，政令难行，此征诸内情而决其不可者也。帝制之议初起，五国同起警告，东邻实主其谋。今帝制撤消［销］，彼国自诩警告成功，轻蔑愈甚。现已倡言袁氏忽皇帝忽总统，扰乱东亚和平，中国若仍认袁为总统，彼国必出而干涉等语。项城与彼国感情既恶，今又无事自扰，予以可乘之隙，在彼处心积虑，求之不得，万一我方推戴，彼竟干涉，此时英、法各国又无力牵制，我将何以对付？此征诸外患而决其不可者也。[②]故以二庵条件，分头电商滇、黔、桂、粤各省，皆严词峻拒，海内外名流函电纷驰，语尤激愤，人心如此，项城尚何所恋乎！今有识者皆谓项城宜退，遵照约法由副总统暂摄，再召国会，依法改选。此时更公推东海、芝老、华老分任枢要各职，

---

①曾业英编《蔡锷集》，长沙：湖南人民出版社，2008 年，第 1359—1360 页。

②原编者注：原注“中略征诸外交而决其不可者一节”，此据 1916 年 5 月 2 日上海《时报》所载补入。

于法理、事势，两无违碍。计今日大事所赖于项城者，黄陂、东海、芝老、华老诸公亦优为之；其致疑于项城者，黄陂诸公举皆无有。是项城退，万难都解。速弭祸乱之法，更无逾于此者。人生几何，六十老翁以退而安天下，尚复何求？缅怀让德，常留国人不尽之思；追念前功，犹为民国不祧之祖。若复眷恋不决，坐待国人尽情之请，彼时引退，则逼迫强制，终累盛德；不退则再动干戈，又为戎首，二者必居一于此。为国家计，为项城计，并恳诸公合词规谏，勿昧先机。锷于项城多感知爱，倦倦忠言，盖上为天下计，亦下以报其私，惟诸公鉴察。

宣言一①

（1916 年 4 月 18 日）

前大总统袁世凯受民委托，为国元首，不思奉公守法，福国利民，反蓄逆谋，图覆国命，嗾使徒党设立筹安会名目，紊乱国宪，公然倡乱。又阴嗾政府大员密发函电，勒逼各省军民长官干涉选举，矫诬民意。其密电多至五十余通，皆有政事堂密码及官印原纸可凭。当国体投票尚未举行之前，已在总统府设立大典筹备处，预备登极，卒乃公然下令自称皇帝。其种种谋叛实据，应受弹劾裁判，载在约法。今袁世凯谋叛罪之成立既已昭然，即将帝制撤消［销］，已成之罪固在。特以约法上之弹劾裁判机关久被蹂躏，不能行其职权，任彼逍遥法外，除由本军政府督率大军务将该犯围捕，待将来召集国会依法弹劾，组织法庭依法裁判外，特此宣言：前大总统袁世凯因犯谋叛大罪，自民国四年十二月十三日下令称帝以后，所有民国大总统之资格，当然消灭。布告中外，咸使闻知。唐继尧、刘显世、陆荣廷、龙济光、梁启超、蔡锷、李烈钧、任可澄、戴戡、陈炳琨、张鸣岐。②巧。印。

---

①曾业英编《蔡锷集》，长沙：湖南人民出版社，2008 年，第 1361-1362 页。

②原编者注：1916 年 4 月 29 日上海《民国日报》发表时删去了龙济光、张鸣岐二人的名字。

宣言二[①]

（1916 年 4 月 18 日）

前大总统袁世凯，因犯谋叛大罪，所有大总统资格当然消灭，经本军政府根据约法宣言在案。查民国二年九月国会参、众两院议决公布之《大总统选举法》第三条云：大总统任期六年。第五条云：大总统缺位时，由副总统继任，至本任大总统期满之日止。等语。今大总统既以犯罪缺位，所遗未满之任期当然由副总统继任。本军政府谨依法宣言：恭承现任副总统黎公元洪为中华民国大总统，领海陆军大元帅。其递遗副总统一职，俟将来国会能召集时，再依法选举。再者，大总统现方陷在贼中，应俟他日完全脱离袁逆暴力范围时，其言论行动乃为有效，合并声明。为此布告中外，咸使闻知。唐继尧、刘显世、陆荣廷、龙济光、梁启超、蔡锷、李烈钧、任可澄、戴戡、陈炳昆、张鸣岐。巧。印。

护国岩铭并序[②]

（1916 年 6 月）

中华民国四年，前总统袁世凯叛国称帝，国人恶之，滇始兴师致讨，是曰护国军。锷实董率之。逾年，师次蜀南，与袁军遇于纳溪，血战弥月，还军大洲驿，盖将休兵，以图再举。乃未几，而桂、粤应，而帝制废；又未几，而举国大噪，而袁死，而民国复矣。嗟乎！袁固一时之雄也，挟熏天之势，以谋窃国，师武臣力，卒毙于护国军一击之余。余与二三子军书之暇，一叶扁舟，日容与乎兹崖之下。江山如故，顿阅兴亡，乃叹诈力之不足恃，而公理之可信，如此岂非天哉！世或以踣袁为由吾护国军，护国军何有？吾以归之于天，天不可得而名，吾以名兹岩云尔。

铭曰：

护国之要，惟铁与血。
精诚所至，金石为裂。
嗟彼袁逆，炎隆耀赫。

①曾业英编《蔡锷集》，长沙：湖南人民出版社，2008 年，第 1362-1363 页。
②蔡端编《蔡锷集》，北京：文史资料出版社，1982 年，第 209-210 页。

曾几何时，光沉响绝。

天厌凶残，人诛秽德。

叙、泸之役，鬼泣神号。

出奇制胜，士勇兵饶［骁］。

鏖战匝月，逆锋大挠。

河山永定，凯歌声高。

勒铭危石，以励同袍。

致段祺瑞电[①]

（1916年7月5日）

北京段国务卿鉴：

华密。前得曹仲三将军电，猥以贱恙，深蒙拳注，遣医远赍。顷奉沁电，复优承慰问，感何可言。窃锷喉病起自去冬，初发时未予加意疗治，迨间关南来，身历戎行，风尘倥偬，军书旁午，精神激发之余，病势亦为之稍却。迄至双方停战，乃始延医诊视，则已由慢性而成顽固性矣。近月来，喉间痛楚加剧，不能发音，历据中西医员诊视，皆谓久延未治，声带受病甚深，已狭而硬，非就专科医院静加调治不为功。日昨德医来泸，亦谓川中无器械药品，且气候尤不良，非转地疗养难望痊可等语。值兹国事未靖，川局多故之秋，何敢自耽安逸，意存诿卸，实以膏肓痼疾，历久更无治愈之望。川省繁剧之区，亦非孱病之身所能胜任愉快。况锷于起义之始，曾声言于朋辈，一俟大局略定，即当引退，从事实业。今如食言，神明内疚，殊难自安。伏望代陈大总统，俯鉴微忱，采纳艳电所陈，立予任命，抑或以罗佩金暂行护理，俾锷得乞假数月，东渡养疴之处，出自钧裁。所有沥陈病状，并乞假缘由，敬乞衡夺示复。不胜屏营待命之至。蔡锷叩。歌。

①曾业英编《蔡锷集》，长沙：湖南人民出版社，2008年，第1450-1451页。

复成都领事团电[①]

（1916 年 7 月 23 日）

成都领事团鉴：

东电悉。前月奉大总统令：特任蔡锷为益武将军督理四川军务兼四川巡按使。等因。又奉令：周骏调京，倘违抗命令，饬即相机剿抚。等因。该周骏盘踞省城，抗不遵命，勿论何国国法，均无可商之条。本将军奉令剿抚，事属内政，不劳贵领事团过问。至各友邦居人之生命财产，已通饬各军严加保护，倘有意外损失，自应查照国际通例办理。但仍望贵领事团（诰）［告］诫居留人民，不得逾越范围以外，否则自蹈危险，本将军无从负责。合并声明。蔡锷叩。

华西协合大学校祝词[②]

（1916 年 8 月上旬）

敬祝华西协和大学校：

立国之本，曰富与教。富以厚生，教以明道。
原人之初，维身与心。心失所导，厥弊顽冥。
贤载西哲，有教无类。万里东来，循循善诲。
文明古国，中华是推。文明大邦，英美是师。
宏维西贤，合炉冶之。我来自滇，共和是保。
戎马倥偬，未遑文教。瞻望宏谟，深慰穷喜。
我有子弟，何幸得此？岷峨苍苍，江水泱泱，
顾言华西，山高水长。

①邓江祁编《蔡锷集外集》，长沙：岳麓书社，2015 年，第 381 页。

②曾业英编《蔡锷集》，长沙：湖南人民出版社，2008 年，第 1477−1478 页。原编者注：原华西协和大学，今已并入四川大学。

告别蜀中父老文[①]

（1916 年 8 月 9 日）

锷履蜀土，凡七阅月矣。曩者驰驱戎马，不获与邦人诸友以礼相见，而又多所惊扰，于我心有戚戚焉。顾邦人诸友曾不我责，而又深情笃挚，通悃款于交绥之后，动讴歌于受命之余，人孰无情，厚我如斯，锷知感矣。是以病未能兴，犹舆舁入蓉，冀得当以报蜀，不自知其不可也。乃者视事浃旬，百政棼如，环顾衙斋森肃，宾从案牍，药炉茶鼎，杂然并陈，目眩神摇，甚矣其惫，继此以往，不引疾则卧治耳。虽然，蜀患深矣！扶衰救敝，方将夙兴夜寐，胼手胝足之不暇，而顾隐情惜己，苟偷食息，使百事堕坏于冥冥，则所为报蜀之志，不其谬欤！去固负蜀，留且误蜀，与其误也宁负。倘以邦人诸友之灵，若药瞑眩，吾疾遂瘳，则他日又将以报蜀者，补今日负蜀之过，亦安在其不可？锷行矣，幸谢邦人，勉佐后贤，共济艰难。锷也一苇东航，日日俯视江水，共澄此心，虽谓锷犹未去蜀可也。蔡锷白。

祭黄兴文[②]

（1916 年 11 月）

呜呼，伤哉！予继今将何从而视吾丰硕魁梧之克强君？孰故于此控抟而颠摧之？岂天上悲剧者而有抑塞磊落之功名心？呜呼，伤哉！我国体之发育，在甚不完全之态度，君既创作其轮廓而吹万不同以成一，胡为卒卒脂尔[③]逆旅之车轴，弃我如蚁赴汤如羊失牧总总之四亿。呜呼，伤哉！君非仅长予十年也耶？而为予弱冠时相与矫翼厉翮于江户之敬友，既黯然别以若斯之匆匆，君其安用于旧世界为豪胆之怀疑，而批大郤导大窾，以一扫东方学者之唯唯否否？呜呼，伤哉！君始以趣起社会之动机，对于永静[④]之惰性，而以其悲智显；继以非利

---

①曾业英编《蔡锷集》，长沙：湖南人民出版社，2008 年，第 1476 页。

②曾业英编《蔡锷集》，长沙：湖南人民出版社，2008 年，第 1500—1501 页。

③原编者注：《盛京时报》作“余。

④原编者注：《盛京时报》作“靖”。

己主义之直接认识，传习于沅、湘间，卒乃冒死以脱险。既同情激感夫九世复仇之义，君又变历史之声，而与自由思想以黄胄之发展。苟夷考其行而不谬，君其安忍此而与今世远！呜呼，伤哉！共和之胎影方新，专制之孽形如故，君乃崎岖关河，鏖战血肉，雷动云合夫天下之士，营八区而奋同盟，以张事实之兴复。苟君谋之不臧，久神州之沉陆，何意忧能伤人，竟以促其天年若此之速！呜呼，伤哉！彼外死生而求为国得用武地者，乃君半生感谢之生活。及义旗飙举于武汉，君独以奋勇先登，开统御群众之道，而使敌为之气夺。嗣举世庆成功，而君且不以易其备尝险阻艰难之豪［毫］末。既困楚蒙难不足以屈挠而戕贼之，胡以浃旬间之公阨而竟不能以自振拔！呜呼，伤哉！际公私涂炭之极，正大盗移国之初，君乃排俗独行，羌北辙而南辕。亦兵机之不遂，予亦末由获断金而与之俱。谓足以愧彼动摇与暧昧者以万死，君独何为戚戚焉而不以自适其逍遥而容与？呜呼，伤哉！已矣，夫一国无人莫君知，苟欲知君又何牵于欲恶为？君苟不辟此荆榛者，即今鼎鼎隽望，伈伈伣伣，捐百躯溅万颈，方求一论列，而又何补于今国家之毫厘忽微？亦既劳君形而凋敝之，伤君之神其弥悲。呜呼，伤哉！人命其如凄风之振纸也，而君乃此幻象篇中之[①]第一缩图。诚勇刚强不可陵，所得之秉彝者不可以久假，乃破坏其肉体而挟其高贵者以他趋。讵乌托邦之待治，更危急于此疮痍鼎沸之九区。乃上违去其衰白之老母，而下以弃远其稚孤，君纵不欲以其家托诸后死之吾徒，翳我国人将此呱呱襁褓之婴孩国，托诸谁氏之将扶？呜呼，予已血为之厥，泪为之枯，念人世之靡常，壮健如君而犹速化，翻欲以造之物倒行逆施者，以自慰藉此浮沉一年余中之病躯。予言有穷，而痛将无有已时也。予继今将何从而视君之丰硕而魁梧？呜呼，伤哉！

①原编者注："孽形如故……而君乃此幻象篇中之"一段文字，不见于《黄克强先生荣哀录》。

致国会和黎元洪电[1]

(1916年11月8日)

国会、大总统钧鉴：

锷病恐不起，谨口授随员等以遗电陈：（一）愿我人民、政府，协力一心，采有希望之积极政策。（二）意见多由争权利，愿为民望者，以道德爱国。（三）此次在川阵亡及出力人员，恳饬罗督军、戴省长核实呈请恤奖，以昭激励。（四）锷以短命，未克尽力民国，应行薄葬。临电哀鸣，伏乞慈鉴。四川督军兼省长蔡锷叩。庚。

①曾业英编《蔡锷集》，长沙：湖南人民出版社，2008年，第1502页。

附录一　悼念　纪念蔡锷的文电

黎元洪大总统令[①]

（1916 年 11 月 10 日）

勋一位上将衔陆军中将蔡锷，才略冠时，志气宏毅，年来奔走军旅，维护共和，厥功尤伟。前在四川督军任内，以积劳致疾，请假赴日本就医。方期调理可痊，长资倚畀，遽闻溘逝，震悼殊深。所有身故一切事宜，即着驻日公使章宗祥遴派专员，妥为照料，给银二万元治丧。俟灵柩回国之日，另行派员致祭，并交国务院从优议恤，以示笃念殊勋之至意。此令。

黎元洪大总统令[②]

（1916 年 11 月 28 日）

勋一上位将衔陆军中将、四川督军蔡锷因病身故，当经令饬驻日公使章宗祥遴员照料丧务，给银二万元治丧，并交国务院从优议恤在案。该故督军维护共和，不避艰险，苦心毅力，卒底于成。溯念丰功，宜膺特锡，蔡锷着追赠上将，以示优异。此令。

黎元洪大总统令[③]

（1916 年 12 月 4 日）

勋一位赠陆军上将、前四川督军蔡锷在日本福冈病故，当经专派袁华选赴日照料。兹据电称：该故督灵柩于本月二日上船回国，五日到沪等语。该故督功在国家，宜隆飨食。灵柩到沪，着派淞沪护军使杨善德前往致祭，以示优崇。此令。

---

①刘达武编《蔡松坡先生遗集》（十二），邵阳亚东印书馆，1943 年，页一。
②刘达武编《蔡松坡先生遗集》（十二），邵阳亚东印书馆，1943 年，页一。
③刘达武编《蔡松坡先生遗集》（十二），邵阳亚东印书馆，1943 年，页一。

黎元洪大总统令①

（1916 年 12 月 21 日）

国会议决，故勋一位陆军上将蔡锷，应予国葬典礼，着内务部查照国葬法办理。此令。

戴戡致冯国璋及北京政府等电②

（1916 年 11 月 11 日）

南京冯副总统，分送北京国务院、参众两院、各部总长、陈二庵先生，分送各省督军、省长，香港梁任公先生，梧州岑云阶先生均鉴：

昨闻蔡松坡噩耗，惊恸无极。旻天不吊，丧此元勋，凡我国人，同声悲悼。前清之季，迄于今日，时有坠沉之虑。勉支大厦之倾，松公功在社稷，人尽知之，无待戡之置喙。特是数年以来，相共患难，知其志节之苦贞，思想之高洁，心乎国征，有至死不渝者。戡既友之，而师事之，当此盖棺，无虑标榜，后死一日，讵忍湮没，惟垂察焉。

辛亥改步，松公在滇，匕鬯不惊，指挥大定。而援川、援黔以及征藏诸役，频年用师，积劳险危，毫无骄矜之气，常存节骨之风，论其品谊，岂类寻常。迨由滇入京，本欲于国家大计徐图所以补救，不意帝制议起，事与愿违。回忆当时，诡慝并进，陷阱四伏，自好者几以自全，安计其他者。乃定策于恶网四伏之中，冒险于海天万里以外，几经困厄，间道入滇，忍痛负重，卒成伟业，坚［艰］若［苦］卓绝未曾有。复以久病之躯，亲临战陈［阵］，举身家性命之关系，不敌其好义之苦心。奉命督川，虽仅旬日，而用人行政，一秉大公，至今川人震其功，尤佩其德。前过渝时，大难初平，相见泣下，每以国基甫定，民黎凋残，深虑国人犹有南北之见，一多新旧之争，长此肆扰，国将不国，忧愤时局，至于痛哭流涕。日商所以救国及治川者，卒无一语及私。即到东养疴，

①刘达武编《蔡松坡先生遗集》（十二），邵阳亚东印书馆，1943 年，页一。

②曾业英编《蔡锷集》，长沙：湖南人民出版社，2008 年，第 1503-1504 页。

时通函电，拳拳之念，仍在军国。与其谓松公之死于病，无宁谓其死于国也。虽然，此尚就戡一人耳目所及者。

自综其生平，数历中外，屡长军民，即无分外之饩，积俸亦可自赡。乃因奔走国事，以致家无担石。此次首义，负累尤多。即此取予之间，实为迄今仅见。故戡于松公，所以重其学识、事功者无殊于人，特尤倾服其品德，足以风世而励俗。悲痛之余，言不尽意。拟请由我副总统领衔入告，优加议恤，特予表彰，实不仅戡感激也已。临电无任悽惶之至。戴戡叩。真。印。

梁启超致黎元洪等电[①]

（1916 年 11 月 14 日）

北京大总统钧鉴：段总长、范总长、张总长、王议长、汤议长、陈副议长、国民公报馆、天津熊秉三先生、南京副总统、云南唐督军、贵阳刘督军、南宁陈督军、广东陆督军、朱省长、报界公会、梧州岑西林先生、杭州吕督军、成都罗督军、重庆戴省长、康定川边殷镇守使、陈督军、李省长、报馆、长沙赵师长、范政务厅长、上海谭组安督军、唐少川先生、《时事新报》并转各报馆鉴：

蔡公松坡逝世，知同痛悼。本日得蒋百里等来电，叙述松公临终情形文曰：蒸电敬悉。今将松公最后病状、遗嘱、丧殡情形敬陈如下：松病自十月七日食量渐减，体微肿。本月初忽转下痢，肿渐消，食益减。医言病菌入肠，危状已现。然尚嘱拟办续假呈文，时精神尚佳也。四日，嘱买西瓜约震等，至即强食，约分食之，颇饶兴。震等阻之，乃饮汁少许。当谈及我国现在政策，人民、政府宜同心协力，向有希望之积极方面进行。为民望者，身不道德，何以爱国？名斗意见，实争权利。日昨北京电询奖励在川战征人员，予精神太疲，应由罗、戴核实办理。言已，复矍然曰：予病深矣，万一不起，可将此意电达中央与国人，身为军人，未能死向疆场［埸］，必薄葬减我过。震等再三宽慰，不必计及国事。复曰：我亦无他言也。五、六两日病仍未止。七日早，医行注射，精神尤佳，朝、午均进粥一碗，燕窝一盅，及牛乳、葛汤等，与震等略说数语，甚快慰。并看窗外飞机，自以为此后将有转机。乃傍晚，气促痰涌，至八时更剧，二时遂笃，

①曾业英编《蔡锷集》，长沙：湖南人民出版社，2008 年，第 1504—1505 页。

延至四时长逝。

窃自松公病初变时，比请章公使[1]代电中央，应派员慰视，藉商后事。不意剧变若此，当由震等谨将逝世情形径电中央。棺木长崎选购最上等者，衣尚旧衣，衿里中衣，上下均用白衣，着全套黑礼服，被褥白湖绉裹红缎面，棺内安置生前爱用伽楠珠一串，至鸽并宝大方晶章二个，口含金圆。灵柩现停崇福寺，每日诵经。现适秋，定火车交涉须待十六日以后，已由章公使电恳中央派舰迎护回国，尚未得复。所有归国布置，并恳电沪早为料理准备。以上各节，敬乞通转，以俾周知。蒋方震、石陶钧、李华英、唐巘叩。真。等语。谨转达，伏乞公鉴。超叩。寒。印。

唐继尧等致黎元洪段祺瑞电[2]

（1916 年 11 月 16 日）

北京大总统、国务院钧鉴：

四川督军蔡锷以肺疾不治，殁于日本医院，业由副总统入告，并奉明令颁给治丧费二万元，并派驻日公使章宗祥谨治丧事，饬部从优议恤，恩意已极周渥，何敢再事渎陈。惟尧等与该故督军始终共事，知之最深，谨再采举事略，为我大总统、总理陈之。该故督军自日本士官学校毕业归国，初在广西办理讲武学校，愤国事日非，即潜谋改革之事，深被嫌疑。调滇充陆军第十九镇第三十七协统领，复与同人秘密联络，准备一切，相时而动。值辛亥八月，我大总统在武昌首义，滇省遂举兵响应，不旬日间，全省奠定，匕鬯不惊，被推云南都督。任职以来，勤力不懈，庶事咸宜。以滇省财政困难，首倡减俸，月支薪仅六十元，至今因之，军民政事，赖以维持。入京之后，本欲有所贡献，而帝制潮流方热，避而不入。乃乘机南下，间道来滇，共谋举义，崎岖险阻，艰苦备尝。护国军起，督师出川，鏖战叙、泸，亘五阅月。其间泸战最烈，昼夜不休者，几四旬有奇，精神委顿，喉病加剧，实缘于此。大局既定，犹力疾驰赴成都，经营善后，俾军民安贴，然后东下疗疾，所谓尽瘁国事，死而后已。综其生平，既富于韬略，优于文学，

①原编者注：章宗祥。

②曾业英编《蔡锷集》，长沙：湖南人民出版社，2008 年，第 1506—1507 页。

尤娴习政治，是以综理军民，措置裕如，滇、黔、川、桂之民，迄今思慕不置。而治事精勤，操守纯洁，尤足为当世官吏师法。今身后萧条，不名一钱，老幼茕茕，言之心痛。惟其功德虽在西南为多，其所设施实有造于全国。丰功伟烈，中外具瞻，不有阐扬，何以光前励后！伏恳我大总统鸿慈，赐予国葬，并将事绩宣付史馆立传，准予京师及立功省份建立专祠，置造铜像，以彰国家崇报之典，而为后来矜式之资。是否有当，伏乞慈鉴施行，无任涕泣待命。唐继尧、陈炳焜、刘显世、任可澄、吕公望、罗佩金等同叩。谏。印。

蒋方震等致黎元洪电①

（1916年11月16日）

大总统钧鉴：

奉佳电，仰见我【大】总统笃念元丰，感涕交集。震等相从较久，目击病状，有不能不特为钧鉴陈明者。蔡公气体素壮，力冠同侪，此次病故，其近因在掎难之殷，其远因在义师之起。当其孑身南下，喉部稍见病状，病菌犹未见潜滋。自纳溪之役，躬亲指挥，出入锋镝，几及一月，喉部尤痛甚，渐至失声，犹未知其病源在肺也。停战以还，方思解甲，何图川难踵起，益复力疾从公。迨至七月二十九日达成都，八月一日招法医，始得病源，而疾已不可为矣。法医宣言，多则二年，少则三月。震等尚以为医虑太过，而不知其言之适中也。一年以来，恶衣菲食，以伤其身，早作夜思，以伤其神。向使蔡公早自知为肺疾，而身不与军旅，自可厚摄其生，以终其天年。乃以亢健之身心，值国家之多难，处僻远则觅医无从，自在军旅则调摄无方，无非为今日致死之因。是蔡公身虽未死于疆场［埸］，实与阵亡者一例。而临终之际，犹以未能裹尸于边徼为遗恨，其情可哀，其志尤可念也。伏念我大总统闻鼙思将，崇报懋勋，而立功各省亦将追念前劳，敷陈遗绩，则饰终盛典，自足为国史之光。惟其病状经过、原因，震等知之较悉，不敢不缕细上陈，以备采择。临电惶恐，伏祈钧鉴。蒋方震、石陶钧、唐巘、李华英叩。

①曾业英编《蔡锷集》，长沙：湖南人民出版社，2008年，第1507–1508页。

石陶钧致张孝准函[①]

（1916 年 11 月）

运[②]兄鉴：

弟到东之日，松病渐倾于坏象。至本月一日，闻克公[③]去世，为之大戚，因此下痢更甚，精神益衰。弟每日见面，渐不能谈话。初五、六既呈险症，乃六日晚行注射后，初七日精神顿爽。并自谓前数日颇险，今日大快矣。夜间犹嘱写信上海买杏仁露。十时顷，气喘目直视，注射后稍安息。至八日午前一时，又因痰塞，喉断呼吸，继痰出，有呼吸，已极微弱。行人工呼吸法。静掩其目，平和安然而逝。嘱书遗电时，精神尚一丝不乱也，无一语及家事。

弟此行，旬日之间丧两至友[④]，公私之不幸，何至是耶？松坡系传染病，火车、船运载均其不便，且有损国体，请运动政府用兵船来接，如何？遗电当已公布，精神千古不磨也。弟本欲来沪吊克公，因松已到九分地步，故不弃之行。今则不久又可来沪与兄泣谈矣。

韦礼德致唐继尧函[⑤]

（1916 年 11 月）

顷闻蔡锷将军已于十一月八号，在日病故。此种恶［噩］耗，在世界上必生重大之反响，本委员实深感悼。盖本委员对于蔡将军素极钦仰，以其在短寿期内，于军事方面已具种种特长，于政治方面亦具有公民之最高德性及最热之爱国心，是诚为世界之大政治家，而足表率吾人者也。本委员于最困难时与之相识，即知为贵国革命伟人，而为欧洲自由先导之亚洲代表，良以中国人民之

①曾业英编《蔡锷集》，长沙：湖南人民出版社，第 1508 页。

②原编者注：张孝准，字润龙，其友朋书信中也作“润农”或“运龙”。

③原编者注：黄兴，字克强。

④原编者注：指黄兴、蔡锷相继逝世。

⑤曾业英编《蔡锷集》，长沙：湖南人民出版社，2008 年，第 1509 页。

众及其特性而论，在世界上应有相当位置。

蔡将军之宏愿，即欲使中国得此位置，并以共和制度施诸国民，使在经济方面极力发展，而兼得政治上之完全独立也。是凡蔡将军之友人，对于其前途，均抱一极远大、极真实之希望，以深知其既具毅力，复富有稳慎持久之特质，实足以履行其宏愿也。至于中国与云南暨其最诚笃之同事，与夫敌忾同仇，如贵将军者，对于蔡将军之死，实甚可伤。然以其为国服务，鞠躬尽瘁，为精力之所不能而致死，实与死于战地无异。苟能举其原因而妥记之，实足为一般后人之模范。中国青年，自更可于蔡将军之生平寻师表，而谋为与中国相称之人也。兹仅以法国政府及本人名义，向贵将军表示最诚恳之悼忱，并请向蔡将军家室代达此意为感。专此，敬颂勋安。

韦礼德

一九一六年十一月十一日

石陶钧在上海蔡锷追悼会上的演说词[①]

（1916 年 12 月 14 日）

先生出京后，在上海遇非常危险，仅买一报。后由香港到云南时，已有病在身，因精神上所受的，身体上所受的皆足致死。然其志不稍懈，故到滇卒立大功。我常偕行。到云南，大局已布置定［停］当。然当夕各方面的人，均以为军队甚难，因散处各方，未易聚集。先生计划与精神，我初见时气色不佳，问其理由，他说精神刺激之故。布置后，由云南出发，先生誓师时，早有必死之心，愿大家同归于尽。其日天气甚佳，惟云最多，故曰云南。先生动身之日无云，亦是奇事，云南人以为从古未有。路途艰难，云南为最，由云入川，其苦可知。每天一站，重了上去，兵力日渐增多，自己不能不先走。还有贵州龙建章。所有军队实放心不下，所以刻刻留意。究竟先生为总司令，是应走否？总司令官并非指挥军队过了埠头，在后动身，惟须先行，然后军敢跟上，故知

①曾业英编《蔡锷集》，长沙：湖南人民出版社，2008 年，第 1510-1511 页。

当日困苦情形。但身体上所受的苦，没有精神所受的大。每日五点记簿，七点膳，八点走路，中间经贵州界多日高山，非常艰难。那时自己病已深入。到四川后，最奇者，平日多雨，路又甚窄，故多各为难之甚矣。早膳后安排一切，午膳休息。因先生抵川后，每于膳后将余剩之饭盛贮匣中，饥时取食，每见其咽哽，我知其喉病已重。且先（生）对于军事报告、电报公事，手自披阅，又不多时，又要上马，一天步的路非常崎岖，平人坐轿，先生则不能（不）走。

总总方面看起来。先生所做得人人可做。将来电报印出后，方知所注的皆是先生手笔。且军中处处装电话，先生亲接。譬如三里路外有警告，则有电话来去，岂不灵便。天天在风霜雨露中牺牲。一日到了比［毕］州，是贵州重要的地方，有火神庙，该地方水汽非常之重，住了几天，雪大非常，陷于苦境。四日报告来，先生自己要去，参谋长说不要去。九日到了，又有剧烈的战争，清早亲到炮兵处四十分钟，望远镜望之，距敌甚近。警告来时，兵士皆愿赴前敌（青龙镇）。敌人所据最坚固处，先生督军前进。敌人见我人没有携枪，因军火少，故先用枪刺冲锋，不轻易发弹也。所有的军官皆愿牺牲生命，故以后无论如何皆能用命。但敌人的枪弹范围敌不远。

我们先生做事非常精细，有一天正在吃饭，见一城楼为敌人最好目标，先生以值时军书旁午，安排军事如功课一般，因敌人有坚固营垒三处，我们部下兵力单薄，恐难取胜，先生即想一退兵诱敌方法，徐图再进，藉此休息，训练兵士，振作士气。故后来泸州、纳溪之战，虽二面受攻，均获奇兵制胜。先生为中国最有学识之军官，神妙不测。但惟一以诚心为用，是后来军中指挥官之模范。处此危境，能获胜者甚少，先生独能以少胜多（因军士不及敌人四分之一），且支持日久。最有价值之胜仗，系在三月初七一天，乘敌人暇怠，出兵战胜，夺获军械及机关枪不少。彼时我军没有机关枪，即用敌人之枪弹，于十七日并力攻打，自早上三时战起，至八时已经克复占领敌地。他们炮兵见我们去，大叫红帽兵来了，大家便走。现在纪念品尚在那里。此役战胜，先生方说为常胜军矣。到了三月下浣，帝制取销［消］，就此停战。随又料理善后，颇非易事。先生虽精神困惫，料事如常，无论患难，毫无畏缩。故知其精神百倍，而病益伏于此矣。

梁启超在上海蔡锷追悼会上的演说词[1]

（1916 年 12 月 14 日）

蔡公历史，蒋、石[2]二君已详言之。二君与蔡公同处有年，知之甚悉，毋庸再述。惟启超深愿到会诸君，当自行思想研究蔡公以何种学识，始能获此伟大事业，而为天下人所崇仰者为要。而启超思想前情，如外国之拿破仑、中国唐太宗等前代之人，现在之人万万学不到的。即如近世之曾文正公、李文忠公及蔡公等均系天然之英雄。诸君须学习为之模范者：

第一，要学学问，方能有受教育做伟事。

第二，须心地好。因蔡公心地光明，毫无权利思想，致能丰功伟业。且蔡公生平未尝受过自己私受快乐，及强迫他服从及勋荣之行为。且蔡公之吃食从未讲究甘美，但求清洁而能下咽无碍，衣服亦只图不裸体，破粗不拘，生平未尝受过丝毫之奢华。蔡公自十五岁就从湖南出来，求学无资，向亲戚告贷。到汉口、东京寻我，湖南长沙出来只借得二毛钱，到了汉口借亲戚洋六元，由汉到京，袁项城借给他洋一千元，到东后以三百元为学费，其余均为交友及公益之用，而自己出来则步行，未尝坐过车子。中国自民国以来，做过内阁总理、各部总长者，未及数年，先后俨如二人，不知凡几。盖人之心理，均思想做总长如何阔绰，如何荣耀，如何受用，故人皆争做，如近日宪法审查会哄闹，实不成事。若辈皆为权利思想，惟蔡公因国事维艰，出为国民争人格，心地纯洁。窃愿国人效之。蔡公常言，人以良心为第一命，令良心一坏，则凡事皆废。窃愿国人念之。

第三，蔡公行事坚强不挠，处己接物心如一，世人能步其后尘，不慕荣利，不贪虚名，凡百职事，能不论大小，保持责守，自能为社会所欢迎。当袁氏图谋帝制，全国人民均应各负责任，起而反对，能文者以作文反对之，能言者以演说诱导之，实为共和国地方绅士应尽之职。蔡公反对帝制，举义云南，他自己担任总司令兼先锋队，每日亲到火线观察敌阵，他对于责任，丝毫不肯放松，我深望诸君常常纪念，谨守自己责任，不可放松。

---

①曾业英编《蔡锷集》，长沙：湖南人民出版社，2008 年，第 1512—1513 页。

②原编者注：指蒋百里、石陶钧。

第四，蔡公做事非常谨慎，人家做事十分中非有七八分、五六分希望者不肯去做。惟蔡则不然，他希望甚大。云南系穷地，起义后非特想推翻帝制，他尚须到西藏、□□等处，常虑我国财政支绌，贷借外债，将来【偿还】不了。他办事先调查清楚，布置完备，然后发动。凡百做事，全在精神谨细缜密，不致失败。故以最短时间而能成就恢复共和之大功。

第五，他立志甚坚，无论公私各事，非达到目的不止。平居以孟子天降大任一节佩诵最深，故其处事勇往直前，不畏困难。至蔡公所带滇军共有多少，今日遇石君交来蔡君在战线亲书之战图上，最初仅至总数三千一百三十八人，而敌军则有四万余人，以少数之兵士，轮替应战，以少胜多，实非易事。当蔡公出师时，曾言中国将来不了，此次举事，如不能成，决不亡命外洋，使国事更不堪问。故誓言各事不成，情愿身亡。誓师之前，曾将自己之精神、能力、学识，一一向兵士教道，故兵无虚发，战无不胜。蔡公之美德虽系上天所赋，然国人使人人学习，将来如蔡公之美德精神均可发扬，而中国亦可渐臻富强，则今日大会为不虚矣。

熊希龄与蔡松坡[①]

章士钊

蔡、熊昔为进步党员、蔡之南旋，熊之北上，一为民军主力，一顺袁氏伪命。二子优劣，真是一龙一猪。今也蔡张北伐之威，熊又来南来之役。北伐，铲除帝制也；南来，调和民军也。蔡为人之所不敢为，熊为人之所不屑为。蔡遭袁忌，固矣。熊亦遭袁疑，真出人意料也。据闻袁氏迫熊担任调和，又恐一去不返，质其妻而监视之。蔡未出京前，日与其妻殴骂，给予箱物而遣去之。监视出于袁氏，是真痛苦；殴骂出于蔡氏，为假场面。熊蔡匪惟自谋不同，即其所以为妻妾谋者亦各异矣。

---

①《民国日报》，上海：1916 年 2 月 16 日发表。

蔡松坡先生事略[1]

赵式铭　郭燮熙　刘润畴

蔡锷，湖南宝庆邵阳人，号松坡，原名艮寅，年三十岁。六岁受庭训，七岁就学私塾。十岁毕五经，能文。乙未十三岁应试入泮，随师樊山肄业长沙，即擅文名。丁酉（十五岁）入时务学堂，习英文、算学，研究群经，积有心得，缀为札记，师友莫不赞服。戊戌年十六，时义宁陈右铭抚湘，考送出洋学生，应考者五千人，以第二名入选。旋清廷政变，不果行，愤憾不欲生，奔走湘鄂，阴结同志，谋刺虏后那拉及湘贼中顽固某。己亥（十七岁）至上海，应李君逸琴之邀，权入南洋公学。时梁任公、唐韨丞正藉勤王为名，结合同志，谋举革命，乃就梁于日。梁氏以其年幼，宜储学为异日用，遂入东京大同高等学校研究政治哲学，并补习普通科学。时□[2]稿于《清议报》，署名孟博、奋翮生者是也。是年与刘百刚、吴禄贞等创设励志会，留学之结会自此始。庚子（十八岁）八月汉口事发，师友多遇害（唐公才常为公之师，杨［林］述唐、李虎村、傅良弼、黎科、蔡煜丞为公同学）。旋联军入京，海内鼎沸，外瞩祖国之危亡，内伤僚友之惨祸，忧虑成疾，形容枯槁，医药鲜效。然以体质素强，治事为学，尚如恒也。是年冬间，适日本某巨公将游历长江，公求充译员，藉为复仇之举。某拒之不纳而止。旋与同志戢君翼翚、王君亮畴、沈君虬斋、杨君圃堂等创设《国民报》，阐□民族主义。民族思潮之布满神州，此其滥觞。革命重实行，耻为空谈，乃以私费入陆军成城学校。学费所出，悉以译述自给。其时适梁任公所创之《新民丛报》开幕，乃草《军国民篇》投登该报。吾国之军国民主义之输入，以此为嚆矢。是年所编辑之《国际公法志》《支那现势论》诸书，一时风行海内。辛丑（十九岁）与杨君笃生、梁君鼎甫等纠合旅东湘人，创设湖南编译社及《游学译编》。庚子以后，东渡学生逐日增多，良莠不齐，情志涣散，因倡议创立留学会馆。并于成城学校创置校友会，为联络情谊，交换学识之资。犹虑情志之尚难固结，复与湘之范、周，鄂之吴、刘，浙之两蒋诸公秘密结社，歃血誓盟，以倾倒清廷，建设新国家为宗旨，以死为期；至于用何种手段求达目的，则由

---

①曾业英编《蔡锷集》，长沙：湖南人民出版社，2008 年，第 1514—1522 页。原编者注：原稿本封面上批有以下六字：“蔡阅，交刘编修。”

②原编者注：原稿本此处挖去一字，下同。

人自择。东京留学生之秘密结社，即由斯发轫。是年七月，于成城毕业。以丁父忧回籍奔丧。壬寅（二十岁）复东渡。八月入日本仙台骑兵第二联队。十一月入东京士官学校。癸卯（二十一岁）十月毕业。十二月归国，应赣抚夏时之聘，充材官队总教习。旋返湘归里。

甲辰（二十二岁）春间，任湖南教练处帮办，兼武备、将弁两学堂教习。五月赴桂，任广西陆军随营速成学堂总理并创设测绘学堂。因见桂省款项支绌，军备苦难扩张，时生拊髀之叹。迭次请去，当道苦相羁留不果。乙巳（二十四岁）冬间，创办陆军小学堂。丙午（二十五岁）创设兵备处，于桂省兵事多所建议，当事以财艰匪多，少所采纳。是年冬间，随同前桂抚张鸣岐巡边，亲历桂、柳、思、南、太、归、镇、泗、色等府。并调查沿边及安南、谅山、高平等省地势民情。短衣匹马，巡行四千余里，于边情地势，均经逐一札记，并草绘略图。前张抚奏请修筑邕铁路，分别修撤沿边炮台，改良对汛，整顿边防军备各条，采锷议也。丁未（二十六岁）夏间，于南宁创练步标，躬亲教练，一切规模，皆所手订，将卒悦服。新兵入伍，锷率同全军，对神盟誓，戒以不犯上，不为匪，不脱逃三事。盖欲以神权迷信，矫边民犷悍之性也。己酉（二十八岁）三月，调充讲武堂总办兼办学兵营。该堂前任办理不善，紊如乱丝，以致所聘某国教习跋扈恣肆，员司学生以及兵夫辄轶出范围之外。锷乃严伸［申］纪律，将中外司员之不尽职者，悉予黜退。学兵营官长以下概行遣散，另行编组，申儆而教练之。堂营章制，重新厘订。期月之间，壁垒一新，广西陆军实以该堂植其基。庚戌（二十九岁）该堂毕业后，锷迭次乞假回湘，便道过桂垣。时张抚与军界某某等大起龃龉，伏潮暗湍，不可终日，而军事各机关尤为淆乱无纪，张窘蹙万状，以锷材望夙孚，切意挽留，不令行，任以督练公所三处及干部学堂总办兼办学兵营。锷迫于公义，勉担收拾残破之任。公以桂省军事现状非殉纵敷衍，即卤莽灭裂，乃订立程限，逐事清厘，期于力扫颓风，廓清积弊，不惜以一身府怨。三月之间，困难问题，多迎刃而解，基础大立。而疾恶稍严，遂遭众嫉。适因甄别干部学生，黜革至七十余名之多，佥壬构祸，横起风潮。桂议员中有不素慊于公者，摭拾浮词，砌款弹劾，公屹不为动，以镇静处之，治事如恒。部曲中咸愤愤，有欲以激烈手段对待之者，公力止之。惟以议员干涉军事为不合，电请中枢派员查办，以杜后患，旋因桂中军事，部署略具规模，力请解职。

其时，片马问题发生，举国骚然。滇督李公[①]以公治事有声，迭经函电敦调，

①原编者注：李经羲，时任云贵总督。

并派员迓接，公于辛亥（三十岁）春由籍起程赴滇，任三十七协统领。滇省军界党派分歧，争竞颇烈，公不偏不倚，激扬清浊，一视同仁。惟知以砥砺志节，讲求学术策所部，同胞将士靡不倾服而爱戴之。桂议员以前此劾公，反遭失败衡之。函恳滇议会表同情。滇议员竟以上闻于李督，李督斥其盲从。军界同胞咸抱不平，欲与滇议员开谈判。公亟阻之曰：予果无状，为世所摈斥宜也。既俯仰无愧，何恤人言。余将来若能于吾国有所建树，则渠等今日之掊击，适凑成余个人历史上之佳话。中外伟人，无不为世所诟病者，复何庸计较。云云。时钟、王[①]等握军界重权，对于同志诸人，屡谗构于李督，极端排挤，公为解释，如殷、罗、韩、谢、唐、刘[②]诸君得以不被排去者，公之力也。川中铁路风潮起，公逆知中国局势之解决，将以此事为导线，即与同志诸人迭为密商，着手布置。以李鸿祥充七十三标管带，唐继尧、雷飙充七十四标管带，罗佩金充七十四标统带，李凤楼充机关枪营管带，并于下级将校中，将同志者伺机位置，党人势力乃几与钟、王派势力相埒矣。七月中旬，公以秋操计划，赴宜良踏看地形，八月中旬始归。其时川事益急，公召集同志，密议数次。有主张云南不宜举动，俟全局大定，再为拔赵易汉之谋，以避外人之乘机干涉者。公为云南宜速举以为东南各省倡，纵武汉失败，滇中亦可于半年之内，整顿军备，进退裕如，以此数月之中，川、黔可以得手，得此三省，以与满清争衡，胜负亦未可决。众多赞成，其议遂决，遂定期举事。并决定攻守计划，歃血为盟，誓不反顾。钟、王已有所闻，戒备綦严，时派人尾随，侦公行动，诸难自由。八月下旬，钟欲撤惩谢、李诸人，经公面折其非，并函陈利害，乃免。自武昌光复之耗至，风声更紧，而以子弹未领，豫备未周，荏苒数日。嗣闻武汉复经失守，腾越亦经起义，是日午后，发令委派临时官长，按照预定计划，分途布置，以李根源率七十三标攻围军械局、五华山，而巫家坝步、炮两标非公亲临，断难如意以动，乃赴巫家坝。午后十时顷，聚集两标将校，宣告举义宗旨，词严义正，每发一语，则群呼万岁。宣告既终，到校（场）擒满人容山、惠森二军官至，群欲处以死刑誓师。公谓吾辈今日此举，为倾倒满清恶劣政府，不宜戕杀其个人，汉、满、蒙、回、藏，皆属同胞，应一体看待。遂令暂拘，事后释放。继复聚集目兵誓师，欢声雷动，分给子弹，整理装械。既毕，整队陆续出发，时正夜半，遥见城中火起，频闻枪声，知七十三标已入城，乃督军急趋至南城外车站。有巡防军两

①原编者注：钟麟同，时任十九镇统制。王振畿，时任兵备处总办。

②原编者注：殷承瓛 、罗佩金、韩凤楼、谢汝翼、唐继尧、刘存厚。

哨迎降，公稍为抚慰，仍命暂扎南城外，巡逻车栈一带，保护居民，防缉宵小。旋途遇马标于南校场（系奉钟调来城镇压者），公以该标为来援，与该标将校握手欢呼，该标亦慑莫敢动。旋率军由大东门入城，以步、炮、机关枪各队分布东南城垣一带，待揭晓施行总攻击。并派队协攻军械局及五华山，设司令部于江南会馆，会步、炮各队协攻军械局、五华山、督署各处。步队所携子弹，人仅十五发，鏖战达旦，早经告罄，非得军械局，则子弹无从接济，乃以火药毁其围壁，众兵拥入。同时五华山、督署两处相继攻克。公下命饬诸军分别占领诸要地，不得擅离。并严饬各军，不得妄戮一人，不得擅取民间一物。人民安堵，省局大定。乃于十一日组织军政府，分设部、司，择滇中时彦以为之长。一面通电各省及各地方官僚军队，饬令善保治安，勿得惊扰，一切人员悉仍其旧。十二、十六等日，临安遵令反正。时龚心湛据蒙自，结连开、广，滥招军队，冀图反抗。公任朱朝瑛为南防统领，赵复祥副之，命袭攻蒙自，与龚军遇于大哑口，一战破之，歼其督带孔毓琴，擒斩无算，余众溃降，遂长驱入蒙，龚遁去。以南防毗连越南，且防营势力颇厚，反侧未安，乃编成南征军一支队，以罗佩金率之赴蒙。开化镇夏文炳慑于兵威，亦率所部于十九日举旗反正。鹤丽镇张继良招集无赖，图谋叛抗，公命榆标严为戒备，相机剿办，并派骑兵邀截其军火于楚雄（禄丰）境，悉被捕获。张势穷，求放归，鹤庆绅执而复纵之去。省垣附近各属，则遣小支队分途巡视，宣布宗旨，抚辑居民，缉捕盗匪，旬日之间，全滇大定。

时赵尔丰据蜀，川民涂炭，旅滇川省官商切词请遣师往援，公亦以四川据长江上游，若赵氏挟川中兵力财力，北连秦晋，东下武汉，西抚西藏，足以制民国之死命，乃搜集军实，编成一师，以韩建铎长之，分为两梯团，于九月下旬先后出发，分道并进。第一梯团以谢汝翼将之，第二梯团以李鸿祥将之，谢团取道昭通、叙州，李团取道毕节、泸州，拟会师于成都。师次叙、泸，赵氏闻风胆落，即行交出政权兵柄，另行组织政府。公即命两团暂驻兵叙、泸，协商川中军府，镇慑地方，维持治安，勿庸前进，以免启猜嫌而生恶感。时川中军府林立，政令分歧，会匪暴徒，遍地横行，李、谢诸将领迭电请积极的进行，代为扫荡廓清，另行组织川中统一机关，公切电阻止，饬令联络成、渝两军府协力剿办土匪，安辑民生，其有妄思割据，扰害地方者，则逼令取消，俟川事稍定，即行撤军还滇。川滇之能免争端，而未破裂者，公主持之力也。

先是九月初六日，张文光起义腾越，分兵下永昌，出大理，裹胁太滥，号称三十四营。其党陈云龙与大理军斗，各地骚然，乃命李师长根源率省军出巡迤西，而以赵藩充巡按使兼西道，会办迤西善后事宜。饬将腾永号称三十余营者切实淘汰，只准留编七营，以节饷糈而靖地方。李、赵抵腾后，被汰各营叛变于永昌，永城焚抢过半。经李师长督队堵剿，骈诛殆尽。并调张文光为大理提督。李根源请设殖边队，经营怒俅夷，以杜觊觎。公采其议，派兵深入夷地，拓地数百里。又请改土设流，公以才财两乏，且有投鼠忌器、为渊驱鱼之虑，命采渐进方针，无事急遽，宜从兴教育，修道路，办警察，务垦殖入手，设行政委员以领其事，将土司司法、财政收回，不改之改，较为有济。现已次第施行。

十月中旬，蒙自统领赵复祥因滥招新兵，匪类羼入，临标及新招之一营全体叛变，戕杀官长，焚劫市场，商埠亦被蹂躏，库储饷项，抢夺一空，将校以下，逃匿殆尽，南防震动，越南法兵调集沿边，势将借口侵入。公与法领交涉，谓蒙乱指日可平，铁路一带，当派兵沿途驻扎保护，决无他虞，法商所受损失，事后议偿。法领感公诚信，无异言。公一面电谕蒙自叛军速复旧状，无得擅动；一面电饬临安开广各军，严加防堵。并即由省派遣军队，保护由省至河口铁道一带，沿途驻扎。令朱朝瑛赴蒙抚慰叛军，严守个旧，命罗总长佩金单骑赴蒙，恺切宣慰，众心稍定。乃饬将蒙军陆续调省，分别淘汰，编为二营，将为首之李镇邦、龚裕和、郭耀龙、张志仁等二十余名先后置之法，军民为之肃然。

时汉阳失守，民军不利，南北议和，迁延不决，大局堪虞。公召集将领会议，决定以援川之师，循江东下，由宜昌登陆，进规襄阳，出潼关、武胜之后，截击清军，俾不得逞志于鄂陕，然后结合沿江之师，直捣燕廷。同时复编定北伐军四千，任命唐继尧为司令。原拟取道川省，并合第一师径赴中原，因黔省于反正后，措施乖方，执政诸人如张百麟、黄复清、赵德全等，滥引匪类，盘踞要津，张、黄等自充龙头，广开山堂，勒索民财。于是全省遍地皆匪，烧杀掳掠，无所不至。黔中绅耆举代表戴戡、周沆等来滇，切恳便道移师入黔，代清匪乱。公初以北伐为重，又思事涉嫌疑，不允所请。继经戴等一再哀恳，谓滇黔唇齿，黔乱滇必难安居，即湘、蜀亦受其影响。公乃命唐继尧率兵入黔，假以便宜行事之权，俟黔事略定，仍当移师北捣。唐入黔，剧战于黔垣，克之。黄早伏诛，张、赵遁去，余众悉降。黔人念唐拯救之功，举为都督，全黔大定。

时滇师驻叙、泸，川南一带，全境晏然。该处自铁路风潮起后，土匪蜂起，糜烂不堪，惟滇师弹压抚辑，兵威所及，居民皆安。匪徒志不得逞，乃散布蜚语，谓滇军有并川之意。川人不察，遂起猜嫌。加以滇将张开儒辱郭灿（由滇军府派充四川巡按使，前清任云南巡警道，蜀人）于昭通。合江之役，复误杀黄方（川南总司令，系重庆军府所派），更触川人之怒。滇师则以川中军府林立，且多拥匪自卫，人民涂炭，四境骚然，辄欲问罪成都。两方恶感滋成，几致决裂。公切电排解，严饬滇军不得开衅，更约川、滇两军共图经营藏、卫，藉御外侮而泯内讧。川督报以藏事川可力任，无用代筹，公乃饬滇师撤还。

民国纪元初夏，援川各军及西征之师次第旋滇。公以滇省经济枯窘，万难养练多兵，而地介两大，非蓄养武力，不足以固边隅而戢戎心。乃将旧兵概行退伍，另征土著壮丁，编练成军，为更番训练之计。一面裁撤防营及保卫队，腾出款项，为裒益［弥补］军费及其他要政经费之用。复将防营陆续裁撤十余营（反正后计九十余营，计先后裁撤四十营）。反正之始，军事倥偬，善后各事，备极纷繁，凡百政务，只能保持现状，逐节清理。入夏以后，一切政事，稍稍就绪。公以为政须有统系秩序，乃可责效观成，用集各有司编制滇省五年政事纲要，权其轻重缓急，按年筹备，为积极的［以次第］之进行。惟交议会研议，久未得复。盖以厄于经济，噤不敢声也。公于滇中政事，主张设银行以利金融，藉外资以兴实业，募内国公债以兴劝业之实，而杜外债之挟持，办契税、烟酒税，以救目前财政之急，清丈田亩，以裕国课而均负担，修筑滇邕铁路及辟内地马路，以利交通而固国防，缩小军备，以节饷糈，整顿盐务，实行就场征税，变动引岸，创设弹药制造厂，以裕军用，普设警察，以利行政，裁防、陆各营，以统一军制，经营边地，于土司设置流官，以图开拓固边圉外侵，实行军国民教育，以蓄国民的武力，节减官吏薪公，以倡俭素而息官热，重订办公条例，以扫泄沓积习。以上诸端，或已次第实行，或着手规划，期底于成，徒以为财政所厄，未能率如所期。时川、黔、粤、桂不靖，滇独晏然，邻省人民，视为乐土，趋之若市。虽由该省民风淳素，教化易施，抑由于公之娴于政治，措施咸宜，有以致之也。

五六月间，藏氛大发，川边告急，大总统命滇出师入藏，川督亦有电求援，公乃简殷承瓛为征西司令，调拨陆防劲旅，于七月初旬开拔，前锋所及，克复盐井、必土，分师进规乡城、杂瑜、波密、遥解。军行秋毫无犯，番人望风投诚。巴塘围困几半年，闻滇军至，撤围以去。方拟分道进取，直抵拉萨，用竟全功。忽奉大总统迭电令饬班师，遂中道折回，论者深为惜之。

蔡公行状略[①]

蒋百里

公讳锷，字松坡，湘之邵阳人。民国四年冬十一月二十一日[②]，公自津孑身南走万里，入于滇、越。一月，誓师于滇南，所部盖三千人。既克叙、永，进规泸、渝，大战于纳溪，当是时，公之名震天下，而公之疾已不可为矣。两粤景从，浙、湘继起。黎公既正位于京师，川难复起，公犹未知其疾之甚也，仍视事，以五年七月杪入成都。翌日医来，则谢曰肺疾也，不可为矣。遂东下。四方尼其行者，谓公能驰驱于戎马之中，而独不能卧治于成功以后以为异。而不知一年来之劳形疲神，已摧残其生命，至于不可复救也。九月，东渡则稍瘳。十月杪，忽转痢，公虽自知不起，犹作激昂语。十一月四日，食众人以瓜，且曰各人在，其一分也。语详遗电中。七日之早，望飞机，犹欣欣然有喜色，曰：今日愈矣。傍晚，命索食饵于湘中。十时，气益促。八日午前二时薨。呜呼！当公以孤军当大敌，固早置其身于生死外也。

公少颖异常，衣布袍，手老子《道德经》，且诵且行于途。年十四，见知于江公建霞，入时务学堂。戊戌变后，间关东渡，欲以私费入陆军不可得，悒悒者二年余卒达其志。时有倡亡国纪念会者[③]，或代署公名，而终请除去之。有为冷语者，则涕泣而言曰：先辈亦既死矣，苟得一艺以救国，复何恤于人言。壬寅春，闻父丧，不得归，则伏案终日，迄于午夜。知其病［痛］之深，而不敢劝也。既毕业于成城学校，以人少，不获即入军队，始归省。甲辰，以骑兵毕业于陆军士官学校。某年冬返国，由赣入湘，从事于军事教育。既应召入粤西，总掌戎幕，遍巡边徼，出入于瘴疠者经月，欣然有以自得。尝病热，药之不瘳，则跃马以出，走数十里。归，汗出大愈。盖公之强毅自克，出于天性。而孰知其自克者，乃适以自残也。在粤西五年终郁郁。既入滇，众望悉归。

辛亥之役，匕鬯不惊，而定大业。时天下纷纷，或苦兵，或苦匪，或苦饷，而滇中晏然。陈师以出，援黔、援川、援藏，军用不竭，而都督之俸月六十元也。

---

①曾业英编《蔡锷集》，长沙：湖南人民出版社，2008年，第1522−1524页。

②原编者注：与前袁家普所说不同，何者为是，待考。

③原编者注：指1902年4月26日，由章炳麟、秦力山等人发起，在日本东京召开的“支那亡国二百四十二周年纪念会”。

公治滇，英、法人尤敬畏之。滇师之初起，越督贻书于政府曰：是非姑勿论，若蔡公者，余衷心钦其为人。英人有教学于北京者，高举其拇（指）以告生徒曰：若蔡公者，当今第一。此一年前之事之言也。公以廉洁自持，而急朋友之难，则慨然无所惜。初入京，有为赁屋于某氏，一寻常邸宅也，而惊其华，且笑指仪门曰：可以八字题之曰：养尊处优，藏垢纳污也。既而郁郁，亦委随流俗，不岸然以立异。然身兼督办、参政、将军、办事员等差，循例得俸月可入五千元，公悉任其事而辞其俸。四年春，病肠疡，就医于津，元气自是伤矣。一日深秋，早起渡南海，遇疾风而喉痛剧，遂病。时密议已定，公遂离京，以病辞。真也，非饰也。公不病，未必能成行，公不行，病未必即死也。呜呼，天耶？人耶？经界局既以经费无着而请裁，然早自八时起迄四时必躬莅，口述手批无倦容。尝曰：余当困难，精神始现。纳溪之役，士气稍稍衰，公能鼓舞之，率与俱进，士气复大振。其与军事，盖天才也。公身不魁伟，而绝有力。好弈，终夜不肯休，艺之强者，常以精神不继而负。其书法别成一家。公之东下，天下人无不想见颜色。有面谀者既退，公曰：咄！不算回事，战胜于国外乃为雄。呜呼！公今去矣。公之名成，公之志未遂也。

蒋方震曰：公尝谓余衡岳之气未衰也。湖湘之士，旋乾转坤，当有三次。曾、左[1]，其首次也。公之言信矣。谭、唐[2]以还迄于公，皆以死勤事，其为一次耶？其为二次耶？呜呼，公之志未遂也！民国五年十二月八日，距公薨后一月，学弟蒋方震既护公灵自东返于沪，乃挥泪为之记。

①原编者注：曾国藩、左宗棠。

②原编者注：谭嗣同、唐才常。

蔡松坡先生小史[①]

李抱一

（记者为松坡先生小史信手拈来，初不经意为文且篇中毛举细故似不关宏旨，然务在纪实，不以为舛也，阅者谅之。）

蔡先生名（谔）[锷]，号松坡，原名艮寅，留学日本始易今名，湖南宝庆县人，世居宝庆小东路蒋家冲。父佚其名，业小贩，母王氏。先生周岁，家贫甚，衣食且不给。父以武冈谋生较易，挈妻子往抵山门，赁杨氏宅居焉。寻生弟二，一松垣（日本成城学校毕业，前任湖南造币分厂厂长），一松墀（留学美国），妹一（嫁宝庆黄某某），家道益拮据，顾以先生貌聪颖，不肯以绍基裘，数岁即命入乡塾。先生过目成诵，塾师命作对，敏捷工整，如有神助，故时以"神童"称之。宅主杨梧冈，士人也，冬至日过塾，命对曰：阳来春有脚，先生应声曰：冬至梅出头。父命往市购竹屏，肆主固素稔者，命之曰：孺子神童耳，能作对，携屏去，不取汝值，惟不许少游移，因指屏画谓曰：福禄寿三星拱照。先生立对：公侯伯一品当朝。即携屏扬长归。时年未满十龄，头犹挽双丫角也。有刘辉阁者，名诸生，见先生异之，妻以女，且资之学。先生之得成名，刘氏与有力焉。年十二，江建霞来督学，先生以幼童与试，江见先生文，大赞赏，拔补博士弟子员。至是始归原籍而家贫犹昔。

时同邑樊先生（睢）[锥]，才名振一时，且喜言时务，见先生有异才，即录入弟子籍，命从之学，不取学费。数年学大进。适清廷励行新政，各省多设学校，以作育青年子弟。陈义宁抚湘，推行尤力，创设时务学堂，聘梁新会先生主校务，樊于是携先生来省，送入时务学堂。时先生头角峥嵘，下笔辄数千言，不落恒人蹊径。新会先生叹为生平未尝见，尝以得一高足自诩。无何，新会北去，樊复携先生至江南。邑人杨金龙者为江苏提督，为先生游扬当道，得以南洋官费，送出日本。先生之学盖多得自樊先生，而端其趋向，纳之正轨者，

①邓江祁编《蔡锷集外集》，长沙：岳麓书社，2015 年，第 395–410 页。原编者注：此文首见于湖南《大公报》1916 年 11 月 11 日开始连载，距蔡锷逝世仅三天，是全面研究蔡锷生平最早的一篇文章。惜因现存湖南《大公报》不全，以致载于 1916 年 11 月 20 日部分内容缺失，在文中以省略号标示。文中原有个别错误，原作者在文末有"正误"，此文系订正稿。此文原署名抱一。邓考证为李抱一著。

则新会先生也。

先生既抵日，复得湖南官费，以受费江南非分，却之。廉介类如此。初为普通学，造诣辄逾级。既卒业，以国势不振，欲有为于国，文学、政治等科非时急，不足学，当学万人敌，于是入成城学校，习陆军，旋入联队，更入士官学校，精进奋发，每试冠其曹，尤长器械操及马术，日人亦敛手，弗敢抗，终以第一人毕业，日皇循例赐宝刀焉。先生居校时即与陈君天华等谋革命，惟英华内蕴，不诡时好，故激进之士或不知之。寻以“风积不厚，不足负大翼；水积不大，不能载广舟”。既毕业即遄归，谋所以为凭借者，盖谋定后动，不欲速不见小利，先生一生大业得力于此。

先生以戊戌去国，甲辰冬归。时赣抚夏时设材官学堂，聘先生充教习，就职数月，以父忧归里。乙巳春，湘抚赵公强起任参谋处帮办兼兵目学堂教务长、武备学堂教习，先生桑梓情重，勉视事焉。先是，郭君人漳旅日本，闻先生名，至是游扬于桂抚李经羲奏调广西办随营学堂，先生不能却，携湘中子弟百余人南下。李初甚敬重，用充随营学堂总办（兼总教习）兼练兵总参谋，寻更兼测量学堂总办。郭时掌军职，与先生交甚厚，先生亦推诚相与，拟借势擅兵权，因图广西为发难地也。郭亦赞其策，旋遣武冈唐君璆[①]赴湘谋响应，唐与谭君人凤不及待，突发难马栏山（宝庆、新化、武冈交界地），事败俱走，保先生许，先生匿唐随营（毕）［学］堂，旋荐诸龙州道庄蕴宽，谭则用充随营学堂文案，寻以时未至，事亦中止。

先是，先生与陈君天华有成约，桂林有刘仙岩甚幽蒨，陈拟来为僧，借谋大业。迄取缔事起，陈蹈海死，先生闻耗，率诸生至岩哭祭甚哀，悉以夙谋诏诸生，诸生自是益奋发，而先生愈知事不可卒成也。寻与郭因权限颇龃龉。适黄克强先生自湘来，因为和解。先生与黄缔交自是始，时丙午春事也。夏，岑西林督粤，调郭统兵钦、廉，黄、谭亦均南去。时随营已毕业，先生奉命观操北洋，归兼任陆军小学总办，旋送随营学生入北洋及江南各军校先后近百人。先生致意于作育人才，盖有深意焉。丁未冬，克强先生起义镇南关，先生借张抚鸣岐奉命巡边调查，边防甚悉。戊申四月始已归至南宁，张抚壮其形势，欲以为省会，命先生留练新军以充军实，所练名第一标，先生即充标统，实行征兵制度，手拟规律，蔚为大观，成绩亦甚佳。己（丑）［酉］正月，龙州讲武堂成，吴元泽任总办，不得法，风潮时作。张抚以非先生莫能卒事，命移校址南宁，

①原编者注：原文此字缺，据《唐璆文集》中有关记载补入。

以总办属先生。先生时与今粤督陆荣廷（时任边防统领）善，请任会办，陆公欣然许之。旋附设学兵营，先生兼任营带。今桂督陈炳焜时充督队官，隶麾下。庚戌春，讲武堂毕业，先生奉调晋省，充兵备、教练、参谋三处总办兼混成协协统及干部、陆军小学两校总办，军事、学务日夕鞅掌。先生顾不以为劳也。时南方俊彦群集桂林，庄蕴宽、钮永建、尹昌衡、胡景伊诸君先后任要职，均与先生相款洽。庄、钮与交尤厚。先是，庄任龙州兵备道，钮为办陆军教导团。林绍年（时抚桂）以钮有隐谋，拟拿办，先生力保始免，庄、钮殊感激，均以函谢先生。寻复派随营生往助，钮荐唐璆为庄司文札。自是关系益密，函电往来不绝。及先生调省，庄、钮亦北来，寻以先生权过重，又中于萋菲，心颇不怿，与尹昌衡等相率他去，佥壬忌先生更甚，运动桂人开大会，捏布先生罪状，控于护抚魏景桐。魏新化人，固执陋见，谓与先生同乡，不便左袒，置之不理。先生于是有去志矣。适张鸣岐督粤、李经羲督滇，均电招先生，先生以滇较可为，谢张而就李。

先生以正月初旬至滇，李督延见甚欢，即任为三十七协协统。时清廷亲贵擅权，政治益颓废，天下豪杰共起而谋亡之。孙、黄诸公谋诸外，先生与各同志谋诸内，势均亟。先生以云南控地千里，关山修阻，事即不成，亦可据以号召天下。属兵数万，均果敢可用。同志如李根源、罗佩金、殷承瓛、谢汝翼、李鸿祥、沈汪度、唐继尧、刘存厚、雷飚、刘云峰等尽一时俊彦，故极力经营，未少馁。时与扞格者，独十九镇统制钟麟同、陆军总参议靳云鹏、团防兵备处总办唐尔锟、陆军兵备处总办兼协统王振畿、第七十三标标统丁锦数人。李督书生，不敢举大事且格于钟、靳等，故防范亦綦严。一日，团长某偶有过，所隶标统詈责之。先生以非罚不以为然，钟统制袒标统且加嘉许，由是二人感情益恶，钟因此忌先生亦于甚。无何，铁道风潮作，各同志均跃跃欲动。八月十九日，武昌起义，先生拟即响应，日集同志或在城内罗佩金家，或在乌家坝雷飚寓宅秘密聚议。李督闻而大骇，阴与钟、靳等谋剪先生羽翼，命李根源赴迤西讨张文光，罗佩金赴安南运军械，归并李鸿祥兵，撤谢汝翼职，又命唐尔锟、刘显潜赴黔募兵。先生知事不可缓，缓且为钟、靳等所乘，乃定重阳日举义，并议定分兵两路，先生率步队第七十四标，炮队第十九标，机关枪第十九营发乌家坝。步队标统罗佩金，营带唐继尧、刘存厚、雷飚，炮队标统韩建铎，营带谢汝翼、庾恩旸、刘云峰，机关枪管带（韩）[李]凤楼等隶焉。李根源（时任督练处参事官）率步队第七十三标发北校场，管带李鸿祥、刘祖武、张开儒等隶焉。原定夜三时同举事，夜八时许，李军谋泄，标统丁锦即起反抗。适李根源至，命扑标本部，丁逃，根源即率军入城，攻军械局，分队攻电报、机器等局及学署。先生正集兵乌家坝，闻耗疾驰入城，亲率佩金、继尧、存厚等进攻督署，命雷飚率一营助根源攻军械局。军械局守备甚固，钟麟同、靳云鹏、王振畿等复率辎重营、陆军警察队、机关枪一队据五华山，与军械局守军为犄角。李军几败，适雷至，始克支持，寻亦久攻不下。先生更命谢汝翼率炮队往炸毁围墙，始占领，时为十日十一时矣。李军于是移攻钟、靳等。钟抗战甚力，久不决，先生命（韩）［李］凤楼率机关枪六挺援助，钟负伤，遂破五华山。钟逃至南城，被擒磔死。王振畿被张开儒获解李根源处枪毙，靳云鹏独逃去。先生亲督军攻督署，李经羲兵卫甚厚，且以机关枪四守，故久久不能下。唐继尧率营猛扑，死伤颇多，至次日正午，子弹复告罄，适军械局破，取弹药猛击，午后一时半始入之，经羲卫队降。全城大定，于是设司令部于江南会馆，组织军政府，公推先生为都督，宣布独立。

李经羲当义军进攻时仓皇殊甚，旋闻先生主兵，乃谓臬司杨福璋曰：松坡君子也，必不负我。寻由后门逃去，匿萧巡检家（或云法领事署）。事定，滇人多欲得而甘心，先生以身家力保，李君根源亦营救，始已。旋函劝其出任国事。李以三事要约：一、可杀不可辱；二、护送其眷属归里；三、亦愿为军政府尽力，但不可强。先生慨允之，且与根源躬诣萧巡检家，迎至谘议局。行于市，先生参左，根源恭右，以备非常。李寻欲北归，先生馈以兼金，亲送至车站，更派彭权、黄实二人送至河口，盖以受知于李甚深厚，于私谊固应尔尔。李在滇颇有政声，于公谊亦复不宜薄视，古道照人，肝胆毕露，较彼翻云覆雨者洵有天渊之别。

是役也，前清官吏除藩司世增及钟麟同、王振畿数人外，无一死者。世增之死以旗产民军必杀以释憾，初十被获，交禁承华圃，是夜为民军枪毙。至提法司杨福璋等则皆释弗诛，外人称为文明，大局粗安。先生以要政首推外交，躬率李根源、罗佩金等请英、法两领事暨各外人开议国际各条约，重在保护外人生命财产，而外人须坚守中立，不预我国战事，外人欣允之。次下令，限大清银行钞票五天后十足兑现，学校照常开课，警察依旧站岗，有条不紊，地方以宁。未几，各府县次第收复，干崖土司刁安仁初颇桀骜，亦受招抚，于是滇中大定。

云南向贫苦，为受协省分。中央政府初成立，财政窘急，不能兼顾，亟宜自为谋，着手则在减费裁员。先生于是下令，裁减军政各界薪饷，自都督以下月过六十元者只领六十元，六十元以下均酌量裁减，各不急机关及冗员一律撤销，风行雷厉，令出惟行。先生又自以身作则，月薪六十元外未支用公家一文，家用日限洋二角，居处异常朴俭。公出仅携马弁四人，私出或单骑或独步，人无有知为都督者。又命财政司长袁君家普拟财政上、金融上各项法规，亲加删订，准诸至善。故先生督滇三年，财政丝毫不紊，收入日增，不惟不受协中央，且解款中央数十万元。举义后，军队颇充牣，先生力加裁减，及援川、援黔归来，皆令退伍，纪律谨严，毋敢有贰。云南邻近四川、贵州，会党素多，怀德畏威，皆不敢发。故先生在任，匕鬯不惊，苻萑尽息，称仁壤焉。先生虽军人，于政籍律书多精熟，素倡不党主义，谓国基初立，即有党争于政治，前途必无善果，眼高于顶，故能远瞩将来。时孙、黄诸公以高世之勋邀入国民党，新会先生以师弟之亲邀入进步党，皆以军人不党却之，可征其定力矣。

袁氏为政未久，先生即知不可与图成，日夜筹制之之术。援川、援黔，其森著者，唐蓂赓督黔，右臂以成，极力调和川、滇感情，左臂亦举。彼肤浅之士动以先生不与二次革命为病，未于先生计画窥得万一而为是，訾謷非堕拔舌地狱不可。癸丑，民党将举事，克强先生派谭君心休赴滇探先生意旨且运动响应。谭与先生同籍且素善，先生所筹画无不与言者，先生甚不以急进为然，以东南四战之区，必不能坚持。欲集事，端赖西南，而西南兵势未张，既发难，当会战武汉，自滇运兵东下，间关数千里，敌已夷藩篱而入堂奥，徒踵吴三桂复辙，无益也。盖其时，先生方与西南各省阴结西南协会，粤督胡汉民、桂督陆荣廷、黔督唐继尧、川督胡景伊均从先生命派人来滇与会，更恐招中央疑忌，假建筑滇宁铁道（自云南至南宁）召商桂、粤为名，实则桂、粤会员均衔密命而来。会议计画即西南合纵，暗为军备，以铁血担保共和国基，缜密雄大，世不得其详。说者谓，此次推倒袁氏，恢复共和，即肇基于此。先生旋复派田宗浈等赴长江各省联络军界，袁家普赴京联络政界，均未得当。而民党谋日亟，初拟发难广东，胡汉民书生，不能当军事重任，不敢发，乃决定发难宁、赣。先生闻耗大惊愕，谓宁、赣当京、津两铁道之冲，北军旦夕可至，内又无防守之术，徒自取败。时赣督李烈钧跃跃欲动，乃命谭君急电克强先生，嘱李毋轻动，已则通电讨李，谓如妄动，当率师相攻，阳以固袁氏信用，实则劝李审慎，毋贻后悔，意在言表也。噫！先生之心苦矣。无何难发，湘、粤响应，袁氏电饬唐继尧以一混成协防湘，盖不知唐固先生腹心，一举一动皆必禀命先生者。唐得京电电先生取进止，先生以“虚张声势，不必实行”八字复示。旋袁兵南下，南方势渐不振。先生以如发难则同归于尽，又不忍南方之终败，乃为侥幸之举，电袁请率二师东下武汉为南北讲和，实则拟乘会师之便，反旆攻袁也。袁已悉隐谋，不许，且自是始疑先生，然先生仍进行甚力，拟得当即出军援助，旋闻南京破，事败，痛哭者累日，事始终止。说者谓，使克强先生能坚持一月，先生之师已下武汉，胜败未可必也。

先是，先生拟举事，暗向德国购军装二百万元，沪宁事败始运归上海，悉为袁氏侦探缉获，袁氏由是益疑先生，乃授意某某等要人召先生晋京，许以参谋总长。先生恐［不］应且败大计，又以此或可在北方军界稍占势力以与西南相提挈，许之，以二年十月入京，名为请假三月，调京养疴。既至，袁氏背约，仅予以高等顾问，先生以既为所买亦安之。十二月派充政治会议委员，免去云南都督本职。自是，先生与官僚政客委蛇者且六七月。民国三年五月，袁氏设参政院，任先生参政。六月，设将军府，任先生将军，寻加以昭威将军名，复继王士珍为统率办事处办事员。袁氏雅善以爵禄，奔走天下人士志行薄弱者，每易入彀中。以先生亦常流，故极意羁縻。讵知先生心神坚定，不为少动也。

自欧战发生，中央借款之路断，于是计臣百方谋补苴之策。山东巡按使蔡儒楷倡加赋之议，格于例不果行，而梁士诒整顿地丁钱之议继之以起，根据赫德光绪三十年之条陈以清丈为入手办法，遂为当道所采用，经界局因以成立。时议多推先生主其事，于是，袁氏任先生为经界局督办，以三年十二月就职。先生平昔任事无巨细不稍苟，故虽以经界之造端艰巨，袁氏之徒事装潢，亦规划进行不遗余力，所引用均富学识、经验。范治焕任总务处长，殷承瓛任清丈处长，袁家普、曾继梧等为评议委员会委员（袁主任委员），余称是拟自京兆着手试办，逐步推及全国，计画甚详，不备载，即此亦可见先生之兼长吏治也。时都中气习甚深，一为高官居必洋楼，食必大餐，高车驷马，临堂画到，即贤者亦不免。先生独反所为，赁居护国寺街，节衣俭食，庖偪且未备，故乡携来一媪以应灶下之需而已，办公时严坐如神圣，部属罔敢少嬉戏，夜常独宿局中，其勤职有如此者。四年五月，中日交涉起，先生愤日人之无理，力主战且请亲赴南方集合军队。袁氏方有异志，欲乞怜外人，不许。先生志无所抒，愈扼腕，顾因此益知袁氏之不可与久居。

袁氏自三年以来，违法之事日益多，先生尽然忧之，内谋于梁任公先生及各同志，外谋于西南各省，皇皇如大祸之将至。果不久而国体问题生，时任公先生已见机移家天津。先生数往谋大计。任公谓曰：予责任在言论，当有所发表，以振荡未死之人心，为君先驱除，君暂宜韬晦，勿为时忌，乃可密图匡复。先生韪其言，自是深自隐沦，旋招戴君戡来京共商。戴亦先生同志，有智略，时甫离贵州巡按使职。既至京，乃共定策于任公先生寓庐，密电滇、黔各省速为军备，以候先生南下。袁氏称帝，云南即举义，贵州后一月后响应，广西又后一月响应，然后以云贵之力下四川，以广西之力下广东，三四月后，即可会师武汉，底定中原。当时计画如此，临事虽稍变，大致殆相类也。

计定，先生即于筹安会发生之第二日派人送夫人及公子南归（太夫人已于春间归里，独留如夫人。或谓先生以眷属忽于此时南归将招疑忌，乃嘱夫人故与如夫人口角，忿而离去），视事如初，惟与西南各省密电往来日加数。吾友陈君时为先生司文牍，谓笈藏秘码六七十份，西南各将吏如唐继尧、刘显世、陆荣廷、陈炳焜、刘存厚等均有之，日必数电往来，多关于军政、财政，盖未举义前谋已熟矣。

寻袁氏忌先生益甚，侦探常伺左右。某日且命军政执法处人搜先生寓室，幸未有所得。先生驰质袁氏，袁氏惭沮，诿以他事检查邻居误及先生，且斩数人以殉，或云实死囚云。先生于是益危惧，欲即出走，又为侦探禁阻，平居异常谨饬，无嗜好，至是乃不得效后园种菜之智，为醇酒妇人之谋。有小凤仙者居陕西巷云吉班，艳名噪甚，先生遇之颇有恩，常携至天津，以为将来掩饰地，凤仙亦解人，知先生志有所寄，所以为先生谋者无弗至。然袁氏凶猾，心犹未释也。适请愿之说起，先生以机可乘，即召集各高级军官于将校联欢会，联衔劝进，首署名焉。袁氏得书大喜过望，疑先生之心稍释。先生于是以调查经界名义，派殷承瓛至江浙皖闽各省，派黄实至粤桂滇黔各省，先期运动布置。既周，乃图脱身之策，屡请病假作狭邪游。出京之前日，复续假一星期，呈辞有云，锷近因肺胃有病，日久未愈，前经呈准给假调理，旋于本月三日假期届满，遵即销假趋公照常办事。惟病势日益加剧，精力实有难支，拟请续假一星期赴津就医，以期早日就痊，不致旷误职务云。既获批准，犹以侦探密布，惧不得脱，乃于十一月十一日微服携凤仙南下至津，始令凤仙独返。旋袁氏微有所闻，颇惊讶，阳遣使侯疾，即邀其回京。先生以养病却之。使间询及滇事，先生力言可保无事，惟军人多闲散，不无觖望者，酌补实官即无他虑。使去，先生知袁氏狡谋百出，遂于十八日乘日船山东丸东行。既抵日，复呈请续假三月，并请派员署理经界局督办、参政院参政各职。呈中犹有以便择天气温和清旷之区，转地疗养之语，以示实无他意也。袁氏寻给假两月，经界督办缺以龚心湛署理，参政缺以张元奇署理。先生初离经界局时，曾嘱各属员照常办事，毋动声色，如夫人亦留居京师，数日始取道上海径赴云南，故当时除二三同志外，无疑先生之有他志者。

既抵日，与民党各首领会商起义计画（据当时东报载，先生由长崎至东京，屡赴下澁谷革命党本部运动孙文，或载常至日本之别府温泉与党人熟商）。策定，适旧友石君陶钧（号醉六，亦宝庆人）来日，先生与密计，（属）[嘱]石携先生行李傔从，伪为先生者就医东京，先生则微服来上海，雇民船走香港入云南（或云自上海用岳某护照抵港。此护照盖在经界局时预请于外交部者）。石君既以先生名就医，常恐破露，日恒他去刺探消息，嘱仆，如有叩蔡某者，即以未审移居医院何所，不能会客对，又时以先生名拍电政府，报告病况，且寓书唐在礼等，请觅寄法帖、古籍作消闲具。袁氏以此无他疑。

先生既过香港，袁氏接密探电告大惊，知先生道出安南，由滇越铁道入滇，即电嘱蒙自县知事张一鲲，相机暗杀，事为驻蒙师长刘祖武所闻，拟捕张，张走免，先生遂得于十二月十九日到省。

先是，唐公蓂赓受先生意旨已有计画，筹安会发生后，屡集议黄毓成家，居中主持者以罗佩金、黄毓成、邓泰中、杨蓁、刘云峰等为最力，复电邀李根源、李烈钧、方声涛、熊克武等先后来滇共计事。适王伯群赍先生手书至，同志进行益力，财政、军政各方面筹备均渐周妥。十九日，先生抵省，全体欢忻若狂，即夜召集会议，议决先以电警告袁世凯，请其废除帝制，署名者唐继尧、任可澄、刘显世、蔡锷、戴戡五人。不报，二十三日复致最后通牒，电请立将杨度、孙毓筠、严复、刘师培、李燮和、胡瑛六人及朱启钤、段芝贵、周自齐、梁士诒、张镇芳、袁乃宽等七人明正典刑，以谢天下，并限二十四小时答复。又不报。先生知袁氏之终不悔祸，乃与唐、任诸公宣布袁氏罪状，通告各省官吏求共致师，诛无道，复檄告全国，以四事自誓：一曰与全国民戮力拥护共和国体，使帝制永不发生；二曰划定中央地方权限，图各省民力之自由发展；三日建设名实相副之立宪政治，以适应世界大势；四日以诚意巩固邦交，增进国际团体上之资格。即于二十六日组织政府，宣布独立。津议前队出发后二十日约至四川境，然后宣布独立，乘袁军未集锐师北上，一鼓而下叙、泸，再鼓而下重庆，旋因袁政府外交密约将成立，今副总统冯公又有内调参谋总长消息，事机紧急，任公先生发电促之，乃于二十三日发出前队。越三日即揭晓云，时有拟先生都督者，先生力避其说，谓为天下发大难，即为天下负重任。唐督治滇有方，何可遽易生手？说者乃止。同时，发布动员令，以先生为护国军总司令，先生登台誓师，激昂慷慨，中有云，吾侪今日不得已而有此义举，非敢云必能救亡，庶几为国民争回一人格而已。军士皆鼓舞，呼万岁。铄古震今之革命战争于是开始（战争详情非亲历其境者不能道，兹仅取近人笔记，参酌夙闻，志其大要）。

欲知此次战争，不可不先知护国军之组织及两方攻守方略。护国军共分为三军，第一军总司令蔡锷，第二军总司令李烈钧，第三军总司令唐继尧兼领。第一军任务攻川，第二军任务防粤，第三军任务守土。先生既率第一军，以罗佩金充总参谋长，下分四梯团，一梯团分二支队。任梯团司令及支队长者皆起义同志。第一梯团司令刘云峰，支队长邓泰中、杨蓁；第二梯团司令赵又新，支队长董鸿勋、何海清；第三梯团司令顾品珍，支队长禄国潘、朱德（隆）；第四梯团司令戴戡，支队长熊其勋、王文华。顾先生虽以第一军总司令名义出师，未几，仍为滇黔各军总司令，负统筹全局之责。初拟三路攻川之策，以主军出永宁，攻纳溪、泸州，先生亲率之。以左翼出叙府，刘云峰率之。右翼出綦江，戴戡率之。袁氏闻先生率师北上，即饬陈宧筹防御。当时计画，先取守势，亦分三线，自滩头至綦江为第一线，叙南以汉军统领张占鸿任之，永宁以川军第二师师长刘存厚任之，綦江以第一师师长周骏任之。由叙泸至渝为第二线，以川北军旅长伍祯祥驻叙，旅长冯玉祥驻泸，旅长李炳芝驻綦江附近，复以陈督余部及第一、二师之一部驻东大路之永荣隆资犍嘉为第三线，意在暂防滇军深入，待曹锟、张敬尧所部到川，始进攻也。兹将三路战况分述之。

（甲）云南既独立，先生即命刘君云峰率第一梯团先期出发，取道昭通，进窥叙府。一月十日后，兵抵川边，与北军战于横江、柏树溪等处，皆捷。守叙北兵震其势，弃城逃走，滇军遂于一月二十日占领叙府。袁政府严电申斥，悬赏五十万，饬陈宧克期恢复。陈令伍祯祥、冯玉祥、熊祥生三旅分道进攻，因出发程途不一而到达先后各殊，（冯）刘梯团长于是适用战（述）［术］上各个击破之策。冯旅先至，滇军出城迎敌，一战溃之。事甫毕而熊旅继至，大战数日，复击溃。伍祯祥之兵适由嘉定赶至，滇军数胜之后锐不可当，伍旅亦大败，退至乐山，余众不过营余。滇军以二千兵摧敌三旅，虽由兵士勇敢，而炮队之处处命中亦大有关系。刘梯团长亲临前敌，炮弹洞穿外服不为所动，其勇往亦堪佩服也。滇军取叙后以兵力不敷，不能进取，逮至二月中旬，泸州战事紧急乃撤叙府之兵加入战斗，其地遂为北军所有。

（乙）原议先生率滇军全部由叙入川，嗣因叙府兵单，一梯团足以了之，泸、纳中断叙、渝，控制全蜀，非以全力当之不可，且其时刘师长存厚防永宁，绾泸、纳门户。刘故先生滇中旧部，不得志于蜀，陈宧、周骏交构之，素与先生通款洽，利用之亦可增厚兵势，乃率队转向泸州至贵州之毕节，刘师长派员取进止。先生与议定，滇军入境，刘即率师佯败，送予滇军要地，乘势破泸州，然后以一部趋渝城，主力径取成都，且命董支队长鸿勋率部兼程前进，供刘指挥。永宁南有雪山关者，当川、滇、黔孔道，称天险。董军一鼓下之，滇军大队始得长驱北上。先生进驻永宁为大本营，以便指挥前敌。时刘军已陆续退却，准备乘势袭泸，惟纳溪与泸临河并峙，欲袭泸非先据纳溪不可，乃命刘军第一支队长陈礼门为先遣支队退据纳溪，掩护我军集中。第二支队长刘柏心继之，刘师长率总预备队长梁镇又继之，终则踵以滇军大队。乃甫成行，隐谋已为熊祥生诇得。刘军侦探调查与驻泸兵站部人员均被拘禁，熊遂率队在泸县之蓝田坝等处取正当之防御，于是佯败，袭泸之计败，而有以后之激战。殆苍苍者故设此机括，以显先生智勇乎！于是先生不得不锐师前攻。一月下旬，滇军由永宁长驱前进与北军遇于纳溪，连战皆捷，遂将纳溪占领。适叙府胜报传来，刘师长遂于其时宣布独立，北军由叙败退之兵被刘军截击江安歼灭殆尽。时滇军前队已由纳溪渡江，与北军战于蓝田坝，大胜，泸城垂克。乃曹锟、张敬尧之兵蔽江而上，敌援大增，滇军不得不退至大江南岸，张敬尧旋率第七师驻纳溪之牛背石，势张甚，拟一战夷我军，选精锐一营为前锋，并力进攻，中伏歼焉。复督大部队前进，复被地形包围不得展，彼此相持不肯下，双方军队复陆续增加。先生以事亟，亲临前阵督战，血战二十八昼夜，未曾收队，此等恶战为中国自有枪炮以来所未有。滇军十营营长受伤者六，战死者二，盖北方精锐萃于七师，而张敬尧又袁氏部下，所称猛将，故如此。若非先生亲临督战，不溃败者几希矣。血战既久，双方均不能支，滇军复因子弹缺乏，先生乃独运神智，于三月八日退至纳溪之大舟驿，其时黔军在綦江方向每战辄胜，锋锐异常。曹锟乘滇军撤退，乃调第三师吴旅长所部由泸援綦。滇军于此数日内补充军实，整理就绪，复于三月十七日乘虚反攻，连战皆捷，直薄纳溪城下。另一支复将江安占领，夺获大炮数尊，机关枪数挺，北兵死伤甚重，派其兵站陈某乞和。滇军子弹亦将匮乏，乃允其请。时李长泰率第八师之一旅赶至，未及交绥，适帝制取消，双方停战以至和平解决。曹、张诸将均敬服先生不置，故两次停战期满，张敬尧即以己意向先生续商停战十日，盖张等至此已不愿与先生为敌。袁氏即不死，战争亦垂息矣。此役也，滇军以数千之兵抗此大敌，固由先生智勇过人而熊克武随蔡入川，结合旧部，屡建奇功，亦为不可掩之事实。黔军在綦江方面牵制敌军不少，亦大有关系也。

（丙）先生既率师出永宁，以黔军属戴戡由松坎（贵州桐梓县属）进攻綦江，以张右翼。初拟编为第四梯团，因黔军亦足当一方面，乃假戴为黔军总司令，率梯团长熊其勋北上，分命王文华东下辰沅，以不涉先生不述。川黔交界有天险曰九盘子，戴军用策破之。敌军退守分水岭及马口坳，又破之，直抵桥坝河，距綦江城仅八里。北军并力抵抗，第七师复派一营来救，不能进。寻川军黄旅长抄袭我后，占据龙台寺，势殊岌岌。适先生派来滇军两营助战，大战一昼夜，卒将敌军击溃。时北军第六师齐师长扎綦属之刘罗坪，悬崖千仞，地极险隘，熊梯团长以非得此綦城断不可取，率师攻之，久久不能下。顾敌军屡败，固守不敢出，迭向曹锟告急。适滇军退至大舟驿，曹乃撤吴佩孚所部来援。戴总司令以先生将实行掩击计画，且距松坎防线甚长，无险可守，决计退扎黔边，吴旅亦以黔边险恶，不敢进攻。未几，帝制取消，双方停战。

……

旋得款协济，乃议首途东下，未首途之先，所以为四川谋者无弗逮既资遣部下归原籍，令各县向政府收归所取军械以备匪警，复为巩固军防计，电保戴戡帮办四川军务，熊克武重庆镇守使，殷承瓛川边镇守使，均得报。布置略定，始于八月九日长行。去日，犹布公启，遍告蜀人，雅意拳拳，溢于辞表。录如下：

锷履蜀土，凡七阅月矣。曩者，驰驱戎马，不获与邦人诸友以礼相见，而又多所惊忧，于我心有戚戚焉。顾邦人诸友曾不我责，而又深情笃挚，通悃款于交绥之后，动讴歌于受命之余。人孰无情，厚我如斯，锷知感矣。是以病未能兴，犹舆舁入蓉，冀得当以报蜀，不自知其不可也。乃者，视事浃旬，百政棼如，环顾衙斋森肃，宾从案牍，药炉茶鼎，杂然并陈，目眩神摇，甚矣其惫。继此以往，不引疾则卧治耳。虽然，蜀患深矣，扶衰救敝，方将夙兴夜寐，胼手胝足之不暇，而顾隐情惜己，苟偷食息，使百事堕坏于冥冥，则所谓报蜀之志，不其谬欤！去固负蜀，留且误蜀，与其误也宁负。倘以邦人诸友之灵，若药瞑眩，吾疾遂瘳，则他日又将以报蜀者，补今日负蜀之过，亦安在其不可？锷行矣，幸谢邦人，勉佐后贤，共济艰难。锷也一苇东航，日日俯视江水，共澄此心，虽谓锷犹未去蜀可也。蔡锷白。

蜀人不忍先生卒去，远道（祖）[相]送，有恸哭者，先生亦唏嘘不置，终乃忍泪南行。十二过叙州，十五至重庆，适陈二庵东下附舟焉。二十六抵汉口，大总统已电令王督军派楚材军舰护送，即日启碇，二十八抵申，寓哈同花园。有谒者谓，先生形容憔悴，声音嘶哑，惟整衣端坐，行步颇健，精神似未甚颓丧云。初就医于宝隆医院，主治者为德医吉利、彼得两博士，谓其病为喉头结核，已侵及肺脏，上海湿重，于此病非宜，如移居普陀或日本较易为力。先生韪其言且以上海风尘澒洞，人事烦杂深厌之，于是，赴日本之意遂决。梁任公、蹇季常等以日方患疫交尼之，不听，遂于九月八日乘日船东行（原请假一月，至是期满，电请开缺，大总统不许，再给假三月，四川督军命罗佩金暂署，省长命戴戡暂署）。同行者如夫人潘蕙英女士、次公子及副官长李华英、秘书唐巘等十余人。十二日，抵神户，旋至福冈，入福冈医院，主治者为福冈医科大学教授久保猪之吉博士，按其病仍为结核，双肺大痈，喉咽并伤，疗治久之，始有转色。乃入十月渐因气候不和，忽又加剧，至十月七日，食量顿减，体微肿。十一月初，转下痢，肿渐消，食益少进。医言疾菌入肠，危状已现。然尚嘱随员拟续假呈文，精神尚佳也。间与参谋长蒋方震等谈及国事，谓人民、政府协力进行，尚有可望。如不顾道德而惟权利是争，必无救矣。寻嘱诸人曰：予病深矣，必不起。但男儿未死沙场，殊为不值。应薄葬我，以省吾愆。至七日早，医行注射，精神颇佳，朝午均进粥一碗、燕窝一钟及牛乳、葛汤等，气象似有转机。乃傍晚忽气促痰涌，至八日一时更剧，延至四时，遂长逝，时年仅三十四。

先生体魄不丰而甚坚实，貌清癯而有英气，见者知为非常人。天资绝高，涉学多通，为文如天马行空，不循恒轨，盖得诸樊春徐［渠］先生者深也。诗词不多见，曾见其为刘君命侯题《梅山归养图》云：南山有鸟名曰乌，卒瘏拮据勤将雏。秋高乌老雏反哺，可以人不如乌乎？弃官归养答母劬，仁人孝子览此图。”颇饶古意，笔亦雄劲。且善草章程，熟公事文，南宁第一标章程系先生手定，后为新军蓝本。李仲轩抚桂，奏稿多出先生手，以军人而能为经世文章，世所仅见。后任要职，秘书所撰文件或不当，先生援笔立改，无不中肯。又能为簿记学，素习者无其神敏。外此，蹋球、围棋等技莫不能，多才多艺，先生有焉。举世竞言爱国，然莫有真爱国者。真爱国者，独先生，生平持躬清慎，不虚縻国家寸丝一粟，常俸亦时斥归公家，以应急需。故扬历中外十余年，所蓄犹仅中人之产（年租仅十石），国事则不顾生死，兼程力赴。自滇起义，宣言此役但为国民争回人格，成当奉身而退，不成则以身死之。居军中亦常语左右，万一不利，必以身殉国。讵知事成而身亦死，弥留时犹遗电以国事勖政府、国民。呜呼！爱国如先生世岂多觏哉！世或推为第一完人，或奉为军人模范，盖有由来已。母王太夫人年五十九。夫人刘氏年三十二，有淑德，抚如夫人所生子如己出。如夫人潘氏年二十四，云南世家女，以夫人无子娶之。夫人生二女，长铸莲八岁，次佛莲六岁。如夫人生二子一女，女素莲四岁，长子端生三岁，次子永宁一岁。随侍军间及日本者，仅如夫人及三女素莲、次子永宁，余归随太夫人留长沙。二女现肄业古稻田女子小学云。

正误：

先生世居宝庆小东路蒋家冲，前云“龙眼桥”，颇不实。

先生妹嫁宝庆黄某，并非黄呈祥之子。

夫人系刘黎阁女，前云“辉阁”，误。

补遗：

先生尊人号湘泉。

先生尚有一姐，适武冈谢姓。

先生幼时从武冈张君瑞嵩学。

张君云：松坡未诞时，父进香南岳，夜宿祝融峰，梦坐松坡下，一老妪送一儿至，曰：善视之，不凡也。归，即生先生，因锡名“松坡”。（完）

蔡松坡之轶事四则[①]

戒甫[②]

蔡松坡生性静默，与人谈论，辄扼要数言，和易容众，未尝有迕色。然遇事认真，为广西干部学堂监督时，诸生好辩者，常恶语怒斥之，甚或掴之以掌，其严烈如此。貌清癯，身仅中材，颇不称其志气，且两颊薄削。已！窃虑其不永羊［年］也，而竟阏折，惜哉。

民国二年，公解滇督任，入京就参政之职，寓石驸马大街。常聘美国人至寓，教授英文、法政诸学。日有定程，暇则围棋，精思妙著，眉色飞舞。观其作势，已知其娴韬略，而善战伐矣。

公爱才如命，随处留心。吾县龚君铁铮，深沉宁静，大蒙奖借。三年冬，为亟筹千元，先容与滇省某公，促其经营矿业，惜龚以他故作罢。迄去冬滇黔事起，即连致三缄，嘱其在湘省响应。龚故以攻督署死，论者谓不负公特达之知焉。然亦足以见公之照奸熟计，殆预料有讨袁之一日也。伟矣哉。

当公潜行出京时，所携名妓曰小凤仙，杭产也。癸丑，予寓都门时，凤仙住陕西巷云吉班，豆蔻年华耳。亡友向君决庵，貌颇寝，为之制衣物百元，即膺殊睐。其母一日邀决庵至私室，晤其父，瀹茗谈身世，状甚扭捏。据谓曾任有清武职，以家道中落，携妻女鬻饼沪上，旋质女妓籍。已而，凤仙年过幼，见逐于英捕，遂举家北上。初至，客寥寥，渐劝决庵纳女为侧室，以终二者余年为请。决庵勿遽却之，未几南返。亡友喻君小南继往，每当游客疏阔时，能座谈数时取乐也。凤仙面作瓜子形，色纯白，体态轻盈，远望若仙子。惜上颚左右有二牙外露，开口颇损美观。然近询之自京来者，则云已易金牙矣。又谓凤仙去岁眷于蔡公，名始大噪，盖其时年已二八，玉立翩翩，且工谈吐，精戏曲，解书史。故蔡公安之，缠头金无虑数千元也。时公已移京棉花胡同，犹惜身份，去辄以夜半。及以嫌疑被搜检时，始连日逗留凤仙家，品茶奏曲为乐。间亦同

①曾业英编《蔡锷集》，长沙：湖南人民出版社，2008 年，第 1528—1529 页。另据曾业英文《蔡锷与小凤仙》（《近代史研究》，2009 年第一期）中说，此文发表于 1916 年 11 月 12 日，是蔡锷去世后第四天。同一天，戏剧舞台上第一部涉及蔡锷与小凤仙关系的剧目《再造共和之伟人蔡锷》上映。

②据考证：戒甫为谭戒甫。

乘马车驰骋阛阓间，效刘备后园种菜之故事。旋阳与夫人反目，令携其二子出都。十一月初，遂挟凤仙赴津，出奔日本矣。凤仙故知之，诀别而返。不及三旬，云南雷动。其母作北人语曰：老蔡也能造反呢！凤仙一粲而已。呜呼！庚子之役，德国瓦特将军为八国联军总司令，与李文忠抗议，初甚倔强。而瓦特所恋名妓赛金花，与杨士骧有旧，为言之文忠，托其转圜，卒免瓜分之祸。则中国近数十年来，优伶娼妓之关于存废，讵不大哉，亦可觇世变矣。

蔡公遗事①

袁家普

余与松坡督军交已五年矣，中经数回之事变，无一次未与余谋者。辛亥旧历九月二十一日，余与刘君式南、文君湘芷，以宋君钝初之电促，由奉天潜走上海。十月十三日，均随钝初入南京，共筹临时政府及参议院事。十二月初一日，接蔡公来电，调余等赴滇，襄助一切。十三日，遂与郑君开文、肖君堃、彭君廷衡、王君兆翔由沪起程。二十二日，抵云南省城。二十三日，入谒蔡公，见即推诚相与，如旧相识，此余与蔡公定交之始也。

二十六日，奉蔡公委任为云南都督府军政部总参事官，凡云南政府民国以来各种法规，皆蔡公命余起草，公随笔改缀所订定。元年五月，密保余为云南财政司长，所有云南现行之财政计划、银行制度及关于财政上、金融上之诸项法规，皆余秉公命详细规定。云南之财政虽穷而不乱者，皆公所赐。并屡嘱余曰：云南自前清以来，本系受协省份，现在中央财政不能顾及各省，云南亟宜自谋，务使收支适合，不可专向中央乞怜。乃下令裁减军政各界薪饷，自都督以下每月过六十元者，均只准支六十元；六十元以下者，均酌量裁减；各项军费、政费亦皆至于减无可减，节无可节。是以元、二年以来，不惟中央未曾协济云南，云南反协济中央数十万元，而云南政事当行者亦均行之，并未停滞。蔡公在滇

①曾业英编《蔡锷集》，长沙：湖南人民出版社，2008 年，第 1530—1533 页。原编者注：此系蔡锷逝世后二日，湖南省财政厅长袁家普与《长沙日报》采访记者的谈话，原标题为“记袁厅长述蔡公遗事”。

都督任内两年，除每月之六十元薪俸外，并未支用公费。其公馆之食用费每日限用小洋二角，其律己之严，可见一斑矣。至于治军之严，尤所罕见。云南自辛亥重阳首义以后，从未添招新兵，迨援川、援黔归来，皆令其退伍，纪律谨严，未曾有一乱暴之事。曾有一兵戏放手枪一响，即罚判徒刑二年。故余在滇前后三年，未尝闻过枪声。尤可怪者，蔡公都督任内，全省土匪为之绝迹。虽其威望足以服人之心，亦士卒用命，军队之配布咸宜有以致之。

云南其时既已安已治矣，公乃旁及于国中之大局。始则命余在云南组织统一共和党，旋由党众举公为总理，而余与孙君敏斋副之，全省风靡，云南之统一共和党遂为中央及各省同党所倚重。其后，公见国内党争激烈，军人任意干涉政治，乃首倡军人不入党之论。适值统一共和党有合并五党为国民党之举，公遂脱离党派关系。并谓余曰：予读法兰西革命史，自拿破仑时代起至第三共和国成立止，其间法国宪法更变者计十九次，其重大之原因，皆因未有宪法，即先有党。其宪法皆由当时得势之党派所造成，及其党势一衰，而其所造之宪法，遂亦因而失其效力。甲仆乙起，循环不已，故良好之宪法终不能产出。及普法战争之后，法国全国一致，成立今日之宪法，而共和国家亦因之巩固。可见，政党者乃运用及维持宪法之物，宪法不可由政党所造而成之。今我国国基亦未固，宪法未立，而党争之激烈如此，吾辈切不助其焰，而扬其波。

公又默察袁世凯之行动，终非可望其为爱国救亡之人，乃内则集合滇省军政各界要人秘密开会，定计组织建国团。首由公演说，略谓：我辈革命，原有数重：其第一重，推倒满清，恢复旧物，可谓已达目的。其第二重，满清虽倒，而官僚势力尚盘踞如故，帝制难免不再发生，加之暴民乱政，亦不可不防。其第三重，经过之后，国家断不能谓之成立。何则？国家者对于世界要有独立不羁之实力及资格，在国际上与最强国列于平等之地位，乃得称为完全之国家。今我财政上、经济上、行政上、司法上、军事上无一不受外人之压迫及挟制，故第三重非达到国家独立不羁之目的不可。余本此意，已与桂、蜀、黔等省都督联络，暗中组织建国团，以建立强固共和国家为主旨。乃公决派田君宗浈赴长江各省联络军界，派余赴京为滇省财政代表联络政界。癸丑之役，公以余为京、沪间军事侦察员，密电往来，日以数起。克强先生据南京时，公即联桂、黔、蜀实力援助，公之意盖欲假名戡乱，由滇出兵，经湖南出武昌，屯师武汉，再行迫令袁世凯退位。[1]后南京失败，公闻之痛哭者累日，而袁之忌公亦以此时起。

---

①原编者注：实际上，蔡锷是反对“二次革命”的，此系溢美之词。

及其来京也，虽与袁虚与委蛇，亦欲在北方占一军事上势力，以期达所谓第二重、第三重革命之目的。筹安会起之第二日，公即将其太夫人、夫人及如夫人在京所生之一子，派张君瑞嵩送回宝庆，而京寓只留如夫人一人，早已准备时时可走矣。数日后，召余密商，首问余曰：君之对于筹安会之观察如何？有人邀君否？我将来对于此事当取若何之态度为妥？余对以该会尚无人邀余，余亦决不参入。以余观之，外交上万难办到，现在欧战时代，日本将有左右世界之机会，袁自前清北洋大臣以后，即与日本大生恶感，日本之排袁，几同举国一致。袁帝制自为，日本决不承认，日本不承认，即当援助民党，而帝制必不能成。其结果，袁不为路易十六世，即为拿破仑第三世。公一笑曰：与外国开战之事，断不至有，拿破仑第三世或不能学也。余继言将军对于此事暂宜取沉默态度，置之不理，随后观察形势，以定行止。公曰：然！并嘱余与上海民党暗通消息，得其真相报告之。

迨五国提出劝告，公又召余密商曰：予观袁实在立脚不住，上海民党情形若何？有信来否？余对以有人来坐探将军意见，以定进行之道。公云：此人为何人？所使能靠住否？余云：系彭君允彝、欧阳君振声、谷君钟秀等所使，断不误事。公云：速令返沪，只说我已决定袁实行表示意思，决定帝制时，我即离京。及袁搜公私宅之后，公愈不可在京一日居。又于十一月九日召余密商曰：予已决定出京，但倡义当以何处起点为妥？余曰：能得四川支持数月，则各省必有响应，天下事尚可为也。公曰：最好是由云南入四川。余曰：唐将军[①]意思未知若何？公曰：无碍。又曰：予此去以先往何处为妥？余曰：宜先往日本，与民党计议，旋赴安南，以规云南为上策。公曰：予去后，君等务宜不动声色，力持镇静，将经界法规编立成书，以为将来进行之张本。并嘱电沪上各要人，以便接洽。此即余与公永别之日也。公乃于十一月十一日出京，十九日余追至天津，则公已于先日乘山东丸赴日矣。以后遂未得有公书至。今年在泸赴成都及赴日过重庆时，接公两电，一言介弟松垣不宜令长铜元局，恐年少有误公事；一询太夫人已经来省与否？急欲一见，以慰孝思。

呜呼！公已长逝矣。余犹忆在滇时，每逢星期，与公在偕行社为弯弓射箭、踢球斗拳诸戏，一若同校之亲友。及至入办公室，则严如神圣，不可侵犯。此景此情，宛然如昨。又忆南北统一纪念会之日，滇省举行提灯会庆祝，市民填街塞巷，公邀余微行于人丛之中，入市店中购买游戏之玩物，入酒店饮酒，则

①原编者注：指云南将军唐继尧。

又如兄弟骨肉之在家庭中人，皆不知其为都督也。公夙娴文学，余于民国元年十月由滇赴京，曾亲书横披赠余。录其游西山两绝云：（略）[①]。可见其文学之妙也。

祭蔡松坡词[②]

唐继尧

维中华民国五年十一月二十日，云南督军兼省长唐继尧率全省军、警、政、学各界，谨以香帛馔馐，豕一、羊一，不腆之仪，致祭于陆军上将勋一位、二等文虎章、前护国第一军总司令、四川督军兼省长蔡公松坡之灵前。曰：

衡岳摩空，七十二峰，产陆离之菌芝，挺千旬之乔松，当天地之变化，遂降神而生公。金百炼以弥赤，河万折其必东。胡为罔克厥寿，罹此鞠讻？若火始燃而薪尽，若泉始达而源封。彼扶杖白叟，垂髫黄童之仰望英风者，莫不惙而忡忡；而况袍泽裳同，平昔游从，用肇造我区夏，两人一心成大功者哉？

庚辛之间，势趋改革，公协滇镇，视我莫逆。武汉一呼，三军动色，公乃提挈，同盟筹画，重阳功成，雁飞月黑，我专北伐，假道于黔，蜩螗沸羹，扰逮闾阎，勒兵定之，牂牁安恬。黔苦瘠硗，惟滇仰瞻，公挹以注，不吝纩缣，功德是荷，滇黔实兼。公之去滇，我继公秩，萧规曹随，守之勿失。于今三年，幸勿陨越，人言蔡唐，覯［覯］若画一。

元首殆而，帝制自为，卓荦群雄，望风而雌。我公出走，死生以之，间关跋涉，告我滇陑 。乃戒我旅，乃整我师。公行我居，前驱入川。岁十二月，风雪满天，辛苦千万，为士卒先。一鼓作气，叙州克焉。纳溪报捷，泸州进战，蜀江澜翻，风云色变。或摧其坚，或乘其便，师直为壮，走霆飞电，其或败奔，公为之殿。北风刚劲，摄我滇军，佥曰强哉，如日本人。流血成泽，原隰朱殷，黔桂粤浙，响应斯臻。义气薄云，独夫惊魂。帝制消除，下定罪己，群起而争，退位乃已，愧恨不任，其颡有泚，将何以视天地，于五月六日自恨死！

---

①原编者注：前已录，此处从略。

②刘达武编《蔡松坡先生遗集》（十二），邵阳亚东印书馆，1943年，集末页一七、十八。

天柱将倾，协力以擎，乾旋坤转，劳勚曷胜，遂辞川督，养疴东瀛。方期无妄之疾，勿药有喜；如何昊天不吊，宵陨大星！呜呼松坡，可悲可歌！率曳落河，挥鲁阳戈，目空牛蛇，手斫蛟鼍。其病在骨髓，虽司命无奈之何！

事势大难，在彼来日，吾后死者，战战慄慄。哲人萎乎，噫其丧予，皇穹不鉴，高高难呼！永诀千秋，承凶万里，浩浩阴阳，於邑何已！嗟公之归，无再来期，望风奠斝，涕泗涟洏！

纪念蔡松坡先生墓志铭[①]

李根源

惟中华民国五年十月八日，陆军上将、四川督军蔡公薨于日本福冈病院。电至，举国震悼。呜呼哀哉！天不慭遗，国维陨宝，伟彦失畤，列宿亏精。壮骨归湘，礼隆国葬。建塔纪功，徵铭刻石。铭曰：

蔡公沉深有大志，短小精悍人莫测。甲兵百万蟠腷臆，十步百计机神疾。
少小能文捷无匹，家本贫艰苦卓绝。孑身东渡海负笈，戛戛独造士官列。
是时国事日殄瘁，思从根本大改革。同时诸子尽英畏，公独深心内蕴结。
业成回国求经历，湘赣桂滇练兵术。辛亥鄂垣初起义，昆明相继重阳日。
匕鬯不惊易汉帜，千年重睹庆云瑞。清帝禅位四海一，从容坐镇无敢贰。
枭雄得志利专制。阳开阴阖施狡狯，慑公声威至都会。外似尊崇内猜忌，
一朝洪宪显披露，剑戟森环迫拥戴。凤骞奋翮脱擒捕。真如鹘起如兔逝。
鲲鹏南徙沧溟隘，五华重树共和旆。义师声讨雷霆锐，风驰电掣蜀军溃。
神奸股慄知难退，积毒消如汤沃雪。六合从风涤腥秽，功成国定精力惫。
引疾居东养凋瘵，忽瞻翼轸星光坠。贾谊颜渊同短折，中外英雄齐殒涕。
呜呼！我公真人杰，岣嵝碑前表万世！

①刘达武编《蔡松坡先生遗集》（十二），邵阳亚东印书馆，1943年，集末页四二、四三。此铭文刻于岳麓山蔡锷墓，标题为编者加。

护国岩述并序[①]

吴芳吉[②]

护国岩，在永宁大洲驿，故松坡将军游钓处也。戊午（1918 年）腊，吾自永宁归，舟行三日，过岩下，命舣舟往吊之。一时热泪交迸，不能仰视。明日，至泸州寓中，有老者斑白矣，自言为大洲驿人，将军驻驿中时，尝为采瓜果馈之。因迎老人坐榻上，煮酒挑灯，请话护国岩故事。且饮且酌，且倾听，且疾书，就老人所述者述之，成《护国岩述》。述成，更大酌一杯奉之。老人笑曰："是述乎？是哭乎？"吾曰："唯，唯，是亦述也。是亦哭也。"时民国八年（1919 年）一月七日也。

护国岩，护国军，伊人当日此长征。五月血战大功成，一朝永诀痛东瀛。伊人不幸斯岩幸，长享护国名。

忆当日，几纷争，闾阎无扰，鸡犬无惊。问民病，察舆情，多种桑麻与深耕。视屯营，抚伤兵，瓦壶汤药为调羹。雪山关，永宁城，旌旗千里无人闻。沙场天外闹哄哄，儿童路上笑盈盈。扁舟点水似蜻蜓，五月熏风好晚晴。芳草绿侵岩畔马，夕阳红透水中云。双双归鹤逐桡行，银袍葵扇映波明。伊何人？伊何人？牧童伴，渔父邻，滇南故都督，护国总司令，七千健儿新首领，蔡将军。

报将军，敌来矣！兰田坝失先锋靡，团长陈礼门，拔剑自刎呼天死。妇女辄轮奸，男儿半磔死。洗茅庐，比户烧，杀声遍地起，敌兵到此不十里。既无深沟与高垒，将军上马行行矣。将军回言休急急，我有三军自努力，但教城民缓缓迁，背城好与雌雄敌。

报将军，敌来矣！右翼陷落左侧毁，敌人势焰十倍蓰，彼众我寡何能抵？弹全空，炊无米，马尳陨，士饥馁。百姓已过西山趾，将军上马行行矣。将军回言休絮絮，风和日暖景明媚，与尔披衣同杀贼，黄昏不胜令军退。

报将军，敌来矣！东城已破北城启。漫天漫地索虏声，如潮澎湃蜂拥挤。蹄迹踯跋已动墙，喇叭喧喧渐盈耳。百姓去空兵全徙，将军上马行行矣。将军

①蔡端编《蔡锷集》，北京：文史资料出版社，1982 年，第 237–240 页。

②吴芳吉（1896–1932）：号碧柳，自称白屋先生，江津县人。20 世纪 20 年代著名诗人，有《白屋先生诗稿》《吴白屋先生遗书》《白屋家书》《白屋嘉言》。

回首敌来耶，星稀月朗夜何其。束吾行囊卷吾书，执吾鞭辔荷吾旗。敌兮敌兮吾知彼，小别也纳溪。

棉花坡上贼兵满，弹丸纷坠如流霰。巨炮号六棱，令地震摇人落胆。一营冲锋去，应声匝沟畎。二营肉搏来，中途无回转。三营五营但纷崩，浩荡如随如席卷。霎时流血滟长江，马踏伏尸蹄铁软。

吁嗟众士听我言，计令唯有向前赶。尔乃共和神，国家干，同胞使者皇天眷。三户可亡秦，况我七千身手健。连长退缩营长斩，营长退缩团长斩，团长退缩旅长斩，旅长退缩司令斩，司令退缩众军斩。斩，斩，斩；敢，敢，敢！

进营门，报将军。尔何人？我乃江上野农民，业采薪。尔何云？北兵偷向江南侵，艨艟二十四，舢板如云来。来何处？二龙口下马腿津。远几许？四十里弱三十赢。将军上马令疾行，遥见岸北敌如云。方待渡，欲黄昏，将军下马令逡巡。一列伏石根，一线依荒坟，后翼伺丛林，伐鼓在山村，机关炮队据高墩。月黑，风阴，野静，潮横，急湍拍拍岸沉沉。艨艟二十四，舢板如鳞，得意一帆江水深。炮轰轰，枪砰砰，鼓咚咚，雾腾腾，琮琮，琤琤，飒飒，纷纷。一阵马鸣山崩，不辨哭鬼号神。北人从此不南侵，是之谓，得民心。

今日者，岩无恙，只苍藤翠竹增惆怅。犹是军，犹是将，犹是丁年，犹是甲帐。何为昔爱戴，而今转怨谤？只为西南政策好，谁知反将内乱酿。互猜疑，互责让，互残杀，互敌抗，一片天府雄国干净土，割据成七零八落，肮脏浪荡。顾山高水长空想望，益令我，思良将。

辛亥回忆[①]

朱德

辛亥革命以来的三十一年，是新旧势力辗转进行生死斗争的时期，是征战连年烽火不息的时期，同时又是人民饱受锻炼、革命事业迈步进展的时期。经过了这些艰苦的曲折的斗争，特别是五年来伟大抗日战争，中国已经发现了民

①蔡端编《蔡锷集》，北京：文史资料出版社，1982年，第231–237页。此文原载1942年10月10日《解放日报》，解放后作者稍作修改，更名为“辛亥革命回忆”。

族复兴的道路，培养了民族复兴的基本力量。比之辛亥当年全凭着一股义愤，用热血和头颅在黑暗中探求光明的情形，现在，可以说黎民的曙光已经在望了。回忆往事，感奋交集。我们应当发挥辛亥时代的革命精神，记取当时的经验教训，把革命事业进行到底，以期勿负于殉国诸先烈于地下。

云南是辛亥初年一个重要革命根据地。世人都知道，打破袁世凯的皇帝迷梦，把中国从专制复辟的歧途上挽救回来，云南应居首功。但大家还少知道，云南为什么能在革命消沉、阴霾弥天的时候，突然放此光芒。世人都知道，云南是辛亥起义后首先响应的省份之一，但大家还少知道，那里有一批人不声不响，埋头培植革命力量的艰苦工作。这些事实，也许可以算是辛亥革命发展中很有兴味的一段史料吧。

云南革命势力的积聚和培养，是从创办新军和成立讲武堂开始的。

辛亥革命之前，满清政府曾下令全国创立三十六个师（当时叫“镇”）的新军，云南办的是第十九师。经管这事的是云贵总督李经羲。这时候滇越铁路修筑完成，法国的势力步步向中国伸入，片马事件又起，因此全国上下对于西南边防唤起了很大的注意。在这种形势下，才决定开办一个训练军事人才的讲武堂。后来，讲武堂就成了在西南团结革命力量的核心。

讲武堂的教官大部分都是从日本士官学校回来的留学生。这些人在日本或者加入了同盟会，或者受了同盟会的影响，思想非常激进，政府不敢让他们做别的事情，就只好到这里来教书。李根源、李烈钧等都曾当过讲武堂的教官。学生有五百多人，各省不满于现状的青年来投考的非常踊跃。满清政府对于革命力量的压迫，是极端残酷的。对讲武堂的摧残，是非常严厉的。李根源先生对于学校的维护，起了很大的作用。凭着他的革命热诚与灵活手腕、任劳任怨的精神，这个革命力量的熔炉，才得保持下来。

我是民国纪元前两年考进了讲武堂，并且在那里参加了同盟会。我记得每个学生每月是四两五钱饷银。学校的制度和作风，是效仿日本士官学校，纪律非常严格。每天上六个小时课，下两个小时操。那是一种紧张的、富于锻炼性的学习生活。同盟会编有小组，组织极端严密，有时可以看到一些秘密刊物，每天所谈所想多为军事暴动，思想教育是比较差的。

这一批学生提前毕业，我也是其中一个。学校把我们分配到新军里去工作，但腐败的军官们不敢接受。最后才商定把我们十八个人分到驻省的两个团里。我当司务长。我们的营长刘存厚、团长罗佩金，都是同盟会会员。

云南新军的成分，是比较好的，士兵大部分是从乡村征调来的农民。他们对于旧军官的克扣军饷和打骂制度很不满意。我们运用乡土关系去接近他们，我们帮助他们写家信，同情他们的痛苦，设法解决他们的困难，在生活上和他们打成一片。我们的宣传渐渐在士兵中间散播着革命种子，他们的反抗情绪一天天高涨起来了。

云南革命运动，当时是由蔡松坡、李根源、罗佩金三位共同领导的。尤其使人永远不能忘怀的是当时的蔡锷将军。他是李经羲介绍来的新军旅长。他不是同盟会会员，而是与梁启超有密切关系的进步党人。他十分沉着，从来不公开与讲武堂来往，却暗中和同盟会会员们保持密切联系，什么人都不怀疑他。他利用他的地位给予革命运动以很好的掩护。他是辛亥前后云南革命运动和起义的掌舵人。

十月十日，革命军占领了武昌，这给云南以很大的刺激。革命党人在士兵中加紧活动着、准备着。统治者也在惊慌着、忙乱着。谣言与恐怖布满了昆明，李经羲坐卧不安了。

终于李经羲签发了捕人的命令。我们的团长、思想进步的罗佩金被调换工作了。总督衙门内外，都修筑了防御工事，并且调集了卫队营、辎重营、两个机关枪连担任保卫，但保卫者的队伍中，也生长着反叛的种子。李经羲准备大屠杀的秘密计划被机关枪营营长李凤楼秘密地通知了革命党人。革命的时机，已经成熟了。

旧历九月九日，即革命军占领武昌的第二十一日，云南独立了。

我们的一个团当时是驻在昆明的南教场巫家坝的。上面害怕暴动，早已停发了子弹。我们却借演习打靶的机会，每人都准备了四五发子弹。原定起义的时间是夜间十一点钟，但九点钟还不到，北教场的枪声就响了，大家乱作一团。正在这时，蔡松坡将军在南教场出现了。李经羲听到枪声，还像在梦中一样，打电话给蔡松坡求援。而蔡将军放下电话筒立刻来到队伍的前面，在士兵大众严肃的集合中，宣布云南反正了。

雄壮的反正队伍立刻出发攻打城门。这时我已被指定为临时连长。驻在我们隔壁的炮兵团，也受了我们的影响，全团参加了我们的行动。李经羲调来把守城门的骑兵团，没有阻挡住我们，大部分骑兵反而加入了我们。驻在城内的讲武堂学生们打开了城门，十二时我们全部入城，天将黎明时我们已占领城墙四周。攻打制台府我是参加了的。卫队营和我们曾有秘密的联系，过去我曾奉命在他们中间进行过一些活动，现在这些卫队很快就缴了械。李经羲逃跑了。敌军的最后据点，城内的五华山和军械库，在十日晚间将师长钟麟同击毙后，都被先后克复了。大理、临安两地的新军，同时宣布反正。昆明以外各地的巡防军也被肃清，云南完全光复了。

但满清政府并没有完全打倒，他正布置力量向革命进攻。清军进攻武汉[昌]，端方急促地从湖北溯江而上进入四川。四川总督拥有大兵屠杀四川革命群众，援川之举成为迫不容缓了。

十月，援川军出发。我们以八个营编为两个梯团，分两路出发，一路经昭通向叙府前进，一路经贵州毕节向泸州前进。沿途民众热烈地欢迎我们，我们并未受到敌军的抵抗。占领叙府以后，我们就转向自流井进击。自流井驻有川督赵尔丰的一个巡际营，资州驻有端方的一个团。赵尔丰的军队一与我们接触就溃散了。当我们攻下自流井的时候，传来了端方在资州被反正军队杀死的消息。不久，赵尔丰也在成都把政权交给了咨议局。然而四川的革命力量却没有与我们好好地结合起来，大部分的军队都没有掌握在革命党人的手里。他们取得了政权就忘记了革命，反而与我们开衅，滇军便不得不重回云南了。

云南是个穷地方。统治者连年压榨，使人民的生活已经到了无法维持的境地。从前方转战回来的军队没钱关饷，这种情形引起了蔡松坡将军彻底改造云南的决心。不论从政治上、财政上，他都创立了崭新的规模。他撤换了一批只想做官发财的县知事，用克己奉公的青年知识分子代替了他们，在政治上注入了新的血液。在财政上，蔡松坡将军极力提倡节省，并且以身作则，加以实行。营长以上的军官，每月只领六十元的津贴。造成了刻苦、朴实、清廉的新风气。这时期内，全国的局面是很困难的。袁世凯以狡诈险毒的手段，给予革命运动许多破坏和打击。除了云贵以外，南北各省都直接间接被北洋军阀盘踞着。倒袁运动将由云南发出第一声怒吼，已为当时的客观形势所决定了。

民国二年，李烈钧在江西湖口起兵讨袁，黄兴在南京响应，各省也都响应了一下。然而随起随落，无补于大局，辛亥革命至此是失败了的。袁氏复辟计划已完全成熟，伪党准备将民国五年改元洪宪，一月一日登极。蔡松坡将军由北京逃回云南，凭仗以前蓄积的革命力量，在云南二次起义编为护国军，出师四川、两广，才给了他当头一棒。蔡松坡自率护国军第一军入川。我那时充任护国军第一军第三支队的司令官，再度被遣入川，指挥着数千人与北洋军阀曹锟的十几万征滇军相持于叙府泸州之间。在四川也有同盟军与我们同时起义。他们凭着群众的拥护，采用了游击战术，利用山川，以少胜众，还是打了许多胜仗。纳溪棉花坡战役尤为出色。袁世凯终于在全国人民反对之下，土崩瓦解了。

检讨云南在民国初年能够大放异彩的原因，不外二端。一是坚持统一战线。

蔡松坡将军是进步党人，但他对同盟会同志及其他无党无派的人士，都是一秉至公，绝无偏见。同盟会的同志们也能与人合作，顾全大局。云南新局面的创立，护国军的成功，都是各党各派及无党无派人士通力合作的结果。二是依赖民众。滇军两次入川，都得到民众很大的助力。特别是护国军之役，我们以小敌大，如无民众帮助是绝对无法支持的。这两条道理，当然都不是新话。可以说民国以来，每次革命运动的成功与否，都是要看能不能实行这两条原则。唯其如此，我们才要格外重视它。目前抗战正在最艰苦的时候，将来建国也展开了极伟大的前途。坚持上述两条原则以求抗战胜利建国成功，是我们与全国贤达应当共勉的。

蔡锷将军赋[①]

刘宝田

艰难生伟器，窘厄打磨品性；板荡出英雄，鲲鹏搏击风云。时逢乱世，天降斯人。推翻帝制，旗扬重九；再造共和，誉满乾坤。是以湖湘传故事；因之父老说殊勋。

湘中腹地，亲睦蒋和，峰峦西至，溪涧东波。有蔡家之寒舍，座枕头之山窝。朦胧慈母梦，歇息倚松棵。怀中来白虎，醒即产小哥。因名曰艮寅，而字号松坡。我来长一揖，思绪起婆娑。天意高难问，人间附丽多。尊贤常呵护，仰圣说龙蛇。

将军少小，家境清贫。依随父母，劳作谋生。间苗拾薯，颠簸园林。时当五岁，迁入山门[②]。傍学刘家之私塾，人生新境；沉吟课读于晨昏，子曰诗云。禀赋非凡，明通慧敏。四书咏诵，熟读五经。无力购书，求乡贤以借阅；伴灯抄读，细品悟而铭心。出口成章，十龄之际；联诗属对，四座咸惊。声蜚县域，学识渐深。年逢十二，擢拔秀才；学政江标，垂青导引：关心时态，放眼寰瀛。四年尔后，入长沙时务学堂，情倾国事；留学出洋，选拔考排名第一，翼展鹏程。

---

①《邵阳日报》，2014年5月25日。

②蔡端《蔡锷集·年谱》云：“1887年，蔡父正陵因家中生活困难，携家人由邵阳迁至武冈山门黄家桥。”蔡锷1882年生，当时正五岁。

才动里邻。雀塘名士，一见欢欣[①]。免费收为弟子，携家教养；精传诸子百家，虽成行未果，然壮志难泯。越明年，东渡扶桑，修文习武；又二载，自名为锷，斩棘披荆。草军国民篇，呼吁革命；列士官三杰，志在维新。浩浩乎青春焕发，洋洋矣意气纵横。

东邻五载，心系故园。甫成学业，一叶归船。沧海横流，风云变幻。环顾中原谁是主？从容骑马上山巅[②]。随营教习，帮办周旋。赣湘谋武备，京豫督挥鞭[③]。桂林创军校，廿五好华年。应约入滇，总揽新军之事[④]；高擎大帜，激扬革命之澜。重九挥师，五华鏖战[⑤]；掀翻封建，执锐披坚。震惊中外，翘首西南。推为都督，致力治滇。裁员简政，尚俭崇廉。钱粮之阜，举国之冠。

风雷奔涌，白骨精生。袁妖窃政，民国危倾。将军遭疑忌，调离滇省；设计巧运筹，联络豪英。二十一条，丧权辱国；将军痛斥，义愤填膺。结交凤仙，迷惑鹰犬；乔妆改扮，潜出京城。破重围，防狙杀；绕远道，至昆明。街巷传，民心振；旌旗展，雪霭晴。仁人志士，歃血为盟[⑥]；讨袁通电，气塞苍溟。麾八千勇士扫阴霾，云开雾散；为四亿同胞争人格，柳暗花明[⑦]。洪宪倒台，民生有幸；枭雄毙命，玉宇廓清[⑧]。

---

①雷飙《蔡松坡先生事略》："名士樊锥好奇士，识其非凡，携家教养，进步极速。"石建勋《樊锥传略》："蔡锷甫十一岁，君一见奇之，携而授之读，衣之食之。"樊锥，新邵雀塘人。

②蔡锷《登岳麓山》诗之最后一句。

③自日本东归后，蔡锷至江西任续备左军随营学堂、材官学堂总教习及监督，随即回湘任教练处帮办，并任武备、兵目二学堂教官。1906 年秋，入京考察军事，并赴河南任秋操演习中央评判官。1907 年入广西创办陆军小学。

④ 1911 年 6 月，蔡锷受云贵总督李经羲再三邀约，赴云南新军任职，"总揽新军之事"（黄兴语）。

⑤ 1911 年 10 月 30 日（农历九月初九）夜，蔡锷发动重九起义。革命军在攻打五华山时遭到清军顽强抵抗。

⑥蔡锷 1915 年 12 月至昆明后，与唐继尧、李烈钧等 39 人歃血为盟，齐心讨袁。

⑦为反对袁世凯复辟，蔡锷云：须以武力"为四万万人争人格"。

⑧蔡锷发兵讨袁护国，袁世凯做了 83 天"洪宪皇帝"，被迫于 1916 年 3 月 22 日宣布取消帝制。6 月 6 日，袁世凯众叛亲离，气绝而亡。

客问曰：僻壤穷乡，何来俊彦？茅檐陋室，怎出英才？余答云：环境熏陶，潜移默化；地域文明，孕育奇胎。清贫造就俭廉品格，先辈传承正直襟怀。磨难赋予坚强骨气，困苦玉成勇敢郎孩。临危不惧，扬宝估佬之精神；敢为人先，彰大无畏之风采。英雄造时势，时势开新局，自有非凡之业；时势造英雄，英雄总有凭，必为伟岸之材。风云际会，筚路蓝缕；刷新历史，佳境宏开。虽病体嶙峋，犹持身护国；独树南天一帜，精诚感召九垓。嗟夫，劳瘁难医，英年花谢早；呜呼，栋梁摧折，天地共悲哀。然则，将星虽殒，长耀军魂；绿水泱泱，青山脉脉。今来谒故里，歌啸而徘徊：

土屋柴门映旭晖，当年遗韵泽芳菲。
山川蒸蔚英雄气，总盼将军踏马回。

附录二　哀挽　纪念蔡锷的楹联

孙中山挽蔡锷[1]

平生慷慨班都护；
万里间关马伏波。

黎元洪挽蔡锷[2]

一身肝胆生无敌；
百战灵威殁有神。

冯国璋挽蔡锷[3]

食少事烦，西川劳苦思诸葛；
功成身退，东海苍茫哭仲连。

熊希龄挽蔡锷[4]

鞠躬尽瘁，死而后已，薄葬有遗言，尚以未殁沙场为恨；
推亡固存，邦乃其昌，誓师昭大义，曾无自利天下之心。

---

①刘达武编《蔡松坡先生遗集》（十二），邵阳亚东印书馆，1943年，集末页三四。

②李长林、李再民，《悼念蔡锷将军系列活动述略》，《魏源文化》，2015年，第三期。

③刘达武编《蔡松坡先生遗集》（十二），邵阳亚东印书馆，1943年，集末页三四。

④刘达武编《蔡松坡先生遗集》（十二），邵阳亚东印书馆，1943年，集末页三五。

张謇挽蔡锷[1]

国民赖公有人格；
英雄无命亦天心。

康有为挽蔡锷[2]

微君之躬，今为洪宪之世矣；
思子之故，怕闻鼙鼓之声来。

谭人凤挽蔡锷[3]

湘水太无情，旬日间夺我两大元帅，天胡此醉；
滇池首倡义，百世后颂公再造历史，人固如生。

杨度挽蔡锷[4]

魂魄异乡归，于今豪杰为神，万里河山皆雨泣；
东南民力尽，太息疮痍满目，当时成败已沧桑。

①刘达武编《蔡松坡先生遗集》（十二），邵阳亚东印书馆，1943年，集末页三五。

②刘达武编《蔡松坡先生遗集》（十二），邵阳亚东印书馆，1943年，集末页三五。

③李长林、李再民，《悼念蔡锷将军系列活动述略》，《魏源文化》，2015年，第三期。

④李长林、李再民，《悼念蔡锷将军系列活动述略》，《魏源文化》，2015年，第三期。

汤化龙挽蔡锷[①]

无友无敌，无新无旧，异口罔间言，名满天下，谤即随之，此例遂为先生所破；
斯时斯世，斯人斯才，赍志以终古，我瞻四方，魂兮归些，英灵莫挟天地俱沉。

唐继尧挽蔡锷[②]

所至以整军保民为要图，众论之归，大将慈祥曹武惠；
平时惟读书致用相孜勖，公言不死，秀才忧乐范希文。

李烈钧挽蔡锷[③]

凭双手挽苍穹，与公生死同袍，立马华山，移得桑田近沧海；
悲风雨悯人天，愧我弱庸多病，伤心万里，望穿蓬岛哭将军。

陈炳焜挽蔡锷[④]

八桂应援枹，义旅敢居天下后；
两川循战垒，将材应叹世间无。

---

①刘达武编《蔡松坡先生遗集》（十二），邵阳亚东印书馆，1943年，集末页三七。

②刘达武编《蔡松坡先生遗集》（十二），邵阳亚东印书馆，1943年，集末页三七、三八。

③李长林、李再民，《悼念蔡锷将军系列活动述略》，《魏源文化》，2014年，第三期。

④刘达武编《蔡松坡先生遗集》（十二），邵阳亚东印书馆，1943年，集末页三七。

陈树藩挽蔡锷[1]

手挈仇头，鲸海竟填精卫石；
力争帝制，虞渊终返鲁阳戈。

陆荣廷挽蔡锷[2]

惟公马首是瞻，勉作义师桴鼓应；
奈此豺牙尚厉，不堪国论沸羹多。

戴戡挽蔡锷[3]

间关脱险，慷慨誓师，繄吾相从，前事宁忍述；
成功不居，引疾自晦，夺公太速，天道更何言。

罗佩金挽蔡锷[4]

鲁连不帝秦，仗义挥戈，终以精诚回世局；
马卿从谕蜀，前驱负弩，独伤留后缺良规。

---

①刘达武编《蔡松坡先生遗集》（十二），邵阳亚东印书馆，1943年，集末页三七。

②刘达武编《蔡松坡先生遗集》（十二），邵阳亚东印书馆，1943年，集末页三五。

③刘达武编《蔡松坡先生遗集》（十二），邵阳亚东印书馆，1943年，集末页三六。

④刘达武编《蔡松坡先生遗集》（十二），邵阳亚东印书馆，1943年，集末页三六、三七。

朱德挽蔡锷[①]

勋业震寰区，痛者番向沧海招魂，满地魑魅迹踪，收拾山河谁与问；
精灵随日月，倘此去查幽冥宋案，全民心情盼释，分清功罪大难言。

谭延闿挽蔡锷[②]

心事如白日青天，遂使贞诚回劫运；
家国正风潇雨晦，况兼孤露哭余生。

袁克文挽蔡锷[③]

军人模范，国民模范；
自由精神，共和精神。

梁启超挽蔡锷[④]

所欲有甚于生，杀身成仁，人也；
莫致而至者命，载胥及溺，天乎。

---

①李长林、李再民，《悼念蔡锷将军系列活动述略》，《魏源文化》，2015 年，第三期。

②李长林、李再民，《悼念蔡锷将军系列活动述略》，《魏源文化》，2015 年，第三期。

③谢本书撰《〈蔡锷诗文集〉序》，第 11 页。

④刘达武编《蔡松坡先生遗集》，邵阳亚东印书馆，1943 年，集末页三四、三五。

赵藩挽蔡锷[①]

南滇两树义旗，强我周旋，回首下交成往事；
东海顿惊噩耗，悲君殂谢，比肩中国几人才。

刘建藩挽蔡锷[②]

相喻独秀峰，永怀大洲驿；
谁谓三神山，竟为五丈原。

王宽挽蔡锷[③]

始而与之，继而取之，帝制颠倒奸雄，战胜惠灵吞，屈指此才能几见；
邦其瘁矣，人其亡矣，灵魂脱离躯壳，累卵意太利，伤心来日又如何。

①俞冰、马春梅主编《蔡松坡先生事略》，北京：学苑出版社，2007年，第111页。

②刘达武《蔡松坡先生遗集》（十二），集末页四〇。

③吴恭亨撰《对联话》，长沙：岳麓书社，2003年，第179页。

刘策成挽蔡锷[①]

松老藏龙，化身自应归东海；
坡高落凤，余威犹够镇西川。

庾恩旸挽蔡锷[②]

溯风雨重阳而后，缔造艰辛，当年惠布棠阴，且喜滇碑犹在口；
经河山百战以还，形神况瘁，此日魄招楚些，空悲湘水太无情。

黎民藩挽蔡锷[③]

当辛亥六诏革命俶扰之秋，电发飚驰，旗下执鞭称属吏；
为洪宪一呼提兵激昂而起，功成身死，风前酹酒哭元勋。

吴恭亨挽蔡锷[④]

使项城先我公亡，则无洪宪，或我公先项城亡，亦无共和，稍缓须臾，洪宪不生，我公不死；

缺英雄为中国哭，故盼伟人，救中国为英雄哭，又盼改制，都辜愿望，伟人之陨，中国之衰。

---

①申先远主编《新邵古今联墨选》，香港：中国文化出版社，2014年第122页。
②俞冰、马春梅主编《蔡松坡先生事略》，北京：学苑出版社，2007年，第168页。
③吴恭亨撰《对联话》，长沙：岳麓书社，2003年，第179页。
④吴恭亨撰《对联话》，长沙：岳麓书社，2003年，第180页。

黄群挽蔡锷[1]

身虽服兵役，目不见战场，锡我以义名，维颡有泚；
生可定危邦，死足范偷俗，问才于异国，亦首伏公。

李湛阳挽蔡锷[2]

昔抚滇为安土，今挈滇为义民，滇有人耶，永永勿坠两范；
护国公之至仁，出世公之大智，公则仙矣，蹙蹙请瞻四方。

张嘉森挽蔡锷[3]

方义师起吾在英京，走告其士夫，或义或疑，直谓秦无人耳；
望帝子归昔思蜀国，徒劳彼父老，载歌载泣，安得后来苏耶。

陈时铨挽蔡锷[4]

知几其神乎，智深勇沉，入虎穴得虎子；
死者长已矣，变大功多，毋狐掘而狐埋。

---

①吴恭亨撰《对联话》，长沙：岳麓书社，2003 年，第 180 页。
②吴恭亨撰《对联话》，长沙：岳麓书社，2003 年，第 180 页。
③吴恭亨撰《对联话》，长沙：岳麓书社，2003 年，第 180 页。
④吴恭亨撰《对联话》，长沙：岳麓书社，2003 年，第 180–181 页。

庄蕴宽挽蔡锷[①]

嗟哉一国，仅此完人，天乎乃复夺之，邦其焉托；
耗矣十年，宛成大梦，死者如可作也，吾谁与归。

倪嗣冲挽蔡锷[②]

飞将欤，飞仙欤，跃马南滇，骑鲸东海；
先民也，先觉也，哀鳍卫国，铸蠡越都。

孙熙泽挽蔡锷[③]

杳冥冥兮东行，又兆众所仇也；
焉皇皇而更索，因缟素以哭之。

张子贞挽蔡锷[④]

双手挽狂澜，名苑身枯，先生不愧人中杰；
抗怀希上理，心长计短，后死弥深天下忧。

①刘达武编《蔡松坡先生遗集》（十二），邵阳亚东印书馆，1943年，集末页三六。

②俞冰、马春梅主编《蔡松坡先生事略》，北京：学苑出版社，2007年，第163页。

③吴恭亨《对联话》，长沙：岳麓书社，2003年，第181页。

④俞冰、马春梅主编《蔡松坡先生事略》，北京：学苑出版社，2007年，第168页。

刘祖武挽蔡锷[①]

判襼曾几时，胡大功甫成，噩音遽至，念四郊狐鼠猖獗，蹂躏人权，死而有知，当默护我五千年古国；

同袍已两次，独临难恐后，赴义争先，竭一生龙马精神，挽回危局，病竟弗治，应遗恨于二万里扶桑。

李剑农挽蔡锷[②]

富贵威武不屈；

刚毅木讷近仁。

肖堃挽蔡锷[③]

拼铁血再造共和，临难弗苟，成功弗居，勋劳风节足千秋，公原不死；

执鞭弭十年左右，遇以家人，责以国事，厚谊壮怀多孤负，我愧平生。

[日本]山县初男挽蔡锷[④]

是邻邦不世人才，方期左挈右提，同谋幸福；

令我辈闻风向慕，遽惜道长运短，竟殒华年。

---

①俞冰、马春梅主编《蔡松坡先生事略》，北京：学苑出版社，2007年，第168页。

②刘达武编《蔡松坡先生遗集》（十二），邵阳亚东印书馆，1943年，集末页三九。

③刘达武编《蔡松坡先生遗集》（十二），邵阳亚东印书馆，1943年，集末页四〇。

④俞冰、马春梅主编《蔡松坡先生事略》，北京：学苑出版社，2007年，第196页。

岳麓山蔡锷墓庐二联

一

从头收拾了山河，一身尘土；
正气磅礴在天地，万古日星。

二

是真革命之先觉；
乃敢特立而独行。

黄兴赠蔡锷[①]

寄字远从千里外；
论交深在十年前。

吴芳吉联[②]

修文演武双能手；
护国倒袁一伟人。

胡静怡联[③]

英雄义不帝秦，仗三尺龙泉，叱咤风云诛国贼；
盛世天方授楚，聚八荒凤逸，恢弘气节振民魂。

---

①刘泱泱编《黄兴集》，长沙：湖南人民出版社，2008 年，第 649 页。

②本联是洞口山门镇蔡锷公馆大门联。

③《辛亥革命联话》，载于湖南省楹联家协会编《对联学刊》（内刊），2012 年，第 1 期，原联题目为“谒蔡锷将军墓”。

傅治同联[1]

一

勾肆寄危身，幸遇风尘知己，千秋事业留青史；
亭园传佳话，难得闺阃淑人，一则轶闻见赤心。

二

千古风流韬晦计；
百年佳话琴瑟情。

---

①傅治同著《治同文存续编》，长沙：湖南人民出版社，2011 年，第 422 页。原题为“题和好亭”，共四联，本文选其中两联，和好亭位于邵阳市东塔公园。相传蔡锷将军护国反袁时，为袁世凯所软禁，为栖身勾肆，结识侠妓小凤仙，以为韬晦之计。后果得小凤仙之助，离虎口而成大业。蔡凤交游之事，将军原配夫人闻之，为之不悦，后将军返里，说明原委，尽释前嫌，夫妇和好如初。里人乃建和好亭。事传众口，真伪难辨。

彭端祥联[1]

大义事邦，拼命为民，短暂春秋天有憾；
武能护国，文足传世，古今豪杰史无多。

胡贵程联[2]

想当年，雄心挽日，气魄拿云，护国讨袁功卓著；
观此际，宏志应天，英名传世，强邦圆梦道辉煌。

曾胜程联

绝顶苍松迎雨雪；
高坡翠竹定风云。

①《联花墨韵》（内刊）第一期，2014 年，第 14 页，原题为“题蔡锷故居”。
②原题为“瞻仰洞口蔡锷公馆有感”。

★贺威联

义帜举滇池，天道无私销帝制；
丰碑崇岳麓，名山有幸伴元戎。

★刘刈联

自许长城，心忧北地南天，扶桑魂带一帆月；
诗吟横槊，躬瘁金戈铁马，护国碑辉九宇云。

★张义善联

南滇传檄，北伐宣威，叱咤荡燕云，诸葛才华公瑾寿；
西蜀班师，东瀛赍志，凄凉泣湘雨，仲连气节岘山碑。

★吕平安联

岳麓仰丰碑，忆黔滇树帜，洪宪沉舟，敢教帝梦成痴梦；
中华兴大业，喜港澳归宗，宇航揽月，齐铸诗魂慰国魂。

注：楹联、诗词作品加★均选自《蔡锷杯全国诗联大赛获奖作品集》。

★吕美娥联

从头收拾旧山河，忆当年护国讨袁，民歌盛德，
将军伟绩长存，正气一身垂典范；
拍手迎来新岁月，看此日兴邦创业，党绘宏图，
黎庶心香共献，鲜花万朵慰英灵。

★周述桂联

将军夙有成龙志；
史册长留护国功。

★阳元华联

再造共和，曾唤起九州生气；
不牟私利，但长留两袖清风。

★罗大干联

叱咤风云，雪关独许将军度；
悲怆海宇，岳麓空迎壮士归。

★张过联

举帜灭清，浩气长存宇宙；
吊民伐罪，殊勋再造乾坤。

★楚应林联

护国建奇勋，班帅精神颜子寿；
兴邦师异域，伏波将略魏源心。

★周国聘联

义帜首滇池，讨袁功绩垂千古；
丰碑隆邵水，爱国精神焕九州。

★刘荣生联

云南护国兴师，旌旗猎猎奇勋著；
岳麓钟灵毓秀，墓草芊芊侠骨香。

★李怀德联

千万里为护国驰驱，伟绩媲香山善化[①]；
八十年已盖棺定论，讴歌遍大陆台湾。

★孟义方联

振臂出滇池，护国讨袁，万里箪壶迎义旅；
裹骸归岳麓，临黄伴禹，千秋俎豆奠英魂。

①香山，指孙中山；善化，指黄兴。

★黄曾甫联

义帜出滇南，九万里、再造共和，功昭日月；
忠魂归岳麓，八十年、缅怀英烈，光照乾坤。

★魏寅联

南来护国起雄师，大战摧枯，力砸袁皇帝座；
东渡就医诊病体，灵丹失效，魂归岳麓仙山。

★陶志固联

再造共和，重摧帝制，一旅独冲锋，自有大名垂宇宙；
泽被锦江，功收黔岭，万民同戴德，长留遗爱在西南。

★熊尚鸿联

北地离弦，南天展翼，护国动惊雷，声应八方倾帝制；
西川跃马，东海扬帆，为民披义胆，名垂千载颂元勋。

★文体俊联

征旗卷古滇，摧袁灭帝，再创共和，八秩缅怀思巨擘；
壮志酬今日，富国兴邦，重臻大统，九州崛起慰英灵。

★王友香联

巨手挽狂澜，更万家忧乐关情，何期二竖为殃，灵榇迓东瀛岛上；
众心怀志士，喜九域诗联颂德，况复千秋凭吊，鲜花满岳麓山前。

★赵伟忠联

时势造英雄，举义旗，除帝制，护共和，固民权，拉朽摧枯，四面楚歌亡老贼；
神州怀伟烈，修仁政，任贤能，兴经济，强国力，改天换地，万方喜报慰忠魂。

★姚金生联

八旬祭日仰英风，忍羁身缧绁，试看铁马金戈，怒卷残云，叱咤一声掀帝制；
万里间关存浩气，纵卧病扶桑，犹抱丹心壮志，力回民命，振兴九鼎励吾曹。

★陈恒安联

举义旗、推翻帝制，驰羽檄、再造共和，乾坤壮色，天地扬声，浩气百年昭鼎革；
筹国是、北上曹营，遇知音、南逃虎口，俊杰奇谋，佳人慧眼，英雄千古擅风流。

★易庚生联

慷慨说前贤，以一隅罚罪，护国讨袁，再造共和，九万里叱咤风云，蔡公伟绩荣青史；

馨香盈此际，看四海倾心，摩肩顶礼，重崇俎豆，百千卷深沉文字，众彦豪情溢邵阳。

★陶杰联

武昌举义，青史流芳，四千年莽莽神州，物换星移，腾龙起蜇；何期鼎窃燕都，百日梦迷袁大帝；

妙计脱危，名媛报德，九万里茫茫天宇，鹏抟凤翥，护法拯民；又值魂招国士，八荒人忆蔡将军。

★方予联

讨袁护国，奋勇直前，忆赤水横戈，雄关立马，回首滇池月小，扬眉黔岭云低，浩气贯三军，再造共和垂竹简；

罚罪吊民，当仁不让，庆独夫下野，众志成城，方期沧海波平，讵料扶桑星殒，高风传百代，缅怀英烈仰松坡。

★罗德培联

松风浩浩，扫开九派阴云；波浪滔滔，淘尽千秋帝制。看袁氏冕旒，朝兴暮倒；共和气象，运转春回，哪堪造物忌才，事业垂成人遽逝；

坡岭巍巍，长聚三湘灵秀；香烟袅袅，迎来万里忠魂。想蔡公当日，虎跃龙从；故国今时，鹏翔凤翥，料应江山不老，光华无限锦常新。

★蒋兰实联

富贵不能淫，偏消闲猎艳；威武不能屈，却劝进签名。隐耀潜光，假反目、智迁家眷；随机应变，托养疴、巧渡东瀛。饶独夫、算尽机关，惨矣棋输一着！

民权安可侮，当济世匡时；帝制安可从，必讨袁护法。荡污涤秽，主共和、檄震中原；励众誓师，张义帜、威扬南国。惟英杰，力回天地，卓然功著千秋！

★邱戎华联

将军仇帝制，树帜兴师，覆清廷，诛袁贼，威加燕豫，声震滇川。方静观北域，竟溘逝东瀛，丑类犹存，英雄长恨，忠魂萦岳麓，浩气漫衡峰，泪洒人间，救国殄凶劳后圣；

我辈顺民心，改天换地，致统一，求富强，义喻澎台，信昭港澳。正展拓宏图，又谋猷远略，小康已现，大治堪期，丽日照神州，光华周世界，帆扬宇际，乘风破浪继先贤。

★张能舜联

一代雄才，痛遭天妒。英年早逝，壮志付寒烟！晦影韬光，赢得红颜知己；讨袁护国，咸推伟业丰功。忆蜀道云封，滇池雾锁，枯藤衰草，社鼠城狐，迎来白马青锋，岳麓招魂增气概；

八旬周忌，喜值春回。遗范长存，丹心垂史册。苍松翠柏，登临烈士陵园；革故鼎新，告慰名山侠骨。看江南虎步，塞北鹰扬，绣凤描龙，歌莺舞燕，凭仰高风亮节，海涛浴日作勋章。

★文强联

蔡公松坡，八十载盖棺论定。悠悠天下，众口皆碑，爱国将军谁不爱；

袁贼世凯，一生来卖祖求荣。浩浩乾坤，群言唾骂，人民公敌岂为人。

★贾东篱联

腥雨满京畿，北洋浊浪腾妖雾；

义旗扬禹甸，泸水狂澜卷孽蛟。

⋆罗宿联

为枭雄能识英雄，所忌由于所畏；
除一帝岂容再帝，倒戈来自倒施。

⋆张正清联

终摧帝制，义举挽狂澜，壮怀朗抱滇池月；
再造共和，雄才匡社稷，大节长薰故里人。

⋆周广征联

义旅薄云天：反帝、讨袁、护国。留连故里江山，三楚栋梁崇岳麓；
英名垂史册：铭功、立德、遗言。仰望中州豪杰，千秋俎豆祀松坡。

附录三　哀挽　纪念蔡锷的诗歌

蔡锷设计离京赴滇①

刘成禺

当关油壁掩罗裙，女侠谁知小凤云。
缇骑九门搜罗遍，美人挟走蔡将军。

送松坡东渡夔门怀古②

李华英

夔门雄镇大江头，滟滪堆前感逝流。
浪起清滩咽八阵，云高白帝吊千秋。
苍藤古木风雷吼，鸟道蚕丛日月愁。
汉代衣冠何处是，啼猿声里怨孙刘。

蔡松坡先生挽诗③

程潜

疢疾不可医，荣华遂长已。
我凭故人棺，泪落何能止。
念昔革命时，公适在南纪。
登坛群彦集，拔帜异军起。
滇黔数百城，反正未移晷。

①刘成禺著《洪宪纪事诗本事薄注》，太原：山西古籍出版社，1997年，第161页。
②李自端撰《记护国伟人蔡锷革命轶事》，《邵阳文史》（内刊），第24辑，1996年，第84页。
③陈书良、胡如虹编校《章士钊诗词集　程潜诗集》，长沙：湖南人民出版社，2009年，第2页。

俄然腥羶主，闻风解其玺。
功成恶施伐，端己绝尘滓。
党论徒嚣嚣，片言肯污耳。
彼哉篡窃徒，勋业自摧毁。
舜禹事如戏，韩彭谬相似。
吾钦智勇人，微行聊用诡。
江海万里路，一夕入军垒。
走也同心期，东归先举趾。
讨逆独夫惊，首义四方喜。
一呼山可撼，三战魄终褫。
秽浊悉荡除，重见天日美。
高名满人口，大事载国史。
长歌侑清酒，魂兮倘来只。

挽蔡锷诗[1]

赵藩

呜呼邵阳不可作，感旧伤时气啧薄。
福冈医院噩耗来，海水惊飞大星落。
光宣之际时□□，□□乞养栖邱樊。
辛亥革军起武汉，君亦立帜恢滇云。
腾永先发矜哗噪，君强我出扼边要。
事定辞归国会开，觇国心危为君告。
君方逡巡兵釁生，我疾南归君北行。
临歧心痛不能说，目击莽操尤骄横。
神奸盗国托民意，九州一霎阴霾蔽。

[1]刘达武编《蔡松坡先生遗集》（十二），邵阳亚东印书馆，1943年，集末页二四、二五。

君离虎口飞至滇，欸我苦庐谘大计。
似悔前踈贻后殃，我道尚可追亡羊。
事成惟断需乃贼，歃血遂定东川唐。
扫境瞩君先取蜀，长亭饮我离尊渌。
八方响应天殆凶，约法重申奠鳌足。
亶符甫下君病深，谒医请急赴横滨。
世方夸诩贪天力，君岂阴存避地心。
盖棺论定君千古，只叹苍生尚愁苦。
强邻窥隙奋鲸鲵，遗孽凭业盛狐鼠。
魂兮归来瞰城郭，洞庭波兮木叶脱。
老夫老死何足悲，呜呼邵阳不可作！

哭松坡二首[①]

刘达武

一

戎马书生奏鹰扬，三十功名日月光。
文武兼资斐晋国，山河再造郭汾阳。
盖棺定论惟人杰，驾海魂归做国殇。
中外军民同一哭，漫天泪雨长潇湘。

二

海风山雨助悲歌，自古英雄短命多。
铁血争传卑士麦，铜人应铸马伏坡。
时局如斯需后盾，吾曹已矣失先河。
贾生未了忧时泪，又向天南吊汨罗。

①吴泽民撰《被历史湮没的文化名人刘达武》，《邵阳文史》（内刊）第34辑，2005年，第194页。

别大洲驿并序[①]

唐巘

余随护国军总司令蔡公驻驿半载。驿近河右岸有绝壁，甚高拔，蔡公镌“护国岩”三个大字于上，并纪其事。

半载大舟傍水隈，一朝别去费徘徊。
吾人何事堪留恋，只有青山护国岩。

挽蔡锷[②]

杨钧

京国初分袖，声名在远方。
读书崇晚节，断简哂春王。
愤慨忘夷险，人民厌死亡。
自公长逝后，兵革路相望。

挽蔡松坡[③]

李澄宇

率土冠裳赴墓门，江波岳色尽愁痕。
乐山海外春何在，龙野滇南血尚温。
痛定鼓鼙思将帅，忍看丘墓付朝昏。
护輴风雨纷如泪，终古人天枉断魂。

①刘达武编《蔡松坡先生遗集》（十二），邵阳亚东印书馆，1943年，集末页三三。
②刘达武编《蔡松坡先生遗集》（十二），邵阳亚东印书馆，1943年，集末页二六。
③刘达武编《蔡松坡先生遗集》（十二），邵阳亚东印书馆，1943年，集末页二八。

送黄兴蔡锷殡归岳麓山[1]

傅熊湘

谁与重挥落日戈，江山憔悴泪痕多。
一时龙虎都消歇，凄绝临歧薤露歌。

题蔡锷墓碑诗[2]

陆荣廷

平地一声雷，将军天上来。
玄黄鏖战泸水隈，共和五色旗重开。
噫吁嘻！
非天下大勇，其孰与于此哉？
回忆将军留都时，蛟龙失水蝼蚁欺。
岂忆神物不可测，朝发东海夕滇池。
噫吁嘻！
非天下大智，其孰与于斯？
嗟乎！
天地不终否，国运竟何似。
既见将军生，又见将军死。
我读将军绝笔词，将军为国心未已。
愿为推置国人腹，披剑提戈齐奋起。

①傅熊湘著《傅熊湘诗集》，长沙：湖南人民出版社，2010 年，第 87 页。
②刘达武编《蔡松坡先生遗集》（十二），邵阳亚东印书馆，1943 年，集末页四一。

题《护国岩》[1]

朱德

曾记项城伪法苛，佯狂脱险是松坡。
清廷奸佞全民忌，专制淫威碍共和。
京兆兴妖从贼少，滇南举帜义军多。
风流鞭策岩门口，壮士还乡唱凯歌。

辛亥革命杂咏[2]（节选）

朱德

其二

云南起义是重阳，下定决心援武昌。
经过多时诸运动，功成一夕庆开场。

其三

生擒总督李经羲，丧失人心莫敢支。
只要投降即免死，出滇礼送亦权宜。

其四

勒逃钟死人称快，举出都督是蔡锷。
五华山上树红旗，出师两路援川鄂。

看护国军纳溪战地[3]

朱德

护国军兴战纳溪，棉花坡外战云迷。
恶战半年曹张败，袁氏王冠落马蹄。

①《朱德诗词集》，北京：中央文献出版社，2006 年，页一五。
②《朱德诗词集》，北京：中央文献出版社，2009 年，页三一九、三二〇。
③《朱德诗词集》，北京：中央文献出版社，2009 年，页四八二。

咏蔡锷[1]

朱德裳

松坡余挚友，博得大名归。
世上风云展，胸中海岳飞。
不谋如有约，无事见应稀。
一骑冲寒出，王人自此微。

蔡松坡将军逝世八十周年纪念[2]

羊春秋

星陨扶桑日欲冥，岳云长为覆冬青。
狎游自污身如玉，护国人惊气若霆。
方幸元凶终寂寞，剧怜大树竟飘零。
至今海内传佳话，万里招魂有娉婷。

谒蔡锷将军墓

王星汉

湘水狂涛记讨袁，苍松得气拂高天。
我来沸起男儿血，流入坟前白鹤泉。

---

①朱德裳著《三十年闻见录》，长沙：岳麓书社，1985 年，第 215–216 页。
②邵阳市诗词协会编《双清诗词选》（内刊）第十辑，1996 年，第 25 页。

蔡锷

王星汉

岂能帝制再而三，护国声中道义担。
一怒冲天空冀北，千军浴血起云南。
征鞭挥云皇冠落，毅魄归来玉宇蓝。
除却今朝银幕外，姓名凝重满诗坛。

山门蔡锷公馆缅怀①

马少侨

黄家桥畔武安宫，崛起中华一代雄。
小小村童方总角，萧萧天马已行空。
满街衮服缘槐蚁，两跃滇池出水龙。
八十年来兴废事，国魂铸造九州同。

祝蔡锷杯全国诗词大赛②

王扬修

一帆南天造共和，国人齐拜蔡松坡。
诗坛盛会歌功绩，资水奔腾万叠波。

①《马少侨诗文选集》，北京：中国炎黄文化出版社，2009 年，第 147 页。
②邵阳市诗社编《双清诗词选》第十辑，1996 年，第 1 页。

至邵阳市有怀蔡锷将军[①]

张阳松

山川雄秀轶群伦，名世真才诞邵滨。
国运阽危将独任，权奸跋扈讵能伸！
英雄未即随流者，大雅应须继起人。
砥柱矶头春似海，娇花艳卉自缤纷。

登岳麓山怀黄蔡[②]

张正清

看罢衡云看麓枫，深秋不与早春同。
已经寒露枝苍劲，正值霜天叶火红。
先哲停车唯爱晚，吾侪览胜喜登峰。
名山有幸陪黄蔡，赫赫丰碑万代雄。

纪念蔡锷逝世八十周年[③]

游芳英

资江滩险雪峰高，孕育松坡盖世豪。
爵禄甘辞枭獍宠，佯狂岂畏虎狼嗥。
南滇首义将军炮，北阙筹安皇帝袍。
大业未成悲早逝，仪型千载励吾曹。

---

①邵阳市诗词协会编《邵阳诗词》第二十辑，2006 年，第 147 页。

②张正清著《紫陌清风》，长沙：湖南人民出版社，2012 年，第 8 页。

③邵阳市诗词协会编《邵阳诗词》第二十辑，2006 年，第 151 页。

纪念蔡锷将军诞辰 120 周年[①]

陈华民

刺破青天锷未残，将军大气驻人寰。
反清驱帝高擎帜，护国征袁力挽澜。
律己倡廉钦惠德，励精图治见忠肝。
诞辰遥祭承公志，跃马挥戈不下鞍。

颂蔡锷将军[②]

莫贤政

古城宝庆汇双清，育出英贤报国门。
北伐讨袁焚帝制，东征护法铸军魂。
文韬盖世行兵阵，武略超群救国人。
再造共和功卓绝，神州代代有知音。

步蔡锷《远眺》原韵敬和[③]

曾纪荣

蔡公浩气直冲天，窥探光明勇向前。
战火氤氲消帝制，豪言响彻翠微巅。

①邵阳市诗词协会编《邵阳诗词》第二十辑，2006 年，第 149 页。
②邵阳市诗词协会编《邵阳诗词》第二十辑，2006 年，第 148—149 页。
③邵阳市诗词协会编《邵阳诗词》第二十辑，2006 年，第 150—151 页。

谒蔡锷祠[1]

艾德和

醉里挑灯筱凤楼，英雄羁绊美人愁。
脱身南国开新局，传檄中原定大猷。
洪宪冕旒成一梦，蔡公德业已千秋。
今朝堪慰忠魂意，胜利红旗灿九州。

蔡锷颂

曾胜程

忠奸不共戴天仇，拔剑擎旗伐逆流。
八十三天洪宪寿，将军功业耀千秋。

宿松坡街，缅怀蔡锷都督[2]

费世明

软禁从来志未移，当年洪宪苦登基。
红颜不是消磨物，只助英雄举义旗。

①邵阳市诗词协会编《双清诗词选》第十一辑，1997 年，第 82 页。
②《费世明诗词集》，北京：九州出版社，2012 年，第 67 页。

蔡锷祭[1]

李盛迪

护国挥师洱海惊，共和再造苦鏖兵。
松坡马踏袁家梦，长叹东瀛陨巨星。

蔡锷吟[2]

兰政文

黑云谋劫日，一锷亮山河。
义帜高华表，丰功盖伏波。
黄粱洪宪梦，铁血共和歌。
身去军刀在，长教后辈哦。

纪念蔡锷将军[3]

蒋锡浩

主义求真仰大同，风云叱咤气如虹。
拯民倾解悬民急，护国常怀报国忠。
社稷将危悲父老，南疆起义仗英雄。
共和再造回天力，青史垂名百世功。

①胡光华主编《天下重长阳——“胡曾杯”全球华人诗联大赛作品集》，长沙：湖南地图出版社，2014 年，第 26 页。

②胡光华主编《天下重长阳——“胡曾杯”全球华人诗联大赛作品集》，长沙：湖南地图出版社，2014 年，第 40 页。

③邵阳市诗社编《双清诗词》第四辑，1990 年，第 68-69 页。

谒蔡锷将军墓[①]

朱亮辉

云淡风清绿树繁，攀枝拾蹬到陵园；
高碑屹立思英貌，槛刻依稀动义幡；
拔剑南天寒贼胆，星沉东国泣忠魂；
一杯祭上昭阳土，告慰家乡天地翻。

⋆麓山谒蔡锷将军墓[②]

王巨农

世运颠危日，英年展将才。
琴心怜俊器，铁甲讨渠魁。
月冷猿声断，泉清鹤影回。
滔滔湘上水，后浪拍天来。

⋆吊蔡锷将军墓[③]

杨梅根

埋骨麓山山亦香，千秋遗爱有甘棠。
济民早慰云霓望，报国难祈日月长。
一代英雄寒贼胆，半林风雨泣斜阳。
神州景色今如画，为报将军愿已偿。

①邵阳市诗词协会编《双清诗词选》第四辑，1990 年，第 59 页。
②《蔡锷杯全国诗联大赛获奖作品集》，1996 年，第 1 页。
③《蔡锷杯全国诗联大赛获奖作品集》，1996 年，第 1 页。

★纪念蔡锷[1]

向重五

留学东瀛誉不低，“人中吕布”马中骐。
通衢九省望霖雨，佳节重阳起义师。
百里池头燃火炬，五华峰顶耀晨曦。
南疆奕奕先尧域，斑马萧萧奋铁蹄。
电讯惊天人踊跃，皇冠坠地梦依稀。
燕山震慑独夫胆，洱海飘扬五色旗。
帝制于今成粪土，共和此日正腾飞。
永宁河上丰碑在，万代千秋功不移。

★将军行[2]

柳子异

黄鹤楼头血钟响，万骑云腾江莽莽。张皇鞑虏走天荒，义旗高挂三千丈。将军督师远在滇，举兵响应心相连。厥有共和帝制毁，中华出现自由天。咸羡将军有奇志，未冠东洋学军事。学成回国事戎行，湘桂黔滇传姓字。全军上下皆同袍，爱兵如子无骄娇。严明辄效岳忠武，歼击何让霍嫖姚。自起义兵朝野誉，讵知总统翻疑惧。忙把将军调进京，徉屈留侯重借箸。彼心实欲攫皇冠，早贿“筹安”极尽欢。唯恐将军仇复辟，百般笼络复封官。将军蓄意锄奸久，已释兵权难出手。虚与委蛇如往常，“亲人”掩护夜深走。和服乘丸神户行，托辞养病留东瀛。示衰无意与作梗，促其“思想碉堡”倾。不日忽从“河内”入，回滇护国军成立。策应孙梁即讨袁，不啻晴空起霹雳。旋率雄师突进川，竟同官渡战袁然。纵横扫荡八百里，直可勒石峨岷巅。时值隆冬朔风烈，三千铁甲偏呼热。马蹄带得长江冰，洒向郊原作瑞雪。八方戮力赋同仇，踊跃群英据上游。五万袁军齐解甲，欢声累日动神州。失道从来人寡助，况乃“愚民”民岂恕。

---

①《蔡锷杯全国诗联大赛获奖作品集》，1996 年，第 2 页。

②《蔡锷杯全国诗联大赛获奖作品集》，1996 年，第 2-3 页。

皇帝新衣未及穿，一同滚向黄泉去。弹指流光八十年，纷纷往事如云烟。“洪宪”述评文献在，却留教训待新诠。君不见，中华民族重团结，维护统一反分裂。爱国精神长不衰，“图新抗压”甘流血。又不见，讨袁护国蔡将军，大振军魂与国魂。再造共和垂史册，一代风流百代闻。

⋆纪念蔡锷将军①

曾敢想

按剑东邻去，乘机速入滇。
扬鞭惊北国，跃马近南天。
帝制随风倒，功勋与世传。
三湘多胜迹，花是麓山鲜。

⋆过毕节草海松坡堤②

王得一

讨袁护国卷风云，师出滇黔万里闻。
草海松坡堤上月，当年曾照蔡将军。

⋆蔡锷将军逝世八十周年纪念③

欧阳瑶

间关万里转昆明，相率群英讨项城。
假我南天飞将寿，不教狐鼠误苍生。

---

①《蔡锷杯全国诗联大赛获奖作品集》，1996 年，第 4 页。
②《蔡锷杯全国诗联大赛获奖作品集》，1996 年，第 4 页。
③《蔡锷杯全国诗联大赛获奖作品集》，1996 年，第 5 页。

⋆咏蔡锷将军[①]

尹大任

宝庆儿郎蔡艮寅，为官不肯要金银。
盖棺犹欠三千债，古往今来有几人！

⋆颂蔡锷将军[②]

邹莲池

吟怀跃马唱刀环，传檄南天墨未干。
盗首尚温皇帝梦，将军已过美人关。
金鹏一啸魔头悸，铁指千夫贼胆寒。
力挽狂澜挥巨手，共和再造壮河山。

⋆蔡锷将军逝世八十周年祭[③]

伏家芬

再造共和不世功，至今黄蔡口碑同。
豹韬尝借曾胡箸，虎旅犹存班马风。
小凤夙钦心在汉，狡猿枉教众呼嵩。
每逢封建沉渣泛，横揽江流欲哭公。

---

①《蔡锷杯全国诗联大赛获奖作品集》，1996 年，第 5 页。
②《蔡锷杯全国诗联大赛获奖作品集》，1996 年，第 5 页。
③《蔡锷杯全国诗联大赛获奖作品集》，1996 年，第 5 页。

⋆纪念蔡锷[①]

谭根源

京华遁迹待时机，得水蛟龙气吐霓。
护国敢为民作主，诛袁孰忍贼登基。
崩云坠石挥长剑，策马扬鞭举义旗。
星陨万民同落泪，功垂青史屹丰碑。

⋆纪念蔡锷逝世八十周年[②]

黄一东

天生虎将震寰中，勋烈昭昭日月同。
再造共和摧帝制，难兼才寿惜英雄。
神州独立舆图固，大统犹余宝岛功。
十亿黄炎齐奋起，继公遗志展长风。

⋆吊蔡锷将军[③]

张先良

少小人惊脱颖锥，胸怀大志拜名师。
才兼文武三军敬，力整乾坤百战奇。
巧借红颜离虎口，重挥利剑劈龙旗。
苍天偏靳英雄寿，星陨扶桑万姓悲。

---

①《蔡锷杯全国诗联大赛获奖作品集》，1996 年，第 6 页。
②《蔡锷杯全国诗联大赛获奖作品集》，1996 年，第 6 页。
③《蔡锷杯全国诗联大赛获奖作品集》，1996 年，第 6 页。

⋆纪念蔡锷将军[①]

唐星照

斯人天降欲何之？不负英雄用武时。
专制未除勤剪伐，共和再造奋驱驰。
随袁暗设讨袁计，爱国高擎护国旗。
力展宏才星遽陨，千秋俎豆仰威仪。

⋆纪念蔡锷将军逝世八十周年[②]

楚应林

首义旗升黄鹤楼，滇池骇浪涌金秋。
猿啼北地愁云幂，鹏举南天惨雾收。
正喜狂澜逢砥柱，哪堪巨宿陨荒丘。
丹心护国芳青史，革命先驱第一流。

⋆纪念蔡锷将军逝世八十周年[③]

李怀德

民贼鞭诛敢着先，义旗再度树南滇。
仅铭护国垂功伟，未勒燕然饮恨绵！
寿少四龄岳武穆，魂归万里马文渊。
盖棺论定讴歌遍，岁月匆匆八十年！

---

①《蔡锷杯全国诗联大赛获奖作品集》，1996 年，第 7 页。
②《蔡锷杯全国诗联大赛获奖作品集》，1996 年，第 7 页。
③《蔡锷杯全国诗联大赛获奖作品集》，1996 年，第 7 页。

⋆蔡锷将军逝世八十周年祭[①]

王若菊

生当乱世早从戎，凛凛青霜气似虹。
七尺襟怀能护国，一声肝胆敢屠龙。
挥刀岂惧乾坤黑，浴血偏教日月红。
再造河山公去也，漫天风雨哭英雄。

⋆纪念蔡锷将军逝世八十周年[②]

汪青田

邵阳人杰鲁阳戈，重挽斜晖创共和。
敢捋虎须趋北阙，何妨蚁穴戏南柯。
八旬梦破袁洪宪，一柱澜回马伏波。
大树飘零衡岳峙，至今人尚仰松坡。

⋆纪念蔡锷将军[③]

杨兑秋

义起滇池气似虹，逆流南阻大江东。
共和再造功无量，帝制重兴梦已空。
正赖栋梁支大厦，竟教朝野泣英雄。
至今滚滚资江水，犹是声声赞蔡公。

---

①《蔡锷杯全国诗联大赛获奖作品集》，1996年，第8页。
②《蔡锷杯全国诗联大赛获奖作品集》，1996年，第8页。
③《蔡锷杯全国诗联大赛获奖作品集》，1996年，第8页。

⋆桃花行[①]

李寿冈

宝庆将军倡护国，顿使奸雄褫魂魄，打破皇冠洪宪梦，申张民气云南檄。
云南解甲入京华，军府羁縻爵禄加。晦迹近来亲酒盏，征歌随分访桃花。
桃花北地悲沦落，二八韶华伴弦索。巧笑双涡生妩媚，皮簧一曲怜娇弱。
慧心识得人中龙，缠头赏识鸡群鹤。坦露危然党锢严，景从情愿丝萝托。
素怀叵忍鲁连耻，红妆亦憾当涂虐。纷纭逻骑满都门，捕系诛锄白昼昏。
花界乞人争劝进，封王锡命急称尊。一自民军败湖口，克强东渡中山走。
共和不适议筹安，国体变更如反手。奋起嵚崎磊落人，桃笙弃置走天津。
儿女情深承指画，英雄气壮遣肠轮。万里南天鹏翼发，重总师干张挞伐。
川黔转战用三驱，忧患伤人终一蹶。直省全体俱反戈，病死独夫逃显罚。
俯仰存亡成古今，英雄喉疾将星沉。长沙国葬携廉石，彰德山陵费帑金。
朝市兴亡如转毂，玉颜暗老蛾眉蹙。不成桃叶渡边迎，何曾燕子楼头畜。
细数年华锦瑟弦，谁吟司马琵琶曲。孤蓬自振徙辽东，国土沦亡陷虏中。
生世始终遭帝制，死灰康德又登庸。东海扬尘闻震电，龙血玄黄经百战。
踏平眢井共荣圈，看到冰山同德殿。谁识前朝郑妥娘，无人写入《桃花扇》。
余生幸睹五星旗，海内欣逢一统时。邂逅探梅蒙顾惜，殷勤说项与扶持。
保健职员诚不忝，英雄知己副相期。声名显晦无凭准，人性尊严只自知。
出处未须论贵贱，贤愚原应辨公私。君不见，麓山高冢岿然在，洹上丰碑几人拜。请歌北里桃花行，莫诩西泠苏小辈。

① 《蔡锷杯全国诗联大赛获奖作品集》，1996 年，第 9-10 页。

★蔡锷将军逝世八十周年纪念[1]

文强

不染泥尘节志高，中山黄蔡共天骄。
义旗横扫诛奸佞，爱国先驱鼓怒潮。
席卷山呼摧腐恶，神嚎鬼哭尽降逃。
英名烈烈垂青史，湘水澄明万古豪。

★颂蔡锷[2]

廖奇才

生逢乱世历沧波，夜半萧吹易水歌。
扛鼎揭旗唯我耳，吊民伐罪更谁何。
新军迭训勤王事，旧部重招卫共和。
倜傥风流嗟早逝，伤心犹颂蔡松坡。

★蔡锷将军逝世八十周年感怀[3]

刘靖中

武昌风雨起苍黄，血泪山河又属狼。
洪宪正圆皇帝梦，松坡先举古滇枪。
悠悠岁月天难老，莽莽神州路更长。
留得苌弘雄魄在，杜鹃如火映骄阳。

①《蔡锷杯全国诗联大赛获奖作品集》，1996 年，第 30 页。
②《蔡锷杯全国诗联大赛获奖作品集》，1996 年，第 27 页。
③《蔡锷杯全国诗联大赛获奖作品集》，1996 年，第 21 页。

⋆纪念蔡锷将军逝世八十周年①

黄志翔

讨袁护国救中华，八十年前万众嗟。
帝制魂消人共庆，将军何事急乘槎。

⋆纪念蔡锷将军逝世八十周年②

王镇华

将军一怒如狮吼，扭转乾坤任铁肩。
再创共和伸大志，推翻帝制慕前贤。
龙潭软禁终飞跃，虎穴求全矢节坚。
护国讨袁功盖世，三湘子弟咏诗传。

⋆纪念蔡锷将军逝世八十周年③

伍仲俊

少年倜傥众推崇，器宇轩昂果不同。
苦读经书怀大志，力行革命建奇功。
红颜有幸酬知己，赤剑无情斩巨熊。
护国勋劳千古仰，南天砥柱一豪雄。

①《蔡锷杯全国诗联大赛获奖作品集》，1996 年，第 16 页。
②《蔡锷杯全国诗联大赛获奖作品集》，1996 年，第 20 页。
③《蔡锷杯全国诗联大赛获奖作品集》，1996 年，第 22 页。

⋆缅怀先贤蔡锷[①]

刘治庆

毁宪称皇袁世凯，云南首义蔡松坡。
宣言讨伐仁师举，护法维纲国士多。
再造共和寰宇庆，推翻帝制世人歌。
钟灵岳麓埋忠骨，日月同光万代哦。

⋆纪念蔡锷将军逝世八十周年[②]

毛希尧

首义云南讨伐袁，东南响应拥宣言。
筹安毁宪惩皇党，护法维纲挽国魂。
世凯无能倾社稷，松坡用略转乾坤。
丰功伟业留青史，懋绩斑斑后世尊。

⋆纪念蔡锷将军逝世八十周年[③]

李春初

伯喈华胄冠群贤，胆识超人义薄天。
佯恋秦楼身脱险，深忧汉室志旋乾。
讨袁盟订袁威灭，护国军兴国祚延。
八十周年怀伟绩，骚坛藻赞颂声传。

---

①《蔡锷杯全国诗联大赛获奖作品集》，1996年，第22页。
②《蔡锷杯全国诗联大赛获奖作品集》，1996年，第23页。
③《蔡锷杯全国诗联大赛获奖作品集》，1996年，第27页。

附录四　纪念蔡锷的词

一剪梅·蔡锷赞[1]

肖玉苍

奋翅凌云气宇昂，颖脱邵阳，祖述高阳。
樊笼引凤且韬光，恨杀天狼，笑对豺狼。
再造共和夜未央，踵武孙黄，锡福炎黄。
初酬壮志殒扶桑，岳麓含芳，宇宙流芳。

清平乐·蔡锷广场

朱永平

花香鸟语，惬意休闲处。柔草香樟松柏树，映衬雄威雕塑。
嘶鸣战马追云，横眉亮剑将军。犹见当年壮举，千秋护国功勋。

⋆水龙吟·缅怀蔡锷将军[2]

罗传学

怒潮才捣龙廷，独夫又续华胥梦。英雄扼腕，知音有托，冲霄跨凤。揽辔澄清，共和再造，请君入瓮。看金戈铁马，义军突起，创勋业，千秋颂。

自古多材惟楚，想当年，风流天纵。图观《海国》，薪传《仁学》，师承兼用。鼎革参盟，庙谟组阁，并驱黄宋。惜群星迭殒，神州板荡，令苍生恸。

①邵阳市诗词协会编《邵阳诗词》第二十辑，2006 年，第 147 页。

②《蔡锷杯全国诗联大赛获奖作品集》，1996 年，第 3 页。

★高阳台·蔡锷将军逝世八十周年祭[①]

熊尚鸿

资水钟灵，湘山毓秀，楚南人地蜚声。一代先驱，精神万古留馨。公生近代多艰世，挽狂澜，怒请长缨。动风雷，护国军兴，帝制山崩。

而今九五宏图展，喜周边宁睦，经贸繁荣。丝路来仪，车飞欧亚新程。回归港澳完双璧，奠心香，告慰先灵。定欢腾，曲和知音，舞谢苍生。

★临江仙·纪念蔡锷逝世八十周年[②]

贾东篱

大盗窃权登九五，欺天祸国殃民。风雷震荡北京城。云南扬义帜，虎旅聚精英。

百日王朝悲短命，千年华夏长春！蔡公伟绩万人钦！推翻皇帝梦，再铸共和魂！

★西江月·颂蔡锷将军[③]

蔡韶华

素有琴心剑胆，更兼武略文韬。讨袁护国搏狂潮，敢把共和再造！

忠义千秋正气，风流一代英豪。南天一柱入云霄，最是将军写照！

---

①《蔡锷杯全国诗联大赛获奖作品集》，1996 年，第 4 页。

②《蔡锷杯全国诗联大赛获奖作品集》，1996 年，第 38 页。

③《蔡锷杯全国诗联大赛获奖作品集》，1996 年，第 10 页。

⋆南歌子·讴歌蔡锷将军①

林贞木

幼获神童誉，长怀儒将韬。京门困卧筑香巢，设计雄飞振翮上云霄。
护国军威壮，讨袁旗帜高。七千勇士猛于雕，再造共和青史美名标。

⋆临江仙·纪念蔡锷将军逝世八十周年②

李必才

自幼才名桑梓，长成威镇川滇。军兴护国斗枭袁。惊残洪宪梦，再造共和天。
堪叹英年仙逝，应教幂府心安。须将何事慰先贤？江山归一统，海陆尽欢颜。

⋆渔家傲·讨袁护国惊天地③

彭甫生

帝制刚崩民国立，独夫又想登龙位。内舞屠刀外屈膝，民众急，中华又出儿皇帝！
蔡锷云南挥铁臂，讨袁护国惊天地。四海仁人齐奋起，雷电激，魔君掩面向隅泣！

⋆临江仙·讨袁护国之战④

何煦民

回忆当年泸纳战，棉花坡上交锋。将军督阵最从容，指挥拼肉搏，争取建奇功。
上海江西先响应，讨袁敢决雌雄。滇军正义气如虹，项城皇帝梦，毕竟一场空。

---

①《蔡锷杯全国诗联大赛获奖作品集》，1996 年，第 10 页。
②《蔡锷杯全国诗联大赛获奖作品集》，1996 年，第 10 页。
③《蔡锷杯全国诗联大赛获奖作品集》，1996 年，第 11 页。
④《蔡锷杯全国诗联大赛获奖作品集》，1996 年，第 11 页。

⋆满庭芳·缅怀蔡锷将军[1]

吴兆焕

夜色微明，武昌炮响，河山待看融冰。又谁能料，风雨暗燕京。遍地寒流滚滚，群魔舞，大厦将倾。何人是，中流砥柱，仗剑舞长缨？

雷声，星旆卷，云南义旅，画角高鸣。势排山倒海，石破天惊。粉碎袁家帝梦，垂青史，护国干城。怅当年，扶桑遽陨，千载忆晨星。

⋆满庭芳·纪念蔡锷将军[2]

莫奇香

八十年前，将军驭鹤，浪鸣涛吼扶桑。漫丘枫叶，岳麓尽披霜。露冷云凄雾暗，悲歌起泪溢湘江。辉煌业，千秋耀史，往事最难忘。

荒唐！袁父子，黄袍美梦，粉墨登场。可谁觉松坡，义帜高张。号角山摇地撼，神鬼泣，风动四方。终赢得，再生民国，帝制庆消亡。

⋆满江红·蔡锷将军逝世八十周年祭[3]

张时农

翠竹寒梅，曾记否，滇池号角，义旗举，幽燕地震，伪廷幕落。独柱擎天争日月，双肩负重清河洛。护国勋，青史载千秋，宛犹昨。

前贤已，后贤作；长缨试，苍龙缚。看神州红遍，水欢山跃。从此共和真万代，几曾民主如斯乐。目瞑矣，宏愿遂今朝，公其酌。

---

①《蔡锷杯全国诗联大赛获奖作品集》，1996年，第11页。

②《蔡锷杯全国诗联大赛获奖作品集》，1996年，第12页。

③《蔡锷杯全国诗联大赛获奖作品集》，1996年，第12页。

《蔡锷诗文集》后记

2015年是护国军神蔡锷将军领导的护国运动发动100周年，2016年是蔡锷将军逝世100周年。蔡锷和魏源双峰并峙，堪称“宝古佬”最杰出的代表，可以说是邵阳的城市名片和精神象征，也是大祥永恒的骄傲。大祥区重新修缮蔡锷故居，并修建蔡锷纪念馆、军神塔等永久性纪念建筑，就是为了弘扬蔡锷精神，纪念、缅怀蔡锷将军。由大祥区政协组织编写，知识出版社出版的《蔡锷诗文集》，就是其中一个重要的纪念内容。

本书收录蔡锷诗文作品，并辅之附录。蔡锷诗文作品分为诗词、楹联，文电三大类。文电类选录蔡锷各时期的重要文章和电报，大多是从曾业英编的《蔡锷集》和新近出版的邓江祁编《蔡锷集外集》中精选出来的。还有少数文章选自邵阳本土研究者考证出来的最初版本。诗词、楹联类除收录公开出版的蔡锷诗词楹联，还收录了部分新近考证出来尚未公开出版的蔡锷诗词、楹联作品。我们力求选录蔡锷的代表性作品，使读者从中清楚地了解蔡锷的政治、军事、文化思想，从而更加走近蔡锷。附录部分分别选录了当时的一些军政要员、文化名流以及后人悼念、缅怀蔡锷的文电、楹联、诗、词和文章。还选录了1996年邵阳市政府为纪念蔡锷逝世八十周年，由邵阳市楹联学会和邵阳市诗词协会联合主办的“蔡锷杯”全国诗联大赛获奖作品。通过这些作品，可以管窥蔡锷的社会历史地位以及其对当时和后世的深远影响。

为了编印好本书，大祥区政协于2014年5月成立编委会，组建专门班子，开始收集整理相关资料。编委会和编辑部的同志付诸了大量的心血。主编、副主编和编辑先后多次到蔡锷生前生活、工作、战斗过的洞口山门、湖南长沙、广西桂林、云南昆明、北京、四川等地查找资料、拍摄图片。编委会还召开了多次讨论会，听取专家意见，反复认真修改，文集才得以成型。本书由张正清、刘宝田、曾胜程、李争光负责图文选编，其中张正清负责全书体例编排和收集哀挽蔡锷的楹联；刘宝田负责选编蔡锷集中的诗文作品；曾胜程负责收集民国时期回忆、缅怀蔡锷的诗文、当代诗联作品以及图片，并承担注释及全书统稿工作；李争光负责文字校对。区政协文史委李瑟琴主任负责统筹、联络、协调工作；区政协委员刘纯东承担了部分图片的拍摄工作。

本书的编辑出版，得到了诸多单位和个人的大力支持和真诚帮助。中共大祥区委、区政府高度重视本书的选编并提供了经费保障。本书出版过程中，云